KB089980

프랑수아 르네 드 샤토브리앙

랑세의 생애

프랑수아 르네 드 샤토브리앙

랑세의 생애

초판 1쇄 인쇄일 2023년 02월 07일
초판 1쇄 발행일 2023년 02월 15일

지은이 프랑수아 르네 드 샤토브리앙
옮긴이 신용우
펴낸이 양옥매

펴낸곳 도서출판 책과나무
출판등록 제2012-000376
주소 서울특별시 마포구 방울내로 79 이노빌딩 302호
대표전화 02.372.1537 **팩스** 02.372.1538
이메일 booknamu2007@naver.com
홈페이지 www.booknamu.com
ISBN 979-11-6752-270-2 (03890)

프랑수아 르네 드 샤토브리앙

랑세의 생애

신용우 옮김

책과나무

François René de Chateaubriand

Vie de Rancé

traduite et annotée

par

Cinn Yong-Woo

<....Heureux celui don't la vie est tombée en fleurs ! >

- Anytè de Tégée (Tegea)

< La vieillesse est une voyageuse de nuit :

la terre lui est caché, elle ne découvre plus que le ciel.>

- François René de Chateaubriand

차례

옮긴이의 말 : 랑세, 그리고 사토브리앙 ………… 7

랑세의 생애

제1판 서문 ……………………………………… 16

제2판 서문 ……………………………………… 20

제 1 편 ……………………………………… 21

제 2 편 ……………………………………… 65

제 3 편 ……………………………………… 135

제 4 편 ……………………………………… 159

부록 : 〈참고자료〉 ……………………………… 257

〈참고자료〉 목록 :

I . 프랑스 역사와 랑세의 일생 대조 연표 ········ 259
II . 랑세 시대 부르봉 왕가 궁정의 인물 요약 ········ 260
III . 르 부티에 랑세 가문의 계보 요약 ········ 261
IV . 아르노 가문의 계보 요약 ········ 261
V . 기즈 공작 가문의 계보 요약 ········ 262
VI . 보포르 공작 가문의 계보 요약 ········ 263
VII . 가스통 공작 가문의 계보 요약 ········ 263
VIII . 프랑스 카페 왕조의 직계 왕가, 발루아 왕가 및
앙굴렘 왕가 계보 요약 ········ 264
IX . 스코틀랜드 여왕 메리 스튜어트와
프랑스 왕가의 관계 요약 ········ 265
X . 수도원의 성무일과 (성무일도, 시간전례) ········ 266
XI . 초기 그리스도교 고행 수도사들이 은둔했던
이집트 사막, 팔레스티나 및 홍해 연안 지역 ········ 267
XII . 《랑세의 생애》에서 자주 언급된 루아르 강
주변 장소들과 트라프 수도원의 위치 ········ 268
XIII . 트라프 수도원의 역사 요약 ········ 269
XIV . 샤토브리앙이 《랑세의 생애》에 인용한 주요한
문헌자료들 ········ 270

옮긴이의 말 : **랑세, 그리고 샤토브리앙**

(1634 - 1700)
리고 (Hyacinthe Rigaud) 가
1696 년에 그린 랑세의 초상화
(트라프 수도원 소장)의 일부분

(1768- 1848)
프랑스 브르타뉴 지방의 콩부르
(Combourg) 성 앞에 서 있는
샤토브리앙 동상 사진 © 2010 신용우

1.

*《랑세의 생애》*는 샤토브리앙이 70세를 넘긴 노년에 쓴 마지막 작품이다. 유복한 가정에서 태어나서 자유분방한 생활을 하던 귀족 청년이 사랑하는 어느 부인의 갑작스런 죽음 때문에 방황하다가 참회한 뒤에는 수도사가 되어 퇴락해진 트라프 수도원을 재건해서 개혁하고, 침묵과 가난의 계율을 지키면서 37년 동안 엄격한 고행생활을 했다는 어느 수도사 신부의 이야기를 담고 있다.

사토브리앙은 1768년 프랑스 브르타뉴의 바닷가 성채도시 생 말로에서 시골귀족의 후예로 출생해서 프랑스 대혁명의 와중에 재산과 가족들을 잃고, 영국으로 망명해서 8년 동안 온갖 고초를 겪었다. 그는 격변하는 세상에서 전쟁터의 부상당한 병사로서, 북대서양과 지중해의 험한 바닷길 여행자로서, 프랑스의 19세기 전기 낭만주의를 시작한 문필가로서, 귀족의회 의원, 베를린, 런던, 로마 교황청 주재 대사와 외무장관을 역임한 정치가로서 다난했던 일생을 보내고 1848년 사망했는데, 그의 유명한 자서전인 《*무덤 너머의 회상록*》은 사망 후에 발간되었다. 그는 생애의 끝 무렵에 랑세라는 인물의 전기를 쓰면서 이 세상에서 보고 느꼈던 것들에 대한 추억들과 감회를 그림 그리듯이 섞어서 썼으므로, 《*랑세의 생애*》는 샤토브리앙의 또 다른 회상록을 연상시키는 작품이라고 말할 수도 있을 것이다.

2.

샤토브리앙은 《*랑세의 생애*》의 서문에서 자신의 부인 라비뉴(Céleste Buisson de Lavigne)의 신앙심 깊은 이종사촌들의 소개로 20여 년 동안 알고 지내던 생쉴피스 성당의 주임사제 세갱 신부가 권유해서 《*랑세의 생애*》를 쓰게 되었다고 말하고 있고, 또 어떤 샤토브리앙 연구자들은 망명시절 영국에서 출간한 그의 최초의 작품인 《*혁명론*》의 반종교적인 내용 때문에 임종의 자리에서 슬픈 말을 했다는 어머니에게 속죄하려는 생각이 《*랑세의 생애*》를 집필하게 된 동기가 되었을 것이리라고 주장하기도 한다.

그러나 샤토브리앙은 젊은 시절 《*그리스도교의 정수*》에서 트라프 수도원에 관한 글을 썼고, 1817년 무렵에 쓴 어느 편지에서 수도원에 대한 자료들을 모으고 있다고 밝혔듯이, 그는 오랫동안 고행 수도사들의 열정에 관심을 갖고 있었다. 529년에 창립된 베네딕도 수도회가 세월이 지나면서 창립될 당시의 청빈과 순종과 노동의 수도회규칙을 엄격하게 지키지 않게 되었으므로, 쇄신을 원하는 수도원들이 연합해서 1098년 시토 수도회를 창설한 후에 다시 엄격한 규율이 유지되었다. 그러나 12세기 말부터 유럽에 전염병이 유행하고, 외적들의 침입과 잦은 종교전쟁으로 경제가 피폐해지고 사회의 풍습이 문란해진 결과로 랑세가 수도생활을 시작했던 무렵에는 또 다시 많은 수도원들이 질서가 무너지고, 성직록을 받는 귀족들의 사유재산처럼 변질되어있었다. 1664년에 트라프 수도원 원장이 된 랑세는 그의 수도원을 금욕과 노동과 침묵의 엄격한 규칙들을 철저하게 준수하는 수도원으로 개혁을 하였다. 아마도 현세의 허무감(虛無感)을 극복하고 내세의 영생(永生)을 얻으려고, 건강이 악화되고 신체가 불구가 될 만큼 죽음을 재촉하듯이 오랫동안 고행했었던 랑세의 치열한 일생에 대한 샤토브리앙의 관심이 《*랑세의 생애*》를 쓰게 된 가장 중요한 동기가 되었을 것이다.

3.

샤토브리앙은 1830년 7월 혁명의 와중에 루이-필립의 정권에 참여하기를 거부하고, 귀족의원직을 사퇴하면서 연금 수령도 거부한 까닭으로 가난과 빚쟁이들에게 시달리고 있었다. 1836년에 아직 완성되지도 않은 《*무덤 너머의 회상록*》 판권을 팔아서 간신히 채무를 해결한 뒤에 그 거래의 압박감에 쫓기면서 집필에 몰두한 《*무덤 너머의 회상록*》을 1841년 9월에 끝내고 나서야 오랫동안 마음속으로 계획을 했었던 《*랑세의 생애*》를 집필하기 시작하였다. 그 무렵에 샤토브리앙은 류마치스 관절염을 앓고 있었으므로 몸을 움직이기가 힘들었고, 글쓰기에도 지장이 있었기 때문에 원고의 많은 부분은 뤼뒤바크 거리에 있던 자택 침실에서 비서에게 구술하는 방식으로 작성된 것으로 알려졌다. 그는 1843년 8월에 비서 필로르주와 함께 예전에 랑세가 고행했던 트라프 수도원을 방문해서 환대를 받았고, 수도사들과 함께 검소한 식사를 하고 성모찬송 기도에 참가했으며, 그 수도원 개혁자에 대한 자료들과 영감을 얻기도 하였다. 몸이 불편했었던 샤토브리앙은 1843년에 그만 둔 비서 필로르주와 새로 온 비서 다니엘로에게 파리 도서관에서 랑세와 관련된 기록들을 찾게 해서 고증학적인 자료들을 수집하는 많은 노력을 했으나, 그의 선택은 그 자료들을 가지고 사실들을 그대로 서술하지 않고 가공하고 다듬어서 시적이고 환상적인 문맥으로 변형시킨 것이었다.

죽음과도 같은 은둔의 고독 속에서 십자가 앞에 몸을 내던지는 충동적이고 폭풍우와 같은 열정을 가진 랑세의 전기를 쓰면서, 샤토브리앙은 젊은 시절에 썼던 자전적 소설의 주인공인 〈르네〉의 정서를 보여주고, 오래 살아남아 연명하는 노인의 씁쓸함, 사랑과 행복의 덧없음과 허망함, 행복한 날들과 사랑했었던 사람들에 대한 향수어린 추억의 시를 그려내었다. 다시 말하자면, *《랑세의 생애》* 라고 하는 책 속에 젊은 날은 사라지고 꽃이 시들어 죽음의 맛이 느껴지는 늙은 르네의 모습을 어른거리게 하고, 혁명 중에 무덤이 파헤쳐진 어느 귀족 여성의 유해를 바람에 흩어지는 말라버린 꽃에 비유하는 환각적이고 미묘한 언어들로 랑세와 르네라는 인물을 중첩시켜서 서정시 같은 전기 작품을 만들어 냈다고 하겠다. *《랑세의 생애》* 가 출간된 것은 샤토브리앙이 76세였던 1844년 5월이었다.

4.

《랑세의 생애》 가 출간 되었을 때, 가톨릭교회의 성직자들을 비롯한 여러 사람들이 책의 내용에 대해서 불만을 제기하였고, 문법이나 신학에 박식한 사람들은 여러 오류와 편견에 대해서 지적했으므로, 샤토브리앙은 초판을 발간하고 2달이 지난 1844년 7월에 많은 부분을 삭제 또는 수정하고 글 내용을 추가하거나 순서를 바꾸어서 제2판을 발간하였다.

노쇠한 기억력으로 랑세의 일생에 대한 여러 자료들을 인용하는 과정에서 실제적인 사실관계를 착각할 수도 있었고, 전체적인 문맥의 구성이 산만해졌으며, 또 불편한 몸으로 비서에게 구술해가면서 원고를 작성했기 때문에 문법적인 오류가 있었던 것으로 판단된다. 따라서 젊은 시절에 망명지 런던에서 초고를 준비하면서 한 문장을 수십 번씩이나 고치고 다시 썼다는 *《그리스도교의 정수》*의 낭랑하고 아름다운 문체와 차이가 있는 것은 쉽게 예상할 수 있는 것이다. 특히 *《랑세의 생애》* 가 신앙심을 높이 고양시키는 통상적인 성인전 내용으로 써졌을 것으로 기대했던 트라피스트 수도회 수도사들은 그 책이 너무 이교도적이며, 육감적이고 대담한 표현과 실제의 사실하고 차이가 있는 내용에 아주 크게 실망했는데, 트라피스트 수도회의 어느 수도사는 〈샤토브리앙이 그 책을 쓴 동기를 의심하게 되며, 낭만주의 소설이 그 책의 본 모습〉 이라고 하였다.

5.

샤토브리앙은 *《랑세의 생애》*를 쓰면서 랑세와 거의 같은 시대를 살았던 마르솔리에 (Jacques Marsollier), 라로크 (Daniel de Larroque), 모르페우(Pierre de Morpéou), 르넹(Pierre Le Nain), 그리고 제르베즈 (François-Armand Gervaise) 와 같은 사람들이 랑세의 생애를 기술한 여러 전기 작품들과 모트빌 (Motteville) 부인, 생시몽 (Saint-Simon) 공작과 레츠 (Retz) 추기경의 회상록, 세비녜 (Sévigné) 부인의 편지들, 뒤부아 (Louis Du Bois) 가 쓴 트라프 수도원의 역사를 많이 인용했기 때문에, 이야기 내용이 서로 중복되며 줄거리의 맥락이 자주 끊기고 산만해져서 혼란스럽고 지루한 느낌을 주기도 한다. 또 샤토브리앙은 자신이 살던 시대보다 백 5십 년이나 앞선 인물인 랑세에 대해서 썼고, 오늘 날의 독자들은 다시 백 7십 년이 지나서 그의 글을 읽고 있으므로, *《랑세의 생애》*는 3백여 년 전 루이 14세 시대의 옛 프랑스 사회의 감성과 풍속의 흔적을 흥미롭게 보여주기도 하지만, 니체, 프로이트, 사르트르와 같은 사람들의 글을 읽어온 독자들에게 랑세 시대의 참회나 고행의 종교적인 열정은 시대착오적이며 생소하고 기이하게 느껴질 수도 있을 것인데, 이는 평론가인 롤랑 바르트 (Roland Barthes)가 지적했듯이, 문학작품과 독자들의 사이에 놓인 시대적 간극에서 기인하는 필연적인 거리감일 것이다.

그러나 이 책의 가장 두드러진 특징은 몽상과 현실이 은유 (métaphore), 파격 구문 (anacoluthe), 동의어 반복 (tautologie)과 병렬어법 (parataxe)으로 연결되는 기묘한 아름다움에 있으며, 덧없고 경이롭고 환각에 사로잡힌 것들이 서정시에 섞여 있는데, 그곳에서 노인들은 젊은 날들의 환상의 부축을 받으면서 거닐고, 사교계와 살롱에서 만났던 관능적인 부인들은 고행으로 가는 길모퉁이에서 사라져 간다. 수도원으로 바뀐 책속에 빛과 그림자로 신앙의 기념비들이 세워지고, 장엄한 성가 소리가 들리고, 또 유령들이 출몰하는 것이다. 훗날 지드 (André Gide)는 1942년의 일기장에다 샤토브리앙의 문체가 주는 최고의 만족감은 *《랑세의 생애 》*에 있다고 써놓았다고 한다. 현실과 괴리되어 갑작스럽고 기묘하고 암호 같은 부호로 말하며, 꿈과 현실을 몽타주처럼 연결하는 이 책은 훗날에 초현실주의자들이나 상징주의자들의 관심을 끌게 되었는데, 그라크 (Julien Gracq)는 *《랑세의 생애》* 안에서 앞으로 올 시인 랭보 (Arthur Rimbaud)가 자리 잡게 될 새로운 터전이 보인다고 말하기도 하였다.

6.

《랑세의 생애 》 의 번역에서 필자는 앙드레 베른-조프루아 (André Berne-Joffroy)가 주해한 갈리마르의 제1판을 대조하면서 모리스 르가르 (Maurice Regard)가 주해한 갈리마르의 제2판을 원문으로 사용하였고, 원문의 뜻이 애매모호해서 번역하기가 힘든 부분은 에밀 레르히 (Emil Lerch)의 독일어 번역본 *《 Das Leben des Abbé Rancé, Insel, 1977 》*을 참조하였다.

《 랑세의 생애 》 에는 프랑스 역사에 익숙지 않은 독자들로서는 이해하기가 힘든 수많은 역사적인 일화들과 인물들이 등장하므로 필자는 각주를 붙여서 간략하게 설명하였고, 독자들이 더 상세한 자료를 찾아보기에 편리하게끔 인명과 인용된 라틴어 구문들을 각주에 원어로 표기하였다, 그리고 부록에는 *《 랑세의 생애 》*에서 언급된 프랑스와 영국 왕가 인물들 및 명문 귀족들의 요약된 계보, 그 당시 수도원의 하루 생활을 보여주는 성무일과, 초기의 그리스도교 고행 수도자들이 은둔했던 이집트 사막과 팔레스티나 지방의 지도, 트라프 수도원이 위치한 프랑스 페르슈 지방과 *《 랑세의 생애 》* 에서 자주 언급된 루아르 강 주변 장소들의 위치를 지도에 표시해서 독자들의 이해에 도움이 되게 하였다. 가톨릭교회의 전례(典禮)나 인명의 우리말

표기는 주로 한국교회사 연구소에서 간행한 《*한국가톨릭대사전*》을 참고하였다.

7.

샤토브리앙이 말년에 썼던 작품들의 바탕에 깔려있는 정서는 우울과 고독과 삶의 허무감이며, 《*랑세의 생애*》를 쓰게 되었던 동기도 현세의 허무감을 극복하기 위해 고행했던 어느 수도사 신부의 열정에 대한 관심이었을 것이다. 그러면 샤토브리앙은 《*랑세의 생애*》를 쓰고 나서 허무에 대해 어떤 메아리를 들었던 것일까? 프로방스의 박물학자이자 〈*곤충들의 호메로스 (l'Homère des insectes)*〉라고 하는 장-앙리 파브르(Jean-Henri Fabre)는 평생 동안 식물들과 곤충들의 생태를 관찰하고, 1879년부터 1907년까지 모두 10권으로 된 불후의 작품인 《*곤충기 (Souvenirs entomologiques)*》를 남기고 1915년 사망했는데, 그는 인간의 삶과 죽음을 벌레로 살다가 아름다운 나비가 되는 탈바꿈에 비유하는 것 같은 묘비명을 남겼다 : 《(죽음은 삶의) *끝이 아니고, 고귀한 삶으로 넘어가는 문턱이다 (Minime finis sed limen vitae excelsioris)*》. 만일 1848년에 사망한 사토브리앙이 장-앙리 파브르보다도 더 늦게 태어나서 살아생전에 그 묘비명을 읽었더라면, 그는 혹시 또 다른 감동적인 작품을 쓰게 되었을지도 모를 일이다.

젊은 시절에 그의 아름다운 문체와 비감한 정서에 이끌려서 샤토브리앙의 글을 40여 년 동안 읽은 필자는 그의 자서전인 《*무덤 너머의 회상록*》을 편역해서 《*샤토브리앙-생말로에서 생말로까지*》라는 제목으로 세상에 내놓은 뒤에도, 그의 마지막 작품인 《*랑세의 생애*》를 소개해야겠다는 끈질긴 미련을 쉽사리 떨쳐내기가 힘들었다. 이제 샤토브리앙이 《*랑세의 생애*》를 썼을 때와 같은 나이가 되어서 오랫동안 미루어두었던 숙제를 하듯이 《*랑세의 생애*》의 번역을 힘겹게 끝내고서 마련한 이 부족한 책자를 샤토브리앙을 애호하는 분들 앞에 두려운 마음으로 바치게 되었다. 끝으로 《*랑세의 생애*》를 우리말로 옮기는 힘든 작업에서 언제나 변함없는 우정으로 세세한 도움을 아끼지 않은 오랜 친우 이문희 (李文喜) 명예교수께 감사의 마음을 전하고자 한다.

〈 생애가 꽃이 핀 채로 끝난 사람은 행복하도다 ! 〉

\- 고대 그리스의 여자 시인 아니테 드 테제 (테게아)

〈 노년은 밤길을 가는 나그네이어서 땅은 가려지고 하늘만 보인다. 〉

\- 프랑수아 르네 드 샤토브리앙

랑세의 생애

카르팡트라스에서 1748년 4월 8일에 태어나시고,
1843년 4월19일 파리에서 95세의 연세로 선종하신
생쉴피스의 사제 세갱[1] 신부님의 추억에 바칩니다.
샤토브리앙

1) Jean-Marie Séguin (1748-1843). 파리 생쉴피스 소교구의 사제.

서 문 (* 1844년 5월에 발간된 제1판의 서문)

내 생애에서 나는 다만 두 개의 헌정사(獻呈辭)를 썼는데, 하나는 나폴레옹에게 쓴 것이었고[1], 또 다른 하나는 세갱 신부에게 쓴 것이다. 나는 처형대에서 죽은 사람들을 위해서 하느님께 가호를 빌었던 세상에 알려지지 않은 사제를 신앙의 승리를 위해서 죽은 사람만큼이나 찬양한다. 이십여 년 전 (그 당시에는 네 명이었으나 지금은 두 명만 남은 내 아내의 사촌들인) 다코스타의 따님들을 보러갔을 때, 나는 프티-부르봉 거리에서 법의(法衣)를 접어올리고 이탈리아식의 검은 빵모자를 쓰고, 지팡이를 짚고, 성무일과 (聖務日課) [2] 기도문을 웅얼거리면서 말제르브의 딸이던 몽부아시에 부인 [3]의 고해를 들어주려고 생토노레 변두리로 가는 어느 신부를 우연히 만났다. 나는 그 신부를 생쉴피스 근처에서 몇 번 다시 만났는데, 그는 다른 사람들에게서 빌려온 아이들을 팔에 안고 구걸하는 거지들을 막아내려고 애를 쓰고 있었다. 나는 곧 그 가난한 사람들의 먹잇감과 친숙해졌고, 세르방도니 16번지에 있는 그의 집을 방문하였다. 포석들이 대충대충 깔린 안뜰로 들어가니까 독일사람 문지기가 귀찮게 방해하지는 않았고, 안뜰 깊숙한 곳 왼쪽에 계단이 있었는데, 그 계단 디딤판들은 부서져 있었다. 3층으로 올라가서 문을

---

1) 샤토브리앙은 1803년 << *그리스도교의 정수* >> 제2판을 나폴레옹에게 헌정했음.

2) 성무일도(聖務日禱, Officium divinum) : 6세기경 베네딕토 수도원 회칙으로 정해져서 그리스도 교회의 거의 모든 수도원에서 매일 실행되어온 하루 여덟 번 성서를 읽고 시편과 찬미가를 노래하는 기도 의식. 바티칸 공의회에서 하루 일곱 번으로 바뀌고, 공식 명칭도 시간전례 (Liturgia Horarum)로 바뀌었음 <참고자료 X.>

3) 혁명 중에 루이 16세를 변호하다가 가족들과 함께 처형된 사법관이자 정치가이었던 말제르브 (Lamoignon de Malsherbes) 의 딸. 몽부아시에 남작과 결혼했음.

두드렸더니 검은 옷을 입은 하녀가 문을 열어주었고, 가구는 없고 노란색 고양이가 의자 위에서 잠자고 있는 대기실로 나를 안내하였다, 그곳에서 검은 나무로 만든 커다란 십자가로 장식이 된 서재 안으로 들어갔더니, 칸막이 너머에서 난로불 앞에 앉아있던 세갱 신부는 목소리를 듣고 내가 온 것을 알아차렸다. 일어설 수 없었던 그는 나에게 강복을 하고, 내 아내의 소식들을 물어보았다. 그는 그의 모친이 고향을 생각나게 하는 말투로 자주 이야기했던 것을 내게 말해주고는 하였다 : ≪사제의 복장은 절대로 인색한 탐욕으로 수를 놓으면 안 된다는 것을 상기하세요.≫ 그의 사제복은 가난으로 수놓아져 있었다. 그에게는 자신처럼 사제이던 세 형제들이 있었는데, 그들 네 명은 모두 생모르 교구 성당에서 미사를 집전했고, 그리고 함께 카르팡트라스에 있는 모친의 무덤에 엎드려 절을 하러 갔다. 세갱 신부는 혁명 중에 서약[1]을 거부했으므로, 어느 날 추적을 당해서 뛰어가며 뤽상부르 정원을 지나서 생도미니크-당페르 거리에 있는 쥐씨의 집으로 피신했는데, 나도 1815년[2] 마지막으로 뤽상부르를 떠나면서 나의 친구 이드 드 뇌빌과 함께 인적이 드문 공원을 가로질러 바로 그 거리를 지나갔던 것이다. 혁명의 소란이 아직 남아있는 마음속에서 서글픈 추억의 메아리들이 다시 깨어난다.

세갱 신부는 박해받고 있는 그리스도교 신자들을 숨겨진 장소에 모았다. 그의 형제인 앙투안 신부가 체포되어 칼멜 수도원에 구금되었다가 9월 2일 학살되었다. 이 소식이 장-마리[3]에게 전해졌을 때, 그는 *〈테 데움〉*[4]을 읊었다. 그는 변장을 하고 변두리에서 변두

---

1) 프랑스 혁명 중에 국민의회가 1790년 8월 공포한 <성직자 민사기본법 (Constitution civile du clergé)>은 모든 성직자들에게 혁명에 복종하는 충성서약을 하게 했음.
2) 제2판에서 1830년으로 정정되었음. 샤토브리앙은 *≪무덤 너머의 회상록≫*에서 1830년의 7월 혁명 당시 왕정주의자 이드 드 뇌빌과 함께 뤽상부르 정원을 지나갔다고 썼음.
3) Jean-Marie : 세갱 신부의 세례명.
4) *<Te Deum>* : 감사송.

리로 신자들을 도와주러 다녔다. 독실하고 헌신적인 부인네들이 자주 그를 수행했고, 쇼케 부인은 그의 딸 행세를 하고 망을 보거나 고해 신부가 오는 것을 미리 알려주는 책임을 맡았다.

세갱 신부는 키가 크고 건장했으므로 국민병[1]에 편입되었다. 국민병으로 등록된 다음날부터 네 명의 병사들과 함께 카세트 거리의 한 가택을 수색하러 보내졌는데. 하늘은 그에게 해야 할 일을 일러주었던 셈이다. 그는 큰 소란을 피우며 아파트 문을 열라고 요구하였다. 세갱 신부는 벽에 맞대어 놓은 어느 그림을 얼핏 보았고, 그것이 무언가를 눈에 띠지 않도록 가려주고 있는 것을 알아차렸다. 그는 그림 가까이 다가가서 총검으로 그림의 한 모서리를 들추어 보고, 그것이 문 하나를 가려서 막아놓은 것을 알았다. 그는 즉시 목소리를 바꾸어서 동료들에게 빈둥거린다고 질책하고, 그 그림이 숨겨놓은 서재 맞은편의 방을 수색하도록 지시하였다. 그처럼 신앙심이 부인네들과 사제들에게 영웅심을 일깨우는 동안, 그런 영웅심은 전쟁터에서도 우리들의 군대와 함께 있었지만 이제까지 프랑스 사람들이 그토록 용감한 적도 없었고 또 그토록 불행한 적도 없었다. 그 후 국민병의 신분을 어떤 방식으로든 이용할 수 있다는 것을 알게 된 세갱 신부는 언제나 그런 곳에 모습을 드러내었다. 그 거짓말은 숭고했으나, 세갱 신부에게는 그래도 역시 마음이 편치는 않았는데, 그것은 거짓이었기 때문이었다. 격렬한 희생을 하면서도 그는 친구들을 놀라게 한 망연자실한 침묵으로 빠져들었다. 인간들의 세상살이의 변천에 따라 그는 그런 고역에서 풀려나게 되었다.[2] 사람들은 범죄에서 영광으로, 공화국에서 제국으로 건너간 것이다.

---

1) Garde nationale : 프랑스 혁명이 시작된 1789년 민병대 형식으로 창설되어 1871년 해산된 군대. 평상시에는 지역 질서를 유지하고, 전쟁 중에는 정규군대와 함께 참전했음.

2) 나폴레옹의 쿠데타에 의해서 혁명은 1799년 종결되었음. 샤토브리앙은 *<<무덤 너머의 회상록>>* 에서 혁명 공화국을 무자비한 <범죄의 시대>로 묘사하고, 그 뒤를 이은 나폴레옹 제국을 중앙집권 강화와 정복전쟁을 통해서 <프랑스의 영광을 지향한 시대> 라고 기술했음.

내가 수도원장 랑세의 이야기를 쓴 것은 내 영적 지도자의 지시에 따르기 위해서였다. 세갱 신부는 나에게 그 저술 작업에 대해서 자주 이야기를 했고, 나는 그 일에 당연히 마음이 내키지는 않았지만, 그럼에도 불구하고 공들여 연구하고 읽었으며, 오늘날 *«랑세의 생애»*를 구성하고 있는 것은 그 독서에서 얻어진 결과물이다.

말하고자했던 모든 것은 이와 같다. 나의 첫 작품은 런던에서 1797년에 만들어졌고, 마지막 끝 작품은 1844년에 파리에서 만들어졌다[1]. 두 날짜의 사이에는 47여 년의 긴 세월이 있으며, 타키투스가 *〈인간 생애의 긴 부분인 15년〉*[2]이라고 불렀던 것의 3배나 되는 기간인 것이다. 내가 쓴 글은 늙은 삼촌 이야기들에 익숙해진 증손조카들을 제외한다면 아무도 읽지 않을 것이다. 세월은 흘러갔고, 나는 루이 16세와 보나파르트가 죽는 것을 보았으니 그 후에 더 살아가는 것은 하찮은 일이다. 이 세상에 남아서 나는 무엇을 하고 있는가? 눈가에서 흘러 떨어지는 눈물을 씻어낼 만큼의 긴 머리터럭도 없을 때 이 세상에 머무르는 것은 좋은 일이 아니다. 지난날에 나는 내 딸들인 아탈라, 블랑카, 시모도세[3]를 데리고 청춘을 탐구하는 몽상들을 종이에 휘갈겨 놓았다. 사람들은 푸생[4]의 마지막 작품인 〈노아의 홍수〉 그림에서 명료하지 않은 윤곽선에 주목하게 되는데, 부족했던 시간은 그 위대한 화가의 걸작품을 아름답게 해주었으나, 사람들은 아무도 나를 관대하게 보아주지 않으리라. 나는 푸생이 아니고, 나는 테베레 강[5]가에서 살지 않고, 그리고 내게는 날씨마저도 궂은 것이다. (* 다음 구절은 1844년 7월에 발간된 제2판의 서문에서는 삭제되었음)

---

1) 샤토브리앙은 첫 작품은 *«혁명론»* 이고, 마지막 작품은 *«랑세의 생애»* 였음

2) *<Quindecim annos, grande mortalis ævi spatium>*. 고대 로마의 역사가 타키투스(Publius Cornelius Tacitus, ?55 -?117)가 저술한 *«농부의 생애 (Vita Agricolae)»*에서 인용한 구절.

3) 샤토브리앙의 작품에 등장하는 여주인공들의 이름. 샤토브리앙은 자녀가 없었음

4) Nicolas Poussin (1594-1665) : 프랑스에서 태어나 파리에서 그림공부를 하고, 주로 로마에서 활동했던 17세기 고전주의 화가. 로마에서 사망했음.

5) Tebere 강. 로마를 지나서 흐르는 강.

과거에 나는 아멜리[1]의 이야기를 상상해낼 수 있었지만, 이제는 랑세의 이야기를 그리게 되었으므로, 세월이 바뀌어감에 따라서 나는 천사를 바꾼 셈이다.

제 2 판의 서문

사람들이 나에게 지적했던 모든 것들을 이번 판에서 교체하였다.[2]

내가 틀렸을 때 사람들이 알려주어서 나는 매우 기뻤으며, 세상 사람들은 언제나 나보다도 더 현명하고 그리고 박식하다.

---

1) 샤토브리앙의 자전적 소설 *<<르네>>*의 여주인공.

2) 샤토브리앙은 1844년 5월 *<<랑세의 생애 >>*의 초판을 발간하고 2달이 지난 7월에 개정해서 제2판을 발간하였음. 3편으로 되었던 초판의 편제를 4편으로 바꾸었고, 초판의 내용 중에서 많은 부분을 삭제하거나 수정하고 추가했는데, 초판의 내용에 대해서 당시의 트라피스트 수도회 성직자들을 비롯한 여러 사람들이 불만을 제기했고, 문법이나 신학에 박식한 사람들이 샤토브리앙의 오류와 편견들을 지적했었기 때문이었음.

제 1 편

위대한 티유몽[1]님의 동생이고, 그 분만큼이나 박식한 트라프 수도원 수도사이며 수도원장 대리였던 피에르 르넹 신부[2]는 랑세의 가장 완벽한 전기를 쓴 작가로 인정받고 있다. 개혁자였던 그 수도원장의 생애 이야기는 다음과 같이 시작된다 :

《시토 수도회의 가장 훌륭한 금자탑의 하나인 노트르담 드 라 트라프 수도원의 저명하고 신앙심이 깊으신 수도원장 *〈아르망-장 르 부티에 드 랑세 신부님〉*은 참회의 완벽한 거울이자 그리스도교 신자와 수도자의 모든 덕행을 수행한 귀감이며, 위대한 베르나르도 성인의 훌륭한 제자로서 그분을 성실하게 본받았다. 이제 하늘의 도움을 받아서 우리들이 전기를 쓰려는 그 신부님은 1626년 1월 9일 파리에서 왕국의 아주 오래되고 명망이 높은 가문에서 태어났다[3]. 그 가문이 불로뉴 주교였다가 후에 투르 대주교이자 오를레앙 공작[4]의 전속사제가 된 빅토르 르 부티예 예하를 교회에 바치고, 또 유별난 신앙심을 가졌던 고위성직자인 에르의 주교 세바스티앙 르 부티예 예하를 교회에 바친 것을 모르는 사람은 없으며. 그리고 처음에 파리 고등법원 판사였다가 나중에 정부 참사관이 되고, 수년 후에 재무총감과 국왕의 재무출납관이 된 퐁스와 폴리니 지방의 영주인

1) Louis-Sébastian Le Nain de Tillemont (1637-1698) : 가톨릭 사제, 역사학자.
2) Pierre Le Nain (1640-1713) : 트라프 수도원 신부. 1715년 랑세의 전기를 썼음.
3) <참고자료 III.> 르 부티예 랑세 가문의 계보 요약.
4) 루이 13세의 동생 가스통(Gaston) 오를레앙 공작.

클로드 르 부티예를 정부로 보낸 것을 알지 못하는 사람은 아무도 없다. 브르타뉴 출신으로 그 지방의 공작들과 인척관계가 있는 그 가문은 우리들이 전기를 쓰고 있는 그분의 성덕으로 더욱 고결하게 되었다.

《 이름이 드니 르 부티예이었던 신부님의 부친은 랑세 지방의 영주였고, 법원 청원심리부의 수장이었으며, 회계감사원장이었고, 또 마리 드 메디치 왕비[1]의 비서였다. 그는 샤를로트 졸리와 결혼해서 여덟 아이를 낳았는데, 세 아들과 모두 수녀가 된 다섯 딸들이 었다. 첫째 아들 드니-프랑수아 르 부티예는 파리 노트르담 성당의 참사회원이었고, 둘째 아들이 수도원장 랑세 신부님이며, 셋째 아들이던 랑세 가문의 귀족은 마르세유의 항무관과 함대 사령관으로서 국왕폐하를 섬겼다.

《 우리들의 수도원장님은 부친의 집에서 교회의 통상적인 의례 없이 세례를 받았으므로, 1627년 5월 30일에 생콤과 생다미앙 교구에서 세례 의식을 보완하게 되었다. 지극히 높으신 리슐리외[2] 추기경이 그분의 대부가 되었고, 아르망-장이라는 세례명을 주었다. 재무총감 에피아 후작의 부인 마리 드 푸르시가 대모였다.》

르넹 신부가 쓴 이야기의 첫머리는 이와 같았다. 무미건조한 불모지에서 생기가 되살아나서 트라프 수도원의 개혁자는 그의 보호자인 리슐리외와 친구인 보쉬에[3] 사이에서 세상에 나타난 것이다. 그 신부는 주변의 그런 인물들 속에서 파묻혀버리지 않으려면 위대해져야만 하였다.

---

1) Marie de Medlcis (1573-1642) : 이탈리아 토스카나 대공국 프란체스코 1세의 딸. 1610년 암살당한 앙리 4세의 왕비이며 루이 13세의 어머니.

2) Armand Jean du Plessis de Richelieu (1585-1642) : 추기경, 루이 13세 치세의 재상. 그의 대자였던 랑세 신부와 세례명이 아르망-장으로 같았음.

3) Jaques-Bénigne Bossuet (1627-1704) : 랑세의 신학교 시절의 동창생, 훗날 모(Meaux) 교구의 주교. 루이 14세 시대의 뛰어난 설교자였고 유명 인사들의 장례추도사를 썼음. 프랑스 아카데미 회원.

랑세의 형인 노트르담 성당의 참사회원 드니-프랑수아는 요람에서부터 트라프 수도원의 성직록을 받고 있었는데, 드니의 사망으로 아르망이 가문의 장자가 되었고, 그는 일종의 세습 재산으로 변하게 된 성직록 제도의 폐습에 따라서 형이 소유했던 여러 수도원들의 성직록을 물려받게 되었다. 어쨌든 장자가 된 그는 몰타 기사단 수도회에도 받아들여졌으므로, 그의 친척들이 그를 성직에 종사하게 만든 것이었다.

랑세의 아버지는 아들의 재능에 놀라서 세 명의 가정교사들을 붙여주었다. 첫째 선생은 그리스어를, 둘째 선생은 라틴어를 가르쳤고, 세 번째 선생은 그의 품행을 보살펴주었는데, 그것이 몽테뉴까지 거슬러 올라가는 교육전통이었다. 그 당시 고등법원 사람들은 아주 박식했으며, 파스키에 [1]와 고등법원장 쿠쟁이 그 징표이다. 아르망은 어린애 배내옷을 벗자마자 그리스와 로마의 시인들을 설명하였다. 성직록 자리 하나가 비어있게 되었으므로 사람들은 추천 대상자 명단에 리슐리에 추기경의 대자(代子)를 올려놓았고, 성직자들은 투덜거렸다. 예수회 수도자이고 국왕의 고해(告解) 사제였던 코생 신부는 어린애 옷을 입은 그 신부를 불러오게 하였다. 코생 신부가 〈*호메로스*〉의 책 한 권을 탁자 위에 올려놓고 랑세에게 보여주었더니, 그 어린애 학자는 펼쳐진 책의 한 구절을 설명하였다. 예수회 신부는 어린애가 문장 구절 맞은편에 있는 라틴어 대역(對譯)의 도움을 받고 있다고 생각하고, 어린 학생의 장갑을 벗겨서 그 주해(註解)를 가렸는데도 그 어린 학생은 그리스어 문장을 계속해서 번역하였다. 코생 신부는 큰 소리로 외쳤다 : *≪너는 린케오스의 눈을 가졌구나!≫* [2] 그는 어린애를 껴안았고, 궁정의 총애를 받는 것에 더 이상 반대하지 않았다.

---

1) Étienne Pasquier (1529-1615) : 역사학자, 시인, 파리 고등 법원의 법관

2) <*Habes lynceos oculos !* >. 그리스 신화. 황금 양털을 찾아가는 원정대의 선박 Argo의 항해사 린케오스(Lynceos)는 구름, 바위, 숲을 꿰뚫어 보는 눈을 갖고 있었다고 함.

열두 살이 되었을 때(1638년), 랑세는 *〈아나크레온〉*[1]의 시에 대해서 주해서를 내었다. 학문에 대한 이러한 조숙함은 소메즈[2]와 또 다른 유명한 아이들에 대해서 우리들이 알고 있는 바로서 충분히 입증될 수 있는 것이다. 68세가 된 랑세는 니케즈 신부[3]에게 보낸 편지에서 자신이 그 주해서의 저자였음을 시인하였다.

그리스어 판 *〈아나크레온〉*은 리슐리외 추기경의 보호 아래 출간되었고, 편지형식으로 된 랑세의 헌정사를 샤르동 드 라 로셰트[4]가 번역해놓았다. 누구라도 그것을 상세하게 번역할 수 있어도 보다 더 정확히 할 수는 없었을 것이다. 속세를 무시하게 될 사람이 속세의 주인이 되고자 갈망하는 사람에게 말하는 것을 듣는 것은 야릇한데, 야망은 온갖 사람들 마음속에 있으며, 야망은 소인배를 이끌어가고, 위대한 사람들은 야망을 이끌어가는 것이다. 그 헌정하는 편지는 이런 말로 시작 된다 :

《 고귀하신 아르망-장 리슐리외 추기경님께, 아르망-장 르 부티예 신부 올림. 건강하시고 번영하시기를 기원합니다. 감사하는 마음에서...그리스어는 성서의 언어이기도 하고... 저는 로마 사람들의 언어만큼이나 성심껏 그리스어를 공부했으며...추기경 예하님을 섬기는데 온몸으로 헌신하는... 》

*〈아나크레온〉*의 주석자인 랑세와 더불어서 나중에 자신에게 사죄하게 된 코르네유를 찬양자로 둔 것은 리슐리외의 영원한 모순점의 하나였는데, *《오라스》*는 *《르 시드》*의 박해자에게 헌정된 것이다.[5]

---

1) Anakreon (BC 570-485) : 술과 사랑과 쾌락을 주제로 시를 썼던 그리스의 서정 시인. 랑세 신부는 1639년 아나크레온의 서정시를 그리스어로 주석해서 출간하였음.

2) Claude Saumaise (1588-1653) : 프랑스의 철학자, 문헌 학자.

3) Claude Nicaise (1623-1701) : 신부. 디종의 라 생트샤펠 성당 참사회원.

4) Simon Chardon de La Rochette (1753-1814) : 그리스어 문헌 서지학자. 랑세의 그리스어 <아나크레온> 주해서를 프랑스어로 번역 출간하였음.

5) 리슐리외 추기경의 문하생인 극작가 코르네유 (Pierre Corneille, 1606-1684)는 1637년 *<< Le Cid >>* 를 발표해서 명성을 얻었으나 전통적인 연극의 원칙을 어겼다는 논쟁을 일으켰음. 리슐리외가 이끌던 아카데미의 핍박을 받아 연극계에서 소외되었다가 1640년 전통에 충실한 *<< Les Horaces>>*를 써서 리슐리외에게 헌정했음.

랑세의 *〈아나크레온〉* 주석은 송시들의 하나하나에 이어지고, 그 책의 첫머리에 인쇄된 젊은 번역자의 칭송의 글은 그 성인 같은 사람의 장래를 전혀 예측하지 못하고 있다. 중등학교에는 한 세대에서 다른 세대로 전해지는 이런 신화와 같은 어린 시절 이야기가 있었는데. 어느 유랑하는 음송 시인은 그 시들에 대해 다음과 같이 말했다고 한다 : « 너는 무엇을 소원하느냐. 테오의 가수[1]인가? 너는 바틸[2]을 위해서, 바커스[3]를 위해서, 시테레[4]를 위해 애간장을 태우느냐? 너는 젊은 처녀들의 춤을 좋아 하느냐? 여기 바틸과 젊은 처녀들보다도 더 좋은 아르망(드 랑세)이 있다. 아르망을 잘 알면 행복하게 사느니라.»

성인 같은 사람의 출현을 알리는 이상야릇한 예고였다. 나는 어느 담임선생이 수업시간에 우리에게 알렉시스에 관한 목가(牧歌)를 설명해준 것을 기억하고 있는데, 그 알렉시스는 다정한 우두머리의 말을 잘 따르지 않는 새내기 목동이었다.[5] 그리스도교 신자의 참으로 솔직하고 순박한 부끄러운 일인 것이다!

그 후에 랑세는 자신에게 남아있던 *〈아나크레온〉* 인쇄물을 불속에 던져버렸으나, 여하튼 그 책들은 국왕의 도서관에서 찾아볼 수 있다. 오늘날에는 니케즈 신부로 알려진 어느 이름 모를 여행자는 랑세가 살아있었을 때 트라프 수도원을 방문해서 그 신부와 나눈 대화를 말해주었다. 랑세 신부는 그에게 말했다고 한다 : « 나의 서가에는 그 *〈아나크레온〉* 책이 한권 밖에 없었고, 나는 그것이 좋은 책이어서가 아니라 깨끗하고 제본이 잘된 책이었으므로 펠리송[6]

1) 그리스의 섬 Téos 에서 태어난 서정시인 아나크레온.
2) Bathille, Bathylle(Samos) : 아나크레온이 좋아했던 고대 그리스 청년.
3) Bacchus : 로마 신화. 다산과 풍요, 기쁨과 광란의 포도주의 신.
4) Cythérée : 그리스 Cythére(Cythereia) 섬에서 태어난 여신. 아프로디테 (비너스).
5) 사토브리양은 랑세를 로마시인 Vergilius의 농경시 << *Bucoliques* >> 의 두 번째 시에 등장하는 반항적인 양치기 Alexis에 비유하고 있는데, 그는 훗날 성실한 목동이 됨.
6) Paul Pellisson-Fontanier (1624-1693) : 문필가, 역사학자, 프랑스 아카데미 회원. 루이 14세의 연대기를 썼음.

에게 주었습니다. 나는 아직 수도사가 되기 전 처음 2년 동안의 은둔생활 중에 그 시들을 읽고 싶었지만, 그것은 옛날 생각이 나게 했고, 또 그 책에는 꽃 속에 감추어진 아주 위험하고 미묘하게 해로운 것이 있었으므로, 그래서 마침내 그 모든 것을 버렸습니다.»

그는 1692년 니케즈 신부에게 글을 썼다 : «내가 *〈아나크레온〉* 에서 한 일은 전혀 대단한 것이 없어요. 열두 살 나이의 사람이 생각할 수 있는 것에서 칭찬받을 만한 일이 무엇이 있겠습니까? 나는 문학을 좋아했고 즐겼어요. 그것이 전부입니다.»

리슐리외의 보호와 모후(母后)[1]의 귀여움을 받으며 랑세는 행복한 여건으로 생애를 시작하였다. 마리 드 메디치는 그에게 할머니와 같은 애정을 갖고 있었으며, 무릎에 그를 앉혔고, 안고 다녔고, 입맞춤을 해주었다. 어느 날 모후는 랑세의 아버지에게 말하였다 : «내 아들을 왜 또 안 데리고 왔소? 나는 그 애를 그렇게 오랫동안 안 보고 견딜 수는 없어요!» 사람들은 그런 애정의 표시를 행운의 극치로 여겼을 것이고, 그것들은 앙리 4세의 과부이자 찰스 1세의 부인의 어머니[2]로부터 온 것이었다. 그는 노트르담 드 파리 성당의 참사회원과 트라프 수도원 원장이면서 샤보르 근처의 불로뉴, 노트르담 뒤 발, 보베의 생-셍포리앙 수도원장이었고, 푸아투의 생 클레망탱 수도원장, 앙제 교구의 우트르마옌 성당 부제(副祭), 투르의 참사 회원이었으므로[3] 어린 학생의 호사(豪奢)에서 부족한 것들이 없었고, *〈아나크레온〉*의 명성으로 리슐리외로부터 받은 혜택이었다.

이 무렵 어린 부티에는 시련을 겪었을 것이다. 리슐리외가 마리 드 메디치와 다투었는데[4], 그 이탈리아 출신의 왕후는 뤽상부르

---

1) 앙리 4세가 암살당한 후 열 살에 국왕이 된 루이 13세의 어머니 마리 드 메디치.
2) 마리 드 메디치는 영국의 왕 찰스 1세의 장모였음 <참고자료 II >.
3) 랑세에게 상속재산으로 세습된 수도원과 성당의 성직록 직책들.
4) 마리 드 메디치는 루이 13세의 동생 가스통 공작과 공모해서 리슐리외를 제거하려는 권력 투쟁을 벌렸으나, 리슐리외 의해 브뤼셀로 추방된 후에 독일 쾰른에서 사망했음.

궁전이나 아르케이 수로교(水路橋) 건설을 계속하거나 목판에 새긴 자신의 초상화나 스스로 다듬었으면 좋았으리라. 마리의 행운 쪽에 줄을 섰던 아버지 부티예는 랑세를 그의 대부의 집에 가지 못하게 했으나, 랑세는 그 추기경에게 계속 충실하였고, 추기경이 사망할 때까지 몰래 그를 만나보았다. 그런 일들은 생애를 말해주는 일화에서나 전해오는 것이고, 역사적인 연대기는 그런 일들을 뒤집어 놓는데, 마리 드 메디치가 네덜란드로 피신했을 당시에 랑세는 서너 살 밖에 안 되었던 것이다.

리슐리외는 장관이 되고나서 18년만인 1642년 12월 4일 사망했으므로, 새로이 시작되는 시대와 더불어 왕권이 운명을 지배하게 된다. *〈사제 조제프〉*[1], *〈마리옹 드 로름〉*[2], *〈대 전원극〉*[3]이라는 글귀들이 그의 앞에 덧붙여져서 티끌과 먼지로 땅에 파묻힌 허약한 결점들의 표시이었다.

안 도트리슈의 섭정과 마자랭 장관의 통치 시대[4]에 랑세는 학업을 계속하였다. 그는 철학과 신학 과정에서 당시의 사교계 사람들이 적극적인 관심을 갖고 바라보게 된 성공을 거두었고, 루이 14세의 모후에게 자신의 박사학위 논문을 헌정하였다.[5] 어느 날 아리스토텔레스의 결론을 이끌어 내는 문장에다 자신의 주장의 근거를 둔 교수로부터 공박을 당한 랑세는 자기는 아리스토텔레스를 그리스어로만 읽었는데, 혹시 사람들이 그 원문을 제시하기 바란다면 그것을 상세히 설명해 보겠다고 대답하였다. 그 교수는 그리스어를 몰랐고,

---

1) *<Père Joseph>*, François Leclerc du Tremblay (1577-1638) : 리슐리외 추기경의 측근 신부로서 영향력을 행사해서 막후의 추기경(Éminence grise)이라고 불리었음

2) *<Marion de Lorme>* Marie de Lon demoiselle de Lorme, (1613-1650) : 궁정에 출입하며 많은 염문을 퍼트린 사교계 여성. 리슐리외 추기경의 애인으로 알려졌음.

3) *<La Grande Pastorale>*. 리슐리외 추기경 저택의 극장에서 1642년 공연된 전원극.

4) 리슐리외가 죽은 다음 해 루이 13세가 사망해서 루이 14세가 다섯 살에 국왕으로 즉위했고, 모후 안 도트리슈(Anne d'Autriche)가 섭정, 이탈리아 출신의 추기경 마자랭 (Jules Mazarin)이 재상이 되었음.

5) 랑세는 1951년 신학교를 졸업해서 사제가 되었음. 1654년 박사학위를 받았고, 그의 삼촌 빅토르 (Victor Le Bouthiller)가 대주교이던 투르 (Tours) 부주교로 서임되었음.

랑세는 그 사실을 짐작하고 있었던 것이다. 랑세는 그리스어로 된 원문을 외워서 인용했고, 그 원문과 라틴어로 된 번역본 사이에 존재하는 차이점을 보여주었다.

랑세는 학업 중에 근처에 앉아있기만 해도 유명해지기에 충분한 사람을 만나는 행운이 있었는데, 그는 보쉬에이었다. 랑세는 궁정에서 시작하여 은둔생활로 끝냈고, 보쉬에는 은둔 생활로부터 시작해서 궁정에서 끝을 내었으므로 한 사람은 속죄 고행으로서, 다른 사람은 타고난 재주로서 위대했던 것이다. 학위과정에서 보쉬에는 단지 2등까지만 했을 뿐이고 랑세는 1등을 했는데, 사람들은 그 성공을 출신 가문의 덕택으로 여겼다. 랑세는 그것을 의기양양하게 여기지 않았고, 보쉬에는 그것으로 기가 꺾이지는 않았다.

랑세는 여러 성당에서 설교를 해서 성공하였다. 그의 말은 훗날의 부르달루[1]처럼 세차게 쏟아져 나왔으나 좀 더 감동적이었고, 좀 더 천천히 말하였다.

1648년에 자유를 확장하려고 프랑스가 뛰어든 긴 구덩이였던 프롱드 난[2]이 일어났다. 피로 얼룩진 그 축제는 역할들이 뒤섞여서 부인네들이 지휘관이 되었고, 오를레앙 공작은 *〈마자랭에게 맞서서 싸우는 그의 딸 [3]군대의 백작부인들〉* 에게 편지를 썼다.

법원 판사 브루셀[4]은 대단한 사람이었고, 사제[5]에 의해서 뱅센 감옥에 갇혔던 콩데는 하찮은 인물이었다. 보좌주교[6]는 생드니에서

---

1) Louis Bourdaloue (1632-1704) : 당시 궁정에서 설교가로 명성이 높았던 예수회 신부.
2) La Fronde : 1648년 마자랭 궁정세력에 대항해서 고등법원 세습 관료들과 시민들이 일으킨 반란. 콩데 대공(Grand Condé) 군대가 파리를 봉쇄해서 1649년 <1차 프롱드 난>은 끝났음. 1차 프롱드 난 진압에 공을 세운 콩데 대공이 지나친 논공행상을 요구해서 왕실은 그를 뱅센 감옥에 투옥했는데, 이에 반발한 귀족들이 에스파냐의 지원을 받아 <2차 프롱드 난>을 일으켰고 1652년 튀렌(Turenne) 원수 군대가 진압해서 종결되었음.
3) 가스통 오를레앙 공작은 2차 프롱드 난에서 그의 딸인 안 마리 루이즈와 콩데 대공의 여동생인 롱빌 부인과 함께 콩데 대공과 귀족들의 편에 가담해서 싸웠음.
4) Pierre Broussel (1575-1654) : 섭정정부에 반대해서 체포된 파리 고등법원 사법관.
5) 마자랭 추기경. 루이 14세의 모후 안 도트리슈와 연인 관계였다는 소문이 있었음.
6) Jean-François Paul de Gondi (1613-1679). 파리 보좌주교. 훗날의 레츠 추기경.

파리의 약탈을 기다리고 있었고, 사람들은 이웃 사람들의 목을 자르고 이런 시 구절로 스스로 위안을 하였다 :

〈어느 유명한 용사가 물을 주는 카네이션 꽃들을 보면서...〉 [1)]

찰스 1세가 크롬웰의 도끼 아래 쓰러지고 앙리 4세의 딸 [2)]이 루브르 궁전에서 추위로 죽어갈 때, 마자랭과 튀렌은 사랑을 하고 있었는데, 한 사람은 왕비의 애인이었고, 다른 사람은 롱빌 부인의 애인이었다. 매일 신문기사가 나왔고, *〈르 쿠리에 프랑세〉*나 *〈르 쿠리에 엑스트라바강〉*에 익살스런 운문들이 실렸으며 그런 따분한 것들 가운데에는 이런 글들이 있었다 : 《젊은 탕크레드 로앙[3)]은 마자랭 추기경이 프랑스에 불을 질렀던 전쟁 소식을 샹젤리제 [4)]로 가져온 최초의 사람이었다. 저승의 강 뱃사공인 카론은 그 젊은이를 건네주었고, 왕족들과 영웅들이 즐거워 할 환락의 들판을 보여주었다. 훌륭한 숙소의 문까지 함께 가도록 젊고 품위 있는 운명의 여신들을 주었고, 그곳에서는 그가 아직 젊은 것을 아쉬워하며 받아들였다.》

한참 미리 앞서서 이제 여러분은 *〈성회(聖灰)의 날〉*에 즈음해서 *〈사랑스런 아내 금육재(禁肉齋)〉*와 함께 *〈사순절의 보루〉*를 점령하는 *〈금식재(禁食齋)의 공작(公爵)〉*[5)]을 만나게 된다.

트라프 수도원 개혁자가 독서로 마음의 양식을 삼은 것은 그 무렵이었다. 그는 프롱드 난 이전에 시작되고 프롱드 난과 더불어서 끝난 사교계들 가운데서 방황했을 수 있겠는데, 실제로 그 사교계

---

1) 여류 문필가 스퀴데리 양이 뱅센 감옥에서 꽃을 기르는 콩데 대공에 대해 쓴 4 행시의 앞부분. 샤토브리앙이 인용하며 생략한 단어 <*arrosa*> 를 필자가 채워서 번역했음

2) Henriette-Marie de France. 영국의 찰스 1세와 결혼한 앙리 4세의 막내 딸. 청교도 혁명으로 프랑스에서 망명생활을 하는 동안 프롱드 난으로 빈곤한 생활을 했음.

3) Tancrède de Rohan. 프롱드 난에 가담했다가 뱅센 감옥에서 처형된 19세의 청년.

4) 그리스 신화의 엘리시온 (Elysion). 신들의 축복을 받은 영웅이 죽어서 가는 낙원.

5) 가톨릭교회는 성회의 날(재의 수요일)과 성금요일에 건강한 성인은 하루 한 번 만 식사하고 음료 섭취를 절제하는 금식재(大齋)를 지키고, 미성년자와 노약자는 육식만 삼가하는 금육재(小齋)를 실천하도록 하고 있음. 훗날 트라프 수도원을 개혁한 원장으로서 하루에 한 끼만 식사하고, 육식을 금하고 침묵을 하는 엄격한 고행수도생활을 했던 랑세 신부를 <금식재의 갈증과 허기를 잘 극복하는 어느 공작>에 비유하고 있음.

에서 몽바종 부인[1]을 알게 되었다. 그런 사교계에는 여러 다양한 부류들이 있었으며, 가장 중요하고 유명했던 것은 랑부예 저택의 사교계이었다, 멈추어 그곳을 바라보도록 하자. 랑세가 세상의 어떤 막장에서 되돌아왔는지를 알게 되면 그가 어느 곳으로부터 출발했는지를 보다 더 잘 이해하게 되리라.

피사니 후작[2]과 로마 여성 사벨리 부인[3]의 딸 랑부예 부인[4]은 우리나라의 메디치 시대[5] 여러 가문들처럼 이탈리아 혈통이었다. 랑부예 부인은 파리에서 이미 르네상스가 기본 원칙들을 보여준 큰 저택들의 취향을 가르쳐주었다. 뤽상부르 궁전을 건축할 당시에 모후[6] 마리 드 메디치는 피사니 저택을 보고 공부하라고 건축가들을 보냈는데, 랑부예 저택이 된 그 피사니 저택은 오늘날 샤르트르 거리가 된 곳에 있었고,[7] 그곳에서 필리베르 들로름의 작은 궁전이 보였으므로, 루브르 궁전의 제2회랑은 우리들의 시대에 와서야 건축된 것이다.[8] 그 저택은 궁정에서 가장 품위 있는 사람들과 문필가들 중에서 가장 잘 알려진 사람들의 만남의 장소였다. 그곳에서는 부인들의 보호 아래 사교계 인물들이 뒤섞이기 시작했고, 여러 계층의 사람들이 결합되어 예전의 우리나라에서는 흉내도 낼 수 없던

---

1) 몽바종 공작 (Hercule de Rohan)의 젊은 미망인. 당시 미모와 추문으로 유명했음.
2) 피사니 후작 (Jean de Vivonne, 1530-1599) : 프랑스 군대의 원수, 생구아르 영주.
3) 사벨리 부인 (Giulia Savelli) : 13세기부터 교황과 많은 추기경들을 배출한 로마의 귀족 가문 출신의 여성. 프랑스의 피사니 후작 (Jean de Vivonne) 과 결혼했음.
4) 랑부예 부인 (Catherine de Vivonne, 1588-1665) : 피사니 후작의 딸. 랑부예 (Rambouillet) 후작과 결혼해서 랑부예 후작 부인이 되었고, 자신의 저택에서 유명한 랑부예 살롱을 열었음.
5) 앙리 2세의 과부였던 이탈리아 메디치 가문 출신의 카트린 드 메디치 (1519-1589) 가 세 아들 (프랑수아 2세, 샤를 9세, 앙리 3세) 의 모후로서 프랑스 궁정을 지배한 16세기 후반을 말함. 그 시대에 이탈리아 인물과 문화가 프랑스에 많이 유입되었음.
6) 앙리 4세의 미망인이며, 어린 루이 13세의 어머니로서 그 당시에 섭정이었음.
7) 1620년부터 1648년까지 랑부예 부인이 사교계 살롱을 열었던 랑부예 저택 (피사니 저택)은 19세기 후반 파리를 개조할 때 헐려서 없어지고 현재는 남아있지 않음.
8) 이탈리아에서 공부한 건축가 필베르 들로름 (Philibert Delorme, 1514-1570)이 루브르 궁전 서편에 튈르리 궁전의 작은 건물을 세웠음. 랑세 시대에는 그 건물이 랑부예 저택에서 보였으나, 훗날 샤토브리앙이 이 글을 쓰는 1842년 무렵에는 17세기 이후에 증축된 루브르 궁전의 제2 회랑 건물들에 가려져서 보이지 않게 되었음.

풍속인 지성의 평등이 이루어졌다. 정신의 예절은 행동양식의 예절에 합쳐져서 사람들은 잘 살고, 그리고 잘 말할 줄 알았다.

그러나 취향과 풍습은 단일한 틀에 부어서 만들어지는 것은 아니며, 과거는 그 잔재들을 현재 안으로 끌어들이므로 그 시대의 사회에서 나타나는 결함들을 성실하게 살펴보아야한다. 시대를 면밀하게 분별하려고 노력하면서 사람들은 몰리에르[1]의 비평 속에 있는 과장된 표현들을 비난할 수밖에 없으나, 그는 기 파탱[2]의 편지가 의사들을 묘사해서 보여준 것처럼 그가 기억한 것을 이야기 했을 뿐이고, 그 위대한 희극 작가는 그 한계를 넘어서지는 않았다.

랑부예 저택에서 열렬하게 환영받은 나폴리 사람 마리니[3]는 *〈콘체티〉*[4]에 대한 사랑을 가져와서 우리들의 취향을 버려 놓았다. 마리 드 메디치는 마리니에게 2천 에퀴[5]의 연금을 받게 해주었다. 코르네유도 알프스 산 너머[6]의 취향에 빠져들었지만 뛰어난 재능이 버텨주었고, 이탈리아 빵모자를 벗어버린 그에게는 모든 사람들을 위에서 내려다보는 대머리만 남았다.

랑부예 저택이 아주 오래된 명성을 가졌던 시절에 그곳에는 고약한 장난이 인기가 있었는데, 그런 것은 내 젊은 시절의 시골구석[7]에서도 찾아볼 수 있었다. 한 밤중에 몸이 부은 사람에게 꼭 끼는 옷을 다시 입히거나, 쥘리[8]의 왜소한 옷을 입은 고도[9]가 당디이[10]에게 덤비다가 짚으로 만든 창이 잘리면 당디이는 고도의 따귀를

---

1) Molière, Jean-Baptiste Poquelin (1622-1673) : 프랑스 극작가, 연극배우.
2) Guy Patin (1601-1672) : 프랑스 왕립 학교 해부학 약리학 교수였고, 외과 의사였음. 몰리에르 연극에서 희극적인 의사의 모델이 되었음.
3) Giovanni Battista Marini (1569-1625) : 이탈리아 바로크 시인.
4) <*concetti*> : 이탈리아 시인 마리니가 프랑스에 도입한 부자연스럽게 멋을 부린 문체.
5) 루이 13세 시대에 주조되어 통용된 은화 (écu blanc).
6) 이탈리아.
7) 샤토브리앙은 젊을 때 브르타뉴 푸제르의 큰 누님 시골집에 머물며 살롱에 출입했음.
8) Julie d'Angenes(1607-1671) : 랑부예 후작부인의 딸, 훗날 몽토지예 후작부인이 됨.
9) Antoine Godeau(1605-1672) : 방스(Vence)의 주교, 문필가. 프랑스 아카데미 회원.
10) 아르노 당디이 (Robert Arnauld d'Andilly, 1589-1674) : 시인, 문필가, 고전 번역가, 얀센교파 옹호자였고 국가재정과 원예 과수 농업 전문가였음. < 참고자료 IV.>

때리는 것 같은 것이 그 랑부예 저택에서 있었던 일이었다. 피에르 코르네유가 그곳에서 *«폴리왹트»*[1]를 읽었을 때, 사람들은 *«폴리왹트»*는 그 무대에 어울리지 않는다고 선언했고, 피에르에게 그의 걸작품을 주머니 속에 다시 집어넣으라는 뜻으로 마차를 타고 가버렸다. 하여튼 영국에서 셰익스피어가 태어나고, 프랑스에서 코르네유가 태어나게 한 것은 강력한 노르만 민족의 혈통[2]이었다.

랑부예 저택에서는 잠옷 모자를 별로 좋아하지 않았으나, 몽토지에[3]는 단지 그의 용감성을 감안해서 그것을 쓰도록 허락을 받았다. 부인네들은 낮에는 14세기의 성주 부인들처럼 지팡이를 들고 다녔으며, 손수건 가장자리는 레이스로 장식되었고, 금발머리의 젊은 부인들을 *〈사교계의 멋쟁이〉*라고 불렀다. 태양아래에 새로운 것은 없는 것이다.

랑부예 부인이 열었던 연회에서 그녀는 여러 명의 일행들을 큰 나무들이 심어진 바위산으로 안내하였다. 랑부예와 그 집안의 아가씨들이 요정의 옷을 입고 아주 마음에 드는 구경거리를 만들어 주었다. 쥘리 당젠은 활을 들고서 다이아나의 얼굴을 하고 나타났는데, 그녀는 너무 매력적이어서 그녀의 노래는 밤 꾀꼬리를 능가하였고, 몽레리[4]의 망루는 구름 속에서 그녀의 아름다운 눈을 보려고 목을 쳐들었다.

그곳에는 금색과 은색으로 장식된 푸른색의 벨벳 천으로 만든 가구들 때문에 푸른 방이라고 하는 작은 곁방이 있었다. 사람들은 그곳에서 향내를 맡고, 라캉이 사랑하는 카트린 드 랑부예를 위해

---

1) *<< Polyeucte>>* : 피에르 코르네유의 작품 이름.
2) 1066년 프랑스 북부 노르망디 공국의 윌리엄 공이 영국을 정복한 후에 노르만 족이 영국의 정치적, 문화적 지배계급을 형성했으므로 셰익스피어를 강력한 노르만 족의 후예로 언급했음. 피에르 코르네유는 프랑스 노르망디 지방의 루앙에서 태어났음.
3) 몽토지에 후작 (Charles de Sainte-Maure, 1610-1690) : 전쟁에서 부상을 당해서 머리에 흉터가 있었으므로, 나이트 캡(bonnet de cotton)쓰는 것을 허락받았음.
4) Montlhéry. 파리 남서쪽 근교에 있는 마을 이름.

카트린의 이름을 수수께끼 방식으로 바꾸어놓은 아르테니스[1] 궁정의 아르젠 여왕 지르페에 대해 시들을 지었다. 카트린 드 랑부예는 방스의 주교[2]에게 이런 편지를 썼다 : ≪나는 당신이 언제나 지르페의 방에 있기를 바랍니다. 그 방은 지르페 여왕이 투명한 대리석 기둥으로 떠받쳐서 공중에 지어놓은 것입니다. 그곳에서 하늘은 항상 청명하고, 구름이 시야를 가리거나 들려오는 소리를 막지 않습니다. 그리고 나는 그곳에서 비틀거리는 속세의 천사들을 아주 편안한 마음으로 관찰했어요.≫ 1610년에서 1620년의 사이에 출판된 뒤르페[3]의 *≪아스트레≫*는 랑부예 저택에 꽃을 피웠다. 16세기 사랑의 방식을 교정하기 위해서 필요했던 사랑의 긴 수다가 도입된 것은 아마 *≪아스트레≫*를 통해서였을 것이다. 결혼 파탄이 난 형수 샤토모랑 드 디안에 마음을 빼앗긴 뒤르페는 디안과 결혼하였다.

스퀴데리 양[4]이 정교하게 다듬어서 〈애정의 왕국〉 지도에 그려놓은 모든 사랑의 방식은 루이 14세 시대에 목장까지 번졌던 말의 부스럼 병 같았던 프롱드 난 동안에 사라지게 되었다. 부아튀르[5]는 거의 최초로 상류사회에 들어온 평민이었는데, 그가 쥘리 당젠에게 보냈던 편지들이 남아있다. 천성적으로 미련하고 거드름을 피우는 그 사람이 쥘리의 팔에다 입을 맞추려했고, 그녀는 재빨리 거절해서 밀쳐냈는데, 콩데 대공은 그런 것들이 비위에 거슬렸고, 사람들이

1) 랑부예 후작부인의 이름 Catherine의 철자 순서를 바꾸면 Arthénice.가 됨.
2) 방스 (Vence)의 주교는 앙투완 고도였음
3) Honore d'Urfé (1567-1625) : 목가적인 사랑을 주제로 시들과 소설 *<< 아스트레 (L'Astrée)>>*를 썼음. 그 소설은 전체가 5부로 구성된 프랑스 최초의 대하소설이었는데, 1부에서 3부까지는 1607년, 1610년, 그리고 1618년에 각각 발간되었고, 나머지는 그가 사망한 1625년 이후에 그의 비서에 의해 마무리되어 1633년 출판되었음.
4) Madeleine de Scudéry (1607-1701) : 랑부예 저택에서 궁정과 사교계의 인사들과 교류하며 시와 소설을 썼음. 대표작인 애정 소설 *<<아르타메네스 또는 키루스 대왕>>*은 귀족들의 애독 작품이 되었고, *<<클레리에, 로마 이야기>>*에서 세련된 재치로 겉멋을 부리는 귀족 여성들과 정중하고 친절한 한량들의 사교계 생활 방식과 사랑의 심리적기술을 묘사한 <애정의 왕국 지도(la carte du royaume de Tendre)> 를 그려냈음.
5) Vincent Voiture(1597-1647) : 시인, 가스통 공작의 가신. 포도주 상인의 아들이었음.

무어라고 말하건 간에 그라나다와 알람브라[1]에 대한 글을 쓰지 않았다. 그 후에 보젤라, 메나주, 공보, 말에르브, 라캉, 발자크, 샤플렝, 코탱, 방스라드, 생테브르몽, 코르네유, 라퐁텐, 플레시에와 보쉬에가 랑부예 저택에 왔었고, 라 발레 추기경과 리슐리외 추기경이 랑부예 저택을 거쳐 갔으며, 그 저택은 여하간 루이 13세의 권세에 저항하였다. 부인들 중에는 사블레 후작 부인, 샤를로트 드 몽모랑시, 그리고 스퀴데리 부인[2] 보다도 덜 젊고 덜 소박한 스퀴데리 양이 잇따라서 왔고, 끝으로는 세비녜 부인이 나타났다.

스퀴데리 양은 그 시대의 대단한 여류 소설가였고, 엄청난 명성을 누렸다. 그녀는 클레리에[3]에서 안드로마케[4]에 이르는 시대정신에 익숙해지면서 거창한 문체를 애지중지하고 옹호하였다. 우리가 그 시대를 아쉬워하는 것은 없다. 상드 부인[5]은 프랑스의 영광을 시작했던 그 부인들보다도 우수하고, 예술은 *≪렐리아≫*의 저자의 필치 아래에 살아 있을 것이다. 올곧은 삶에 대한 모욕은 멀리까지 갈 수 없는 것은 사실이며, 상드 부인은 내가 이슬이 사해(死海) 위로 떨어지는 것을 보았듯이 자신의 재주를 깊은 물 위로 떨어지게 하였다. 즐거움이 부족하게 되는 때를 위해서 영광을 비축하게 내버려두자. 여성들은 젊은 시절 때문에 유혹에 빠져서 이끌려가고, 한참 훗날에 자신의 칠현금에다 신앙심과 불행을 표현하는 비장하고 탄식하는 심금(心琴)을 덧붙이는 것이다. 노년은 밤길을 가는 여행자이어서, 노년에게는 땅은 가려지고 하늘만이 보인다.

---

1) 랑부예 살롱을 에스파냐 회교국 군주 궁전에 설치되었던 후궁 (harem) 에 비유하였음.
2) Marie-Françoise de Martinvast (1631-1712) : 소설가 Madeleine de Scudéry의 오빠였던 문필가 George de Scudéry (1601-1667)의 젊은 부인. 서한체 작가였음.
3) Clélie : Madeleine de Scudéry 의 소설 *<<클레리에, 로마 이야기>>* 에서 주인공으로 등장하는 기원전 507년 로마시대 포르세나 전쟁의 여자 영웅.
4) Andromaque : 그리스 신화, 트로이 전쟁에 등장하는 헥토르의 부인. 그리스의 유리 피데스와 루이 14세 시대의 라신이 불행한 안드로마케를 주인공으로 비극작품을 썼음.
5) George Sand (Amantine Aurora Lucile Dupin, 1804-1876) : 여류 소설가. 샤토브리앙은 1834년 조르주 상드의 초기 작품인 *<<앵디아나 >>*, *<< 렐리아 >>*를 읽고, 그 작가의 성격, 생활태도, 작품에 대한 소감을 *<<무덤 너머의 회상록>>*에 위와 같이 썼음.

종교적인 차이 때문에 수년 동안이나 쥘리 당젠과 결혼하는데 지장이 있었던 몽토지에는 결혼과 더불어 랑부예 저택의 첫 사교계와 관계를 단절하였다. 약간 색이 바랜 *<<쥘리의 화환>>*[1]은 우리들에게까지 전해져왔고, *〈오랑캐 꽃〉*[2] 은 여전히 그곳에서 향내가 나는 언어를 들려준다.

일련의 사건들을 이야기할 때, 이야기를 그 인물의 죽음까지 끌고 가게 되면, 생애의 변천을 가져온 엄숙한 교훈에 이르게 된다. 랑부예 후작 부인은 1665년 여든두 살의 나이에 죽었다. 지루한 세월을 헤아리지 않더라도 그 부인이 세상에 없게 된 지도 벌써 오래되었다. 그 부인은 자신의 묘비명을 지었다 :

〈지나가는 사람이여, 그 사람의 불행했던 일들을 헤아려보려면,
당신은 그 사람이 살았던 시간들을 헤아려야만 하리라.〉

행복하다고 여겨지는 시간들의 비밀은 그러하였다.

몽토지에 부인은 64세 때인 1671년 4월 13일 숨을 거두었다. 마리-테레즈-도트리슈[3]가 임신했을 때, 프랑스 국왕의 아이들 가정교사로 임명되었고, 나바유 공작부인 뒤를 이어 왕비의 시녀가 되었다. 몽토지에 부인은 몰리에르 연극에서 알크멘의 남편으로 묘사된 몽테스팡의 유령이 나타나서 깜짝 놀랐는데, 부인은 어두운 통로에서 그를 본 것 같았고, 그가 자신을 위협했다고 여겼다[4]. 쥘리 당젠은 침묵으로 그를 속였던 것을 자책했던 것이다. 남편의 이름이 짓누르는 책임감을 느낀 그 부인은 장례식에서 추도 연설자가

---

1) *<< La Guirlande de Julie >>* : 몽토지에 후작이 사랑하는 쥘리 당젠을 위해서 꽃들을 주제로 3년 동안 시 짓기 모임을 열어서 만든 62편의 연가 시집.
2) 연가 시집 *<<쥘리의 화환 >>* 에 수록된 시.
3) Marie-Thérèse d'Autriche (1638-1683) : 에스파냐 왕녀 출신의 루이 14세의 왕비.
4) 몽토지에 부인(쥘리 당젠)은 몽테스팡(Montespan) 후작부인을 베르사유 궁전 시녀로 들어가게 했는데, 몽테스팡 후작이 에스파냐 전쟁에서 부상당하고 돌아왔을 때 몽테스팡 부인은 국왕의 아이를 임신하고 있었음. 1688년 극작가 몰리에르는 아내를 루이 14세에게 빼앗긴 남편 몽테스팡 후작을 그리스 신화의 영웅 암피트리온으로, 또 후작부인을 암피트리온의 아내 알크멘으로 연상할 수 있는 작품을 발표했음.

몽토지에의 유해와 말하는 소리가 들리는 것 같은 생각이 들었다 : 《"아무에게도 거짓말을 하지 않았던 내게 무엇 때문에 거짓말을 했느냐?" 라고 말하려고 무덤이 열리고, 몽토지에의 유해는 다시 살아나리라.》 몽토지예 부인은 물러나서 3년 동안 번민을 하다가 사라졌고[1], 그러고 나서야 무덤이 닫히는 소리가 들렸다.

아 슬프도다! 랑부예 저택에서 시작된 아주 아름다운 명성들 중 하나가 자신의 불멸의 근원지인 그리냥에 묻혔다. 세비녜 부인[2]은 몽토지예 부인처럼 자신의 청춘에 대해서 환상을 품지 않았다. 그 부인은 딸에게 편지를 썼다 : 《나는 세월이 달려가면서 내게 끔찍한 노년을 가져다주는 것을 보았다.》 그녀는 또 자녀들에게 말하였다 : 《결국 너희들은 우리들의 초라한 로쉐에 오게 되었구나.》 그리고 그곳은 세비녜 부인이 오랫동안 살았던 곳이었다. 랑세가 사망하기 4년 전인 1696년 3월 29일에 쓴 그리냥에서 온 편지는 *〈바람이 앗아가는 꽃처럼 사라진〉* 젊은 블랑슈포르[3]에 관한 것이다. 그 편지는 그녀의 마지막 편지들 중의 하나로서 무덤 위를 스쳐가는 바람의 탄식소리이다. 그 부인은 말하였다 : 《 나는 당신이 좋아하는 것들을 넣어둘 등짐채롱에 들어갈 만하지만, 그러나 당신이 그 마지막 것들을 담아둘 채롱들을 갖고 있지 않을까봐 걱정된다.》 그 채롱들은 전혀 무게가 없는데, 그것들은 꿈만을 담고 있기 때문이다. 사람들은 세비녜 부인의 마지막 생각들이 어떤 곳을 맴돌며 펼쳐졌는지 알아보고 서글프게 좋아하지만, 그 부인의 운명을 예고하는

1) 평소 신경병 증상이 있었던 몽토지예 부인은 몽테스팡 후작부인 일에 연루되었던 것을 자책해서 신경병이 심해졌고, 루이 14세 궁정에서 물러나 얼마 후에 사망했음.

2) 세비녜 부인 (Marie de Rabutin-Chantal, Madame de Sévigné, 1626-1696) : 브르타뉴 출신의 세비녜 후작과 결혼했으나 25세에 남편이 결투로 사망한 뒤에 브르타뉴의 로셰(Rochers)에서 살다가 파리로 왔음. 궁정과 랑부예 저택의 살롱에 드나들며 두 아이들, 파리의 사교계, 브르타뉴 시골 생활에 대해 많은 편지를 남긴 여류 문필가. 말년에는 그리냥(Grignan)에 이주해서 살다가 1696년 천연두로 사망하고 그곳에 묻혔음.

3) Blanchefort 후작 (Nicolas Charles de Créqui, 1669-1696) : 투르네에서 피살된 앙주 연대의 젊은 군인. 생시몽은 그의 회상록에서 블랑슈포르 후작이 <잘 생기고, 예의바르고 전투에 뛰어났다> 고 썼음.

말이 어떠했는지 말하지는 않는다. 사람들은 유명한 인물의 마지막 말들을 수집하고 싶을 것이나, 그것들은 이집트에서 스핑크스를 통해 세상 소식이 사막으로 전해지는 수수께끼 같은 곳의 단어장이 되리라.

랑부예 부인과 어울리던 위르쟁[1] 부인은 추방되고 늙어서 그녀가 살던 로마로 돌아갈 결심을 할 수 없었는데, 생시몽[2] 은 《그 여자는 예전에 자신이 속해 있었으나 이제는 그렇지 않은 사교계에 집착하고, 생시르에서 잊어져 사라지는 멩트농 부인[3]을 보고서 즐거워하였다》라고 말하였다.

노아유 공작[4]은 생시르를 훌륭하게 복구하였다. 폐허에서 연명하는 위르쟁 부인이 느끼는 즐거움을 우리에게 말하면서, 생시몽은 살아남아 연명하는 냉혹한 불행을 즐거움처럼 바라 본 것 같다. 눈을 뜨며 죽는 자는 복이 있도다! 그는 세상에서 웃음만 있는 요람의 부인들 팔 안에서 사망하는 것이다.

랑부예 저택 사교계의 잔재 부스러기에서 그 사교계의 장점을 보지 않고, 결점들을 간직한 수많은 새로운 사교모임들이 생겨났다.

---

1) 위르쟁 부인 (Maries-Anne de La Tremoille, Princesse des Ursins,1642-1722) : 15세에 결혼한 남편 샬레 (Chalais) 공작의 결투 사건으로 에스파냐로 도피했고, 3년 후 로마에서 남편이 사망했음. 이탈리아 명문 귀족 브라치아노(Bracciano) 공작과 재혼해서 왕녀 칭호를 얻었음. 로마에서 사교계의 중심인물이 되었으나 재혼한 남편도 사망했으므로 프랑스로 귀국해서 루이 14세의 연금을 받았음. 멩트농 부인의 지원으로 에스파냐의 궁정과 외교 교섭을 하다가 신임을 잃고 로마로 돌아가서 사망했음.

2) 생 시몽 공작 (Louis de Rouvroy de Saint-Simon, 1675-1755) : 안 도트리슈 섭정과 루이 14세 시대의 궁정을 출입한 인물. 회상록과 편지에 베르사유 궁정의 권세의 변천과 당시 저명인사들의 이야기들을 부정확하지만 흥미롭게 기록했음.

3) 멩트농 부인 (Madame de Maintenon, Françoise d'Aubigné, 1635-1719) : 시인이었던 아버지 콩스탕 도비녜 (Constant d'Aubigné) 가 수감된 감옥에서 출생해서 친척 집에 맡겨졌다가 출옥한 아버지를 따라 아메리카 식민지 섬으로 가서 가난한 소녀시절을 보냈음. 프랑스로 돌아와서 척추관절염으로 사지가 마비된 문필가인 폴 스카롱 (Paul Scarron)의 아내가 되었으나 곧 과부가 되었고, 궁정에 들어가서 국왕의 아이들을 돌보다가 국왕 루이 14세의 애인이 되었는데, 왕비 마리 테레즈가 죽은 뒤에는 국왕과 비밀 결혼하였음. 말년에는 생시르 (Saint-Cyr) 에 가난한 귀족 여성들의 교육기관을 만들고 그곳에서 사망하였음.

4) 노아유 공작 (Paul de Noailles, 1802-1885) : 샤토브리앙과 친했던 귀족의회 의원, 역사가. *<< 멩트농 부인 이야기 >>* 를 썼고, 혁명 중에 훼손된 생시르를 복구했음.

랑세는 그 사교계 사람들과 만났는데, 그곳에서 그의 정신은 망가질 수 없었으나 생활습관은 망가졌다. 어쨌든 사람들이 인정하지 않을 몇몇의 문서들을 믿어야한다면 그는 레츠 추기경[1]을 본받아서 여러 번 결투를 했었을 것이다.

알브레의 저택과 리슐리외 저택은 그 사교계의 최초 근원에서 갈라져 나온 두 물길이었고, 그리고 그곳에서 롱빌 저택과 라파예트 부인 저택이 나왔는데 내가 마레[2]의 비좁은 거리에서 보았던 라로슈푸코의 정원들이 출현하기 전이었다. 사람들은 좁은 골목길에 애착심을 느꼈고, 파리는 경이로운 이름들을 가진 구역들로 나누어졌으며, *〈재치있고 세련된 귀부인들의 사전〉*[3]에서 그것들을 찾아볼 수 있다. 생제르맹 변두리 지역은 소 아테네, 루아얄 광장은 도리아 광장, 마레는 학자들의 구역, 노트르담 섬은 델로스 광장이라고 불려졌다. 16세기 초의 모든 인물들은 호칭을 바꾸었는데, *〈소설의 주인공들〉*에 대한 부알로[4]의 논문이 그 증거이다. 아라고네 부인은 *〈필록센〉* 공주, 알리그르 부인은 *〈텔라미르〉*, 사라쟁은 *〈폴리앙드르〉*, 콩라르는 *〈테오다마〉 이었고* 생테낭은 *〈알타방〉* 이었으며, 고도는 *〈시돈*[5]*의 마술사〉* 이었다.

그곳에서 멀리 떨어져서 마레의 이름을 딴 다른 사교계가 있었고, 그 인물들은 자주 랑부예 저택의 인물들과 섞이었다. 그곳에서는 콩데 대공이 군림하였고, 몰리에르가 지나는 길에 들렀다. 사람

---

1) 프롱드 난 중에 파리 보좌주교이던 Jean-François Paul de Gondi . 훗날 인노첸시오 10세에 의해 추기경이 되었음. 랑세는 사교계에서 만난 레츠 추기경과 오랫동안 친근한 관계를 유지하였음.
2) Le Marais : 13세기에 탕플 기사단이 교회를 세운 뒤에 17세기까지 새 저택들이 건축되고 왕족과 귀족들이 모여서 살았던 파리의 역사 깊은 구역.
3) *<Dictionnaire des Précieuses>* : 17세기 중반 랑부예 저택을 비롯한 여러 살롱의 귀부인들 사이에서 유행한 세련된 재치, 고상한 취향과 현학적인 허세를 나타내는 표현(préciosité)들을 Antoine Baudeaud de Somaize 가 수집해서 저술한 책자.
4) 부알로(Nicolas Boileau-Despréaux, 1636-1711) : 풍자시인, 문학비평가. 부자연스럽게 꾸미고 과장하는 문학풍조를 비판하고, 그리스 로마의 고전을 중시한 문학이론가. *<<풍자시집>>*, *<<서한집>>*, *<<시 예술>>*을 저술했고, 라신과 몰리에르를 옹호했음.
5) Sidon. 악덕의 도시로 유명했던 고대 페니키아의 항구도시 (현재 레바논의 Saida).

들은 거기에서 라로슈푸코, 롱빌, 데스트레, 라 샤트르를 만났다. 콩데는 그의 첫 동료들인 〈잘난체하는 멋쟁이들〉과 헤어지고 아르노 당디이와 함께 말에 오르는 것을 더 이상 배우지 않았다. 몰리에르는 그곳에서 있었던 니농 [1]과의 대화에서 위선자 모습의 소재를 얻었고, 그것으로 *《타르튀프》*[2]를 썼다.

지나간 이야기는 유감스럽게도 부끄러움을 모르기 때문에 할 수 없이 그녀의 이름을 드러내게 되는 니농은 그렇지만 랑세를 알지 못했던 것 같다. 그 여인은 신앙심이 없었으며, 18세기에 그녀가 누렸던 인기는 그것에서 온 것이었는데, 계몽주의 자유사상가이자 궁정 사교계의 고급 논다니 여성으로서 부족함이 없었다. 랑클로 양이 맡아두었던 돈을 반환한 것이 정확한 사실인지가 화젯거리가 되었지만, 그 여인이 횡령하지는 않은 것으로 밝혀졌다. 그 여인의 의심쩍은 태도는 뛰어난 재치의 보호 덕택으로 그대로 넘겨졌고, 그 여인의 그런 재주 때문에 라쉬즈 부인, 카스텔로 부인, 라페르테 부인, 쉴리 부인, 피스크 부인, 라파예트 부인이 그녀를 만나는데 아무런 거리낌이 없었던 것 같다. 이제는 더 이상 스카롱 부인이 아닌 멩트농 부인[3]은 그녀와 친교를 맺었고 그녀를 생시르로 부르려고 하였다. 샌드위치 백작부인은 그녀를 찾았고, 크리스티나 여왕[4]은 로마로 데려가려고 하면서 *〈유명한〉* 니농이라고 불렀으며, 포르-루아얄 수녀원은 그녀를 회개(悔改)시키겠다고 하였다. 그 여인은 샤펠을 음주벽 때문에 사교계에서 쫓아냈는데, 샤펠은 술에 취하지

---

1) 니농 (Ninon de Lenclos, Anne <Ninon> de l'Enclos, 1620-1706) : 루이 14세 시대에 뛰어난 미모와 문필의 재능으로 수많은 귀족들을 애인으로 사귀었던 궁정과 사교계의 유녀(*遊女*, courtisane). 사회적 불안을 염려한 섭정 안 도트리슈가 수녀원에 가두기도 하였음.

2) *<<Tartufe>>* : 사기꾼 위선자의 악행을 폭로한 극작가 몰리에르의 희극작품 이름.

3) 궁정에 들어오기 전에는 척수관절염으로 사지가 마비되었던 불구자 시인 폴 스카롱의 부인이었음 .

4) la rene Christine de Suède (Kristina Alexandra Vasa) (1626-1689) : 1632년에서 1654년까지 스웨덴 여왕. 1654년 퇴위하고 유럽을 전전한 뒤 로마에 정착하였음.

않고 또 니농을 조롱하는 노래를 짓지 않고는 한 달 동안 잠을 자지 않겠다고 다짐을 하였다.

생테브르몽[1]의 작품집에는 그 망명자를 위해서 쓴 랑클로 양의 편지가 여덟 개가 들어있으며. 자신의 나라에서는 묘지를 가질 수 없던 그 망명자는 웨스트민스터에 영묘(靈廟)가 있다. 생테브르몽은 런던 구석에서 파리의 뒷모습을 얼핏 보았는데, 그의 측근에는 귀족 그라몽이 있었고, 또 그가 마음을 빼앗겼던 이탈리아의 아름다운 마자랭 여인들을 계산에 넣지 않아도 프랑스인 같은 *〈스코트랜드 사람〉* 해밀턴이 있었다. 니농의 편지들은 문체와 취향이 섬세하였다.

그 여자는 생테브르몽에게 《나는 당신처럼 주름살이 현명함의 표시라고 믿습니다. 당신의 외면적인 덕성(德性)이 당신을 슬프게 하지 않아서 기뻐요》 라고 말하였다.

세비녜 부인은 *〈외면적인 덕성〉*을 그 보다 더 듣기에 좋도록 말할 수 있었을까?

루이 14세의 시대는 쩨아[2]의 새로운 주민[3] 의 손으로 당겨진 투명한 천 뒤에서 차례로 줄지어 지나가는 것을 마무리하였다.

사람들은 니농과 편지를 나누던 생테브르몽이 루이 14세의 총애를 잃은 것과 루이 14세가 그에게 냉혹했었던 이유를 잘 알지 못하였다. (미성년 시절의 혼란을 겪은 후에 아주 당연해진) 국왕의 예민한 성격에도 불구하고 생시몽이 인용한 그 정치적인 편지가 총애를 잃게 된 진짜 원인을 알려주지는 않을 것이고, 숨겨진 어떤 상처가

---

1) 생테브르몽 (Saint-Évremont) 의 영주. Charles Le Marquetel de Saint-Denis (1614-1703) : 니농의 살롱에 출입했고 문예에 뛰어났던 프랑스의 군인. 자유주의 사상가이자 풍자적인 문필가. 마자랭의 정책을 비난한 편지가 문제를 일으켜서 홀란드를 거쳐 영국으로 망명해서 영국 국왕의 환대와 연금을 받았음. 영국에 정착한 마자랭 추기경의 조카딸인 오르탕스 (Hortense Mancini) 와 함께 영국의 문인들과 활발하게 교류했고, 런던에서 사망한 뒤에 웨스트민스터에 묻혔음.

2) Céa (Ceos) : 에게 바다의 체오스 섬. 그 섬의 주민들은 투명하고 섬세한 비단을 짰다고 전해지고 있음.

3) 니농. 지나가는 그림자를 알아볼 수 있는 투명한 체오스 섬의 비단 천과 같은 니농의 편지 내용으로 루이 14세 시대 사회의 모습을 알아볼 수 있다는 말.

있었음에 틀림없을 것인데, 그것은 생테브르몽이 푸케[1]와 연결이 되었고, 또 푸케는 라발리에르[2] 부인의 편지에 손을 댄 것이었다.

랑클로 양에게 보낸 생테브르몽의 답장들은 자연스럽지는 않으나 마음에 드는 것들이었다. 사람들은 외국인들 가운데서 프랑스라는 행성(行星)으로부터 떨어져 나온 파편들이 그 행성의 권역에서 돌고 있는 독립적인 작은 위성(衛星)들을 만드는 것을 알아볼 수 있었다. 카네 신부와 도켕쿠르 원수의 대화록[3]을 쓴 저자가 생테브르몽인 것은 거의 확실하다.

〈탕플 (Temple)의 아나크레온〉 이라고 일컬어지던 숄리외[4]는 늙은 랑클로 양에 대해 말하며 사랑이 그 여인의 주름살 안까지 물러갔다고 자신 있게 말했는데, 사교계의 그 모든 젊은이들은 여든 살이 넘었던 것이다. 콜레주를 나온 볼테르는 니농에게 소개되었다. 그 여인은 그에게 책을 사도록 2천 프랑을 남겨주었고, 또 필시 십중팔구는 이집트가 향연의 식탁 주위를 돌게 했던 관(棺)을 남겨주었던 것 같다. 니농은 세월에 휩쓸려가서 로마의 지하 납골당에서 보이는 것처럼 뒤얽힌 뼈들만 남았다. 루이 14세 시절은 영원히 유죄로 단죄될 사람들을 무죄라고 선고하지는 않았으나, 모든 것들을 크게 보이게 하였다. 그 여인을 그의 시대에서 꺼내어 놓는다면, 오늘날에 니농은 무엇이었을까?

---

1) 푸케 (Nicolas Fouquet, 1615-1680) : 루이 14세 시대의 재정총감. 횡령 혐의로 체포되어 감옥에서 뇌일혈로 사망했음.

2) 라 발리에르 부인 (Louise de La Vallière, Françoise-Louise de La Baume Le Blanc, 1644-1710) : 루이 14세의 첫 번째 애인. 여섯 명의 아이를 낳았으나 네 명은 어릴 때 사망하고 두 명만 성장했음. 나중에 카르멜 수녀원에 들어가 은둔했음.

3) 프랑스 군대의 원수로서 2차 프롱드 난에서 궁정을 배신하고, 콩데와 에스파냐 군대 진영에 가담해서 싸우다가 사망한 도캥쿠르 (Charles de Monchy d''Hocquincourt, 1599-1652) 원수와 예수회 신부 Canaye 와의 대화를 조롱하듯이 쓴 책자.

4) 숄리외 (Guillaume Anfrye de Chaulieu, 1639-1720) : 옛 탕플 기사단 성채의 유적에서 어울리던 17세기말과 18세기 초의 자유주의 사상을 가진 철학가들과 문학인들의 모임 (Société du Temple)에 드나들면서 그리스의 시인 <아나크레온>의 영감을 받아서 시를 썼던 시인.

니농이 나타날 무렵에 새로운 별인 스카롱 부인[1]이 떠올랐다. 그녀는 남편과 무통 거리 쪽에 살았다. 르망에 있었을 때 스카롱은 달콤하게 수많은 침대 속으로 굴러 들어갔고, 길거리에서는 수탉처럼 싸웠다. 앉은뱅이가 된 그는 아름답고 가난한 도비녜 양과 결혼하였다. 그 여자는 니오르 감옥에서 태어나서 아그리파 도비녜[2]가 이송되었던 샤토-트롱페트의 요새에서 성장하였다. 그 여자는 아메리카에서 돌아왔는데, 그녀의 아버지가 그곳으로 건너갔었던 것이다. 콜리니 제독[3]이 플로리다에 식민지를 세우려 했었다.

스그레[4]의 말에 따르자면 도비녜 양은 어린 시절에 뱀에게 쫓기었다고 하는데, 그 모든 이야기의 바탕에는 알렉산더가 있다[5]. 멩트농 부인은 칼뱅 교도인 비예트 부인[6]과 인색한 뇌양 부인[7] 집의 외진 곳에 떨어져 뒷마당 닭장을 돌보았다. 그 닭장을 관리하는데서 그 부인의 치세가 시작된 셈이다. *≪희극적 소설≫* 의 저자[8]는 살롱에서 귀부인을 수행하던 귀족인 메레[9]의 도움으로 부인을 얻었으며, 메레는 그 유쾌한 친구의 부인을 *〈젊은 인디언 여인〉* 이라고 불렀다. 처음에 스카롱 부인은 루이 14세와 몽테스팡 부인[10]의 사생아를

---

1) *≪희극적 소설(Roman comique)≫*의 저자이고 척추관절염으로 목과 팔다리가 마비된 42세의 소설가 스카롱(Paul Scarron, 1610-1660)과 결혼한 프랑수아즈 도비녜. 스카롱이 사망한 뒤 25세에 궁정에 들어가 루이 14세의 총애를 받고 멩트농 부인이 되었음.
2) 프랑수아즈 도비녜의 아버지 Constant Agrippa d'Auvigné (1588-1647) 는 위조 화폐혐의로 투옥되어 여러 감옥을 전전하다가 1842년 석방된 후 가족을 데리고 아메리카 식민지로 갔다가 1845년 프랑스로 돌아와서 가난하게 살다가 사망했음.
3) 콜리니 제독 (Gaspard II de Coligny, 1519-1572) : 가톨릭과 프로테스탄트의 종교분쟁이 심했던 당시에 위그노 교도 지도자였던 프랑스 해군 제독. 위그노 신자들의 피난처로 아메리카 플로리다에 식민지 건설을 기획했었음. 콜리니 제독은 앙리 2세의 미망인 카트린 드 메디치와 발라프레 기즈 공작이 주도해서 일으킨 1572년 8월의 성 바르톨레메오 축일 학살 사건에서 피살되었음. .
4) Jean Regnault de Segrais (1624-1701) : 프랑스 아카데미 회원, 시인, 번역가.
5) 전설에 의하면 그리스의 알렉산더 대왕은 필립의 아들이 아니고, 주피터가 뱀으로 변신해서 올림피아의 침실로 숨어들어가 알렉산더를 임신시켰다고 함.
6) Villette 부인은 프랑수아즈 도비녜의 숙모였음.
7) Neuillant 부인은 프랑수아즈 도비녜의 대모였음.
8) 폴 스카롱 (Paul Scarron).
9) Méré : 폴 스카롱의 친구. 도비녜 양과 폴 스카롱의 결혼을 성사시켜 주었음.
10) 몽테스팡 후작의 부인이었다가 루이 14세의 애첩이 된 여성.

보지라르 들판 가운데 있는 외딴 집에서 길렀는데, 그것이 스카롱 부인에게 루이 14세를 만나볼 기회를 마련해주었고, 그래서 그녀는 국왕의 여인이 된 것이다. 스카롱은 그런 방식으로 대단한 운명을 짊어지게 되었으며, 흑인 노예들이 그들의 주인을 돌보도록 황무지 사막의 우아한 여인들을 제공하게 되었다[1]

사교계를 중심으로 튈르리 궁전의 축제, 무도회,. 연극, 마차를 탄 산책이 시작되었다. 퐁텐블로 성의 여러 정원들은 마법에 걸린 정원들처럼, 또 사람들이 말하듯이 *〈즐거움이 없는 낙원〉* 처럼 보였고, 루이 14세는 그 당시 자신의 동생과 결혼했던 앙리에트 안 당글르테르 부인을 뒤쫓아 다녔다.

몽팡시에 공주[2]는 한번은 자신의 몸치장을 3일간이나 손질했고, 옷에는 다이아몬드를 덕지덕지 달고 분홍색 흰색 검은색 술장식으로 요란하게 장식했는데, 영국 왕비가 그녀의 다이아몬드를 빌려주었던 것이다.[3] 그 공주는 몸매와 흰 피부색과 빛나는 금발을 자랑했으나 얼굴은 못생겼고, 치아는 검은 색이었지만, 그녀는 그것을 혈통의 증거라고 뽐내었다. 리슐리외 추기경 치하에서 그 공주는 이미 *〈미의 승리〉* 발레에 나타났는데, 그녀는 *〈완전무결〉을 상징하고*, 부르봉 공주[4]는 *〈찬미〉*를, 방돔 공주[5]는 *〈승리〉* 를 상징하였다.

싸움은 그런 즐거움에 흥을 돋구어주었다. 프롱드 난 동안 몽팡시에 공주는 왕제를 위해서 오를레앙 지방을 점령하고[6] 파리에서

---

1) 루이 14세의 궁정에서 멩트농 부인의 영향력이 컸던 1685년에 흑인 노예들의 신분을 개선해 주기 위해 <흑인 법전>이 제정되었음. 멩트농 부인은 어릴 때 아메리카에서 흑인 노예들의 참상을 보았고, 전 남편 스카롱과의 가난한 결혼 생활에서 터득한 측은지심이 <흑인 법전>의 제정에 영향을 준 것으로 알려졌음.

2) 루이 13세의 동생 가스통 공작의 첫째 딸, 안 마리 루이즈 도를레앙. <참고자료 VII.>

3) 영국의 찰스 1세의 왕비가 프랑스로 망명해올 때 가져온 다이아몬드.

4) Mademoiselle de Bourbon (1619-1679) : 콩데 대공의 여동생, 롱빌 공작부인.

5) Mademoiselle de Vendôme : 엘리사베트 드 부르봉-방돔 (1614-1664). 앙리 4세의 애첩 가브리엘르 데스트레 사이에 태어난 아들인 세자르의 딸. < 참고자료 VI. >

6) 몽팡시에 공주는 2차 프롱드 난에서 루이 13세의 동생인 아버지(가스통 오를레앙 공작)와 함께 귀족 진영에 가담해서 궁정을 상대로 싸웠음.

프티퐁 다리를 건넜는데, 그녀의 호화스런 4륜 마차가 밤마다 많은 죽은 사람들을 실어 나르던 짐수레와 충돌하였다. 그녀는 *〈어떤 발이나 손이 코에라도 닿을까 걱정이 되어〉* 마차 칸막이 휘장을 바꾸게 하였다. 1792년 당시[1]처럼 이런 급변 동안 사람들은 길거리에서 살았던 것이다. 공주는 포르-루아얄 수녀원을 방문했고, 자신의 불모지에 카르멜 수녀원을 세우려고 계획했으므로, 아무것도 분간되지 않던 그 시대의 모든 행보에서 마주치는 행동 습관과 공상의 터무니없는 혼란이었다.

레츠 추기경은 온갖 곳에 있었고, 셰브뢰즈[2]의 저택을 자주 드나들었다. 마레와 생루이 섬에는 근엄한 사법관들인 라무아뇽과 다게소가 거주하게 되었는데, 어린 시절에 그들을 두 개의 바구니에 각각 담아서 커다란 암말의 양측에 태워서 옮길 때에는 빵으로 양쪽의 무게를 균등하게 맞추었다고 한다[3]. 예전에 앙리 3세는 은퇴한 무리들을 갑자기 찾아가서 그들 가운데서 궤짝 위에 앉아있기를 좋아하였다.

오랜 세월 전에 사라져간 사교계들이여, 얼마나 많은 다양한 사교계들이 너희들의 뒤를 이어서 왔던가! 춤들은 죽은 자들의 먼지 위에서 만들어졌고, 무덤들은 즐거움의 발자취 아래에서 밀고 올라왔다. 우리는 친구의 피로 적셔진 곳에서 웃고 노래하였다. 어제의 재난들은 오늘날 어디에 있는가? 오늘의 기쁨은 내일은 어느 곳에 있을까? 우리는 이 세상의 일들에게 무슨 중요한 의미를 붙여줄 수

---

1) 대혁명이 진행되던 1792년 9월에 체포된 귀족들과 성직자들이 수도원에 감금되어 학살당할 때, 사람들은 혁명 군중들에게 체포되지 않으려고 이름들을 바꾸고, 거처를 떠나서 길거리를 떠돌며 은신처로 몸을 피했음.

2) 샤를로트-마리 드 로렌 (1627-1652) : 프롱드 난 당시에 파리 교구의 보좌주교였던 장 프랑수아 폴 드 공디(훗날의 레츠 추기경)의 애인이었음.

3) 샤토브리앙은 라무아뇽 (Lamoignon) 의 회상록에 기술된 앙리 3세 시대에 유년시절을 보낸 빌리용 (Claude de Bullion) 과 라무아뇽 (Crétien de Lamoignon) 의 어린 시절 이야기를 *<< 무덤 너머의 회상록 >>* 에는 그대로 인용해서 썼는데, *<<랑세의 생애 >>* 에서는 빌리용 대신에 다게소 (d'Aguessseau) 로 바꾸어 썼음.

있는가? 우정이라고? 그것은 사랑을 받는 사람이 불행에 빠지거나 혹은 사랑하는 사람이 세력을 얻으면 사라진다. 사랑이라고? 그것은 착각이고, 부질없고 또는 비난 받을 만한 것이다. 명성이라고? 당신은 그것을 보잘것없는 것이나 범죄와 나누어 갖는다. 행운이라고? 그 덧없고 하찮은 것을 좋다고 할 수 있겠는가? 그래도 집안일에 파묻혀서 이름도 알려지지 않은 채로 한미하게 흘러가고, 또 목숨을 잃고 싶지도 않고 또다시 시작하고 싶지도 않게 하는 이른바 행복이라는 세월들이 남아있는 것이다.

랑세는 내가 프롱드 난의 친구들을 통해 앞서 묘사한 살롱으로 들어갔고, 우리는 랑세가 그 인물들의 추천서를 로마로 가져가는 것을 보게 될 것이다. 레츠 추기경은 그를 바티칸 근처에 있는 집에 묵게 해주었다[1]. 파리 대주교 샹발롱[2]은 그와 가까이 지내는 사람이었다. 샹발롱은 상시[3]의 민첩함과 대담성을 갖추어서 루이 14세의 마음에 들었고, 사람들은 그 군주가 멩트농 부인과의 결혼을 위해서 샹발롱을 발탁한 것으로 믿고 있다. 멩트농 부인은 이제는 더 이상 재미도 없는 국왕이 지긋지긋하다고 감히 외람된 편지를 쓰면서 야심을 속죄하였다. 샹발롱은 1682년의 성직자회의에서 보쉬에[4]에 반대하였다. 그는 자신이 구입했고, 파리 대교구의 재산으로 남아있는 콩플랑[5]에서 사망하였다.

---

1) 랑세는 1665년 시토 수도회의 계율 개혁의 문제에 대한 추기경들의 종교재판에 <엄격한 계율> 수도사들을 대표해서 로마에 갔을 때 레츠 추기경을 만났음.

2) 샹발롱 (François Harlay de Champvallon, 1625-1695) : 파리교구 대주교, 루이 14세의 왕비가 사망한 후 맹트농 부인과의 비밀 결혼식을 집전했음. 낭트 칙령 폐지에 찬성하고, 프로테스탄트 신자들과 얀센교파 신자들을 탄압하는데 앞장을 섰음.

3) 상시(Nicolas Harlay de Sancy, 1546-1629) : 앙리 3세 시대 스위스 용병부대를 편성해서 전공을 세웠고, 앙리 4세 시대에 재정 담당 고관과 런던 대사를 지냈음. 위그노 교도였다가 가톨릭으로 개종해서 이익을 위해서 종교를 버렸다는 비난을 받았음

4) 모(Meaux) 교구의 주교였던 보쉬에의 주재로 1682년 3월에 개최된 고위 성직자 총회. 주교나 수도원장이 공석 중일 때 국왕이 그 교구의 수입을 임의로 처분할 수 있는 국왕의 특권(régale)을 비롯한 4개의 안건을 토의하였음.

5) Conflans : 알프스 사부아 지방에 있는 오래된 도시.

랑세는 또 샤토뇌프[1]와 브랑톰의 손자인 몽레조르[2]와 어울렸고, 보포르 공작[3]과 함께 사냥하였다. 마침내 그는 몽바종 저택의 단골손님들을 통해서 시시한 인물들에게 관심을 갖게 되었고, 그곳에서 몽바종 공작부인과의 관계가 시작되었다.

프롱드 난이 끝나서 르 부티예 신부[4]는 어떤 때는 파리에서 살기도 했고, 어떤 때는 선조들의 땅이며 투르 근처에서 가장 마음에 드는 곳의 하나인 베레츠[5]에서 살기도 하였다. 그는 매년 자신의 영지를 아름답게 꾸몄으며, 내가 젊은 시절의 한가한 시간들을 나폴리 만의 파도 위에서 보냈듯이 그는 그곳에서 성 예로니모와 성 아우구스티노처럼 세월을 낭비하였다. 랑세는 즐거운 일들을 만들어 냈는데, 축제들은 화려했고, 연회는 사치스러웠다. 그는 큰 즐거움을 꿈꾸었으나, 자신이 찾는 것에는 도달할 수가 없었다. 어느 날 동갑내기들인 세 귀족들과 함께 원탁의 기사들을 흉내 내어서 여행할 결심을 했고, 공동 자금을 마련해서 모험을 해보려는 준비를 했었지만 그 계획은 연기처럼 사라졌다. 젊은 시절의 그런 꿈들에서 트라프 수도원의 현실생활까지는 그리 멀리 떨어져 있지는 않았다.

랑세는 카트린 드 메디치[6] 처럼 점성술에 열중했으며, 〈밀(小麥) 거래소〉의 둥근 건물에 나란히 붙은 그녀의 마법의 탑은 아직도 볼 수 있다. 그리스도교 가르침에서 받아들였던 신앙심의 토대가 미신들과 다투었고, 별들에서 받은 것으로 여겨지는 경고들이 장차 그가 회개하는데 도움이 되었다. 옛날의 항성주기(恒星週期) 관측자들처럼 그는 지구의 산들에 앞서 달의 산들을 알아보았다. 어느 날

---

1) Châteauneuf 후작. 국새 관리인
2) Claude de Boudeilles (1606-1663) : 몽레조르 (Montrésor) 후작. 가스통 공작의 가신. 유명한 문필가 Pierre de Bourdeille, Brantôme, (1540-1614) 의 손자.
3) 보포르(Beaufort) 공작(1616-1669) : 앙리 4세와 애첩 가브리엘 데스트레 사이에서 태어난 세자르 방돔 공작의 둘째 아들. <참고자료 VI>
4) 랑세 신부. 르 부티예 (Le Bouthillier)는 랑세 가문의 명칭.
5) Véretz : 랑세 가문의 별장과 영지가 있던 루아르 강 근처의 도시 <참고자료 XII >
6) Catherine de Médicis (1519-1589) : 앙리 2세의 왕비. <참고자료 VIII. >

노트르담 성당 뒤 섬 모퉁이에서 새 사냥을 하고 있었는데, 다른 사냥꾼이 건너편 강가에서 랑세의 머리 위쪽으로 총을 쏘아서 깜짝 놀랐다. 사냥망태기 쇠그물 덕택으로 목숨을 건졌으므로 그는 말하였다 : 《만일 하느님께서 지금 이 순간에 나를 부르셨다면, 나는 무엇이 될 뻔 했는가?》 갑자기 자각의식이 깨어난 것이다!

어느 때인가 베레츠에 있는 자신의 별장 큰 길거리에서 사냥꾼들의 소리를 들었으므로, 그는 달려가서 한 무리의 장교들 한가운데 있게 되었는데, 그들의 선두에는 결투로서 명성이 높았던 어느 귀족이 있었다. 랑세는 규칙을 어긴 그 사람에게 달려들어서 무기를 빼앗았다. 나중에 그 귀족 밀렵자는 말하였다 : 《하늘이 랑세를 보호해준 것이 틀림없다. 왜냐하면 그를 죽이지 못하게 나를 방해한 것을 이해할 수가 없기 때문이다.》 그 모험담에는 또 다른 이야기가 있는데, 사냥꾼들이 말을 탄 랑세에게 총을 겨누었고, 랑세는 *〈꼬마 하인〉* 이라고 부르는 마부만을 데리고 있었다. 그는 무리들 한가운데로 달려들어 그들을 물러나게 했고, 그들에게 사죄하도록 요구했다는 것이다.

내려가는 길을 잡기 전에 그의 야심은 그를 올라가게 밀어붙였다. 1635년 12월 21일 삭발례[1]를 받고, 1647년 신학대학 입학시험에 합격하고, 1649년 신학학사 학위를 받고, 1653년 나바르 대학 박사 모자를 받았다[2]. 1650년부터 투르의 대주교는 생쟈크 뒤 오파 성당에서 그에게 4단계 하급 신품들[3], 또 차부제품과 부제품을 한꺼번에 주었고, 몇 달 후인 1651년 1월 22일에 그는 사제로 서품되었다[4].

---

1) 수도자나 성직자로 입문할 때 세속과 단절하는 뜻으로 정수리의 머리를 깎던 의식.

2) 다른 자료에는 1654년 소르본 대학에서 박사학위를 받은 것으로 기술되어있음.

3) < 4 소품 (小品) > : 수문품(守門品 portier), 강경품 (講經品 lecteur), 구마품 (驅魔品 exorciste), 시종품 (侍從品 acolyte).

4) < 3 대품 (大品) > : 차부제품 (次副祭品 sous-diaconat), 부제품 (副祭品 diaconat), 사제품 (司祭品 prêtre).

안수(按手)를 받았으니, 끔찍하게 두려운 의례를 거치는 일 만 남았다[1]. 나는 베네치아 지방의 알프스 산기슭에서 다음날 첫 미사를 올리게 될 가난한 성직자를 축하하려고 밤에 울리는 종악(鍾樂)을 들은 적이 있었다[2]. 랑세를 위해 그날을 빛내려고 준비된 장식들과 의복들은 웅장하고 화려했지만, 그러나 하늘의 공포에 사로잡혔던 것인지, 아니면 그가 획득한 자격들을 신성을 모독하는 불경한 방종으로 여겼던 것인지, 아니면 우상을 숭배하던 시대의 로마가 사형 집행의 연령 제한을 폐지했을 때 어린 범죄자가 사로잡혔던 심한 공포감을 느꼈던지 간에 랑세는 샤르트르 수도원으로 숨으러 갔다. 하느님만이 홀로 제대(祭臺)에서 그를 보셨던 것이다. 장차 사막과 같은 곳에서 거주할 사람이 예루살렘 동쪽에 있는 산 위에서 자신의 은둔생활의 첫 출발을 봉헌한 셈이다.

랑세의 전기 작가들 중의 한 사람[3]은 말하였다 : ≪세상 사람들이 아름다운 열정이라고 부르는 것이 마음을 차지했으므로 즐거움이 그를 줄곧 따라다녔고, 그런데도 그는 피하지 않았다. 그는 이제껏 어떤 사람보다도 더 깨끗한 손을 가졌고, 주는 것을 더 좋아했으며, 받는 것을 덜 좋아하였다.≫

내가 그의 말을 인용한 마르솔리에 신부는 영국 왕과 왕비[4]의 지시에 의해서 그 개혁가의 생애를 쓰는 책임을 맡았다. 그 폐위된 존엄한 사람들의 지시는 그 〈하느님의 종〉의 글에 불운을 떠올리게 하는 그런 절제되고 장중한 것을 새겨놓았다.

---

1) 사제 서품을 받고 최초로 집전하는 첫 미사 봉헌.

2) 샤토브리앙은 1833년 9월 프라하에 망명해 있던 샤를 10세를 만나려고 이탈리아의 베네치아를 지나 알프스 산을 넘으면서 산골 마을에서 들었던 성당의 종소리를 *≪무덤 너머의 회상록≫* 에 아름답게 그려놓았음

3) 마르솔리에 (Jaque de Marsollier, 1647-1724) : 신부, 3 명의 대표적인 랑세의 전기 작가 중의 한 사람, 1703년 간행된 *≪시토수도회 교단의 엄격한 규율을 준수하는 트라피스트 수도회 소속 사제이며 개혁가인 아르망 장 르 부티에 드 랑세 신부의 생애≫* 를 저술했음.

4) 영국의 명예혁명으로 폐위되고 .프랑스로 망명한 뒤에 트라프 수도원의 랑세 신부를 방문해서 대화를 나누었던 제임스 2세와 왕비.

마자랭은 프롱드 난에서 나온 사람들을 좋아하지 않았고, 또 그의 전임자가 보호해주던 사람들도 좋아하지 않았으므로, 랑세의 승진을 반대하였다[1]. 랑세 자신도 마음이 편한 곳이 아니면 출세에 끼어들려고 하지 않았다. 사제직을 받고 얼마 안 지나서 그는 레옹(Léon)의 주교직을 거절했는데, 그곳의 수입이 대단치 않았고, 또 브르타뉴 지방은 궁정에서 너무 멀리 떨어져 있었다. 제르베즈 신부[2]는 사냥이 랑세가 좋아하는 심심풀이 오락들 중의 하나라고 이야기했으며, 다음과 같이 써 놓았다 :

«사람들은 그가 아침나절에 서너 시간 동안 사냥 하고, 같은 날 역마차로 백이십리 혹은 백오십리를 와서 그의 집무실에서 나온듯한 평온한 마음으로 소르본느 대학에서 학위논문 심사를 받거나 파리에서 설교를 하는 것을 보았다.» 길에서 그와 우연히 마주친 샹발롱[3]은 말하였다 : «신부님, 어디 가시오? 오늘은 무엇을 하시오?» - 그는 대답하였다 : « 오늘 아침에는 천사처럼 설교하고, 오늘 저녁에는 악마처럼 사냥을 합니다.»

마롤 신부[4]는 그의 〈회상록〉에서 랑세를 언급하였다 : « 그 신부는 성격이 부드러웠고 정신은 밝고 민첩해서 그의 삼촌인 투르 대주교가 그를 자신의 보좌주교로 임명해서 국왕을 기쁘게 했다면, 그 삼촌은 가족의 명예만큼이나 자신의 교구의 영광을 위해서 무척 기뻐했을 것이다.» 마롤 신부는 계속해서 말하였다 : «그 대주교는 처음에는 나의 말을 순전히 예의상의 인사치레로만 생각했지만,

---

1) 랑세는 프롱드 난에서 파리 보좌주교로 마자랭과 맞섰던 레츠 추기경과 친했고, 전임 재상 리슐리외가 랑세의 대부였으므로, 마자랭은 랑세를 투르 교구의 주교 계승권이 있는 보좌주교로 임명하는 것에 반대했음. 그 당시 투르 대주교는 랑세의 삼촌인 빅토르 르 부티예이었음.

2) Armand Gervaise (1662-1752) : 트라프 수도원에서 수도생활을 했던 신부. 랑세가 수도원장을 사임한 후 1696년부터 2년 동안 트라프 수도원 원장이었음.

3) 당시의 파리 대주교.

4) Michel de Marolles (1600-1681) : 가톨릭 신부, 역사학자. 베르길리우스의 시를 산문으로 번역했으며, *<<로마 황제들의 역사>>* 를 썼고, 회상록을 남겼음.

내가 랑세 신부 능력의 장래성에 관심을 갖고 있다는 것을 알고 나한테 감사하다고 하였다.》 여기에서 거론되는 마롤 신부의 어머니는 헝가리에서 터키인들로부터 빼앗은 네 마리의 흰 말이 끄는 짐수레를 타고 미사에 참례하러 갔으며, 자신의 아들을 버드나무 숲을 가로질러서 흐르는 샘물로 데려갔다고 한다.

군대를 선호하는 랑세의 성향이 그를 검술 연습장으로 밀어넣었다. 그가 검술 보조교사의 검을 쳐냈을 때 아무것도 그의 기쁨에 견줄 만한 것은 없었다.

거친 수도사 의복으로 갈아입게 될 사람의 환상적인 복장은 값비싼 천으로 만든 몸에 꼭 달라붙는 자주색 옷이었으며, 머리털은 길고 곱슬곱슬하게 손질하고, 소매에 두 개의 에메랄드를 달고, 손가락에는 다이아몬드 반지를 끼었다. 별장에서나 사냥할 때 그에게서는 어떤 성직자의 표시도 보이지 않았다. 제르베즈는 계속해서 말했다 : 《그는 옆에다 칼을 차고, 말의 안장에 두 자루 권총을 달고, 암사슴 색깔 의복을 입고, 금장식이 달린 검은색 호박단 직물의 넥타이를 매었다. 그를 보러온 근엄한 사람들과 어울리는 동안 금단추가 달린 검은 빌로드 천으로 된 꼭 맞는 옷을 입으면, 그는 많은 것을 배우고 반듯하게 처신하는 것으로 믿었다. 그는 미사를 거의 집전하지 않았다.》

〈나의 생애 동안에 겪었고, 그리고 하느님의 뜻으로만 보호 받을 수 있었던 위험한 일들의 추억〉 이라는 제목이 붙은 랑세의 글 몇 장이 남아있다. 그 〈비망록〉의 저자는 말하였다 : 《나는 네 살 때 수종(水腫)에 걸렸지만 모든 사람들이 예상했던 것과는 달리 치유되었다. 열네 살 때는 천연두에 걸렸다. 언젠가는 마당에서 말을 타려고 애쓰다가 말을 몇 차례 밀어붙여서 마구간 문 앞에 세웠더니, 말이 나를 끌고 갔다. 마구간은 둘레가 막혀 있었으므로 그 말은 두 개의 문을 스쳐지나갔는데, 나를 죽게 하지도 않고 그런 일이 있었던 것

은 일종의 기적이었다.»

대여섯 번의 또 다른 말 사고가 있었으며, 그것들은 랑세의 용기와 임기응변의 재치를 높이 평가해주는 것이다. 나는 보나파르트의 젊은 시절의 혼미한 갈등을 보았는데, 랑세가 하느님의 길로 가는 푯말들을 세웠듯이, 보나파르트는 영광의 길로 가는 푯말들을 세웠던 것이다.

우연히 직면했던 그런 위험한 일들은 무겁게 성찰하기 시작한 랑세에게 신중한 생각이 들게 하였다. 이미 초년의 젊음을 넘어선 여인[1]에게 애정을 느끼면서 랑세는 그 여자 나그네가 그에 앞서 여행길의 일부를 끝마친 것을 알았어야 했으리라.

어느 날 몽바종 공작[2]은 랑세를 호되게 다루는 스콜라 학파의 공격을 주재(主宰)하고 있었다. 고함을 지르다가 지친 늙은 공작은 자리에서 일어나서 개를 쫓아내려는 듯이 지팡이를 휘두르며 방의 한가운데로 나섰고, 랑세에게 라틴어로 말하였다: *«말이 많은 사람과는 더 이상 말로서 다투지 말라.»* [3] 1644년 여든여섯의 나이에 죽은 몽바종은 앙리 2세의 치세인 1558년에 태어났고, 가톨릭동맹[4]과 프롱드 난이 지나가는 것을 보았다. 그는 앙리 4세가 암살될 때 그 마차 안에 있었을까? 프랑수아 1세로부터 루이 14세에 걸친 세월에 삭아버린 몽바종 공작은 아내에게 팔십 노인의 부정한 바람기를 털어놓고는 하였다. 비파(琵琶) 타는 여인과 부끄러운 사랑을 하게 된 그는 여자 악사와 언쟁을 하게 되었고, 그 여인을 창문 밖

1) Marie d'Avaugour (1612-1657) : 몽바종 (Montbazon) 공작부인. 브르타뉴 베르튀 백작의 딸. 16세의 나이에 62세의 노인 몽바종 공작과 결혼했고, 3명의 아이를 낳고 과부가 된 후에 궁정과 사교계의 유명한 여성이 되었음.

2) Hercule de Rohan-Montbazon (1558-1644) : 몽바종 공작. 앙리 3세와 앙리 4세 치세에서 여러 전투에 참가하고 지역 군사령관을 역임하였음 1610년 라바야크에 의해 앙리 4세가 암살될 당시 같은 마차에 탔다가 부상당했음. 1594년 첫 부인과 결혼했고, 1628년 Marie d'Avaugour와 재혼했음.

3) *<Contra vervosos, verbis ne dimices ultra.>*

4) Ligue catholique : 프랑스의 가톨릭과 프로테스탄트 신자들 사이의 종교내전 중에 1576년 결성된 과격 정통파 가톨릭 신자들의 종교적 정치적 동맹.

으로 내던져버리려고 하였다. 앙갚음하기에는 힘이 달려서, 그는 바람기 있는 그 무거운 몸뚱이 옆의 침대에 쓰러져서 팔을 올리지도 못하고 정신을 차리지도 못하였다.

베르튀 백작 클로드 드 브르타뉴와 카트린 푸케 드 라 바렌의 맏딸인 열여섯 살의 부인에게 몽바종 공작이 가르쳐준 것은 그런 후회스럽고 부끄러운 실수들이였던 것이다. 베르튀 백작은 생제르맹 라 트로슈가 자신의 아내를 유혹했다고 생각하고 그를 자기 집에서 죽이게 한 적이 있었다. 몽바종 공작부인은 남편과 결혼할 당시에는 신앙생활에 열심이었다. 바송피에르[1]와 함께 바스티유 감옥에서 나왔을 때, 몽바종 공작은 과거 일들을 말하고 몽바종 공작부인은 현재의 일에 열중하였다. 그 여인은 서른 살의 나이가 된 사람은 아무짝에도 쓸모가 없으니까, 자기가 그 나이가 되면 자신을 강물에 던져주기를 바란다고 말하였다.

파리 지구 군사령관이던 에르퀼 드 로앙이 베르튀 백작의 딸과 결혼할 무렵에는 홀아비였다. 그는 다른 여성에게서 여러 아이들을 낳았고, 그들 중에는 셰브뢰즈 공작부인이 있었으므로, 몽바종 공작부인은 의붓딸 셰브뢰즈 공작부인보다 훨씬 젊었는데도 셰브뢰즈 공작부인의 의붓어머니가 되었다.

탈르망 데 레오[2]는 몽바종 부인이 사람들이 볼 수 있는 가장 아름다운 인물들 중의 한명이라고 자신 있게 말하였다. 몽바종 공작과 르 부티예 신부[3]의 부친은 친분이 두터웠다.[4] 우리는 그 늙은 공작이 어떻게 스콜라 학파의 공격에서 친한 이웃의 아들을 도와주는지를 방금 보았다.

---

1) François de Bassompierre, (1579-1646) : 앙리 4세 치세의 군대 원수, 리슐리외 추기경에 대한 음모에 연루되어 12년간 바스티유 감옥에 투옥되었음.
2) Gédéon Tallemant des Réaux (1619-1692)) : 문필가, 시인, 랑부예 저택의 사교계에 출입하면서 당시의 인물들에 대해서 짧은 전기들을 썼음.
3) 랑세 신부
4) 몽바종 공작과 랑세 신부의 부친은 베레츠 지방에 별장을 갖고 있어서 친분이 있었음.

랑세는 그 공작의 집에서 귀여움을 받았고, 젊은 공작부인의 눈길 아래서 컸으므로, 그 접근에서 남녀관계가 생겨난 것이다. 그 공작은 1644년에 사망했는데, 그 당시 그의 부인은 서른 두 살이었는데도 스무 살도 안 된 것처럼 보였다. 몽바종 부인과 랑세의 관계는 계속되었으며, 그 관계는 1657년의 사건이 생길 때까지 아무런 문제가 없었다. 그 공작부인은 다리를 건너다가 발아래서 다리가 끊겨서 물에 빠져 죽은 것으로 짐작되었다. 그 부인이 죽었다는 소문은 퍼져나갔고, 사람들은 그 여인에게 이런 비문(碑文)을 지어주었다 :

〈올림프스의 신이 여기 묻혀있다고 하네.
사람들이 바라듯이 그 소문이 사실이 아니더라도
묘비명은 여하튼 만들어지므로,
누가 죽고 누가 살아 있는지는 알 수 없네.〉

마리 드 몽바종[1]은 유명해졌다. 보포르 공작[2]은 몽바종 부인의 하인 같은 사람이었다. 사람들은 조심성 없는 그 공작부인 때문에 보포르 공작에게는 어떠한 중요한 비밀도 털어놓을 수가 없었다. 푸크롤 부인의 주머니에서 떨어진 몰브리에 백작에게 보내는 두 개의 짤막한 편지 때문에 몽바종 부인은 롱빌 부인[3]에게 해명해야할 일이 있었다. 몽바종 부인은 그 편지를 발견하고는 그것이 롱빌 부인의 편지이고, 콜리니[4]와 관계있다고 주장했으며, 그 편지들을 가지고 온갖 비웃음으로 이러쿵저러쿵 했던 것이다. 그 일은 롱빌 부인에게 전해졌고 그녀는 격노하였다. 궁정은 갈라졌다. *〈중요한〉* 사람들은 몽바종 부인의 편을 들었고, 왕비는 로크루아의 최후의

1) 몽바종 공작부인.
2) 앙리 4세와 애첩 가브리엘 데스트레의 아들 세자르 방돔의 후손. <참고자료 VI.>
3) Anne-Geneviève : 콩데 대공의 누이동생. 늙은 롱빌(Lpngueille) 공작과 결혼했는데, 남편이 몽바종 부인을 좋아했으므로 모리스 드 콜로니로부터 위안을 받고 있었음.
4) Maurice de Coligny (1618-1644) : 성 바르톨레메오 사건에서 사망한 위그노 교파의 지도자 해군제독 Gaspard de Coligny의 증손자.

승리자인 앙기앵 공작[1]의 누이동생인 롱빌 부인 편에 섰다. 그 〈중요한〉 사람들은 *〈공허한 생각에 잠긴 것 같은 우울한 네댓 명쯤 되는 패거리였다〉* 라고 레츠 추기경은 써놓았다. 그런 이름을 붙인 것은 코르뉘엘 부인[2] 이었는데, 그들은 이런 말로 연설을 끝냈기 때문이었다 : 《나는 중요한 일 때문에 갑니다.》 중앙 시장의 큰 인물이던 보포르 공작은 몽바종 부인의 지지자들에게 여하튼 어떤 평판을 제공하였다. 방스라드[3]의 말에 의하면 《 보포르 공작이 느무르 공작을 죽여서[4] 남자들은 공공연하게 울었고, 여자들은 몰래 울었다》고 한다.

마자랭 추기경은 그 부인네들의 소란을 국가적인 문제로 전환하였다. 롱빌 부인은 명예 회복의 보상을 요구했고, 콩데는 자신의 누이를 지지했지만, 몽바종 부인은 변상을 거부했으며, 보포르 공작은 몽바종 부인을 지지하였다.

스퀴데리 양은 말하였다 : 《내가 뱅센 감옥에 있는 동안 몽바종 부인이 보포르 공작과 함께 왔는데, 보포르 공작은 그 대공이 자유의 몸이었다면 몸을 떨지 않고는 감히 쳐다보지도 못했을 터인데도, 그 대공의 불행에 대해서 비열하게 의기양양해 하며 그 부인에게 그 숙소의 불편함을 보게 하였다.》

스퀴데리 양은 콩데 대공의 감옥 생활에 대해 아름다운 4행시를 지었던 것을 자주 회상하였다. 보포르 공작은 모든 사람들을 빤히 쳐다보았고 또 감히 콩데를 모욕하기도 했으므로, 내연관계에서 태어난 첩의 서출(庶出) 후손이 정실부인의 적출(嫡出) 후손보다 우세했던 셈이다.

---

1) 콩데 대공. 30년 전쟁 당시 Rocroi 마을에서 에스파냐 군대에게 승리를 거두었음.
2) Anne-Marie Bigot de Cornuel (1614-1694) : 당시 사교계에서 재치 있는 격언들을 유행시킨 여성. 당시의 여류 소설가 Scudery 에게 영향을 주었음.
3) Issac de Bencerade (1612-1691) : 문필가, 극작가.
4) 느므르 공작 (Charles-Amédée de Savoie-Nemours, 1624-1652) 은 보포르 공작의 여동생의 남편이었는데, 처남인 보포르 공작과 여자 문제로 결투하다가 죽었음.

롱빌 부인과 몽바종 부인을 화해시키려고 여러 차례의 내왕이 있은 뒤에, 안 도트리슈와 마자랭의 의견에 따라 몽바종 부인이 롱빌 부인에게 사과하는 것으로 합의하였다. 그 사과의 말은 몽바종 부인의 부채에 붙인 쪽지에 써졌다. 몽바종 부인은 단단히 채비를 하고 왕녀[1]의 방으로 들어가서 그의 부채에 붙인 쪽지를 읽었다 :

《저는 사람들이 저를 비난하려는 악의적인 장난에 대해서 전혀 무고하다는 말을 하려고 부인에게 왔으며, 신의 있는 사람은 아무도 그런 험담을 말할 수는 없습니다. 만일에 제가 그런 잘못을 저질렀다면 왕비[2]께서 내리신 벌을 받을 것이고, 저는 결코 세상 사람들 앞에 나타나지 않을 것이며 당신에게 용서를 빌 것입니다. 저는 롱빌 부인 당신에게 당연히 드려야 할 존경과 덕성과 공적에 대한 저의 소신을 결코 잊지 않겠다는 것을 믿어주시기를 간청합니다.》

왕녀는 대답하였다 : 《나는 세상 사람들이 퍼트린 짓궂은 말에 당신은 아무 관련이 없다는 당신의 주장을 기꺼이 믿습니다. 나는 왕비께서 내린 명령에 복종합니다.》

모트빌 부인[3]은 이렇게 써놓았다 : 《몽바종 부인은 "내가 말하는 것은 농담이다" 라는 표정으로 그 쪽지를 아주 오만하고 고답적인 방식으로 발표하였다.》

그 두 부인은 튈르리 정원 끝에 있는 르나르 뜰에서 마주쳤지만, 롱빌 부인은 적대자가 머물러있으면 간식을 들지 않겠다고 선언했고, 몽바종 부인은 사라지기를 거부하였다. 다음날 몽바종 부인은 시골집으로 물러가라는 국왕의 명령을 받았다. 그 분쟁의 결과로 기즈[4]와 콜리니[5] 사이에는 결투가 있었다.

---

1) 롱빌 부인. 콩데 대공의 여동생인 그 부인은 부르봉 왕가의 방계 후손이었음.
2) 루이 15세의 왕비, 루이 14세의 섭정 안 도트리슈
3) Françoise de Motteville (1615-1689) : 루이 14세의 모후 안 도트리슈의 시녀였음. 그녀의 회상록에 당시의 궁정 생활과 프롱드 난에 관한 일화들을 써놓았음.
4) Henri II de Lorraine (1614-1664) : 제5대 기즈 공작. < 참고자료 V.>
5) 롱빌 부인을 좋아하던 모리스 드 콜리니는 제5대 기즈 공작과 벌린 결투에서 사망했음.

몽바종 부인의 뻔뻔함은 능수능란한 세상살이에 필적하였다. 도덕에 관한 격언과 기생집(娼樓)의 행동준칙을 가리지 않고 무시한 레츠 추기경은 자신의 과오를 한탄하는 것 같은 시기에 〈회상록〉을 썼다. 그는 몽바종 부인에 대해 《나쁜 짓을 하면서 그렇게 정절을 무시하는 사람을 나는 보지 못했다》 라고 말하였다. 그 부인은 비록 상류층에 속했으나 당시 사람들은 그 여성이 고대 조각상, 아마도 프리네[1]의 조각상을 닮았다고 생각하였다. 그러나 프랑스의 프리네는 테베를 파괴한 알렉산더의 과거 기록에 맞서서 자신이 테베를 다시 세웠다는 기록을 남기도록 허락을 받더라도 테스피스의 프리네처럼 자신의 비용으로 테베를 다시 세우겠다는 제안을 하지는 않았을 것이다. 몽바종 부인은 돈을 무엇보다도 좋아하였다.

도켕쿠르[2]는 페론[3]에서 반란이 일어나게 하고, 몽바종 부인에게 편지를 썼다 : 《페론은 미인들 중의 미인들의 것입니다.》 그는 공작부인 방에 숨었지만, 겁은 없어도 질책은 받을 만했던 바야르[4]의 사생아인 샤스틀라르[5] 만큼 불운하지는 않았다. 샤스틀라르는 스코틀랜드에서 메리 스튜어트의 침대 아래에 숨었으므로 목이 잘렸던 것이다. 그는 자신의 여왕에게 이런 연가를 지었다 :

〈한적한 처소들과
비밀스런 산들이
내 가련한 후회의
책상이로구나.〉

---

1) Phryné : 기원전 4세기경 Thespies 에서 아테네로 온 여성. 당시 유명한 조각가 프락시텔의 모델이자 정부였음. 그녀는 부유해진 뒤에 알렉산더가 파괴한 성곽을 다시 세우겠다고 했지만 <프리네가 다시 세우다> 라고 새겨 넣자는 주장을 해서 거부되었다고 함.

2) Charles de Monchy d''Hocquincourt : 프랑스 군대의 원수. 몽바종 부인의 환심을 사려고 2차 프롱드 난에서 콩데 군대와 에스파냐 군대에 가담해서 싸우다가 죽었음.

3) Péronne : 파리 분지의 북서부 솜 강 연안에 위치한 역사 깊은 도시.

4) Pierre Terrail de Bayard (1476-1524) : 프랑수아 1세의 이탈리아 전투에서 용감하게 싸워서 유명해진 영웅. 별명이 <겁이 없고, 질책 받을 일이 없는 기사>이었음.

5) Pierre de Boscopal de Chastelard (1540-1562) : Bayard의 손자. 스코틀랜드 왕국이 망한 뒤에 메리 스튜어트 여왕을 따라서 스코틀랜드까지 갔다가 참수되었음.

이런 그림과 좀 더 우정이 어린 손길로 그려진 엇비슷한 그림을 비교하지 않는다면 부당할 것인데, 그 화필을 잡았던 사람은 어느 수도사[1]이었다 :

«젊은 몽바종 공작부인이 궁정에 나타난 이후로 그 부인은 미색으로 그곳에서 뽐내던 여인들을 무색하게 하였다. 남편이 살아있는 동안에는 그 부인의 지혜와 정절은 조금도 의심받지 않았으나, 자신이 결혼의 멍에에서 해방되었다는 것을 알고는 자유롭게 행동하였다. 랑세 신부가 열아홉에서 스무 살이었을 때는 벌써 몽바종 저택의 사람이었다. 그는 공작부인의 환심을 얻는 재주가 있었고, 공작부인은 자신의 집을 들락거리는 모든 사람들을 심하게 차별하는 방법을 알았다.

« 아버지가 사망했으므로 아들인 랑세 신부는 단숨에 26세의 나이에 집안의 가장이 되었고, 예전보다도 더 화려하게 사교계에 나타났으며, 행차가 거창해서 의복과 장신구는 아주 아름다웠고, 여덟 마리의 말들이 끄는 아름답고 손질이 잘된 4륜 마차와 멋쟁이 하인들, 그리고 잘 차려진 식탁이 있었다. 그는 더욱 더 몽바종 부인의 곁에 붙어 열중했으며, 자주 도박을 하거나 그 부인과 함께 밤을 보냈고, 부인은 그것을 자신의 어려운 처지에서 이용했는데, 젊은 과부에게는 그런 도움이 필요했었던 것이다. 그런 허물없는 관계는 당연히 질투심을 유발했고, 사람들은 그런 일들을 갖고 자기들이 하고 싶은 대로, 어쩌면 지나치게 상상하고 또 말하였다.

« 몽바종 부인의 마음에 들려고 애쓴 사람들 중에서 랑세 신부가 그 부인의 애정을 가장 많이 차지한 사람이었다는 것은 사실이다. 랑세는 역시 진실하고 실제적인 친구였다. 여러 경우에서 그 부인에게 매우 중요한 도움이 되는 방법을 알았으며, 고마워하는 마음이 부인으로 하여금 특별한 대우를 하게 했던 것이다. 그 뿐만 아니라

---

1) 랑세에 관한 많은 저술을 남긴 제르베즈 수도사 (*p. 49, 각주 2).

그들은 항상 상류사회의 체면을 지켰고, 같은 마차에 함께 타는 것도 피했으며, 또 10 년 이상이나 그들의 교제가 지속되는 동안에도 사람들은 그들이 같은 마차에 있는 것을 한번밖에는 보지 못했고, 게다가 수행원들이 그들을 따라다녔으므로 사람들은 화를 낼 수가 없었다. 이처럼 그 애정에는 육체보다 마음이 더 많은 부분을 차지했던 것 같았다.

《스웨덴의 크리스티나 여왕은 토트 백작을 대사의 자격으로 프랑스로 파견하였다. 그는 메나주[1]에게 궁정에서 가장 중요한 것을 보여 달라고 말을 건넸고, 그리고 소문을 들었던 몽바종 부인을 그의 소개로 만나볼 수 있는지 물어보았다. 재치 있는 상류사회의 인물로서 그 부인에게 접근할 연줄이 있었던 메나주는 토트 백작이 세상에서 가장 아름다운 사람을 보는 영예를 갖지 못한다면 아무것도 보지 못한 것이라고 여기며 그 부인한테 데려갈 허락을 받아달라고 자신에게 부탁했다고 말하였다. 그 공작부인은 "그 사람이 내일모레 온다면, 또 약속을 지킨다면 저는 잘 차려 입고 있겠어요" 라고 대답하였다.》

제르베즈 수도사 신부의 이야기는 그러하였다. 몽바종 부인은 약속장소에 오지 않았다. 목숨을 앗아가는 병에 걸린 그녀는 죽음을 앞두고서야 잘 차려입은 모습을 보여주었다.

숨겨진 표현에도 불구하고 몽바종 부인의 중대한 결점과 또 *〈성실하고 현실적으로 도움이 될 만한〉* 친구를 이용할 줄 알았던 그 여인의 수완이 얼핏 보이는 것이다.

다행하게도 지위가 대수롭지 않은 여인들이 특권층의 게걸스런 탐욕을 무덤덤하게 대신해서 받아주었다. 앙리 3세의 애인이었고,

---

1) Gilles Ménage (1613-1692) : 문법학자, 역사가, 문필가. 변호사였다가 성직록을 받는 성직자가 되었고, 많은 문필가들과 교류하며 글을 썼음. 메나주 가 사망한 뒤에 Antoine Galland가 메나주의 좋은 글을 모아서 1693년 어록집 *《 메나지아나 (Menagiana)》* 를 발간했음.

〈*라 벨 샤토뇌프*〉 라고 불리기도 하던 르네 드 리외[1]는 두 번 결혼하였다. 처음에는 〈*안티노티*〉 와 결혼했지만 그 여자는 바람기가 있는 그를 단도로 찔러서 죽였다. 그 후에는 〈*알토비티*〉 드 카스텔란과 결혼 했는데, 그는 프랑스 대수도원장에게 피살되었다.[2] 〈*알토비티*〉는 숨이 끊어지기 전에 그 대수도원장의 복부에 비수를 깊이 찔렀다. 귀족계급의 그런 암살 행위들은 처벌 받지 않았으며, 그 당시에 그것은 예사로운 권리였고, 그런 일들은 천한 평민들이나 벌을 받았다.

라 벨 샤토뇌프는 프로방스 지방에서 딸[3]을 낳았고, 마르세유시 당국에 의해서 세례문서에 기록되었다. 르네 드 리외가 죽은 뒤에 그 여인의 딸 마르셀 드 카스텔란은 노트르담 드 라 가르드 모래밭에 깜작도요새처럼 남겨졌다. 발라프레[4]의 아들인 기즈[5] 공작이 그 여자를 만난 곳은 그 곳이었다. 그는 오를레앙에서 살해된 그의 할아버지[6]나 블루아에서 암살된 아버지처럼 미남은 아니었으나 담대했고, 마르세유에서 앙리 4세에게 발탁되어 기즈 공작의 칭호를 갖게 되었다.

---

1) Renée de Rieux, (la Belle Chateauneuf) (1541-1582) : 브르타뉴 지방의 귀족 Jean de Rieux의 딸. 앙리 2세의 왕비 카트린 드 메디치의 시녀가 되었음.

2) 르네 드 리외는 카트린 드 메디치의 아들인 샤를 9세와 그의 동생(훗날의 앙리 3세)의 애인이었는데, 샤를 9세가 죽고 동생인 앙리 3세가 국왕이 된 뒤에 그녀는 1575년 피렌체 출신의 안티노티 (Antinotti)와 결혼했으나 질투심으로 남편을 살해했음. 그 후에 1577년 마르세유의 갤리선 선장의 아들 알토비티(Philippe de Altovitti, 1550-1586)와 두 번째로 결혼했고, 그녀의 남편은 Castellane 남작 작위를 받았음. 그러나 Altovitti 는 1586년에 앙리 2세의 사생아로서 프랑스의 몰타 수도원 대수도원장이었던 앙리 당굴렘(Henri d'Angoulême, 1551-1586)과 벌린 결투로 사망하였음.

3) Marcelle de Castellane (Marseille d'Altovitti) (1577-1606) : 르네 드 리외의 딸. 어린 나이에 부모를 모두 잃고, 춤과 노래와 시로 마르세유 지방에서 유명해졌음.

4) Balafré, Henri I de Guise (1550-1588) : 프랑스의 종교내전 중에 과격한 정통 가톨릭 신자들의 지도자로 활동하고, 1572년의 성 바르톨레메오 학살을 주도했던 3대 기즈 공작. 1588년 앙리 3세의 음모로 블루아 성에서 암살되었음,

5) Charles de Laurraine (1571-1640) : 4대 기즈 공작 (참고자료 V). 그의 아버지 (3대 기즈 공작 Balafré) 가 암살된 후, 여러 지방을 전전하다가 앙리 4세에 의해서 프로방스 지방의 군사령관이 되었을 때 마르셀 드 카스텔란을 만나게 되었음.

6) François I de Lorraine (1519-1563) : 2대 기즈 공작. 종교 내전 중에 가톨릭 진영 지도자. 오를레앙 지방 전투에서 개신교 신자인 귀족의 권총에 피격되어 사망했음.

마르셀 드 카스텔란은 기즈 공작의 마음에 들었고, 그 여자도 자신을 사랑의 포로가 되게 내버려두었다. 흰 피부색 아래에 애벌로 넓게 칠해 놓은 것 같은 창백함은 그 여자에게 정념의 성향을 띠게 하였다. 두 겹의 순백색을 지나 소녀의 장미 빛이 스며져 나왔다. 그 여자는 어머니로부터 물려받은 길고도 푸른 눈을 갖고 있었다. 당대(當代)의 티불루스라고 하던 데포르트[1] 는 *《디안의 사랑》* 에서 르네[2]의 머리털을 칭찬하였다. 샤를 9세의 재주를 갖지 못했던 앙리 3세를 위해서 데포르트는 노래했던 것이다 :

〈시름없이 헝클어진 곱슬머리 금발의 아름다운 매듭이여,

내 팔보다도 마음이 더욱 당신에게 묶인다네.〉

마르셀은 우아하게 춤을 추었고, 황홀하게 노래했으나 바다의 파도와 더불어 성장한 그 여자는 속박을 싫어하였다. 기즈 공작이 자신에게 싫증을 내기 시작한 것을 알아차리고, 원망을 하는 대신 스스로 물러났다. 그 여자는 무척이나 힘들어 병이 났고, 가난했으므로 보석을 팔아야만 하였다. 로렌 공작이 제공한 돈을 멸시하듯이 돌려보냈다. 그 여자는 말하였다 : 《 나는 살아가야할 날이 며칠밖에 남지 않았으니까, 얼마 안 되는 돈으로도 충분합니다. 나는 아무에게서도 돈을 받지 않으며, 하물며 다른 사람도 아닌 기즈 공작의 돈은 받지 않습니다.》 브르타뉴의 젊은 처녀들은 모래밭에서 바위의 물풀(海藻)에 몸을 비끄러맨 뒤에 스스로 물에 빠져 죽는다.

마르셀의 계산은 정확했고, 그녀에게서는 아무것도 발견되지 않았는데, 그 여자는 자신의 수명을 보잘것없는 금전에 맞추어 정확하게 계산했고, 자신과 함께 소진하였다[3]. 그 여자의 대모였던 시 당국이 그 여자를 매장해주었다.

---

1) Philippe Desportes (1546-1606) : 신부, 바로크 시인. 로마 시대의 Albius Tibullus 처럼 쉽고도 감미로운 시를 써서 그를 <프랑스의 티불루스> 라고 불렀음.

2) 마르셀 드 카스텔란의 어머니였던 르네 드 리외.

3) 마르셀은 18세에 기즈 공작의 애인이 되고, 헤어진 뒤에 가난해져서 27세에 사망했음.

30년 후에 소성당의 포석을 파내면서 사람들은 마르셀의 관이 손상되지 않은 것을 알게 되었다. 보존하려는 사람의 시체를 향료로 방부처리를 하듯이, 그녀의 고귀한 정신이 그녀에게 접근하는 부패를 막아낸 것 같았다.

기즈 공작이 궁정을 향해서 떠날 때, 두 개의 칠현금을 갖고 있던 마르셀은 노래와 시 구절들을 지었는데, 그것들은 그리스의 바닷가에서도 읊어졌고, 그곳으로부터 우리들에게 많은 향기가 전해져온다.

〈그는 떠나간다, 무정한 승리자여,
영광으로 가득차서 그는 떠나간다.
내 마음을 업신여기면서 그는 떠나간다.
그의 고귀한 승리여,

그가 그리도 무정하더라도
나는 그 추억을 간직한다네.
나는 생각하고 있다네,
그가 새 연인을 얻으리라는 것을 〉

시와 무기력의 말들, 잊어진 소망의 목소리, 그리고 덧없는 꿈들의 울적한 슬픔이었다[1].

몽바종 부인이 그녀의 아름답고 지조 없는 손을 재물로 유혹한 새 애인을 받아들인 것은 쉽게 상상할 수 있을 것이다.

랑세가 청춘의 불안 가운데에서 고행의 옷자락이 나부끼는 것을 보게 되는 날까지는 몽바종 부인이 정념의 대상이었다. 어느 은둔 고행수도자는 《내가 사악한 것들을 말하는 동안 꿀벌들은 부당하게 많은 것을 발설하는 내 혓바닥에서 흐르는 그렇게 달콤한 꿀을 모으려고 날아다녔다》 라고 말하였다.

---

1) 샤토브리앙은 위의 이야기를 Tallemant des Réaux (*p. 52, 각주 2) 의 《*Balafré의 아들 기즈 이야기*》와 Michaud 이야기 (Châteauneuf 부인편) 에서 인용해서 썼음.

랑세에 대해 갖고 있는 일반적인 생각에 비추어보면, 랑세의 생애 초년의 그런 모습들을 놀래지 않고 바라볼 수는 없을 것인데, 랑세의 친구이자 트라프 수도원의 원장대리 수도사였던 르넹 자신이 그런 사실들을 얘기했으므로 우리들은 믿지 않을 수는 없는 것이다. 그는 그것들을 간단하게 한 두 마디의 말로 압축해서 요약하였다 :

« 어떤 광기와 맹목으로 교회의 첫 고위직으로 올라가려는 야심 말고는 아무런 소명의식도 없이 성직자 신분이 된 후에 궁정의 즐거운 오락과 하잘것없고 가증스러운 지식 탐구에서 젊은 시절을 보냈으며, 세속의 사랑에 빠져서 사제로 서품되었고, 그리고 하느님께로 가는 길을 완전히 망각했던 그 사람은 소르본에서 박사학위를 받았다. 언제나 향연 잔치였으며, 항상 사람들하고 어울렸고, 노름하고 산책이나 사냥으로 소일한 것이 서른 살까지의 르 부티예 신부의 생활이었다.»

이백년 후에 보세 추기경[1]이 말한 것도 그런 내용이었다.

그의 가문의 야심찬 주요 인물이던 투르의 대주교는 자신의 조카 랑세에게 보좌주교 자리를 얻어주지 못하자[2] 1655년 그를 투르의 부주교의 자격으로 성직자회의 대표로 임명했고, 동시에 그 대주교는 르 부티에 신부가 오를레앙 공작의 보시(布施) 담당 사제직을 맡게 될 것이라는 가스통 공작의 허락을 얻은 뒤에 그 직책을 사직하였다[3]. 그 성직자 회의는 2년간 지속되었다. 랑세는 첫해에만

1) Louis François de Bausset (1748-1824) : 알레 (Alais)의 주교, 추기경. 문필가. 프랑스 아카데미 회원. 루이 16세 시대의 명사회 회원, 혁명 중에 투옥되었다가 석방되어 역사와 시를 썼음. 보세 추기경은 1808년 캉브레의 주교였던 페늘롱의 일생을 소개한 *<<페늘롱 전기 (Histoire de Fénelon)>>*를 발간하고, 또 정적주의로 페늘롱과 긴 논쟁을 벌린 것으로 유명했던 모(Meaux) 의 주교 보쉬에의 생애에 대해서도 *<<보쉬에 전기 (Histoire de Bossuet)>>*를 썼는데, 샤토브리앙은 보세 추기경이 쓴 그 보쉬에의 전기에서 랑세에 관한 내용을 언급하고 있음.

2) 투르 교구의 대주교 빅토르는 자신의 조카인 르 부티에 랑세를 대주교 계승권이 있는 보좌주교(coadjuteur)로 임명하려고 했으나 당시의 재상 마자랭 추기경이 반대했음.

3) 오를레앙 공작 가스통의 구호물품을 분배하는 보시 담당 전속사제(aumonier)였던 투르 대주교는 그 직책을 사직하고, 조카인 랑세 신부에게 넘겨주었음.

그곳에 모습을 보였을 뿐이었는데, 그는 가장 즐겁게 자신을 타락시킬 수 있던 레츠 추기경과의 유대를 긴밀하게 했고, 자신의 친구를 옹호하는 발언을 하였다. 마자랭은 «랑세 신부답다고 믿어지려면 십자가와 깃발을 들고서 레츠 추기경을 마중하러 가야될 것이다» 라고 말하였다. 랑세는 그 회의에서 루앙 대주교였다가 훗날 파리 대주교가 된 프랑수아 드 아를레를 돕게 되어 명성이 높아졌다. 그 대주교는 르 부티예 신부에게 유세비오[1]가 저술했거나 (혹은 다른 사람들의 견해에 의하면) 소조메노스[2]와 소크라트[3]가 저술한 그리스어 책자를 방스 주교와 몽펠리에 주교와 함께 살펴보라는 책임을 맡겼던 것이다. 랑세는 오를레앙 공작의 보시 담당 제일 전속사제로 임명되어 축하를 받았고, 자신의 행동을 뒤로 미루면서 계속해서 보쉬에의 교리를 따랐으므로 동의서[4]에 서명하였다. 그는 성직자 대표로서 궁정에 충실하였다. 논쟁이 일어났다. 랑세는 다양한 제안에 반대했으며, 많은 문제들에 대해서 대단한 지식을 보여주었다. 랑세는 다른 사람들을 화나게 했고, 뒤로 물러나라는 경고를 받았는데 친구들에게는 그의 목숨이 안전해보이지 않았던 것이다. 그 경고는 근거가 없는 것이었으며, 마자랭은 아무도 암살하라고 시키지 않았다. 르 부티에 신부는 가스통에게 감사를 드리러 블루아로 갔다가 베레츠로 물러갔고, 얼마 안 있다가 그의 생애를 변화시킨 사건이 발생하였다.

---

1) Eusebius Pamphili (265-339) : 로마 황제의 그리스도교 박해를 피해서 팔레스티나로 갔던 카사레 주교. 초기 교회사를 썼고, 제1차 니케아 공의회를 주재하였음.

2) Salaminios Hermias Sozomenos (400-? 450) : Gaza에서 출생한 역사학자. 그리스어 수사학자. 그리스어로 교회사를 저술해서 동로마 황제 Theodosius에게 헌정했음.

3) Socrate le Scolastique, Socrate de Constantinople (380-450) : 초기 그리스도교 교회사를 그리스어로 썼음.

4) 1600년대 중반에 프랑스 가톨릭교회는 벨기에의 신학자 코르넬리우스 얀세니우스 (1585-1638) 의 교리를 따르는 얀센교파 신자들이 늘어나서 예수회 사제들과 논쟁이 벌어졌음. 교황 인노첸시오 10세는 1653년 얀세니우스의 저서 *<< 아우구스티누스>>*에 포함된 5개 명제를 단죄했고, 1656년 9월1일과 2일 프랑스 성직자 회의에서 얀센교파를 단죄한 교황 칙령에 순종하는 *<동의서 (Formulaire) >* 를 작성했으며, 1661년 프랑스 궁정은 법령으로 모든 성직자들에게 그 동의서에 서명하도록 했음.

오늘날 아무도 모르게 된 그 모든 일에는 마음에 드는 침묵이 있고, 그 일들은 당신들을 과거 속으로 다시 데려간다. 당신들이 먼지 속으로 사라져가는 그 기억들을 뒤적일 때, 인간의 허무에 대한 새로운 증거가 아니라면 그것들로부터 무엇을 다시 끄집어낼 것인가? 그것들은 망령들이 해 뜨기 전에 묘지에서 회상하는 끝나버린 유희(遊戲)들인 것이다.

제 2 편

쾰른의 피에르 마르토 출판사에서 1685년에 나온 12절지 판으로 인쇄된 230 페이지짜리 논문[1]이 있는데, 그 논문에는 《*트라프 수도원 원장의 생애와 저술에 대한 성찰과 그 수도원장이 회개하게 된 진정한 동기*》, 또는 《*수도사 생활의 성스러운 책무라는 표제의 서책에 관한 티모크라트와 필랑드르의 대화*》 라는 두 개의 제목[2]이 붙어 있다. 나는 그것을 이 책의 후반부 다른 곳에서 언급할 것이고, 지금 내가 인용하려는 것은 단지 부수적으로 간단하게 소개하는 것이다. 그 내용은 다음과 같다 :

《 나는 그 트라프 수도원장이 과거에 바람둥이 한량이었고, 몇 차례의 애정 관계가 있었다고 말한 바 있다. 마지막으로 드러났던 것은 미인으로 유명했던 공작부인과의 관계였는데, 그 부인은 강을 건너다가 다행히 죽음을 모면하고 겨우 한 달 후에 죽음을 맞이하였다. 그 신부는 때때로 시골 별장으로 갔고, 예상하지 못했던 그 죽음이 닥쳐왔을 때 그는 시골에 있었다. 그의 열정적인 애정을 모르지 않던 하인들은 그 슬픈 사건을 알리지 않으려고 애를 썼고, 그는 돌아와서야 알게 되었다.》 - 《어느 때나 출입이 허락되었던

---

1) 낭트 칙령의 폐지 후에 해외로 망명한 위그노 교파 목사의 아들 라로크(Daniel de Larroque 1660-1731)는 랑세를 비방하는 책을 써서 검열을 피하려고 당시에 금지된 서적들을 주로 출판하던 피에르 마르토 출판사에서 1685년 익명으로 출간하였음.

2) << *Les véritables Motifs de la Conversion de l'abbé de la Trappe, avec quelques reflexions sur sa vie et sur ses écrits,*>> ou
<< *les Entretiens de Timocrate et de Philandre sur un livre qui a pour titre les Saints Devoirs de la Vie monastique.*>>

공작부인의 방으로 곧장 올라갔더니, 그가 즐기리라고 믿었던 감미로움 대신에 처음으로 본 것은 관(棺)이었고, 아무렇게나 덮어놓은 홑이불 아래로 어쩌다가 떨어져 나온 피투성이의 머리를 보고는 그것이 자신의 애인의 것으로 판단하게 되었다. 사람들은 사용했던 관보다 더 큰 관을 새로 만들게 하지 않으려고, 그 시신을 목의 길이만큼 줄이기 위해서 나머지 신체에서 머리를 떼어낸 것이다.»

생시몽[1]은 그 이야기를 회상하면서 말하였다 : « 사람들이 몽바종 부인에 대해 말하는 소문에 사실인 것은 없고, *〈다만 꾸며낸 이야기가 퍼지게 된 것〉*이다. 나는 그것을 트라프 수도원장에게 대충대충 좋을 대로가 아니고 솔직하게 그 사실에 대해 물어보았는데, 내가 알게 된 것은 그와 같다.»

그러면 생시몽은 무엇을 알게 되었던가? 그의 답변 내용이 이론의 여지가 없이 분명했었다면 그는 확실하게 전해주었을 것이다. 그러나 생시몽은 그것을 설명하는 대신에 랑세와 프롱드 난의 인물들의 이야기에만 전념하였다. 또 게다가 그는 제르베즈 신부가 말한 것처럼 마리 드 브르타뉴[2]가 홍역에 걸렸고, 랑세는 그 여인의 곁에서 조금도 떠나지 않았고, 그 여인이 고해하고 영성체하는 것을 보았다고 확언하였다. 그리고 « 르 부티예 신부가 그 후에 베레츠에 있는 집으로 갔고, 그것이 세상과 갈라서는 출발점이 되었다»라고 덧붙였다. 그 이야기의 마지막 말은 생시몽이 어느 정도로 잘못 생각했는지를 드러내주고 있는 것이다. 랑세와 같은 시대를 살았던 그의 찬양자들은 랑세의 젊은 시절에 대해서 끝까지 침묵을 하자는 말을 서로 주고받았던 것 같은데[3], 그들은 랑세의 희생적인 속죄

---

1) (*p. 37, 각주 2)

2) 브르타뉴 지방 출신의 Marie d'Avaugour. 몽바종 공작부인

3) 자신의 회상록에서 랑세를 자주 호의적으로 언급했던 생시몽 공작 이나 모페우, 마르솔리에, 르넹과 같은 랑세의 대표적인 전기 작가들은 모두 랑세 신부와 몽바종 공작 부인의 관계나 그 공작부인의 죽음에 관한 정황들을 상세히 기술하지 않았음.

행위를 적게 언급하면 오히려 그들이 찬양하는 인물의 명성을 깎아 내리게 된다는 것을 깨닫지 못하였다. 그들은 어느 수도사가 〈*랑세가 겪었던 것 같은 혼란스런 열정을 체험해보려고*〉 트라프 수도원에 몸을 숨겼다고 하거나, 또는 랑세 자신이 유혹에 취약한 것을 끊임없이 슬퍼했다고 알려줌으로서 그들이 침묵으로 얼버무려 누락시킨 것들을 충분히 알아 듣게 설명하는 편이 더 좋았으리라. 그래서 보세 추기경[1]은 ≪세속의 온갖 유혹에 몰두한 랑세 신부는 성덕(聖德)에는 별로 어울리지 않는 생활 방식에 빠져들었고, 그리고 어떻게 보면 그의 유명한 경쟁자[2]에 대해 획득했던 승리의 품위를 떨어뜨렸으며...말총을 섞어 직조한 속내의와 거친 피륙의 고행자 옷을 입고 젊은 시절의 잘못을 속죄했다≫라고 말했던 것이다. 그 트라프 수도원 원장과 같은 시대를 살았던 3명의 전기 작가들[3] 중 한 명인 모페우[4]는 라로크[5]의 이야기를 읽고, 그의 주장에 반대는 했으나 반증 할 수는 없었다. 그가 우리에게 새롭게 알려주는 유일한 것은 랑세가 죽어가는 여인에게 했던 짤막한 설교였고, 몽바종 부인은 자신과 다투던 브리엔[6]에게 화해의 말을 전하려고 어느 귀족을 보냈다는 것이다.

모페우는 분명히 라로크를 반박하는 저서를 마무리했던 것 같다. 그 노낭쿠르 사제의 의도를 알게 된 랑세는 서둘러 편지를 썼다 : ≪당신의 저서는 비판을 불러일으킬 것이고, 항변할 빌미를 줄 것이며, 나에게 많은 적들을 끌어올 것입니다. 단연코 나는 당신을 믿고 존경하지만 가능하면 그 내용을 빼달라고 간청해야겠군요. 이런

1) Louis François de Bausset 추기경 (*p. 62 각주1).
2). 보세 추기경이 언급한 랑세의 경쟁자는 학창시절의 동창생 보쉬에였음.
3) 샤토브리앙은 모페우, 마르솔리에, 르넹을 대표적인 랑세의 전기 작가로 기술했음.
4) Augustin de Maupéou (1647-1712). 신학박사, 노낭쿠르의 사제. *≪트라피스트 수도원 원장이며 개혁자인 아르망-장 르 부티에 랑세 신부의 생애≫* 를 썼음.
5) 1685년 랑세를 비방하는 책을 발간한 다니엘 드 라로크.
6) Henri-Auguste de Loménie (1595-1666) : Brienne 백작. 외무부 정무차관.

경우에는 침묵을 지키는 것이 가장 좋다고 생각되며, 비록 적절치는 않더라도 〈*해명서*〉 제2판의 서문에 넣으려던 것이 인쇄되지 않기를 바랄 뿐입니다. 내 생각을 받아준다면 더 이상 고마울 것이 없겠다는 것 말고는 이 편지에 덧붙일 것은 없습니다. 1686년 3월 17일》

랑세가 황급히 모페우에게 편지를 쓴 것은 그가 옛 추억에 대해 불안해하는 것을 드러낸 것이다. 라 샹브르 신부[1]가 〈*시(詩)를 맵시나게 다듬는 사람*〉이라고 했던 부우르 신부[2]도 그의 네 번 째 담화록 528쪽과 529쪽에서 《*트라프 수도원 원장이 회개한 진정한 동기*》*라는* 책자를 반박했는데. 그것은 어쨌든 근거가 없는 우스개라는 것이었다. 세비녜 부인은 그 존경받는 비평가에 대해 〈*모든 면에서 탁월한 재능이 두드러진다*〉 라고 말하였다.

랑세의 생애를 쓴 두 번째 전기 작가인 마르솔리에[3]는 침묵을 지켰으나, 랑세의 생애에 대한 세 번째이고 가장 완벽하며 신뢰할만한 전기 작가인 르넹은 라로크의 소문을 들었다. 르넹 신부는 73세에 사망했고, 트라프 수도원 원장대리였다. 랑세와 속내를 터놓고 지낸 친구였던 르넹 신부는 그의 저서 《*트라프 수도원 개혁자의 생애* 》 제3편 9장에다 다음같이 썼다 :

《 그런 모든 비방 책자들 이외에도 어느 위그노 교도가 쓴 〈*트라프 수도원의 원장 신부가 회개한 동기*〉 라는 제목의 또 다른 책자가 나왔다. 그러나 《*하느님의 10 계명(誡命) 해설*》 의 저자[4]는 그 책의 제3편 378 쪽에서 그 위그노 교도를 이런 말로 훌륭하게

---

1) Pierre Cureau de La Chambre (1640-1693) : 아카데미 회원, 의학을 공부하다가 그만 두고 이탈리아를 여행한 뒤 신학을 공부한 파리 교구의 박식한 사제.

2) Dominique Bouhours (1628-1702) : 얀센 교파 신자들과 교리 논쟁을 했던 예수회 신부. 라신 (Racine)이나 부알로(Boileau) 같은 유명한 작가들의 원고를 교정해준 문법학자이며, 문체론 학자. 몰리에르 (Molière)의 묘비명을 썼고, 담화록 《*아리스트와 외젠의 대화*》 를 저술했음

3) Jaque de Marsollier(1647-1724) : 랑세의 전기를 쓴 신부.

4) 보퀴요 (Lazare André Bocquillot, 1649-1728) : 《*하느님의 10 계명 해설 (1689)*》 의 저자. 르냉은 보퀴요의 저서를 인용해서 랑세를 비방한 라로크를 반박했음.

논박하였다: " 나는 이단교파의 어느 목사가 그 성스런 수도원장을 헐뜯으려고 온갖 짓을 다했던 것을 알고 있는데, 하여간 프랑스와 주변의 국가들이 모두 그 책자를 수도원장의 명예를 더럽히려는 비열한 비방문으로 간주하며, 또 그 저자를 가장 경솔한 판단에 모든 중상모략의 근거를 둔 야바위꾼으로 여긴다는 것도 잘 알고 있다. 그 수도원장의 아주 찬란하고 확고한 덕성들을 망가뜨리려면 오직 그런 잘난체하는 자의 우쭐대는 교만을 근거로 경솔하게 주장할 수밖에 없었다," 》 르넹은 이렇게 인용해서 반박을 대신하였다. *《하느님의 10 계명 해설》* 저자의 그 장황한 설명은 이해할 만은 했으나 어떤 주장도 무너뜨리지는 못하였다.

어느 개신교도의 펜대에 의해 누설되어 외따로 고립된 그 주장에 대한 저주의 말들이 눈사태처럼 쏟아졌다. 분노는 제쳐놓고서라도 랑세의 젊은 시절에 대해서 제기된 허물들을 부인할 수는 있으나, 모든 사료들이 보여주는 인과관계들을 부정할 수는 없다. 분명히 사람들은 랑세를 죄인으로 드러냄으로서 그의 모범적인 덕성의 권위가 뒤흔들리게 되는 것이 두려운 것이다. 그러나 예로니모 성인이나 아우구스티노 성인은 자신들의 초년의 품행상의 과실에서 말년의 힘을 얻어내지 않았던가? 솔직한 고백은 랑세를 비방에서 영원히 해방시켜주었을 것이리라. 사람들은 잘못한 것을 곧바로 책망하지 않았는데, 그러면 사실상 땅 위의 모든 사람이 책망 받아야 되기 때문이다. 그러나 어떤 사람은 마음 편해지려고 침묵을 해서 그의 전 생애동안 비난 받았던 것이다. 하여튼 랑세의 침묵은 끔찍했고, 그는 선량한 사람들의 마음에 의혹을 던져 넣었다고 말하지 않을 수 없다. 그토록 길고도 난해하며 고집스런 침묵이 넘어설 수 없는 장벽처럼 독자들의 앞에 있는 것이다. 무엇이라고 ! 인간은 한 순간도 어긋날 수가 없다는 것인가! 무엇이라고! 절대적 침묵은 진실이라고 간주될 수 있다는 말인가! 이런 자기 자신에 대한 의식의 통제

력은 공포심을 느끼게 하며, 랑세는 아무것도 말하지 않을 것이고, 그의 전 생애를 무덤 속으로 가지고 갈 것이다.

이와 같이 라로크의 이야기를 거부하는 사람들도, 또 그 이야기를 받아들이는 사람들도 그들의 부정이나 긍정에 대해서 그 어떤 근거도 갖고 있지 않다. 의심쩍어하는 사람들은 단지 너무 짤막한 관이라는 믿을 수 없는 일을 근거로 삼고 있는데, 실제로 생애에서 그토록 자주 가슴으로 숙여지던 그 아름다운 머리에 필요한 공간을 마련하기 위해서는 관의 길이를 늘이는 편이 더 쉬웠기 때문이다. 그러나 생시몽이 슬며시 암시했던 것처럼 목이 잘린 것이 해부학적 검사(剖檢)의 결과였을 뿐이라고 가정하면 모든 것이 설명이 되리라.

모든 몽상가 시인들은 라로크가 이야기한 내용을 받아 들였고, 모든 수도사들은 그것을 거부했는데, 왜냐하면 그런 이야기가 수도사들의 손상 받기 쉬운 예민한 덕망에다 상처를 주었고, 수도사들은 어느 누구도 부인하지 못할 기록을 근거로 해서 라로크의 이야기를 반박해서 허물어뜨릴 수도 없었기 때문에 당연히 그러하였다. 그러나 이래도 저래도 상관없는 독자로서는 긍정적인 증거가 없다면 부정적인 근거들을 조사해볼 수 있는 것이다.

나는 이미 마르솔리에가 몽바종 부인에 대해 입을 다물었다고 지적했었는데, 그 침묵은 라로크의 주장에는 유리한 것이었다. 참사회원 마르솔리에는 그의 침묵에다가 이런 랑세에 대한 회상을 덧붙였다 : 《랑세는 그가 사랑하던 몇몇 사람들의 죽음과 신의 은총을 잃은 불행에서 충격을 받았다. 랑세는 말하기를 "끔찍하게 무서운 공허함이 늘 불안하게 뒤흔들리며 기쁨이 없는 내 마음을 차지했다. 나는 〈*어떤 사람들의 죽음*〉과 그들의 영원한 내세(來世)가 결정되려는 무서운 순간에 그들을 보았을 때, 아무것도 느끼지 못하는 그 무감각에 마음이 아팠다. 나는 다른 사람들에게 알려지지 않고 지낼 수 있는 장소에서 은둔하기로 결심했다" 라고 하였다.》

트라프 수도원 복도에 새겨진 여러 글들 가운데는 아우구스티노 성인에서 빌려온 것이 있다 : *〈덧없고도 덧없구나. 허무하고도 허무하구나. 나의 옛 친구들은 붙잡고.〉*[1] 랑세는 그의 명상록에다 《여하튼 죽는 사람들은 흔히 그들 자신보다 세상에 남겨지는 사람들의 회개를 위해 죽는 것이다 》라고 써놓았다.

보쉬에는 영국의 왕비[2]와 앙리에트 부인[3]의 장례 추도사를 랑세에게 전달하며 말하였다 : 《 나는 세상사의 허망함을 보여주고, 은둔수도자의 서가의 책들 가운데 자리를 차지할 만하며, 어쨌든 아주 애처롭게 사망한 두 사람의 머리라고 여겨질 수 있는 두 개의 추도사를 당신에게 보내도록 지시했습니다.》 보쉬에는 사람들이 몽바종 부인에 대해 실없는 말을 했던 것을 알고 있었을까? 그는 몽바종 부인과 서로 이야기를 나누도록 다른 두 사람의 머리를 보낸다고 하며 그 몽바종 부인의 머리를 암시했던 것인가?

그가 감히 서슴지 않는 그 무시무시한 농담의 방식은 랑세의 첫 번째 생애의 경박함과 그리고 그의 두 번째 생애의 준엄함과 관련이 있을 것 같지는 않은가?

사람들은 트라프 수도원에서 랑세의 뒤를 이어온 후임자들의 방에서 몽바종 부인의 머리를 보여주었다고 하는데, 다시 재건된[4]

---

1) 성 아우구스티노(Augustinus 354-430)의 *<<고백록>>* 8편 11장에서 인용한 구절. 본래의 글은 *< 덧없고도 덧없구나. 허무하고도 허무하구나. 나의 옛 친구들은 내 육신의 옷을 붙잡고서 흔드는구나. Retinebant nugae nugarum et vanitates vanitatum antiquae amicae meae et succutiebant vestem meam carneam* >인데, 랑세와 샤토브리앙은 뒷부분 *<내 육신의 옷을 붙잡고 흔드는구나>* 를 빼놓고 인용했음

2) Henriette-Marie de France (1609-1669) : 루이 13세의 여동생. 영국의 찰스 1세와 결혼해서 왕비가 되었으나 영국의 청교도혁명으로 망명해서 프랑스에서 살다가 병으로 사망했음. 남편은 크롬웰 일파에게 참수 당했고, 두 아들이 크롬웰이 사망한 후 영국에 귀국해서 국왕 찰스 2세와 제임스 2세가 되었음 <참고자료 II.)

3) Henriette-Anne d'Angleterre (1644-1670) : 영국 국왕 찰스 1세의 딸. 청교도혁명 때문에 어머니 Henriette-Marie de France 와 함께 프랑스로 망명해 와서 지냈음. 루이 14세의 동생인 오를레앙 공작 필립 1세와 결혼했으나, 26세에 갑자기 사망해서 남편에 의해서 독살되었다는 소문이 있었음.

4) 트라프 수도원은 프랑스 대혁명 중에 1790년 다른 수도원들처럼 파괴되었다가 1814년 왕정복고 후에 재건되었음.

트라프 수도원의 수도자들은 그것을 부인하고 있다. 과거에 남겨진 추억들은 죽음이 만들어놓은 것만큼 허식이 없이 드러난 희생자의 얼굴 모습을 보여주지는 않았으리라[1]. 베르탱 귀족의 산책 이야기 중에 이와 같은 대목이 발견 된다 : « 우리는 지금 아네(Anet)에 와 있다. 푸아티에(Poitiers)에 있는 다이아나의 작은 전신 조각상은 랑세 신부가 트라프 수도원으로 가져왔고, 그의 후계자들의 방에 보존되어 있는 몽바종 부인의 머리만큼 흥미롭지는 않다.»[2]

마지막으로 시인들이 넌지시 지적해 주는 표현들은 소홀히 넘길 것이 아니다. 트라프 수도원의 전설에는 시심(詩心)이 결핍되지는 않았으며, 1681년에 태어나 (랑세와 19년 동안 같은 시대를 살았던) 탕생[3] 부인은 *« 코맹주 백작의 회상록»* 을 썼고, 그 소설을 통해 추억들이 스쳐서 지나가는데, 몽바종 부인은 자신의 무덤을 파는 열정으로 알아보게 되는 신비한 은둔 수도자 아델라이드로 변한다. 누가 그런 생각을 낳게 했는가? 그곳에는 과도하고 맹렬한 상상력과 어둠 속에서 왜곡되는 기형적인 착상 말고도 또 다른 원동력이 있다. 코맹주라는 이름은 랑세가 피레네 산 위에서 함께 산책했던 주교의 이름에서 빌려왔다[4]. 그와 같이 직접적인 관계를 감추려고 생소한 인물들의 이름을 붙이는 일이 종종 있는데, 기억력을 괴롭히는 그런 이름이 수없이 변장하고 그곳으로 슬며시 들어오는 것이다. 예를 들면 한 여자에게 마음을 빼앗긴 두 형제가 싸운 뒤에, 서로

---

1) 몽바종 부인은 1657년에 사망했음. 훗날 재건된 트라프 수도원에서 보여주었다는 그 부인의 머리는 150여년 전 사망 당시의 모습을 그대로 보여주지는 않았을 것이라는 말.

2) 뒤 부아(Louis Du Bois) 가 1824년에 간행한 *<<트라프 수도원의 세속적, 종교적, 문학적인 역사>>* 에서 인용한 글.

3) Claudine Alexandrine-Sophie Guerin de Tencin (1682-1749) : 사교계 살롱을 열었던 여류 문필가. 탕생 부인은 소설 *<< 코맹주 백작의 회상록 >>* 에서 <죽음을 계속 생각하고, 생활을 성화시키기 위해 모든 수도사들은 자신들의 무덤을 파라는 창설자 성인의 규칙에 따른 지 두 달이 되었다> 라고 썼음. 탕생 부인의 소설을 모방해서 쓴 *<<불행한 연인 또는 코맹주 백작 >>* 이라는 Baculard d'Arnaud 의 작품에는 아델라이드가 트라프 수도원에 등장해서 자신의 무덤을 파는 대목이 있음.

4) 코맹주는 주교의 이름이 아니고 교구의 이름이며, 랑세와 피레네 산에서 산책한 코맹주 주교의 이름은 Gilbert de Choiseul Du Plessis-Praslin이었음.

알아보지 못한 채 수년간 트라프 수도원에서 살았다고 모페우가 언급한 연애사건이 있고, 렝발과 아르젠에 대한 플로리앙[1]의 감상적인 연가(戀歌)가 있으며, 몽바종 공작부인의 죽음을 회상해보게 하는 콜라르도[2]의 서한체 시가(詩歌)가 있는 것이다 ;

〈나는 정신없이 고통스럽게 내 집으로 도피했는데,
머리와 관이 내 옆에 있었네.〉

트라프 수도원에서 랑세는 탄식하는 장 클리마크 성인[3]과 조심(Zosime) 성인의 부축을 받는 이집트의 마리아 성녀[4]를 그리게 했고, 그 두 그림에 대한 경구시(警句詩)를 지었다. 속죄를 하는 그 여인에 대한 12행으로 된 라틴어 시에는 다음 같은 구절이 있다 :

〈예수 그리스도의 피로 물든 순결한 여인이 한탄하면서
여기에 있다.〉[5]

이런 반쯤 보이는 실마리 단서들에 랑세의 절망감을 덧붙여야겠고, 그러면 독자들은 나름대로의 판단을 하게 될 것이다. 인간의 기록물들은 어느 정도의 진실들에 많은 꾸며낸 이야기들이 뒤섞여 만들어지므로, 후세에 이름이 남겨지는 사람은 어느 누구라도 역사

---

1) Jean-Pierre Claris de Florian (1755-1794) : 프랑스 아카데미 회원. 왕립 포병 학교 졸업 후에 용기병 연대 장교로 근무하며 시, 희곡, 소설, 우화를 썼음. 플로리앙은 혁명 중에 투옥되었다가 석방되었으나 감옥에서 감염된 결핵으로 사망했음.

2) Charles-Pierre Colardeau (1732-1776) : 시인, 프랑스 아카데미 회원. 영웅들이 이야기하는 편지 형식의 서한체 시를 썼음.

3) Jean Climaque, Ioannes Climacus (?579-?649) : 30 계단의 사닥다리를 끝까지 올라간 사람은 천국에 이르고, 중간에서 떨어진 사람은 악마가 지옥으로 끌고 간다는 내용으로 수도사들을 위한 *<천국의 사닥다리>* 라는 논설을 쓴 성인.

4) Marie l'Egyptienne : 팔레스티나 수도사들에게 구전되는 6세기경의 성녀. 그 여인은 이집트에서 태어나 12세에 알렉산드리아로 와서 29세까지 몸을 팔며 살았는데, 어느 날 성지 순례자들을 따라 예루살렘에 가서 회개하고 성체를 받은 뒤, 요단강을 건너서 사막으로 들어가 47년 간 고행했음. 어느 해에 그 성녀의 소문을 들은 팔레스티나의 고행 수도사 신부 조심(Zosime) 이 그곳을 지나다가 성체를 주었고, 그 성녀가 다음 해에도 같은 장소에 다시 와서 성체를 달라고 요청했으므로, 조심 신부가 다음 해에 그곳에 다시 왔으나 그 성녀는 자신을 그 자리에 묻어달라는 쪽지를 남기고 머리를 예루살렘으로 향한 채로 죽어 있었고, 조심 신부는 그 성녀를 그곳에 묻어 주었다고 함.

5) *<Ecce, columba gemens, sponsi jam sanguine lota>.*

의 신기루인 전설을 낳기 위해서 생애의 숨겨진 깊은 바닥에 황당한 소설 같은 이야기를 갖고 있는 것이다.[1]

몽바종 부인이 사망한 날 이후에 랑세는 역마차를 타고 베레츠(Véretz)로 은둔하러 갔는데, 그 한적한 곳에서는 어떤 사람에게서도 얻을 수 없는 위안을 찾아낼 것이라고 믿었기 때문이었다. 그 은둔처는 고통을 더 크게 만들 뿐이었으므로, 그의 쾌활한 성향 대신에 불길한 우울증이 자리를 차지해서 밤중에는 견디기 힘이 들었고, 낮에는 대답하지도 못하는 사람을 이름으로 불러대면서 그는 숲속과 강변과 연못가를 이리저리 뛰어다녔다.

궁정에서 그의 시대 어느 여성보다 뛰어난 광채로 빛나던 여인이 이제는 이 세상에 존재하지 않고, 매력이 사라졌으며, 그리도 많은 사람들 가운데서 자신을 선택했던 사람이 영원히 그렇게 된 것으로 여겨졌을 때, 그는 그 여인의 영혼이 아직도 몸에서 떠나지 않은 것 같은 생각에 놀랐다.

그는 은밀한 신비학을 공부했었기 때문에 죽은 사람들을 다시 불러오는데 쓰던 방법을 시도해 보았다. 연모하는 마음은 비너스에 바쳐진 참새의 이름으로 변심을 해서 떠난 애인을 되돌아오게 하던 시미트[2]의 제물(祭物) 봉헌을 다시 생각나게 했으므로, 그는 어둠과 달에게 호소하였다. 몹시 불안해하고 가슴 두근거리며 기다렸지만, 몽바종 부인은 영원히 변심해서 떠나갔고, 유령들이 자주 다니는 어둡고 외진 장소에는 아무것도 나타나지 않았다.

---

1) 샤토브리앙은 그의 *<<영국문학평론 >>* 에서 영국 소설가 월터 스코트(Walter Scott)의 역사소설에는 등장인물들에 관한 꾸며낸 이야기들이 많이 섞여 있어서 역사를 왜곡시켰다고 지적했는데, 샤토브리앙은 그 평론의 취지를 인용하였음.

2) Simeth (Simaitha) : 기원전 3세기경의 그리스 목가 시인 Theokritos 의 작품 *<<여자 마법사 (Pharmakeutria) >>*의 여주인공. 변심한 애인의 마음을 되찾으려고 마술사가 일러준 대로 달의 여신에게 참새를 제물로 바치고 호소하는 내용이 들어있음.

그러나 랑세는 그리스 시인들의 환상을 보지 않았더라도, 그리스도교 신자의 환상은 보았다. 어느 날 베레츠 길거리를 산책하고 있었는데 가금(家禽) 사육장 농가(農家)에서 큰 화재가 난 것 같았다. 그곳으로 달려갔더니, 그가 다가갈수록 불은 점차로 잦아들고, 어느 정도 거리를 두고는 큰 불은 사라져서 불빛 호수로 변했고, 그 한가운데 화염에 휩싸인 어느 여인의 반신(半身)이 솟아올랐다. 두려움에 사로잡힌 그는 줄달음을 쳐서 집으로 가는 길로 다시 들어섰다. 집에 도착했더니 온몸의 힘이 빠져나가서 침대 위로 몸을 던졌고, 너무나도 제 정신이 아니었으므로 처음에는 그에게서 말 한마디도 들을 수가 없었다. 그 영혼의 발작은 가라앉았으나, 랑세에게는 단호한 결심을 하게 될 기력만이 남아있었을 뿐이었다.

트라프 수도원 원장대리 신부였던 장-바티스트 드 라투르[1]는 랑세의 전기를 썼고, 그 작품의 몇몇 필사본이 남아있어서 사람들이 그 글 구절들을 인용했는데, 그것들 중에는 이런 글이 있다 : 《 (랑세는 말하기를) "내 마음이 길을 잃고 헤매는 동안 나는 타락을 물처럼 삼켰을 뿐만 아니라, 죄악에 대해서 읽고 들었던 모든 것들을 더 많은 죄를 저지르는데 사용했습니다. 드디어 내 자신을 돌아보고 자비를 베풀어주시는 하느님 아버지께 기쁨을 드리는 행운의 시간이 왔습니다. 새벽녘에 나와 함께 살아 온 지옥의 괴물을 보았는데, 그 끔찍한 광경에 사로잡힌 공포가 너무 엄청나서 나는 내가 다시 되살아났는지도 믿을 수 없었습니다." 》

랑세는 속죄고행의 도움을 받으려했고, 투르의 성모방문 수녀회 수녀원장 루이즈[2]가 *〈세그노 신부〉*를 그의 영적인 지도자로 지정해 주었다.

---

1) Jean-Baptiste de La Tour(1652-1708) : 도미니크 수도회의 수사였다가 1695년에 트라프 수도원의 수도사가 되었고, 랑세가 사망할 당시 트라프 수도원 원장이었음.
2) 오를레앙 공작 가스통의 애인이었다가 수녀원장이 된 루이즈 로제 들 라 마르블리에르(Louise Roger de La Marbellière, ?1619-?1711).

그 루이즈 수녀원장은 과거에 가스통의 애인으로서 사람들이 〈*미인 루이종(belle Louison)*〉 이라고 부르던 루이즈 로제 드 라 마르들리에르[1]이었다. 몽팡시에 공주[2]는 자신의 어린 시절을 이야기하며 말하였다 : «루이종은 갈색의 피부에 몸매가 곱고, 용모가 상냥하며 재치가 많았어요. 나는 생-조르주 부인[3]에게 "나의 아버지가 루이종을 좋아했더라도 그 여자가 현명하고 정숙하지 않았더라면, 나는 그 여자를 보고 싶지 않았을 겁니다" 라고 말했더니, 생-조르주 부인은 루이종이 전적으로 그랬었다고 대답하더군요.»

랑세가 처음 다가간 사람은 그 루이즈 수녀원장이였다. 품행의 변화가 일어나는 중에 다시 죄를 지으려고 이탈하는 사람을 만류하려는 여자 죄인들이 있듯이, 세속을 벗어나서 속죄하는 여자들은 참회자들을 붙잡으려고 어디에서나 잠복하고 있었다. 성모방문수녀회에서는 랑세의 과거 생활 방식이 걸림돌이 되었는데, 루이즈 수녀원장은 이백 장이 넘는 랑세의 편지를 갖고 있었고, 그것들은 분명히 랑세의 생애에서 상세히 알고 싶은 부분에 관한 것이었다. 랑세는 세그노 신부의 지도를 떠나서 학식이 있고 출신가문이 좋은 무쉬 신부의 지도를 받게 되었다.

랑세에게는 모든 곳에서 여러 형태의 충고가 왔다. 그는 〈*그리스도교 신자의 책무*〉[4]라는 글에서 마음에 드는 이런 이야기를 하였다 : «어느 날 나는 넓은 들판으로 양떼들을 몰고 가는 양치기를 만났는데, 그는 일시적으로 잠깐 동안 비와 바람을 막으려고 큰 나무의 아래로 피신해야만 하였다. 그 양치기는 단순하고 죄악을 모르는 짐승들을 모는 것은 자신의 위안이며, 하늘나라에 들판과 돌보아줄

---

1) 샤토브리앙은 Marbelière를 Mardelière라고 착각해서 썼음.
2) 가스통 오를레앙 공작의 맏딸, 안 마리 루이즈 도를레앙.
3) Saint-Georges 부인은 안-마리 루이즈의 보모였음. 안-마리 루이즈의 생모였던 마리 드 부르봉(가스통 공작의 첫 번째 부인) 은 안-마리 루이즈가 한 살 때 사망했음
4) *<<Obligations des chrétiens>>.*

양떼가 없을 것 같으면, 하늘나라로 가기 위해 세상을 떠나고 싶지 않다고 나에게 말하였다.»

베레츠에 있는 안락한 옛집에서 랑세는 즐겁다기 보다는 그 집의 웅장함이 마음에 거슬렸다. 가구들은 은과 금으로 광채가 났고, 침대들은 화려하였다. 당시의 어느 고전주의 작가는 나태하고 안일하기만 해도 넉넉하고 즐겁게 느껴진다고 하였다.[1]

응접실들은 값비싼 그림들로 장식되어 있었고, 정원들은 멋지게 꾸며져 있었다. 그런 것들은 자신의 눈물을 통해 모든 것을 바라보아만 하는 사람에게는 너무 지나친 것이었다. 그는 모든 것을 개조하였다. 호사스런 탁자도 검소한 것으로 바꾸었고 하인들도 대부분 내보냈으며, 사냥과 그가 즐기던 데생(素描)도 끊었다. 그가 좋아하는 풍경화들과 그림지도들도 다른 사람들이 차지하였다.

랑세처럼 그리스도교 신자의 심성으로 돌아온 몇몇 친구들은 랑세가 훌륭한 모범을 보이게 될 금욕생활을 시작하려고 그와 어울렸는데, 속죄를 실천하기 전에 속죄를 배우려고 속죄놀이를 하는 것 같았고, 인간의 위에서 인간의 마음을 얻는 것에 관심을 갖고 참석하는 셈이었다. 그는 거듭해서 말했다 : « 그리스도 복음서가 나를 저버렸거나, 아니면 이 집이 하느님의 벌을 받은 자의 집이다.»

랑세는 어떤 일 때문에 잠시 동안 파리로 불려가서 오라토리오 수도원에서 묵었다. 그것은 아주 오랫동안 그의 마음속에서 길러진 생각들로부터 벗어나려는 지속적인 노력이었다. 어느 위대한 은둔 수도자가 묘지의 무덤에서 유혹을 당했는데, 예로니모 성인은 세속적인 충동을 땀을 흘려 없애버리려고 사해(死海) 주변 초원을 따라서 모래를 담은 무거운 짐을 지고서 걸어갔었던 것이다. 나도 마음이

---

1) 샤토브리앙은 볼테르(Voltaire, 1694-1778)의 시 *<<세속인 (Le Mondain,1736)>>* 의 글귀 *< J'aime le Luxe, et même la Mollesse 나는 사치, 그리고 그 나태한 안일함도 좋아한다.>* 를 엇비슷하게 원용하였음.

무거운 생각에 잠겨서 그 초원을 이리저리 돌아다닌 적이 있었다[1]. 랑세를 유혹하려는 두 마귀 여자들이 찾아왔다. 그들은 랑세가 슬퍼하는 미인과 자신들을 견줄 수는 없지만 그들도 랑세에게 애정을 품고 있는데, 그 애정은 열렬해서 예전에 랑세의 마음에 들었던 어떤 누구에게도 뒤지지 않는다고 말하였다. 랑세는 십자가를 들고 몸을 피하였다.

사람들은 랑세에게 선교 활동에 헌신을 하고, 인디아로 가서 히말라야 지방의 바위산을 돌아다니면, 그곳에는 랑세의 훌륭한 재능과 슬픔에 어울리는 것이 있다고 권고했으나, 그는 다른 곳에서 부름을 받았다.

불운에 떠밀리고 일상생활에 붙잡혀 있는 랑세는 그의 직책을 아직 그만 둘 수 없었다. 오를레앙 공작의 구호물 분배 담당 전속사제로서 3개월 동안 근무해야할 시기가 돌아와서 랑세는 불루아로 갔다. 그는 감히 용기를 내어 그 공작에게 사직하고 은둔하겠다는 뜻을 이미 밝혔었는데, 루이즈 수녀원장이 수도 생활로 들어간 것은 가스통으로 하여금 그런 계획을 곰곰이 생각해보게 하였다. 신앙에 귀의한 그의 애인은 하느님의 자비심을 모독한 죄로 투르의 성모 방문 수녀원에서 기도하고 있었다. 가스통은 열두 명의 충직한 시종들과 함께 샹보르 성으로 가기로 결정했고, 랑세도 그 공작을 수행하도록 선발되었다.

르 부티에 가문은 샹보르 성의 정원 가까운 곳에 그라몽 수도회의 작은 수도원을 소유하고 있었다. 일고여덟 명의 수도사들이 그 소수도원을 맡아서 신앙생활을 하였다. 그 장소에서는 몰리에르의 영원한 웃음이 터져나오게 될 샹보르 성의 꼭대기가 눈에 띠지는

---

1) 샤토브리앙은 그의 작품 << *순교자들*>> 의 자료를 얻으려고 1806년 동방여행을 했음. 그리스를 지나서 지중해의 뱃길로 유대 지방의 요르단 강과 사해 지방, 예루살렘의 성지를 순례하고, 북아프리카 이집트의 알렉산드리아와 튀니스의 카르타고 유적을 보고 에스파냐를 지나서 파리로 돌아와서 << *파리에서 예루살렘까지의 여행기*>> 를 썼음.

않았다. 귀족 아르비외[1]는 말하였다 : «사냥으로 기분을 전환하기 위해서 샹보르 성으로 여행하기를 원했던 국왕은 궁정에서 발레 공연을 하고 싶었고, 또 파리에서 본 터키 사람들의 생각이 아직 생생하게 남아있어서 그들을 무대에 등장시키는 것이 좋을 것이라고 생각하였다. 국왕 폐하는 터키 사람들의 복장과 생활방식에 관한 것을 담을 수 있는 연극 작품을 하나 만들기 위해 나에게 몰리에르와 륄리[2]를 만나라고 지시하였다. 나는 그 목적으로 몰리에르의 아주 아름다운 집이 있는 오퇴이 마을로 갔다. 우리들이 몰리에르 작품집에 나오는 *«소시민 귀족»* 이라는 제목을 가진 희곡을 다듬은 것은 그곳이었다.»

그 희곡 작품은 실제로 샹보르에서 루이 14세의 면전에서 1670년 10월 14일 처음으로 공연되었다.

샹보르에 오면 인적이 없는 문들 중의 하나를 지나 정원으로 들어가게 되고, 그 문은 황폐해지고 노랑색 비단향 꽃무우가 심어진 성벽 안쪽으로 열리는데, 그 성벽의 둘레가 70 리이다. 그 문을 들어서자 내리막길 아래 끝에 성이 눈에 띈다. 건물을 향해서 가면 언덕 위의 성벽과 순서가 바뀌어 성의 건물이 먼저 지면에 떠오르고, 그 언덕은 사람들이 가까이 다가갈수록 낮아진다. 밀라노 공작 발렌티노의 외증손자 프랑수아 1세[3]는 마드리드에서 돌아와 프랑스 숲에 은둔했고, 그의 조상처럼 말하였다 : *«모든 것이 나에게는 아무것도 아니고, 내게는 이제 남은 것이 아무것도 없다.»* 샹보르는 전쟁을 겪은 왕이 감옥에서 몰두했던 생각을 떠올리게 하는데, 그것은

1) Laurent d'Arvieux (1635-1702) : 동방에서 거주했던 여행가이자 외교관.
2) 륄리 (Jean Baptiste Lully, 1632-1683) : 이탈리아 출신으로 프랑스 루이 14세 궁정에서 활동한 음악가. 대규모 합창과 발레가 특징인 서정 비극 오페라를 작곡했음.
3) 프랑스 국왕 프랑수아 1세 (1494-1547) 는 독일 황제 자리를 놓고 신성로마제국 카를 5세의 에스파냐, 이탈리아, 오스트리아 연합군과 싸웠는데, 1525년 이탈리아의 파비아에서 패전해서 에스파냐 감옥에 유폐되었음. 밀라노 공국과 플랑드르와 부르고뉴 지방을 카를 5세에게 양도하고, 아들을 인질로 보낸 뒤에 1526년 프랑스로 돌아왔음.

여인네들, 고독, 성벽들이였다 :

〈국왕이 프랑스에서 떠날 때
그는 불운하게 떠났네,
그는 일요일에 떠났는데
월요일에 붙잡혔다네.〉

샤보르에는 서로 보이지 않고 오르고 내릴 수 있도록 하나의 나선형 이중계단만이 있는데, 모두가 전쟁과 사랑의 비밀을 위해 만들어진 것이었다. 그 건물의 모든 층이 꽃처럼 펼쳐지고, 모든 계단들은 대성당 탑 속의 계단처럼 기둥에 세로로 파진 작은 홈을 따라 위로 올라가게 된다. 불꽃이 폭발하며 환상적인 그림을 만들고 다시 건물 위로 내려앉는 것 같고, 네모지거나 둥근 벽난로들은 내가 아테네에서 발굴되어 꺼내는 것을 보았던 인형을 닮은 대리석 물신(物神) 마스코트로 장식되었다. 멀리서 떨어져서 보면 그 건물은 아라베스크 양식이었고 바람에 머리칼이 부풀어 오른 여인처럼 나타났으나, 가까이에서는 그 여인은 석공들이 만든 작품이 되어 성탑들로 변하는데, 그러면 그것은 폐허에 기대어 서있는 클로린드[1]인 것이다. 조각칼의 기발한 솜씨는 사라지지 않았고, 경쾌하고 섬세한 윤곽선들은 죽어가는 여자 무사(武士)를 형상화한 모습에서 다시 나타나게 된다. 건물의 안으로 들어가면 천장에 백합꽃과 불도마뱀이 보인다. 만일 지난날에 샤보르 성이 파괴되었더라면 어느 곳에서도 초기의 르네상스 건축을 찾아볼 수가 없었을 것인데, 베네치아에서는 다른 건축양식과 뒤섞였기 때문이다.

샤보르가 아름다워진 것은 그 성이 버려졌기 때문이었고, 창문을 통해서 메마른 화단과 누런 풀들과 검은 보리가 심어진 밭들이 얼핏 보였으며, 그것들은 내 가난한 조국의 빈곤과 성실함을 다시 그려

---

1) Clorinde : 이탈리아의 후기 르네상스 시인 타소 (Torquato Tasso, 1544-1595) 의 *<<해방된 예루살렘>>* 에 나오는 모슬렘 여전사(女戰士). 야간 전투에서 그녀를 사랑하던 십자군 기사 Tancréde에 의해 죽게 되는데, 사망하면서 그리스도교로 개종하게 됨.

놓은 것이었다. 내가 그곳을 지날 때, 세상에 알려지지 않은 작은 강인 코송 강을 따라서 날아가는 갈색의 새가 있었다.

르 부티예 신부는 자신의 수도원 수사들 틈에서 묵었는데, 창문이 열리는 쪽에서는 숲만 보였다. 근처에는 마을조차도 생겨날 수 없던 그 성은 저주를 받았던 것이다. 사람들은 마리냥 전투의 승리자이자 마드리드의 포로[1] 때문에, 워털루 전투 후에는 흩어져버린 우리나라의 군대들 때문에, 그리고 7월 혁명의 날들 이전에는 우리들의 국왕들에 대한 충성심의 흔적들 때문에 감동을 받고, 곳곳에서 영광과 불운의 자취를 알아보게 된다. 샤토브리앙 백작 부인[2]의 선임자이었던 데탕프 공작부인[3]의 이름 첫 글자가 눈길을 끄는데, 사라져간 미인들의 덧없는 흔적들인 것이다. 자신의 즐거움이 공허하다는 것을 느낀 프랑수아 1세는 유리창에 뾰족한 금강석으로 두 행의 시를 새겼다 :

〈여자는 자주 변한다.
믿는 사람이 경솔한 것이다.〉[4]

어느 군주는 장난삼아 하는 놀이로 로르[5]를 다시 들여다

---

1) 프랑수아 1세는 1515년 밀라노 근처 마리냥에서 밀라노 공국을 방어하던 베네치아 군대와 스위스 용병 연합군을 격파했으나, 1525년에는 이탈리아의 파비아에서 에스파냐와 오스트리아 연합군에게 패전했고, 포로가 되어서 마드리드 감옥에 유폐되었음.

2) Françoise de Foix, Comtesse de Chateaubriant (1495-1537) : 국왕 프랑수아 1세가 마드리드에 감금되는 1525년 이전까지 그의 애인으로 삼았던 여인.

3) Anne de Pisseleu, Duchesse d'Etampes (1508-1580) : 프랑수아 1세가 마드리드에서 돌아온 1526년 이후에 그의 애인이 된 아름답고 박식한 여인.

4) *<Souvent femme varie, Mal habil (Bien fol) qui s'y fie.>* 샤보르 성의 유리창에 새겨진 이 글을 프랑수아 1세가 썼다고 브랑톰(Brantôme, 1540-1614)이 처음 주장했고, 훗날 위고(Victor Hugo)도 그의 희곡 작품 *« Marie Tudor»*에서 이 글을 언급했음.

5) Laure (Laura) de Noves (1310-1348) : 프랑스 아비뇽에서 태어나서 1325년 사드(Hugues de Sade) 백작과 결혼한 정숙한 부인. 1348년 흑사병으로 사망해서 아비뇽의 성당에 묻혔음. 이탈리아 토스카나 지방 아레초 출신의 인문주의 고전 문학자이자 서정시를 쓴 페트라르카(Francesco Petrarca, 1304-1374)는 젊은 시절에 아비뇽의 교황청에서 일하다가 1327년 사순절에 성당에서 로르를 보고 혼자 연모하게 되었으며, 평생 그녀를 동경하며 사랑을 노래한 시를 썼고, 그가 쓴 14행시 소네트는 이탈리아 르네상스 시대 정형시의 효시가 되었음. 1533년 시인 세브(Maurice Scève)가 로르의 무덤을 확인하기 위해서 그 무덤을 열게 했고, 몇 달 후에 프랑수아 1세가 일부러 아비뇽에 와서 로르의 무덤에서 명상했다고 함.

보려고 무덤에서 꺼내게 하였다. 그 유리창은 어디에 있는가? 프랑스 사람들은 아직 추방되지 않은 앙리[1]를 위해서 그의 조상들이 쟁취했던 옛 왕국에 버려진 그 샹보르 성을 구입할 계획으로 서로 협력하였다. 쿠리에[2]는 그 성의 구입을 반대하는 목소리를 높였고, 그 죄 없는 젊은이는 샹보르 성을 빼앗으려던 쿠리에 보다도 더 오래 살았다.

그 고아[3]는 나를 런던으로 불렀고, 나는 불운으로 봉함된 그 편지의 지시에 따랐다. 앙리는 그의 발길에서 멀어진 땅에서 나를 환대하였다. 나는 빠르게 지나간 나의 입신양명과 끝날 줄을 모르던 비참한 가난을 증언해주는 그 도시를 다시 보았는데[4], 그 장소들은 안개와 고요로 채워졌고, 그곳에서 내 젊은 시절의 환상들이 떠올랐다. 내가 켄싱턴에서 르네를 꿈꾸던 날에서 지금까지 얼마나 많은 세월이 흘러갔던가! 늙어서 떠밀려난 사람이 자신의 눈으로는 거의 알아볼 수도 없게 된 도시를 그 고아에게 보여줄 책임을 어쩌다가 떠맡게 되었다.

8년 동안 영국에 있던 망명자였고, 그러고 나서 리버풀 경과 캐닝과 크로커와 친분을 맺은 런던 대사였던 나를 영광스럽게도 친숙하게 대해준 조지 4세로부터 나의 *<<회상록>>* 에 나오는 샤를로트에 이르기까지[5], 그 장소들에서 내가 보지 못한 변화는 없었다.

---

1) Henri d'Artois (1820-1883) : 샤를 10세(아르투아 백작)의 둘째아들 베리 공작의 유복자로 태어나 보르도 공작이 되고, 1830년 7월 혁명 후에 루이-필립에게 왕권을 빼앗기고 망명해서 앙리 5세로 호칭되다가 후에 샹보르 백작으로 불리게 되었음.

2) Paul-Louis Courier (1772-1825) : 혁명정부와 나폴레옹 제국의 포병 장교. 부르봉 왕가의 왕정복고를 반대해서 자유주의적이고 풍자적인 정치 논문을 썼음.

3) 앙리는 어머니 베리 공작부인이 이탈리아 귀족 외교관과 재혼해서 고아처럼 어린 시절을 보냈음. 샤토브리앙은 1833년 망명 생활을 하던 샤를 10세와 앙리를 위해서 두 차례나 프라하를 여행했고, 앙리는 1843년 샤토브리앙을 만나려고 영국 런던으로 불렀음

4) 샤토브리앙은 1793년부터 8년 동안 런던에서 곤궁한 망명생활을 하면서 그의 최초의 작품인 *<<혁명론>>* 을 쓰고, 자전적 소설 *<<르네>>* 의 초고를 썼던 일들과 1822년 영국 대사로서 런던에서 보냈던 생활을 1843년 영국 런던에 와서 회상하고 있음.

5) 샤토브리앙은 1822년 프랑스 대사로 런던에 있었는데, 당시에 조지 4세가 영국의 국왕, Liverpool 백작과 Canning 은 영국 수상, Croker는 시인, 정치가였음, Charlotte는 샤토브리앙이 영국 시골마을에서 망명 생활 중에 만나서 연정을 품었던 소녀였음.

망명 중이던 내 형제들은 무엇이 되었는가? 어떤 사람들은 죽었고, 다른 사람들은 다양한 운명을 따라갔으며, 그들도 나처럼 가까운 친지들과 친구들이 사라지는 것을 보았다. 우리를 알아보지 못하는 그 땅위에서 그래도 우리에게는 즐거움이 있었고, 또 무엇보다도 젊음이 있었다. 역경으로 생애를 시작한 청년들은 고국의 춤들을 즐기려고 일주일 동안 노동해서 얻은 것을 가지고 왔다. 우리는 서로들 애착심을 느꼈고, 다시 보게 된 변함없는 소성당에서 기도하였다. 1월 21일[1]의 슬픈 울음소리를 들었고, 우리 마을에서 망명해온 사제의 장례 강론으로 모두 마음이 뒤흔들렸다. 우리는 테임즈 강을 따라가서 세상의 부유한 재물들을 실은 배들이 항구로 들어오는 것을 보기도 했고, 리치몬드 들판의 집들을 감탄하며 바라보기도 했는데, 우리는 그토록 궁핍했었고, 고향집을 잃었던 것이다! 그 모든 것은 정말로 행복한 것이었다. 내 가난했던 시절의 행복이여, 너는 또다시 올 것인가? 아, 내 망명 시절의 동료들아, 다시 되살아나서 일어나거라! 짚더미 위에서 잠이 들던 동무들이여, 내게로 다시 오너라! 우리들의 고향을 말하면서 멸시를 당하던 선술집의 조그만 뜰로 질이 안 좋은 차를 마시러 다시 가보자꾸나. 그러나 나는 아무도 만나보지 못하고 나 홀로 남아있다.

랑세는 샹보르 성을 떠나려하므로, 나도 너무나 잊고 있었던 그 피난처의 추억에서 떠나야만 한다. 나의 생각은 버려진 그 정원으로부터 멀지 않은 루아르 강으로 다시 돌아가고, 그 강은 강변의 슬픔을 알지 못하기 때문에 강물은 강변 마을들에 대해 걱정하지 않고서 흘러간다. 기즈[2]의 유해를 흘려보낸 루아르 강에게는 기즈라는 이름을 묻지 말라. 나는 8개월 전에 그 젊은 고아의 측근인 레비

---

1) 루이 16세는 1793년 1월 21일에 처형되었음.
2) 3대 기즈 공작. 종교 내전에서 가톨릭 동맹 지도자로 활약하고, 성바르톨레메오 학살사건을 주도한 발라프레는 1588년 앙리 3세의 음모로 불루아 성에서 암살되고 시신은 불태워져서 루아르 강에 재로 뿌려졌음.

공작[1]을 이곳으로부터 천오백리나 떨어진 외국 땅에서 우연히 만났는데, 그의 조상은 시몽 드 몽포르의 동료[2]에까지 거슬러 올라가는 인물이었다. 그의 칭호 미르푸아(Mirepoix)는 *〈신앙심 깊은 부사령관〉* 이었고, 그 칭호가 그의 막내손자[3]에게 전해진 것 같다. 나는 또 오뷔송이라는 고귀한 이름을 가진 레비 공작부인도 만났으며, 눈물도 나오지 않을 기이한 불행이 없었다면 그녀는 필리핀-엘렌[4]의 이야기를 쓸 수 있었으리라. 내 마지막 런던 여행 중에 홀보른의 다락방에서 나를 맞아준 것은 영국에 망명했던 내 외사촌들 중의 한 명[5]이 아니라 *〈세기의 상속인〉*[6] 이었다. 그 상속인은 내가 오랫동안 고대했던 장소에서 나를 기꺼이 환대해주었다. 태양이 폐허 뒤쪽에 있듯이 그는 내 뒤에 가려져 있었다. 내 피난처가 되어주었던 그 찢겨진 병풍 칸막이는 베르사유 궁전의 벽장식 널판보다도 더 화려해 보였다. 앙리는 내 마지막 간병인이었고, 불운에서 나온 선량한 유령이 그곳으로 온 것이다. 나는 그 고아가 들어왔을 때 몸을 일으키려했는데, 내가 그를 알아본 것을 달리 나타낼 수 없었기 때문이었다. 내 나이에는 무력한 삶만이 남아있는 것이다. 앙리는 내 가난을 거룩하게 해주었고, 모든 것을 박탈당했어도 신망을 잃지는 않았다. 나는 매일 아침 영국의 어느 여인이 창문 앞을 지나가는 것을 보았는데, 그 여인은 부르봉 왕가의 젊은이[7]를 알아보고

---

1) Lévis 공작(Gaston-François-Christophe, 1794-1863). 샤토브리앙은 이 글을 1844년에 파리에서 쓰고 있고, 레비 공작을 만난 것은 1843년 런던에서였음.

2) Guy I de Lévis (1180-1233) : 피레네 산맥 남쪽 랑그도크 지방의 알비 종파 이단 세력을 평정하는 몽포르 (Simon de Montfort) 의 십자군에 종군해서 신앙심 깊은 부사령관 *(maréchal de la Foi>* 을 뜻하는 Mirepoix 칭호를 받고 그 지방 영주가 되었음.

3) Guy I de Lévis의 손자인 Guy III de Lévis. 샤토브리앙이 만난 Levis 공작의 선조.

4) 샤토브리앙은 <Philippine-Hélène>이 어느 누구인지 밝히지 않았고, 샤토브리앙의 여러 연구자들도 알아내지 못하였음.

5) 브데 백작 (Joseph-Annibal de Bedée, (1758-1809) : 망명생활 중에 영국의 홀보른 다락방에서 병풍으로 찬 바람을 막으며 함께 고생한 외사촌인데 영국에서 사망했음. 75세 노인이 된 샤토브리앙이 그 다락방을 찾아간 것은 그 외사촌이 사망한지 34년이 지난 뒤였음.

6) *<hérititier des siècles>*. 정통 왕권의 상속인이었으나, 1830년 루이-필립에게 왕권을 찬탈당하고 외국에서 오랫동안 왕권 회복을 기다리던 샹보르 백작 앙리를 지칭하던 말.

7) 샹보르 백작으로 불리게 된 앙리 5세. 그 당시 그는 23세였음.

멈추어 눈물을 흘렸다. 왕좌 위에 앉아있는 어떤 왕이 그런 눈물을 흘리게 하는 권세를 가질 수 있었으랴. 불운한 역경이 보내준 이름 모를 백성들은 그러하였다.

샹보르에서 돌아오자마자 곧바로 랑세에게 블루아에서 오를레앙 공작이 병에 걸린 것을 알려주는 급한 편지가 왔으므로, 랑세 신부는 길을 나섰다, 가스통은 위험한 상태에 있었고, 카스텔노다리 전투[1]에서 베아른 사람[2]의 용기에 걸맞지 않았던 그 왕자는 프롱드 난에서는 수다쟁이였으나 죽음의 앞에서는 그의 입술로 해야 할 말을 한마디도 생각해내지 못하였다. 어느 유령이 그의 침대 발치에 계속해서 서있었는데, 목이 없는 몽모랑시가 자기와 똑같은 형벌을 받으라고 요구했던 것이다.

랑세는 아르노 당디이[3]에게 다음과 같은 편지를 썼고, 나는 그 편지를 내게 친절하게 제공해준 몽메르케[4]씨에게 빚을 지고 있다.

《왕제(王弟)의 병환과 사망으로 방해 받지 않았더라면 저는 당신께 편지를 쓰지 않고 그렇게 오랜 시간을 보내지 않았을 것입니다. 저는

---

1) 루이 13세의 동생인 가스통은 모후 마리 드 메디치와 공모해서 루이 13세의 재상 리슐리외와 권력 투쟁을 벌였음. 가스통 공작은 몽모랑시 공작의 군대를 동원해서 1632년 카스텔노다리 (Casstelnaudary) 지방에서 리슐리외 추기경과 싸웠으나 패전했고, 몽모랑시 공작은 체포되어 투옥되었음. 몽모랑시 공작 재판에서 가스통 공작이 배신을 해서 몽모랑시 공작은 목이 잘리는 참수형에 처해졌음.

2) 루이 9세 (성 루이)의 방계 후손인 부르봉 가문의 앙리 4세의 아버지 앙투안 드 부르봉이 피레네 산맥 동쪽의 나바르 여왕과 결혼해서 앙리 4세는 나바르 왕국의 베아른(Béarn) 궁전에서 태어났고, 프로테스탄트 위그노 교파 신자였던 어머니 뒤를 이어서 나바르 왕이 되었음. 후손이 없던 프랑스 발루아 왕가의 마지막 왕 앙리 3세가 나바르 왕 앙리 4세를 프랑스 국왕으로 지명하고 사망하자, 앙리 4세는 자신을 왕으로 인정하지 않는 가톨릭 신성동맹 군대와 내전을 벌렸음, 샤토브리앙은 앙리 4세의 아들인 가스통 공작이 카스텔노다리 전투에서 예전에 베아른 왕궁 출신인 아버지 앙리 4세의 용기를 보여주지 않은 것을 빗대어 언급하고 있음. <참고자료 II.>

3) 로베르 아르노 당디이(Robert Arnauld d'Andilly, 1589-1674) : 루이 13세 치세의 궁정에서 마리 드 메디치와 가스통 공작의 측근 인물로서 국가 참사원의 참사였고 재정 전문 관리였음. 가톨릭 신앙의 시인이자 얀센 교파의 독실한 신자였으며. 그리스어로 된 초기 그리스도교 교부 성인들의 이야기와 성 아우구스티노의 《*고백록*》을 프랑스어로 번역한 고전 번역가였음.

4) Louis-Jean-Nicolas Monmerqué (1780-1860) : 재판 소송 기록을 취합하여 지나간 역사적 사건 속의 인물들에 관한 저술을 남긴 사법관리. 랑세가 아르노 당디이에게 쓴 편지를 《*랑세의 생애*》를 집필하는 샤토브리앙을 위해서 제공하였음.

임종의 순간까지 할 수 있는 한 그 자리에 있었으므로, 너무 가엾고 슬퍼서 다시 기억할 수도 없는 그 광경에 그토록 마음이 아팠다는 것을 당신께 말씀드립니다. 사람들은 그가 진정한 그리스도교 신자로서 하느님 뜻에 따라야할 모든 자각과 체념으로 사망한 것에서 위안을 받았습니다. 그는 병이 났을 때부터 〈주님 예수 그리스도〉를 받아들였고, 또 열렬한 신앙심으로 속세의 일에 완벽한 무관심을 보여주려고 두 번씩이나 성량[1]을 요청했습니다. 세상일에 초연하지 않은 사람들이나 허망한 것을 믿는 사람들, 또 허망한 것에서 벗어나려고 애쓰는 사람들에게는 매우 큰 교훈이었습니다! 그 불쌍한 왕자는 죽던 날 아침에 이런 말을 하더군요 : *≪나의 집은 슬픔으로 황폐해진 집이로구나≫*[2]. 그리고 사람들이 그의 건강상태가 그가 생각한 것처럼 나쁘지 않다고 말하려고 하니까, 그는 *≪내게는 단지 무덤만 남았구나≫*[3]라고 대답하면서 종부성사[4]를 요청하고, 또 하느님 뜻에 따르기로 결심했다고 말했으므로 마침내 그에게 하느님의 자비가 이루어졌다고 저는 믿습니다. 당신께 그 죽음의 상세한 정황을 전해드릴 수 없는데, 저는 블루아에서 편지를 쓰고 있고, 글 쓰는데 방해가 되는 감기에 걸렸기 때문입니다. 저는 그처럼 마음 아프게 우연히 마주친 일에서 공덕과 영광을 찾아내는 은총을 제게 베풀어주시도록 하느님께 기도해주시기를 당신께 간곡하게 부탁드립니다. 그 가련한 왕자의 죽음을 다시 생각해 보면, 그가 사망했을 때 한탄과 신음이 울려 퍼지던 그 집안의 슬픔을 인간의 심정으로는 그려낼 수가 없으므로, 저는 슬픔에 짓눌려서 낙담했다고 솔직하게 말씀드리는 것입니다. 1660년 2월 8일, 블루아에서 ≫

---

1) 聖糧 (viatique) : 가톨릭 신자가 임종 전에 천국으로 가는 길의 식량으로 받는 성체.
2) *<Domus mea domus desolationis >.*
3) *< Solum mihi superest sepulchrum >.*
4) 終傅聖事 (extrema unctio) : 죽음의 고통을 덜어주고 참회를 통해 하느님께 구원을 맡기는 가톨릭교회 의식. 죽음을 앞두고 한번만 받아서 종부성사라고 했으나, 제2차 바티칸 공의회에서 여러 번 받을 수 있게 되고 명칭도 병자성사(病者聖事)로 바뀌었음.

랑세는 그 일에서 아주 감동적인 모습을 보여주었으므로, 모든 사람들은 죽을 때 그를 자신의 곁에 두기 위해서 소원을 빌었다. 어떤 사람들은 그의 손 안에서 살기를 원했고, 어떤 사람들은 그의 손 안에서 죽는 것보다 더 잘 죽을 수는 없다고 생각하였다. 가스통이 숨을 거두자마자 가족들은 그를 떠났고, 랑세는 거의 혼자서 그 시신 옆에 남겨졌다. 랑세는 그 왕자의 시신을 따라서 생드니로 가지는 않았고, 가스통의 그 허약한 심장을 블루아 예수회 수도원에 주었는데, 예전에 앙리 4세의 강인한 심장은 라 플레쉬의 예수회로 보내졌던 것이다.[1] 그러고 나서 르 부티에는 은둔하려고 망스로 달려가 그곳에서 두 달을 숨어 지냈고, 남들에게 알려지면 천국의 문 앞에서 붙잡힐까 두려운 듯이 이름조차 바꾸었다.

장래의 행동방침을 알레 주교[2]와 코맹주 주교[3]의 충고에 따르기로 오랫동안 심사숙고했었던 계획이 다시 생각난 랑세는 그것을 실행하기로 결심하였다. 1660년 6월 21일 루이즈 수녀원장[4]에게 편지를 썼다 : ≪저는 내일 아침 저의 모든 친구들이 모르게 떠납니다.≫ 그는 같은 달 27일 지진이 난 코맹주에 도착했는데, 그것은 내가 베가[5]의 땅이 뒤흔들린 뒤에 환상을 꿈꾸며 그라나다에 도착한 것과 같았다.

코맹주의 주교가 부재중이어서 랑세는 기다렸다. 주교가 다시 돌아왔을 때 주교는 교구 순행에 나섰고, 랑세는 그를 수행하였다.

그들은 주변의 동굴 속에서 거의 사람의 모습이라고 할 수 없는 그리스도교 신자들을 만났다. 주교는 그들의 비참한 가난을 위로해

---

1) 10 세기 이후로 역대 프랑스 국왕들과 왕족들의 유해는 서기 275년경에 순교한 파리의 첫 번째 주교 생 드니가 묻힌 곳에 세워진 생드니 성당에 안장되었음. 당시의 관습은 유명한 사람들이 죽으면 심장을 꺼내어 따로 보관하고, 시신은 성당에 안치했음.

2) Nicolas Pavillon (1597-1677).

3) Gilbert de Choiseul Du Plessis-Praslin (1613-1683).

4) 루이즈 로제 드 라 마르블리에 성모방문 수녀회 수녀원장.

5) 샤토브리앙이 동방 여행에서 돌아오는 도중에 에스파냐 Véga에서 지진이 일어났었음.

주고, 그들을 모아들이고, 바위산의 회양목들 사이에서 그들의 한가운데 앉았다. 랑세 신부는 그리스도가 길 잃은 양들을 그와 같이 찾았을 것이라는 생각을 하고는 감동을 받았다.

어느 날 랑세는 주교와 단둘이 아주 한적한 장소에서 산책을 했고, 그곳에서는 높은 피레네 산들이 보였다. 다음은 마르솔리에가 쓴 이야기를 빌려다가 적은 것이다 : 주교는 그 신부가 어떤 생각을 하면서 멍하니 방심하고 산을 둘러보는 것에 주목하고는 그의 숨겨진 속내를 짐작했고, 그에게 은둔 수도자의 오두막집을 지을 만한 장소를 찾고 있는 것 같다고 말하였다. 랑세 신부는 얼굴을 붉혔으나, 그는 솔직했으므로 실제로 그것이 자신의 생각이라고 시인했고, 그것보다 나은 일을 할 수는 없을 것으로 믿는다고 하였다. 주교는 대답하였다. " 그렇다면 당신은 내게 말하는 것이 가장 좋을 것이요. 나는 그 산들을 잘 알고 있고, 교구를 순시하며 그곳을 자주 지나갑니다. 나는 아주 무섭고 또 장사꾼들에게서도 멀리 떨어져있어서 곤란을 겪을 수 있더라도 당신의 마음에 들 만한 장소를 알고 있어요." 그 주교가 진지하게 말하고 있다고 생각한 신부는 그의 천성대로 성급하게 그런 장소들을 보여 달라고 다그쳤다. 주교는 "나는 그런 일에는 조심하렵니다. 그 장소들은 너무 매력적이어서 일단 당신이 그곳에 있게 되면 그곳에서 벗어날 방법이 없을 것입니다"라고 말을 이어갔다.

코맹주 주교를 방문한 뒤에 랑세는 알레 주교에게 돌아왔고, 다음과 같이 썼다 : 《그의 거처는 끔찍할 만큼 무서웠으며, 높은 산들로 둘러 싸였고, 그 산들의 아래 기슭에는 소리를 내면서 빠르게 흐르는 급류가 있었다.》

우리의 오래된 도덕률의 이런 *〈측면〉*들이 이제 다시 문제로 대두되고 있다. 그래서 사람들은 보유할 재물이 정당한 것인지 여부, 그 재물을 간수할 허락을 받고, 그것을 되돌려 주어야할 의무와 하느님께 드려야 할 재산의 셈법들에 관한 랑세 신부의 이야기에 동참하기를 좋아하는 것이다. 이러한 양심의 세심한 점검은 당시에 중대한 관심거리였고, 우리들은 그 사람들의 발끝에도 미치지 못한다. 사람들은 교회당의 성소(聖所)에서 그들의 사회적 신분이 어떠하든지 간에 평가를 받았는데, 가난한 사람은 부유한 사람과 똑같은 저울로서 평가되었다. 그런 도덕적인 평등은 가난한 사람들에게는 정치적인 불평등을 참고 견디는데 도움이 되었던 것이다. 알프스 산의 브루노[1]와 테바이스 사막의 바오로[2]는 랑세가 피레네 산을 떠나고 싶지 않았던 것보다도 더 그들의 은둔처에서 나오려고 하지 않았으리라. 그러나 피레네 산에는 나쁜 영향을 주는 것들이 있었는데, 햇빛은 그곳에서 너무나 찬란했고, 그 산의 꼭대기에서 이네스[3]와 키멘[4]이 살았던 곳들이 발견되었던 것이다.

랑세가 그 여행을 하고나서 오랜 시간이 지난 뒤에 코맹주 교구의 알랑 소교구에서 암염소들을 몰던 어느 열두 살 된 염소치기 소녀가 «예수님!»이라고 외치며 절벽으로 떨어졌다. 흰 옷을 입은 어느 부인이 나타나서 소녀에게 말하였다 : « 아무것도 걱정하지 말거라.» 그리고 그 부인은 소녀를 절벽에서 끌어내 주었다(그분은 성모님이었다). 어린 소녀는 성모 마리아께 작은 묵주를 잃어버렸다고 말하였다. 성모님은 그 소녀가 떨어졌던 곳에 작은 소성당을

---

1) Bruno 성인 (1035-1101) : 신학자. 성직을 그만두고 산 속의 은둔 수도자가 되어 노동과 관상기도 생활을 하며 가난을 실천했고, 카르투지오 수도회 창시자가 되었음.

2) Paulus 성인 (229-342) : 그리스도교를 박해하던 로마시대에 재산을 버리고 이집트의 테바이스 사막으로 들어가 동굴 속에서 수십 년 간 고행하며 살다가 사망했다고 함.

3) 이네스 (Inès de Castro, 1325-1355) : 포르투갈의 왕자 페드로와 정략 결혼했던 왕자비 콩스탕스의 궁정시녀였는데 페드로 왕자와 사랑에 빠졌음. 국왕 알퐁소 (Alfonso) 4세는 이네스를 추방했으나, 왕자비 콩스탕스가 출산 중에 사망하자 이네스는 다시 돌아왔고, 국왕 알퐁소 4세는 이네스를 암살했음. 분노한 왕자 페드로는 아버지에 대항하여 전쟁을 했고, 아버지가 사망한 뒤에 국왕이 된 페드로는 이네스를 왕비로 추존하고 화려한 무덤을 만들어 주었는데, 그 무덤은 페드로 국왕의 무덤과 함께 포르튜갈의 알코바사 (Alcobaça) 수도원에 남아있음.

4) 키멘 (Chimène de Gormaz, 1054-1115) : 에스파냐를 지배한 무어족 사람들이 엘 시드 (El Cid)라고 불렀던 에스파냐의 영웅 로드리고(Rodrigo Diaz de Viva)의 부인

세우라는 지시를 사제한테 전할 것을 당부하며 소녀에게 묵주를 하나 주었다. 예전에 랑세를 맞아주었던 그 코맹주의 주교는 그 일에 대해서 트라피스트 수도원으로 편지를 썼다. 자신의 수도원 깊숙한 곳에서 랑세는 생-베르나르도[1]의 성모님께 봉헌하는 소성당을 세우도록 권고했는데, 오늘 날 그 소성당의 유적[2]은 은둔하러 들어간 랑세의 첫 발자취를 표시해주고 있다.

코맹주 주교와 알레의 주교는 처음에는 랑세의 극단적인 계획에 반대했고, 랑세에게 그런 하찮은 덕행의 성격에 대해 조언 하였다 : «당신은 자신을 위해서 사는 것만을 생각하는군요.» 알레 주교는 랑세가 자신의 재산을 경시하는 것에는 찬성했으나, 고독한 곳으로 기우는 성향에는 반대하였다. 그는 거듭해서 말하였다 : «그런 성향은 언제나 하느님으로부터 오는 것은 아니고, 흔히 세상에 대한 거부감에서 나오는 것이며, 그런 거부감의 동기가 언제나 순수한 것은 아닙니다.»

재물이 위험하다는 것을 확신한 그 신부는 사막에까지 가지는 않고 자신의 성직록을 포기하는 것으로 뜻을 굽혔고, 성직록을 받는 수도원장이 교회의 정신에 어긋난다는 것을 인정했으나, 정규 수도원[3]에 대한 이야기에는 공포를 느끼지 않고서는 들을 수가 없었다. 그는 종종 외쳤다 : «도대체 내가 수도사가 되다니!» 그는 친구들에게 편지를 쓰면서 어쩔 줄 모르게 당황하게 되었던 것을 말해주었다 :

---

1) 생-베르나르 드 망통 (Saint-Bernard de Menton, 1020-1081) : 중세 시대에 서부 알프스를 지나서 프랑스와 이탈리아를 오가는 순례자와 여행자들이 눈보라나 강도들에게 자주 조난을 당하던 험준한 고갯길에 조난자들을 위한 숙박소를 세워 성모 마리아께 봉헌했음. 생-베르나르 드 망통은 1681년 성인으로 시성되었음.

2) Notre-Dame-de-Saint-Bernard : 17세기 말 조난 당한 어린 양치기 소녀에게 성모가 발현한 장소인 코맹주의 작은 언덕에 세워진 소성당.

3) 당시의 수도원들은 엄격한 수도사 수련을 받고 서원을 한 정규 수도사 신부가 원장인 정규 수도원 (abbaye régulière) 과 귀족 가문의 자제들이 수도사로서 필요한 수련을 받지도 않고 수도원장이 되어 수도원 밖에서 거주하며 세습 재산처럼 성직록을 받는 성직록 수도원 (abbaye commendataire) 이 있었음. 랑세는 성직록 트라프 수도원을 물려받았으나, 루이 14세로부터 트라프 수도원을 정규 수도원으로 바꾸는 허락을 받아낸 뒤 정규 수도사 수련을 받고 서원을 한 뒤에 정규 수도원장이 되었음.

《바깥세상의 걱정거리는 내 생활 중에서 가장 사소한 것이고, 나는 내 자신으로부터도 나를 지켜낼 수가 없습니다.》

모든 것은 변하기 쉬우므로, 어느 정도 조금 살고 난 후에는 사람들이 잘 살았는지 혹은 잘못 살았는지 알 수 없는 것이다. 알레 주교는 처음에는 랑세의 호감을 받을 만한 의견을 견지하였다. 크레타[1] 산 위에서 플라톤 시대의 노인들이 규범에 관해서 서로 이야기했던 것과 같이, 그 주교는 집에서 3백 걸음 떨어진 산중의 급류가 흐르는 개울가에서 미래의 은둔자와 이야기했던 것을 잊지 않았다. 칠현금의 소리를 낮추고, 대화의 상대자를 바꾸어보자. 그러면 바로 그 급류의 물소리는 독자들에게 또 다른 몽상으로 채워질 변설을 실어오리라. 알레의 주교는 건전한 교리 안에서 몇 년을 더 굳건한 신앙생활을 했으나, 그 후에 다른 두 명의 주교와 함께 올바른 길에서 약간 벗어났다. 생-루 부인[2]은 그 일에 대해 랑세에게 편지를 썼다. 알레 교구의 신학자이던 보셀 신부[3]에 대해 말하자면 그는 아르노 박사[4]의 교리에 빠져들었고, 아르노 박사를 따라가서 네덜란드에서 몸을 숨겼다. 그는 같은 교파 신자들에 의해서 발로니라는 이름으로 비밀리에 로마로 파견되었다. 그 이단 신앙은 위세를 잃었고, 니체아 공의회에서 아리우스는 그리스도교 신자들의 일부를 데리고 나가서 더 이상 나타나지 않았다[5].

---

1) 지중해에 있는 그리스의 섬.

2) Saint-Loup 후작부인 : 랑세에게 몇 차례 서신을 보냈고, 랑세가 트라프 수도원에서 병이 들었을 때 의사를 보냈으나 랑세는 그 의사를 만나보기를 거부했음.

3) 보셀 (Paul-Louis du Vaucel,1640-1715) : 알레 교구 참사 회원. 얀센교파 지도자로 활동하다가 홀란드로 망명한 신학자. Valloni 라는 이름으로 얀센 교파의 대표로 로마에 파견되었음.

4) 앙투완 아르노 (Antoine-Arnauld, 1612-1694) : 얀센교파 신학자. 1665년 소르본 대학의 신학 논쟁에서 단죄되고 박사 명단에서 삭제되었음. 얀센교파의 지도자로 포르-루아얄 수녀원에서 은둔하다가 네덜란드로 망명했음. 아르노 당디이 (*p 85, 각주 3)의 동생이었으며, 같은 이름의 그의 조카와 구별하기 위해 <위대한 아르노 (le Grand Arnauld)> 라는 별칭이 붙었음. <참고자료 IV>

5) 샤토브리앙은 로마에 파견된 얀센교파 지도자인 보셀 신부를 니체아 (니케아) 공의회에서 문제가 되었던 그리스의 신학자 아리우스 (Arius, 250-336) 에 비유하고 있음. 325년에 열렸던 니체아 1차 공의회는 아리우스의 학설을 이단으로 단죄하였음.

1660년에 퐁폰[1]은 국왕의 총애를 잃었다. 랑세는 그에게 위로의 인사 편지를 썼지만, 그는 랑세가 보내준 그 배려를 오만하게 받아들였다. 퐁폰의 형제인 아르노 당디이[2]는 많은 사람들의 전기를 번역했으며, 그것들로부터 사막의 교부(敎父)들 역사책이 만들어졌다. 루이 14세는 은거지에 있는 그 인물을 방문했고, 나도 뒤라 공작부인[3]을 보러갈 때 그곳을 지나갔는데, 뒤라 공작부인은 그녀가 구입한 몽모랑시 숲의 언덕 위에 있는 외딴 작은집을 내게 맡겨둘 생각을 하고 있었다. 곧 이어 변하게 된 트라프 수도원과 포르-루아얄과의 관계[4]는 측은한 생각이 들게 한다. 루이 14세는 자신의 옛 장관을 좋아했으나, 퐁폰이 충분한 위엄을 갖추지 못한 것을 알아챘던 것이다.

어쨌든 다시 돌아온 베레츠에서 랑세는 그에게 반대하는 공모자들인 많은 친족들, 불만을 품은 친구들, 실망한 하인들을 만나보게 되었다. 가난해지기를 바라는데도 그는 벼락부자가 될 때 마주치게 되는 곤란한 일들을 겪게 된 셈이다. 사람들은 랑세를 부추겨 몰아대는 것이 무엇인지 알지 못했는데, 그는 몽바종 부인이 죽고 나서 처음 절망했을 때를 제외하고는 그 여인의 이름을 입 밖에 내지 않았기 때문이었다. 그에게서 사람들은 알 수 없는 싸움의 이득을 무가치한 짓거리에 내던지는 답답한 열정을 느꼈다.

속세의 그런 기억들은 그에게 그야말로 끊임없는 고통이 된 삶에 대한 혐오였다. 인간에 대한 절망감은 그리스도교를 거쳐서

---

1) 퐁폰 (Simon Arnauld Pomponne 1618-1699) : 후작. 루이 14세 치세에서 스웨덴 대사, 홀랜드 대사, 외무장관, 재상이었음. 1679년 재상 자리에서 해임되고, 그의 후임으로 콜베르(Colbert)가 임명되었는데, 사교계 험담을 떠벌린 것이 문제가 되었음.

2) 아르노 당디이는 퐁폰의 아버지인데 샤토브리앙은 형제로 착각하였음. <참고자료 IV>

3) Duras 공작부인 (1777-1826) : 문학 살롱을 열었던 문필가, 샤토브리앙 후원자였음.

4) 랑세는 포르-루아얄의 얀센 교파 사람들에 대해서 처음에는 호의적이었으나 나중에는 비판적인 견해로 바뀌었음. 포르-루아얄 수녀원은 1710년 얀센주의 교파와 연루되어 루이 14세에 의해 파괴되었고, 트라프 수도원은 1790년 프랑스 대혁명 중에 국가에 몰수되고 폐쇄되었음.

온 것을 제외하면 고대 스토아 철학의 금욕주의와 유사하였다. 알렉산드리아의 플라톤 학파 철학자들은 하늘에 도달하려고 스스로 죽었는데, 불쌍한 영혼이 그런 상태에서 몸부림 치고 있을 때 그 번민은 어떠했을까! 영혼은 그런 결심을 하기 전에 자살의 다양한 충동과 의구심과 공포심을 느끼는 것이다.

그 트라프 수도원 원장은 자신의 편지에서 말하였다 : 《나는 한 명의 세상 사람도 사소한 즐거움으로 만나본 일이 없습니다. 일상의 제약에서 벗어나는 것과 은둔 말고는 아무것도 말하지 않은지가 곧 6년이 되어가는 데도 아직 첫걸음을 내딛어야하며, 그런데 생애는 끝나가고, 졸음 끝에 깨어나서 아무것도 한 일이 없다는 것을 깨닫게 됩니다. 나는 아주 잊어져서 사람들이 내가 존재했었다는 것조차도 생각하지 않기를 바랍니다.》

그는 은으로 된 그릇들을 팔았고, 영세한 빈민들을 구제하는데 늦장 부린 것을 자책하면서 전체 금액을 자선금으로 나누어 주었다. 그는 파리에 두 채의 저택을 갖고 있었는데, 그 중의 하나는 명칭이 투르의 저택이었다. 그는 저택들을 공증인 르무완과 토마스 앞에서 발행한 증서에 의해 파리 시립병원과 자선 보육시설에 기증하였다. 마지막 봉헌물로서 베레츠의 토지를 대단하게 여기지 않았으나, 그는 마음속에 심약한 구석이 남아있어서 친척들 중 한명의 매입 신청을 받아들였지만, 그 친척은 그 금액을 마련하지 못했으므로 에피아 신부에게 전매(轉賣) 되었다. 랑세가 받은 매각 대금 10만 에퀴[1]는 즉시 자선 시설 관공서로 보내졌다.

사람들은 최근의 날짜가 적힌 베레츠에서 온 편지들을 읽고 있는데, 누가 감히 그 엄청난 〈참회자〉 이후에 그 장소에 대해 글을 썼을까? 1825년 4월 11일 예전에 랑세의 소유지였던 라르세 숲의

1) 루이 9세의 치세인 1263년 이후로 여러 차례 다양한 화폐가 에퀴(écu) 라는 이름으로 주조되었는데, 루이 14세 시대에 3 리브르(livre) 짜리 은화 에퀴가 주조되었음.

몽바종 공원에서, 옛날의 삶을 생각나게 하는 인물 중의 한 사람[1]이 시체로 발견되었다. 4월 10일의 하루가 저물 무렵 *《죽은 사람이 있다》* 라는 목소리가 들렸는데, 어느 어린 소녀가 애인과 함께 키가 큰 히스 덤불 속에 숨어서 살인을 목격한 것이다. 다른 쪽에서는 풀려난 유령처럼 옷을 반쯤 걸친 22살 된 쿠리에의 과부가 밤중에 시골사람들의 한가운데로 나왔다. (사람들이 발견한 것은 쿠리에의 시체였다.) 베레츠에서 쿠리에의 고집스런 생각들이 가까운 이웃들의 친밀감을 적대적 열등감으로 바꾸어놓았으므로, 어느 누구에게도 흥밋거리가 안 되는 슬픔이고, 밀려오는 침묵의 망망대해로 사라지는 신음소리였다. 랑세가 괴로움을 이끌고 숲속을 방황하던 비통한 행적을 어떤 개똥지빠귀가 또다시 지껄이는 것 같았다. 쿠리에는 그의 *〈마을의 수다스런 이야기〉*에 다음과 같이 쓴 적이 있었다 ; *《나이팅게일이 노래하고 제비가 온다.》* 아테네의 아들[2]인 그는 동료들에게 제비가 돌아오는 노래를 전해주었던 것이다.

고대 그리스 문화에 정통한 학자이며 소란스러운 성격의 소유자이고 말을 탄 풍자적인 정치 논객인 쿠리에는 피렌체에서 롱고스의 책 원본에다 잉크를 묻히는 불운을 겪었고, 곧 이어 *《다프니스와 클로에》*의 잃어버린 구절을 채워 넣은 그 편집자[3]는 〈아나크레온〉의 편찬자[4]가 거주했던 장소에 와서 묻혔다.

---

1) 쿠리에(Paul-Louis Courier 1772-1825) : 젊은 시절 혁명군대와 나폴레옹 군대의 포병 장교로 여러 전투에 참전했고, 이탈리아의 주둔지에서 근무하는 동안에 고대 그리스의 문화에 친숙해졌음. 파리로 돌아와 왕정복고를 반대하고, 자유주의적이고 반종교적인 풍자논문을 써서 정치평론가로서 명성을 얻었음 (*p. 82, 각주 2). 소송을 당해서 감옥 생활을 했고, 랑세가 은둔했던 베레츠 지방으로 물러가서 농장을 사서 1818년부터 은거했는데, 1825년에 베레츠의 숲에서 총알을 맞은 시체로 발견되었음.

2) 샤토브리앙은 쿠리에가 고대 그리스 문학에 친숙했던 것을 비유적으로 표현하였음.

3) 쿠리에는 포병장교로 이탈리아에서 근무하는 동안 피렌체 도서관에서 기원전 3세기경의 그리스 소설가 롱고스(Longus)의 소설 *<<다프니스와 클로에 이야기>>*의 원본을 발견하고 번역하다가 그 원본의 책장에 잉크를 떨어뜨렸다고 도서관 당국에 의해 고발당했음. Armyot가 1559년에 그 롱고스의 소설을 번역하며 선정적이란 이유로 빼놓았던 부분을 쿠리에가 채워서 1809년에 발간하였음.

4) 아나크레온의 시를 그리스어로 주해해서 발간한 랑세.

나무들 아래에서 쿠리에가 살해되었고, 그 나무들이 여전히 있다면 그 그늘 속에 무엇이 남아있을 것이며, 우리가 지나가는 모든 곳에는 우리의 무엇이 남아 있을까? 폴 루이 쿠리에는 불멸의 명성이 고행자의 옷을 입고 눈물에 젖어 서로 만날 수 있다고 믿었을까? 베레츠에서 트라프 수도원 개혁자의 명성은 높아갔고, *《풍자적인 소논문》* 저자의 명성은 쇠퇴하였다. 하늘에 대해서 교만하게 우뚝 섰던 재치 위에 우둔한 삶이 내려앉았던 것이다. 놀라운 일이다! 그리스도교 신자 랑세와 똑같은 말로서 세상에 작별을 고한 철학자 쿠리에는 숲속에서 길을 잃고 사라졌다 : 《제게서 술잔을 거두어 주십시오, 독이 너무 씁니다.》[1)]

베레츠는 18세기 중에 루이 15세의 장관인 에귀용 공작[2)]이 소유하고 있었다. 당시의 모든 사람들처럼 도덕적으로 타락했던 그 장관은 그곳에서 외설스럽고 불경한 글들로 된 콩티 왕녀의 *《작품 선집》* 다섯 내지 일곱 부를 인쇄하게 하였다. 그 베레츠 별장은 프랑스를 더럽혀온 부도덕을 씻어낸 피의 성수반(聖水盤)이던 혁명 중에 파괴되었다. 랑세는 베레츠와 트라프에 생애의 두 부분[3)]을 남겨놓았는데, 베레츠에 남긴 것은 완전한 파괴가 뒤따라온 경박함과 종교불신과 나쁜 풍습이었고, 트라프에 남긴 것은 모든 것보다도 오래 살아남은 장중함과 신성함과 속죄였다.

베레츠를 매각한 뒤에 랑세는 자신의 성직록들을 대수롭지 않게 여겼고, 건강에 해로운 은거지인 트라프 수도원만을 그곳에서 죽으려고 남겨두었다. 루이 14세가 국가 실권을 장악했을 때 프랑스는 분열되었고, 어떤 사람들은 외국과 싸우러갔으며, 다른 사람들은

1) 예수 그리스도가 최후의 만찬에서 <아버지시어 이 잔을 제게서 거두어 주소서> 라고 기도한 성경구절 <루가복음 22 : 45 >을 엇비슷하게 인용했음.

2) Emmanuel-Armand de Vignerot du Pessisis-Richelieu (1720-1788) : Aiguillon 공작, 브르타뉴 지역 군사령관, 루이 15세 시대의 육군 장관, 외무장관.

3) 파리와 베레츠에서 37년간 살았고, 트라프 수도원에서 37년 동안 고행 생활을 했음.

외진 곳에 은거하러 갔다. 세 곳의 은둔처들이 마주보고 있었는데, 샤르트르 수도원, 트라프 수도원 그리고 포르-루아얄 수녀원이었다. 병정들과 고행자들의 보호를 받아서 프랑스는 숨 쉬고 있었던 것이다. 18세기는 루이 14세를 지우려고 했으나, 그 손은 그 초상화를 긁어내기에는 너무 지쳤다. 나폴레옹은 루이의 영광을 손아귀에 넣으려는 듯이 앵발리드의 둥근 지붕 아래 자리를 잡았다 1). 사람들은 부질없는 그림들을 그렸고, 제국의 베르사유에 대한 승리는 17세기 승리의 추억을 지울 수는 없었다. 나폴레옹은 루이 14세가 정복했던 왕들을 쇠사슬에 묶어서 루이 14세에게 데려왔을 뿐이었다. 보나파르트는 자신의 시대를 만들었고, 루이 14세는 자신의 시대에 의해 만들어졌는데, 시대가 만든 작품이나 인간이 만든 작품 중에서 어느 것이 오래 살아남을 것인가? 루이의 무덤에서 말하는 것은 모든 종류의 재능의 목소리이고, 나폴레옹 무덤에서는 나폴레옹의 목소리만 들린다.

그리스는 자신이 연출하는 인물들에 대해서 말하기에 앞서 그들의 활동 무대로 우리를 이끌어 간다. 쇠사슬에 묶인 프로메테우스는 오케아누스와 대화를 하고, 일곱 명의 족장들은 테베 앞에서 검은 방패에 대해 맹세를 하고, 페르시아 사람들은 다리우스 유령의 출현에 눈물 흘리고, 오이디푸스 왕은 궁전의 문에 나타나고, 콜론에서 오이디푸스는 에우메니데스 숲 근처에서 멈추고, 망명을 떠나려는 필록테테스는 외친다 : 《잘 있거라, 내 고난의 다정한 은신처여!》

사막의 교부들의 전기를 쓴 그리스 태생의 저술가들은 이런 오래된 관습어법에 충실했는데, 우리들에게 종려나무 아래 숨은 최초의 은둔자 바오로, 무덤에 스스로 갇힌 초기 은둔자 안토니오, 테벤의 바위 위에 앉았던 최초의 공동생활 수도회 창시자 파코미오

---

1) 1821년 세인트 헬레나에서 사망하고 그곳에 묻혔던 나폴레옹 시신은 1840년에 파리 앵발리드로 옮겨졌음.

를 보여주고 있다[1]. 우리들은 랑세와 더불어 그렇게까지 멀리 가지는 않을 것이므로 베르사유 근처에서 머무를 것이다. 아직은 피로 더럽혀지지 않은 오랑즈리의 대리석 계단[2]으로부터 300리 떨어져서 우리는 테바이스[3]의 엄격한 고행을 만나지만, 그러나 궁정의 시끄러운 소문은 속세의 물결소리로 들려올 것이다.

랑세가 은둔했을 때, 그 〈하느님의 집〉[4]은 무엇이었는가? 그 〈하느님의 집〉은 오늘 날 *〈트라프 수도원 (La Trappe)〉* 이라고 하는데, 트라프는 페르슈 지방의 방언으로 아마도 계단 (degré)을 뜻하는 *〈트라팡(trapan)〉* 에서 유래된 것 같으며, 그러므로 〈노트르담 드 라 트라프 (Notre-Dame de la Trappe)〉는 〈노트르담 데 드그레 (Notre-Dame des Degrés) 〉인 셈이다.

트라프 수도원은 1122년 로트루[5]에 의해서 세워졌는데, 그는 두 번째 페르슈 백작이다. 영국에서 돌아오면서 조난의 위험을 느낀 로트루는 만일 자신이 조난에서 벗어난다면 성모님을 위해 소성당을 하나 세우겠다고 서약을 하였다. 위험에서 기적같이 벗어난 그 백작은 그가 겪은 사건의 기억을 잊지 않으려고 그가 봉헌한 소성당의 지붕을 뒤집어진 배의 형태로 만들게 하였다. 창건자의 아들 로투르 3세는 성당의 건축을 마쳤고, 그 성당은 수도원으로 바뀌었다[6]. 로투르 3세는 제1차 십자군 원정에 참가해서 떠났다가 팔레스티나에서 성스런 유물들을 가져왔고, 그의 아들은 그 유물들을 새로 지은

1) < 참고자료 XI >. 초기 그리스도교 고행 수도자들과 그들이 은둔했던 장소들.
2) 베르사유 궁전 정원의 대리석 계단
3) 고대의 초기 그리스도교 고행 수도자들이 은둔했던 이집트 사막 지방.
4) 베네딕도 성인 (480-547)은 고대 은둔수도자들이 모여서 공동 수도생활 하던 장소를 <하느님의 집(Domus Dei)>이라고 썼음.
5) Rotrou 3세 (?-1144) : 제2대 페르슈 백작 로투르 3세를 태운 배가 1120년 영불해협에서 난파되어 로투르 3세의 첫 부인이 사망했음. 로투르 3세는 죽은 부인을 추념하려고 1122년 페르슈 솔리니(Soligny)에 소성당을 세웠고, 1140년 수도원이 되었음.
6) 로투르 3세는 아버지 (Geoffroy II du Perche)와 십자군 원정에 참가했음. 아버지는 1100년에 팔레스티나에서 사망했고, 로투르 3세는 성유물을 갖고 돌아와서 소성당을 창건했는데. 샤토브리앙은 로투르 3세의 아버지를 소성당 창건자로 착각했음.

성당 안에 놓아두었다. 그 성당에는 서약, 조난, 순례의 이야기가 있었으므로 당시의 역사 이야기에서 아무것도 부족한 것이 없었다.

트라프 수도원이 세워졌을 때 루이 7세가 프랑스의 국왕이었고, 성 베르나르도는 클레르보 수도원의 첫 수도원장이었다. 사비니 수도원장 세를롱 4세는 1144년 트라프 수도원을 시토 수도회에 합병했고, 생-제르맹-데-프레[1]는 그 무렵 파리에 다시 건축되었는데, 그 수도원 후원자는 리차드 휘렐과 그의 아들이었고 바스틴의 토지를 기증하였다. 트라프 수도원은 여러 교황들인 알렉산데르 3세, 클레멘스 3세, 인노첸시오 3세, 니콜라오 3세, 보니파시오 8세, 요한 21세, 베네딕도 12세의 보호를 받았다. 성 루이는 〈트라프의 하느님의 집 성모성당〉을 그의 보호 아래로 받아들였고, 국왕의 문서에는 *〈모든 수도사는 자유롭고 평온해야하며, 모든 공납의무가 면제된다〉*[2] 라고 기록되어 있다. 성 루이라는 위대한 이름은 왕국의 모든 시초에 섞여 있는 셈이다. 성 루이는 파리의 노트르담 성당으로부터 생-샤펠 성당까지 유럽의 고딕 양식 건축물의 창건자이다.

옛 순교성인들의 역사와 묘비에서 들추어낸 목록에 의하면 트라프 수도원에는 최초의 수도원장인 알보드 신부로부터 1526년 프랑수아 1세의 치세에서 최초로 성직록 수도원장이 된 벨레 추기경까지 모두 17명의 수도원장이 있었던 것으로 추정된다.

르노 드 당피에르와 시몽 드 몽포르와 함께 1212년 십자군에 참가했던 수도원장 에르베르 신부는 알레프 회교국 군주에게 붙잡혀 30년 동안 노예로 있다가 풀려나서 트라프 수도원에 부속된 *〈클레레〉* 수녀원[3]을 세웠다. 로베르 랑세[4] 라는 이름 때문에 사람들은 16번

---

1) Saint-Germain-des-Prés. 6세기 경 프랑크 왕국 메로빙거 왕조시대에 세워진 교회.
2) *<sint liberi, quieti, exempti ab omnibus subsidiis>*.
3) l'Abbaye des *Clairets* : 트라프 수도원 근처에 있었던 1202년에 세워진 수녀원.
4) 아르망 장 르 부티예 랑세와는 다른 인물임.

째 수도원장 묘비에 멈춰서게 된다. *«갈리아 크리스티아나»* [1]는 그런 후기의 사람들에 대해서는 상세히 언급하지 않고 있다.

트라프 수도원은 아봉같은 수도원장들이 용감하게 앞장서 일꾼들을 이끌었던 파리의 수도원들처럼 요새를 만들어서 방어하지 않았으므로, 영국 사람들이 프랑스를 휩쓸며 파괴한 2세기 동안 트라프 수도원도 여러 차례나 약탈당했는데, 1410년에는 특히 심하였다.

그 수도원의 재산과 토지 대장에 의하면, 그 수도원은 *〈테르-루주〉*, *〈그리모나르 숲〉*, *〈쉔-드-베루트의 도로〉*, *〈레 브뤼예르〉*, *〈레 뇌프-에탕〉*과 그곳으로부터 흘러나오는 시냇물들을 소유하고 있었다. 쉔-드 베루트의 도로는 어느 곳을 지나가는가? 떡갈나무의 불멸(不滅), 자신의 그늘을 넘어서지도 않는 그 불멸은 어디에서 오는 것인가? 지평선을 향해 펼쳐진 떨기나무들이 우거진 황야는 그 토지대장에 언급된 것과 똑같은 것일까? 나는 그런 황야를 지나서 왔는데, 브르타뉴 출신인 나는 랑드 지방[2]이 마음에 들었고, 그곳의 초라한 꽃은 내 옷의 단추 구멍에서 말라 시들지 않는 유일한 꽃이었다. 그곳에는 아마도 여자 성주의 저택이 서있고, 그리고 그 여인은 에르베르[3] 신부와 함께 성지(聖地)에서 돌아오지 않는 남편을 기다리면서 눈물 속에서 나날을 보냈을 것이다. 이곳에서 누가 태어나고, 누가 죽고, 또 누가 눈물을 흘렸던가? 조용히 하자! 새들이 하늘의 높은 곳에서 다른 고장으로 날아간다. 시선은 페르슈 숲의 잔재 속에서 무너진 종탑을 찾고 있으나, *〈종소리〉*가 저녁기도 시간을 알리는데도 초가집으로 된 몇몇의 작은 종루(鐘樓)들 말고는 남은 것이 없다. 오브라크에서는 안개 너머로 울려 퍼지는 *〈길 잃은 자들〉*의 종이라는 이름이 붙은 *〈헤매는 사람을 부르는〉* 그 종소리가 더 이상 들려오지

---

1) *« Gallia Christiana »* : 17세기에 베네딕도 수도회에서 만들어진 프랑스의 대교구, 교구, 수도원들의 역사적 인물들을 기록한 책.
2) lande : 프랑스 브르타뉴 지방의 대서양 연안에 있는 황야.
3) 십자군 원정 중에 회교도의 포로가 되어 30년 동안 노예생활을 하고 귀국한 수도사 신부.

않는 것이다.[1] 옛날의 좋은 풍속들이여, 너희들은 다시 태어나지는 못할 것이고, 그리고 다시 태어나더라도 너희들의 티끌 먼지 같은 잔해를 지켜주던 그 매력을 되찾을 수 있을까?

베네딕도 수도회에는 〈*순시보고서*〉라는 이름으로 된 조서, 다시 말하자면 검열보고서가 있는데, 1685년의 보고서에는 발-리쉐 수도원장 도미니코 신부의 서명이 있다. 그 보고서에는 랑세 신부의 개혁이 있기 전의 트라프 수도원의 상태가 다음과 같이 기술되어 있다 : 문들은 밤낮으로 열려 있었고, 여자들도 남자들도 자유롭게 수도원으로 들어왔다. 입구의 현관은 너무 더러워서 〈하느님의 집〉이라기보다 감옥과 비슷하였다. 그곳에는 벽에 붙은 계단이 있어서 위층으로 올라갈 때 사용되었는데, 그 위층의 마루는 부러져 끊기고 썩었으므로, 위험을 무릅쓰지 않고는 걸어서 다닐 수가 없었다. 수도원의 경내로 들어서면 비가 조금만 와도 물이 차는 우묵하게 들어간 지붕이 보이고, 그 지붕을 버텨주는 기둥들은 구부러져 있었으며, 응접실은 마구간으로 사용되었다.

공동 식당은 이름뿐이었고, 수도사들과 세속인들은 날씨가 무덥고 궂어서 밖에서 놀지 못할 때는 그곳에 모여서 공을 갖고 놀았다.

숙소는 버려져서 밤에는 새들의 은신처가 되었다. 서리와 비와 눈과 바람에 노출되었으므로 수도사들은 각자가 원하는 대로, 또는 재주껏 할 수 있는 대로 숙박하였다.

성당은 상태가 좋지 않아서 도로 포장은 끊기고, 돌멩이들이 흩어져있으며 담 벽들은 곧 폐허가 될 지경이었고, 종탑은 거의 무너질 것 같아서 종탑이 흔들리지 않고는 종을 칠 수가 없었다.

---

1) 프랑스 중부 산악지방의 해발 1300 미터 되는 고원에 위치한 산간 마을인 Aubrac 에는 12세기경에 세워진 성당이 있는데, 그곳에는 눈과 안개 속에서 < *길을 잃고 헤매는 여행자를 부르는 (errantes revoca)* > 종이 있었고, 그 종을 칠 때는 다음과 같은 기도를 했다고 함 : < *하느님께서는 기쁨을 받으시고, 사제들은 찬양을 하고, 마귀들은 쫓기어가고, 길을 잃은 사람들은 돌아오소서 (Deo jubila, clero canta, daemones fuga, errantes revoca).* >

트라프 수도원에는 지대가 높은 곳에 연속적으로 이어진 연못들이 만드는 개울 말고는 다른 시냇물은 없었고, 연못들의 끝자락이 아니면 풀밭이 없었으며, 그곳의 공기는 죽으려는 사람들에게나 견딜 만 하였다, 습기가 계곡에서 올라와서 그곳을 덮었다. 랑세는 기즈 부인[1]에게 편지를 썼다 : « 내 나이에 겪는 가벼운 잔병치레와 또 우리들이 거주하는 곳의 공기로부터 벗어나기가 힘들지만, 탓해야할 것은 그 지역의 지형입니다. 우리가 그곳에 자리를 잡은 것은 하느님께는 기쁜 일이고, 그분은 우리에게 일어나게 될 나쁜 일들을 잘 아시고 계십니다. 사람은 죽어야 하는데, 어느 곳에서 산다는 것이 무엇이 중요합니까! »

르넹 신부는 다음과 같은 이야기를 썼다 : «그 수도원에는 영혼이 불결한 사람들이 머물러서 지나치게 무절제한 생활을 하였다. 그들은 그곳에서 떼를 지어서 살고 있었는데도, 그들을 내쫓는 사람이 아무도 없었다.»

펠리비앙[2] 신부는 그곳에서 그리스도교의 전례가 되살아난 것을 보여줌으로서 그런 글들에게 생기를 덧붙여 주었다.

« 사람들은 들어가며 우선 수도원 벽에 써져 있는 예레미아[3]의 어록을 보게 된다 : *〈은둔자는 앉아라, 그리고 침묵 하여라〉*[4].

«성당은 성소의 신성함 말고는 중요한 것은 없었다. 그것은 고딕 양식으로 건축되어서 아주 특이했고, 여전히 엄격하고도 신성한 모습을 간직하고 있었으며, 성당 내진(內陣)의 끝은 뱃고물(船尾)을 나타내는 것 같았다.

---

1) Elisabeth Maguerite d'Orléans(1646-1696) : 오를레앙 공작 가스통의 둘째 딸이고, 안-마리-루이즈의 이복동생. 트라프 수도원을 여러 차례 방문했음. <참고도표 VII.>

2) André Félibien des Avaux (1619-!695) : 로마에서 고대 건축물을 공부하고 연대기와 건축에 대한 저술을 남긴 저술가. 1671년에 *« 트라프 수도원 설명서 »* 를 써서 랑세가 개혁을 시작한 후의 수도원 모습을 기술했음. 성직자 신부가 아니었는데, 샤토브리앙은 트라프 수도원의 신부였던 Pierre Félibien과 혼동해서 신부라고 썼음.

3) 기원전 7세기경의 고대 이스라엘의 마지막 선지자.

4) < *Sedebit solitarius et tacebit* >.

《 생각해 볼만한 것은 수도사들이 성무일과를 하는 방식인데, 수도사들이 단호한 음성과 장중한 곡조로 하느님을 찬양하는 성가를 부르는 것을 볼 수 있기 때문이다. 새벽기도 시간에 그 찬가들을 듣는 것보다 더 마음에 감동을 주고 영혼을 고양시키는 것은 없다. 밤의 고요함에 이어진 암흑 속에서 대제대(大祭臺) 앞의 단하나의 램프 불빛으로 밝혀진 그 성당은 모든 시편(詩篇)에 퍼져있는 신의 은총으로 얻어지는 마음의 평화로 영혼을 채워준다. 그들은 앉아 있거나 또는 서서있건 간에, 무릎 꿇고 있거나 또는 엎드려있던 간에 그처럼 심오한 겸손으로 기도하기 때문에 신체보다 정신으로 순종하는 것을 알 수 있다.》

트라프 수도원 회랑에 새겨진 베르나르도 성인의 글에 대해 뒤시스는 이런 아름다운 시를 지었다 [1] :

〈 행복한 고독이여,
유일한 천복이여,
너의 매력은 참으로 감미롭구나 !
나의 깊은 동굴 안에서는
세상의 모든 재물들 중에
고독보다 내가 더 바라는 것은 없다.

드넓은 제국이 무너진들
내 무덤에서는 그렇게 멀리 있으니
사라지는 덧없는 명성은 다 무엇인가 ?
그리고 모여 드는 왕들과
뒤흔들리는 그들의 왕홀(王笏)들,
사막의 그 등나무 지팡이 [2]들은 무엇인가?〉

---

1) 뒤부아(Louis Du Bois)가 트라프 수도원의 역사책에 옮겨 적어 놓은 프랑스의 시인이며 극작가 Jean-François Ducis (1733-1816)의 시.
2) 고행하는 수도자가 사용하던 지팡이.

랑세 신부가 그의 수도원에서 개혁을 시작할 때, 그곳의 수도사들도 수도자들의 폐인들에 지나지 않았다. 일곱으로 숫자가 줄어들었고, 남아있는 수도자들은 부유하거나 또는 불운으로 본분에서 어긋나 있어서 오래전부터 질책 받을 만하였다. 11세기 이래로 아달베롱[1]은 ≪수도사는 병졸(兵卒)로 변했다≫고 선언했던 것이다. 노르망디 지방에서는 수도사들을 꾸짖었다는 어느 수도원장은 죽은 뒤에 수도사들에게 채찍질을 당하였다. 브르타뉴 지방에서 엄격한 방법을 쓰려던 아벨라르[2]는 독살을 당하리라고 예상했고, 다음과 같이 말하였다 : ≪나는 언어가 생소한 미개한 고장에서 살고 있는데, 나의 산책길은 파도가 높은 바닷가에 있고, 게다가 나의 수도사들은 방자한 짓거리들로 유명했다.≫ 브르타뉴 지방에서는 항상 바뀌는 그 파도 말고도 모든 것들이 변했던 것이다.

랑세도 그와 같은 위험을 겪었는데, 그가 개혁을 말하니까 사람들은 그를 단도로 찌르거나, 독살하거나 또는 연못 속에 던져버리겠다고 하였다. 근처에 사는 생-루이라는 어느 귀족이 그를 구해주려고 달려왔다. 생-루이 씨는 평생을 전쟁터에서 보냈으므로, 국왕은 그를 높이 평가했고, 튀렌[3]도 그를 좋아하였다. 생시몽[4]에 의하면 ≪ 그는 학식이 없고 재치가 별로 없어도 내가 본 어떤 사람보다도 더 올바르고 공정한 판단력, 뛰어난 용기, 공명정대함, 솔직함과 놀라운 충성심을 가진 진정한 무사였다≫ 고 한다. 랑세는 사도(使徒)들도 땅 위의 인간들의 권세를 무릅쓰고 복음서를 작성했고, 그리고 무엇보다도 가장 행복한 것은 정당한 일을 위해서 죽는 것이라고 말하며 그의 너그러운 도움을 거절하였다.

---

1) Adalbéron Ascelin 947-1030) : Laon의 주교. 당시의 현실에 대한 풍자시를 썼음.
2) Pierre Abailard (1079-1142) : 제자였던 엘로이즈 (Héloïse) 와의 불우한 사랑의 일화로 유명한 신학자. 시토수도회 교단의 핍박을 피해서 1127년부터 5년간 브르타뉴 지방의 Saint-Gildas de Rhuys 수도원장으로 있었으나 수도사들의 암살 위협을 받았음.
3) 튀렌 원수(Turenne, Henri de La Tour d'Auvergne (1611-1675) : (*p 28, 각주 2)
4) 생시몽은 그의 *<<회상록>>*에서 생-루이라는 그 군인에 대해 호의적으로 언급하였음.

수도원장은 자신의 수도사들에게 그들의 난잡함을 국왕에게 알리겠다고 위협했는데, 국왕의 이름은 가장 보잘것없는 은둔자들이 있는 멀리 구석진 곳까지 스며들었던 것이다.

그 당시까지 우리는 삼부회(三部會)에서 제정되고 고등법원이 집행한 공공자유와 더불어 마지못해 보조를 맞추던 국왕의 변칙적인 횡포만을 느꼈을 뿐이었으나, 원칙적인 토론을 허락하지 않고 명령만을 내리는 거대한 독재에게 프랑스는 계속해서 복종을 했던 것은 아니었다. 루이 14세 치하에서 자유는 법률의 농간에 불과했고, 그 법률의 위쪽에는 통제자로서 신성불가침의 독단이 높이 솟아 있었다. 이러한 노예의 자유는 어떤 이로운 점들도 있었는데, 그것은 사람들이 나라 안에서 자유를 잃고서 나라 밖에서는 지배력을 획득한 것이었으므로, 프랑스 사람들은 사슬에 묶였으나 프랑스는 자유로웠던 셈이다.

그 수도사들은 마지못해 개혁에 동의하였다. 계약이 이루어져서 그 일곱 명의 거주자들에게 수도원 안에 그대로 남아있거나 아니면 다른 곳으로 떠나는 것을 허락하고, 각자에게 은퇴 수당으로 4백 리브르를 지급하게 되었으며, 그 상호간의 계약은 1663년 2월 6일 파리 고등법원의 공증을 받았다.

랑세는 언제나 자기 자신에 대한 갈등으로 혼란스러웠다. 페르세뉴 수도원[1]에서 불러온 〈엄격한 계율〉 수도회[2]의 두 수도사가 도착해서 트라프 수도원에 자리를 잡았다.

1662년 11월 1일 갑자기 생긴 어느 사건이 랑세의 결심을 굳히는데 힘을 보태었다. 수리를 끝냈던 수도원 안에 있는 그의 방이

1) 노르망디 지방 페르세뉴(Perseigne) 숲 근처의 시토수도회 수도원 (참고자료 XII).

2) 그 당시에 시토 수도회에 속한 여러 수도원에는 완화된 규칙을 따르는 <보편적인 계율(Commune Observance)> 수도사들이 있었고, 한편으로는 거듭된 종교 전쟁과 전염병의 유행으로 해이해진 수도원 내부 기강을 개혁하기 위해서 육식을 하지 않는 검약과 금욕과 노동을 실천하는 <엄격한 계율(Étroite Observance)> 수도사들이 있어서 서로 심하게 논쟁하고 있었음.

무너져 내려서 그를 으깬 것으로 생각되었으나 그는 외쳤다 : «자, 목숨이라고 하는 것은 이런 것이다!» 그는 당장에 성당의 한 구석으로 물러갔다, 그에게는 시편(詩篇) *〈주님을 믿는 사람들〉*[1]을 노래하는 소리가 들려왔다. 갑작스런 밝은 빛에 놀라서 그는 혼잣말을 하였다 : «나는 무슨 까닭으로 수도사 서원(誓願)에 들어가는 것을 두려워하는 것인가?» 그의 마음속에 남아있었던 어려운 갈등들은 자취도 없이 사라졌다.

그는 국왕에게 트라프 수도원을 정규 수도원으로 유지 관리하게 허락해 달라는 요청을 하려고 파리로 출발하였다. 몇몇 성인군자 같은 사람들은 그의 결심을 되돌리려했지만, 그는 프리에르 수도원 원장 신부인 〈엄격한 계율〉 수도회 총부주교[2]에게 말하였다 : «하느님께 돌아가기 위해서 제가 두드릴 수 있는 문은 수도원의 문 말고 다른 문은 알지 못합니다. 타락한 생활을 했었던 저에게는 쓰라린 마음으로 나날들을 회상하며 허름한 옷과 고행자의 거친 속옷을 입는 것 말고는 다른 길이 없습니다.»

그 수도원장은 그에게 대답하였다 : «나는 당신이 스스로 원하는 바를 잘 이해하고 있는지 모르겠습니다. *〈당신은 자신이 무엇을 원하는지 모르고 있군요.〉*[3] 당신은 사제이고, 소르본의 박사이고 게다가 사회적 신분이 높은 귀족입니다. 세련되고 호사스럽게 생활하며, 많은 하인들을 거느리고 또 좋은 음식을 먹는데 익숙합니다. 당신은 멀지 않아 주교가 될 가망성이 크고, 성격이 유약한데도 교회에서 가장 비천한 지위이고, 가장 많이 속죄하며, 숨겨진 채 무시당하는 수도사가 되기를 원하는군요. 당신은 앞으로 눈물과 노동과 은둔

---

1) <*Qui confidunt in Domino*>.

2) Dom Jean Jouaud (1622-1673) : 당시 프리에르 수도원 (Abbaye de Notre-Dame de Prières)의 원장. 프리에르 수도원은 1252년 모르비앙 지방에 세워졌고, 16세기까지는 성직록 수도원이었으나 17세기에 정규 수도원이 되고, <엄격한 계율> 수도원으로 개혁했는데, 1790년 혁명 중에 폐쇄되었고, 현재는 유적만 남아 있음.

3) <*Nescis quid petis.*>

가운데 생활해야 할 것이고, 십자가에 못 박히신 예수님만을 공부해야할 것입니다. 그것을 진지하게 생각해 보세요.» 그러자 랑세 신부는 대답하였다 : « 그것은 사실입니다. 저는 사제이지만 이제까지 저의 성격에 어울리지 않게 살아왔고, 박사이면서도 그리스도교의 알파벳도 모릅니다. 저는 이 세상에서 약간의 행세를 하고 있으나, 나그네들에게는 길을 일러주고서 제 자신은 조금도 움직이지 않는 이정표와 비슷했습니다.»

그 프리에르 수도원의 원장은 납득을 하였다.

쿠젱[1] 씨가 내게 전해주고 싶어 했던 몇 장의 편지에서 랑세는 그 무렵에 자신이 견디어냈던 갈등에 대해서 이야기하였다. 1661년부터 1664년까지 2년에 걸쳐서 쓴 첫 4개의 편지들은 알레 주교에게 쓴 것이다.

그는 다음과 같이 썼다 : «초연한 영혼만을 원하는 수도사 서원을 시작하려는 저의 무모함, 그리고 희로애락의 정념이 저의 마음속에 아직 생생하게 살아있는데도 저는 정말로 죽은 사람의 신분으로 감히 들어가려 한다는 것만을 알고 있을 뿐입니다. 예하님께 간청드립니다. 하느님께서 저의 내세를 결정하시게 될 만남에서 저를 회개하게 해주시고, 또 세례의 서약을 여러 차례나 어긴 뒤에 맹세를 새로 함으로써, 과거 생활의 과오를 어떤 방식으로든 성실하게 속죄하려는 저를 은총으로 보살펴 주시도록 기도해 주십시오.»

랑세는 1663년 4월 13일 그의 친구들에게도 편지를 썼다 : «내가 여생을 참회에 바치겠다고 결심한 것을 알고 당신들은 놀랐을 것으로 생각됩니다. 만일 내 죄를 두려워하는 마음으로 자중하지 않는다면, 내가 누리고 싶은 수백 년을 더 살더라도 나는 이 세상에서 보낸 한순간도 속죄할 수 없을 것입니다.»

---

1) 쿠쟁 (Victor Cousin, 1792-1867) : 절충주의 철학자, 소르본 대학 교수, 에콜 노르말 교장, 프랑스 공교육 추진 위원, 문교부장관, *<<13세기 철학의 역사>>*의 저자.

프리에르 수도원장은 랑세의 수도원을 정규수도원으로 바꾸어서 관리할 수 있도록 국왕의 허락을 받아주기 위해서 주로 국왕의 모후(母后) 측근에서 노력하였다. 루이 14세는 그 요청을 받아주었으나, 그 정규수도사 수도원장이 사망할 때까지만 허락하고, 그 후에는 트라프 수도원은 다시 성직록 수도원으로 되돌아가야 된다는 조건이었다. 국왕은 왕국의 전통적인 계약제도[1]를 고집했던 셈이다. 허가증은 1663년 5월 10일에 발급되었고, 교황 성하의 인증을 받기 위해서 로마로 보내졌다. 코멩주 주교는 랑세가 수도자 수련생활을 시작하려고 페르세뉴 수도원에 있다는 것을 알고 그를 만나러 갔고, 그리고 랑세가 불같은 열성으로 아무도 뒤따를 수 없게 너무나 멀리 앞장서 나갈까봐 걱정된다고 말하였다. 그 신부는 자제하겠다고 대답을 해서 그 주교의 호의를 회피한 셈이었는데, 그것은 두 병정들 사이의 대화와 같아서 한 사람은 위험을 헤아리는 것을 배웠고, 또 다른 사람은 그 위험을 결코 계산하지 않았던 것이다.

랑세는 1662년에 트라프 수도원을 보러가서 그가 거주하게 될 영원한 은둔처를 잠시 바라본 적이 있었다. 그는 페르슈 지방의 오래된 숲속에 숨겨지고, 오르막 지형으로 높게 위치한 연못들을 보았는데, 오늘날에는 그 연못들 중에 몇 개는 없어졌다. 곳곳에서 나무판자들처럼 물 위에 떠있는 쓸쓸한 큰 나뭇잎들이 보였고, 그 연못들 너머에서 물새의 울음소리가 들렸다. 그는 그 깊숙한 오지의 은둔처와 숲속에 위치해서 마음에 드는 불로뉴-샹보르 소수도원을 두고서 선택을 망설였으나[2], 수도생활의 고독과 지난날의 고독 사이의 어떤 비밀스런 친밀감으로 결국은 트라프 수도원으로 결정을 하였다. 그는 바르베리 신부를 자신의 곁으로 불렀다.

---

1) 세무 공무원이 없던 구 왕정 시대에 민간인 청부업자가 국왕에게 세금을 선납하고, 정해진 지역의 세금을 일정 기간 대신 징수하는 면허를 받던 징세 청부계약 제도.

2) 랑세는 당시에 불로뉴-샹보르 수도원과 트라프 수도원의 성직록 수도원장이었음

랑세는 그 무렵 알레 주교에게 편지를 썼다 : 《제가 단념한 것들과 내어버린 외부의 장애물들이 일상생활의 사소한 애착심으로 남아 있고, 저는 언제나 그랬던 것처럼 어디에서나 제 자신이 가련하게 느껴져서 제 스스로 지워버릴 수가 없으므로, 제가 회개할 수 있도록 하느님께 기도해주시기를 부탁드립니다.》

알레의 주교 니콜라 파비용은 신뢰할만한 안내자는 아니었다. 그 시대의 교리들을 착각한 그는 의지하려고 팔에 매달린 친구를 첫 번째 우회도로 모퉁이에 내버려두고 다른 길로 가버렸던 것이다.[1)]

망설이는 친구들에게 둘러싸였다고 느낀 랑세는 결심을 했고, 그 행렬에서 빠져나와 연줄을 끊어버리고, 따라오지도 않을 무리를 이탈해서 스스로 다짐했던 새로 할 일을 배우러 곧장 파리에서 페르세뉴로 갔다. 페르세뉴 수도원장은 그를 기쁘지만 두려워하며 맞아주었다. 다섯 달의 수련기간 끝에 랑세는 병이 났는데, 그가 편지에서 말한 그 병은 오랫동안 숨겨졌던 만큼 더 위험하였다. 의사는 그가 수도원 생활을 그만두지 않으면 죽을 것이라고 선언했으나, 신부는 고집을 부려서 트라프 수도원으로 옮겨졌고, 그리고 회복되었다. 페르세뉴로 다시 돌아와서 알레의 주교에게 편지를 썼다 : 《저의 시련의 시간은 거의 다 끝나가고, 저의 마음은 어쨌든 그래도 가난으로 채워졌습니다. 초연한 영혼만이 요구되는 일을 하려는 무모함과 저의 정념이 아직 마음속에 살아 있는데도, 저는 감히 죽은 사람 신분으로 들어간다는 것만을 알 수 있을 뿐입니다.》

그는 속세에게 영원한 작별을 하였다. 새로 달음박질해서 〈하느님의 아들〉[2)]을 향해 달려갔고, 십자가에서만 멈추었다.

---

1) 알레 교구의 주교 니콜라 파비용은 사제 지망생들에게 산골 지방의 주민들, 특히 여자 어린이들의 기초교육과 교리강습에 힘쓰도록 설교를 한 가톨릭교회의 교육자이자 개혁가였는데, 얀세니우스의 저서를 단죄한 교황 교서에 첨부된 <동의서>에 서명을 끝까지 거부하고 얀센주의 교리를 신봉하였음.

2) 삼위일체의 성자. 예수 그리스도.

랑세의 수련기 동안 사람들은 자신들의 수도회를 위해 그를 활용하였다. 샹파뉴 수도원에 개혁이 자리 잡았다. 수도사들은 개혁에 저항했고, 귀족들은 그 수도사들을 지지해주었으므로 반항적인 프롱드 당파 정신은 꺼지지 않고 남아서 반목의 뒤끝을 낳고 있었던 것이다.[1] 그 위태로운 순간이 랑세의 수련을 중단하게 하였고, 사람들은 랑세에게 〈엄격한 계율〉 수도회를 도우러가게 하였다. 바세 후작[2]이 이끄는 25명의 귀족들이 사냥대회를 핑계로 그 수도원에 나타났는데, 그 곳에서 개혁파들을 몰아낼 계획이었다. 랑세는 도착해서 그들에게 원하는 것을 물어보았고, 바세는 예전에 자신에게 중요한 도움을 주었던 랑세를 알아보게 되었다. 바세는 랑세에게 달려가서 껴안았고, 수도사들을 평온하게 내버려 두겠다고 승낙하였다.

페르세뉴 수도원에 돌아왔더니, 수도원장 대리는 아직 수련기간이 끝나지 않은 신부를 투렌으로 보내겠다고 하였다. 그 수도생활 지원자는 그 순회여행이 자신을 *〈위험〉*에 노출시킬 것이라고 말하며 거부하였다. 전기 작가는 그 말을 이해하지도 못하고 두 번을 사용했고, 모두 매각된 베레츠가 길을 막고 있기 때문이라고 설명했지만 랑세를 위협한 것은 지난날의 추억이었다. 그의 저항에 놀란 수도원장 대리는 새로 온 수도사가 자신의 생각만을 고집하는 인물로 보인다고 프리에르 수도원장에게 통지하였다. 프리에르 수도원장은 랑세와 면담하기를 원했고, 랑세는 그를 만나보려고 파리에서 40 리 떨어진 곳으로 갔다. 르 부티에 신부는 진정한 겸손에 다름없는 예의범절을 갖추었으므로, 은둔 수도생활을 준비하는 그 대단한 사람은 수도원장을 매혹시켰는데, 예전에 사교계 생활을 거쳐 온 인물의 광채가 견고한 〈신앙심〉 속에 잠겨서 내비추어진 것이었다.

---

1) 성직록을 세습해서 받던 귀족들은 수도원이 <엄격한 계율> 로 개혁되는 것을 반대했음.
2) Henri-François, Marquis de Vassé (1622-1684) : 랑세와 친한 레츠 추기경과 함께 어울리던 귀족. 당시 사교계의 유명한 여인 니농(*p 39, 각주 1) 의 애인이었음.

페르세뉴 수도원에서 서원(誓願)하기에 앞서서 랑세는 트라프 수도원으로 돌아가서 그의 유언서를 읽어주었고, 그에게 남아있는 것을 수도원에 기증하였다. 그는 자신의 데면데면한 무관심이 많은 잘못된 행위들의 원인이 된 것을 자책했고, 그는 과장하지도 않고 또 지나치지도 않게 고백했으며, 그 고백은 예수 그리스도의 심판 앞에 선 것만큼 진실하다고 맹세하였다. 랑세는 가구들을 수도사들에게 주었고, 특히 책들을 그들에게 넘겨주고서 말하였다 : «만일 예상할 수 없는 사건으로 트라프 수도원의 개혁이 중단된다면, 내 장서들을 가난하고 병든 사람들을 위해 매각하도록 파리 자선병원에 기증하겠습니다.»

랑세는 한 세기 반 뒤에 자신의 수도원에 닥쳐올 불행[1]들을 예감한 것 같았다. 그는 그의 도서들을 수도사들에게 남겨주었으나, 그는 수도사가 공부에만 전념하는 것을 바라지는 않았다! [2]

여기에서 마지막으로 몽바종 부인이 보인다. 영원히 지평선으로 내려앉으려는 매혹적이고 불길한 저녁별이었다. 제르베즈 신부의 말에 의하면 랑세는 그 부인의 많은 편지들과 두 개의 초상화를 갖고 있었다고 하는데, 하나는 결혼할 때에 그 여인이 어떠했는지를 나타내주고 또 다른 하나는 과부가 될 무렵의 모습을 보여주는 것이었다. 그 사랑의 비밀들은 신앙심의 가호에 맡겨졌었는데, 루이즈 수녀원장[3]은 랑세가 맡겨놓았던 것들을 살펴보는데 필요한 연약함과 힘, 실패했던 여성의 너그러움, 그리고 회개하는 여성의 용기를 갖고 있었다. 그는 서원하는 바로 그날 아침 자신의 편지들을 불에 태우고, 또 그 초상화들을 몽바종 부인의 아들 수비즈에게 보내라는

1) 랑세가 수도사 서원을 한 것은 1663년이었고, 127년이 지나서 트라프 수도원은 프랑스 혁명으로 1790년 폐쇄되어 국가재산으로 몰수되고, 1794년에는 수도원의 거의 모든 건물들이 파괴되었음.

2) 랑세는 학문연구에 열중하는 수도사들을 비판했으며, 훗날 그 문제로 생모르 베네딕도 수도회의 저명한 학자 Jean-Mabillon (1632-1707)과 긴 논쟁을 하게 되었음.

3) 투르의 성모방문 수녀회 수녀원장, 루이즈 로제 들 라 마르블리에르.

당부를 하려고 투르로 편지를 썼다. 현존하는 물건들과 단절한다는 것, 그런 것은 아무것도 아니지만, 그러나 추억과의 단절이라니! 꿈과의 이별은 가슴이 찢어지는데, 굳건한 사람에게는 그만큼 현실로 느껴지지는 않는 것이다.

1664년 6월 14일 루이즈 수녀원장에게 쓴 다른 편지에는 다음 같이 적혀있다 : «저는 저를 하느님 심판에 영구히 제물로 바쳐야 할 행복한 순간을 겸허하고 참을성 있게 기다립니다. 저의 모든 시간들을 그 엄청난 일을 준비하는데 쓰고 있습니다. 저는 제가 드리는 제물[1]의 냄새가 혹시라도 하느님 마음에 들지 않을까 하는 것 말고는 두려운 것이 없는데, 그 까닭은 제 자신을 제물로 바치는 것만으로는 충분하지 않고, 당신이 아시듯이 하느님의 마음에 들지 않은 제물들을 올린 불행한 사람들의 봉헌물에는 하늘의 불빛이 내리지 않았기 때문입니다.»

사람들은 산속에서 만들어진 듣기 좋은 소리가 나오는 상자처럼 랑세의 가슴에서 나와서 똑같은 소리를 반복하는 한탄에 주의하지는 않았는데, 그 한탄은 대상을 지적해서 가르쳐주지 않았으므로 고통받는 사람이 삶을 탓하는 비난과 혼동 되었다. 랑세는 먼저 불로뉴 수도원을 방문했고, 그리고 옛날의 바빌론 군주들처럼 한적한 정원 가운데에 묻히기로 작정하고 트라프 수도원으로 출발하였다[2].

트라프 수도원을 정규 수도사가 관리하도록 하는 허가증 사본이 로마 궁정으로부터 도착하였다. 랑세는 그 당시까지 행실이 나빴으나 여하튼 용서를 받은 옛 트라프 수도원의 베르니에 신부[3]와 함께 새 사람이 되고자 했지만, 그 베르니에 신부는 4개월 뒤에나 준비가 끝났다. 1664년 6월 26일 랑세는

---

1) 랑세는 자신을 구약시대 이스라엘 민족이 정결한 동물을 통째로 태워서 향내가 나는 연기를 야훼 신에게 봉헌하던 번제(燔祭)의 제물에 빗대어 말하고 있음.
2) 랑세는 1662년 불로뉴-샹보르 수도원과 트라프 수도원 두 곳을 보러갔었음.
3) 랑세가 트라프 수도원 개혁을 시작했을 때, 떠나지 않고 수도원에 남은 수도사 신부.

프리에르 수도원의 사무장 신부 미셸 드 귀통의 집전으로 다른 두 명의 신참 수도사들과 함께 서원을 했는데, 그 중의 한 명인 앙투안이라는 사람은 랑세의 하인이었다. 하인이던 그는 하늘의 평준화 작업으로 그의 주인과 평등해진 것이다. 나흘 뒤에 피에르 펠리비앙이 랑세 신부를 대리해서 정규 수도사 신부의 자격으로 트라프 수도원을 인수하였다. 생마르틴 드 세즈 신부의 보좌를 받은 아일랜드 사람인 아르다 주교가 랑세를 위해서 수도원장 강복식을 집전해주었다. 그 트라프 수도원 원장은 다음날 자신의 수도원에 도착하였다. 그리고 그는 친구들 중의 한 명에게 편지를 썼다 :

《저의 결심은 하느님의 섭리에 복종하는 것입니다. 나를 위해 기도해주세요.》

랑세가 처음으로 트라프 수도원에 머무른 기간은 길지 않았다. 그는 수도원의 모든 부분들을 수리하게 했고, 새로운 규칙들을 제정하는 동안 파리에서 열린 정규 수도원 총회에 호출되었다. 예전에는 그렇게 세상 여론에 좌지우지되던 젊은이가 비렁뱅이 거지처럼 수레를 타고 회의가 열리는 장소로 갔는데, 그는 자신의 생활에서 부자연스런 외면치레를 제거할 수 있었던 것이다. 그 회의는 개혁에 관한 소송[1]을 변호하기 위해서 로마 궁정으로 가도록 그를 지명하였다. 출발에 앞서 그는 코메르시까지 온 레츠 추기경과 만났다. 그리고 며칠 후에 랑세는 트라프 수도원으로 돌아와 검소한 수도사로 시간을 보냈다. 그는 말하였다 : 《우리들은 초기 시토 수도회의 수도사들보다도 죄가 적습니까? 우리들은 속죄해야 할 필요가 없는 것인가요?》 사람들이 자신들은 허약해서 이제 더 이상 그런 고행을 실천할 수 없다고 항의했더니, 그는 대답하였다 : 《우리들의 열의가

1) 프랑스의 시토수도회의 수도원들 사이에서 점차 심해지던 <엄격한 계율>과 <<보편적 계율>>의 논쟁에 관한 1665년의 교황청 종교재판

부족하다고 말하세요.» 수도사들은 전원일치의 동의로 포도주와 생선을 자발적으로 포기했고, 육류와 계란을 금지하였다. 다른 사람에게 정직하게 말하고 행동하는 예절이 도입되었으며, 그들 가운데 죄를 지은 사람은 경멸을 받고, 속죄한 사람은 존경을 받았다.

작업할 일거리를 나누는 중에 경작되지 않은 땅의 일부가 랑세에게 할당되었고, 첫 삽질에서 어떤 딱딱한 물건과 맞닥뜨렸는데, 그것은 영국의 옛날 금화였다. 하나가 7프랑 값이 나가는 것이 60개가 있었으므로, 그 하느님 섭리의 선물은 랑세가 여행하는데 도움이 되었다. 그는 수도사들을 소집하고, 그는 작별인사를 하였다 : « 나는 여러분들의 눈앞에서 겨우 베르나르도 성인의 이 말을 전할 시간 밖에 없습니다. *"내 아들아, 네가 수도사의 의무가 어떤 것인지 안다면, 너는 눈물로 적시지 않고는 한 입의 빵도 먹지 말라"* » 그러고 나서 그는 덧붙였다 : « 나는 하느님께 여러분들을 나처럼 불쌍히 여겨주시도록 기도드립니다. 우리를 지금 헤어지게 하시면, 내세에는 다시 맺어주소서.»

수도사들은 그들의 수도원장을 지켜달라고 하느님께 간청을 드리려고 엎드렸다.

그 새로운 토비아는 니니베로 떠났는데[1], 그는 라그엘의 딸과 결혼하러 가는 것이 아니었고, 라그엘의 딸은 더 이상 없었다. 랑세하고 동행한 여행자는 라파엘 대천사가 아니고 속죄의 〈정령(精靈)〉이었으며, 그 정령은 돈이 아니고 가난을 요구하러 길을 나선 것이었다. 거룩하고 영원히 남아있을 성서(聖書)를 지나서 잣대(尺度)와 시간이 존재하지 않는 곳을 떠돌 때, 사람들은 영원불멸에서 실추되어서 떨어지는 것의 요란한 소리에만 놀라는 것이다.

---

1) 구약성서 <*토비트 서*>의 내용에 빗대어 썼음. 지금의 이라크 지방인 니니베(nineveh)에 살던 눈 멀고 신앙심 깊은 토비트의 아들 토비아는 아버지의 돈을 받으려고 여행하다가 그를 도우려고 사람으로 변한 미카엘 대천사와 동행하게 되고, 친척인 라그엘의 딸 사라와 결혼도 했으며, 니니베로 돌아가서 아버지의 눈도 고치게 되었음.

그 속죄자는 샬롱-쉬르-손에서 여행 동반자로 지정된 발-리셰 수도원장[1])을 다시 만났고, 리용에서는 프랑수아 드 살 성인의 심장이 들어있는 상자에 입을 맞추었다. 그는 알프스 산을 넘어 토리노에 도착했으나 그리스도의 성해포[2])를 보지는 않았다. 밀라노에서 샤를 보로메 성인의 무덤이 그를 불렀는데, 죽은 사람들도 성인이면 행복하구나! 그들은 하늘에서 자신들의 아침을 다시 만나는 것이다, 볼로냐의 카트린느 성녀는 랑세의 존경심을 불러일으켰고, 그가 찾던 옛것들이 그곳에 있었지만 아무것도 안보는 것으로 속죄했으므로, 그는 라므네 신부[3])가 우리들에게 다음과 같이 찬탄할 만한 묘사를 해준 폐허들에게 눈을 감았던 것이다 : « 빗물과 모든 바람을 향해 열려진 우아한 창문들 너머로 볼품없는 현대의 건축물에서는 되살아나지 않는 영화(榮華), 그리고 다양한 예술들이 그 비범함을 재현하고자 했던 웅장하고 섬세하며 호사스런 유물들을 우리에게 내보여주면서, 눈부시게 찬란한 그 궁전들은 해가 갈수록 파손되어 간다. 인간이 만든 당당한 작품이지만, 인간처럼 허약한 호화로운 별장들은 결코 늙어가지 않는 자연에 의해서 조금씩 침식되어 가는 것이다. 우리는 라파엘이 그림을 그려놓은 방의 천장의 돌림띠에 비둘기들이 둥지를 틀고, 야생의 풍접초(風蝶草)들이 대리석의 벌어진 틈새에 뿌리를 내리고, 이끼들이 푸르고 흰 커다란 딱지들로 그 대리석들을 덮는 것을 보았다. »

볼로냐로부터 피렌체까지 아페닌 산속의 쓸쓸한 길에서 랑세는 바람 때문에 말에서 땅바닥으로 떨어졌다. 그 순례자는 피렌체에서

---

1) Dominique Georges (1613-1693) : Notre Dame Du Val-Richer 수도원을 <엄격한 계율>을 준수하는 수도원으로 개혁한 시토수도회 신부

2) 聖骸布 (Saint-Suaire) : 골고다 언덕에서 십자가에 못 박힌 예수의 시신을 감쌌던 수의라고 전해지는 아마포.

3) Félicité de Lamennais (1782-1854) : 샤토브리앙의 고향인 생말로에서 출생한 사제. 가톨릭 사회주의 사상으로 글을 쓰고, 자유주의적인 활동을 했기 때문에 1832년 교황청에서 파문되었음. 사토브리앙은 윗글을 라므네가 1836년에 쓴 *« 로마에서의 일들 »* 에서 인용해서 썼음.

단테와 미켈란젤로에 대해서는 아무것도 살펴보지 않았으나, 나는 그런 잔해들의 사이로 길을 갔었을 때 큰 감명을 받았다. 랑세는 토스카나 공작부인의 영접을 받았다. 사람들은 그가 멀리 떨어진 에게리아[1] 계곡에서 멈추지 않았던 것을 애석하게 여기는데, 그랬더라면 그는 그처럼 많은 여성들이 지나갔었던 그곳으로 〈망령들〉을 데리고 네레[2]와 호스티아[3]에게 인사하러 갈 수도 있었을 것이다. 드디어 그는 사도 성인들의 도시로 들어갔다. 오, 로마여, 너는 여전히 저곳에 있구나![4] 이것이 너를 마지막으로 보는 모습인가? 자연본능이 기쁨을 잃은 노년에는 불행 하구나! 아무도 기다려주지 않는 매혹적인 고장은 삭막하지만, 앞으로 올 시간에 나는 사랑스런 망령[5]이라도 보게 될 것인가? 아이고 이런, 흰 머리 위로 구름이 흘러가는구나!

랑세는 시토수도원 원장이 〈엄격한 계율〉을 반대하려고 달려온지 6주 후인 1664년 11월 16일에 도착하였다. 그는 1664년 12월 2일에 교황을 알현하려고 몬테-카발로에 불려갔다. 그는 교황에게 *≪하느님 가호를 빌며 감히 교황 성하의 발치로 가까이 가나이다≫*[6] 라고 말하였다. 알렉산데르 7세는 다음 같은 말로 랑세를 맞아주었다 : *≪당신이 와서 우리는 기쁠 뿐만 아니라, 당신이 오기를 기다렸습니다.≫*[7]

---

1) Égérie (Egeria) : 로마 신화, 샘물의 요정. 로마 왕 Numa Pomphilus의 연인. 왕이 죽고 숲속에서 슬퍼하는 그녀를 Diana 여신이 샘물의 요정으로 만들었다고 함.

2) Neere : 고대 로마 시인 Albius Tibullus가 쓴 *<애가>*에 등장하는 여성.

3) Hostia : 고대 로마 시인 Sextus Propertius 가 쓴 *<애가>*에서 Cynthia로 등장하는 여성의 실제 인물의 이름.

4) 로마에 대한 샤토브리앙의 개인적인 추억을 말하고 있음. 샤토브리앙은 1803년 교황청 대사관의 서기관으로 로마에서 근무했었고, 1828년에는 교황청 대사로 부임해서 로마의 유적과 풍광을 좋아하게 되었음. 샤토브리앙은 프랑스를 떠나서 여생을 로마에서 보낼 구체적인 계획을 세우느라고 6만 프랑의 빚을 지기도 했음.

5) 1803년 로마에서 결핵으로 사망해서 로마의 묘지에 묻힌 샤토브리앙의 옛 연인 보몽 부인(Paulin de Beaumont) 의 망령을 말하는 듯함. 보몽 부인은 샤토브리앙이 영국 망명 생활을 끝내고 귀국 했을 때, 혁명 동안 재산과 가족들을 잃고 가난해진 샤토브리앙에게 *<<그리스도교의 정수>>*의 집필을 끝낼 수 있도록 물심양면의 도움을 주었음.

6) *<Beatissime, pater ad Sanctitatis Vestrae pedes humiliter accedimus>.*

7) *<Adventus vester non solum gratus est nobis, sed expectavimus eum>.*

교황 성하는 정중하게 모후와 공주 마마와 콩티 공작과 롱빌 부인의 편지를 받아들였고, 그들의 서명은 랑세의 이름의 효력과는 대조가 되었다. 불행하게도 그 당시에는 사회적 신분이 인간의 품성보다도 더 높이 평가되었던 것이다. 랑세는 공손하게 이런 말을 들려주었다 :

≪ 교황님, 저희들의 죄가 저희들을 은둔하게 만든 수도원에서 나와서 하느님 뜻을 신탁처럼 밝혀주시는 교황님 말씀을 들으려고 왔습니다.≫

이런 공손함은 교황을 그다지 안심시키지 못했으므로 랑세는 할 수 없이 해명을 해야 되겠다고 생각하였다. 그는 말하였다 : ≪ 트라프 수도원의 사제들은 세속의 법정으로 가려고 성직자 재판을 회피하겠다고 주장하지는 않았습니다.≫ 랑세가 명확히 할 수 있었던 그 민감한 논점은 루이 14세의 결정[1]을 유리하게 하는 결과가 되었다, 교황 성하는 〈엄격한 계율〉 수도회의 심사를 추기경단의 재판에 맡기기로 결정하였다. 랑세는 만족해서 물러났고, 다음 같이 썼다 : ≪ 나는 교황 성하 곁에 한 시간 반 동안 있었는데, 사람들은 교황 성하가 보여주신 것보다 더 많은 너그러움과 선량함의 표시를 기대할 수는 없을 것이다.≫

랑세는 추기경이 되어서도 자신에게 우정을 지키는 보나 신부[2]를 만나보러 갔다. 교황은 그 문제를 검토할 위원들을 임명하였다. 사람들은 랑세에게 그가 원하는 것을 얻을 수는 없을 것이라고 알려주었다. 1665년이 시작될 무렵에 랑세는 추기경들의 결정이 자신에게 유리하지 않을 것이고, 프랑스에서 온 편지들이 자신을 불리하게 만든다는 것을 파악하고, 도시와 세상을 축복하는 장소인 바티칸에 출두하였다.

---

1) 루이 14세는 프랑스 시토 수도회의 수도원들 사이에서 일어난 <엄격한 계율>에 관한 논쟁을 로마 교황청의 결정에 맡기려 했음.

2) Giovanni Bonna(1609-1674) : 이탈리아의 추기경. 금욕과 고행의 신앙생활에 대한 많은 글을 썼음.

랑세를 로마로 오게 만든 그 용건은 공감을 얻지 못하였다. 한편에서는 〈보편적 계율〉 수도회들이 개혁가들을 분파주의에 가까운 이상한 사람들로 취급하였다. 〈엄격한 계율〉 수도원은 로마의 큰 수도회에서는 없었고, 페르슈[1]의 어느 골짜기에서 온 이름 없는 수도사들의 목소리에만 있을 뿐이었다. 랑세는 안 도트리슈의 보호를 받았으나 헛일이었는데, 이탈리아 사람들의 통찰력은 루이 14세의 어머니가 죽어가는 것을 알았고, 그래서 그 여인이 당당했어도 그녀의 무덤은 영향력이 거의 없었던 것이다. 그 무렵 랑세는 그 재판에서 패배한 것을 알았으므로, 트라프를 향해 길을 떠났다. 로마를 나오자마자 그가 시도했던 일은 프랑스의 무모한 용기에 붙여졌던 이름처럼 *〈프랑스의 열광〉*[2] 이라는 별칭이 붙었다. 리용에 도착해서 그는 급히 편지를 썼다 :

《 저의 모든 친지들은 제가 하는 일에 대해서 같은 의견을 갖기 시작했고, 또 어제는 당신이 보았다면 깜짝 놀랄 편지를 받았습니다. 제가 떠남으로서 여하튼 로마는 우리들의 매우 큰 걸림돌이던 시토 수도원장 쪽으로 넘어가게 되었고, 우리들의 생각으로는 그 사람은 프랑스에서 나의 뒤를 추적해야 한다고 생각하면서 우리들의 문제에 대해서 그들이 가졌던 계획을 미루었던 것입니다.》

프리에르 수도원장은 랑세가 도착한 것을 알고, 1665년 2월 14일 그에게 이탈리아로 다시 돌아가라고 지시하였다. 프리에르 수도원은 1250년에 세워진 베르나르도 수도회의 수도원인데, 내 가난한 고향의 빌렌 강[3] 하구에 있는 로슈-베르나르에서 30 리 떨어져 있었다. 랑세는 두 번째 여행이 아무런 소용이 없다는 것을 확신했으나 그는 순종하였다. 어느 이름을 밝히지 않은 사람이 랑세에게

---

1) Perche : 트라프 수도원이 위치한 고장의 이름.

2) 나폴리를 침공한 프랑스 군대가 1495년의 포르노보 전투에서 보인 무모했던 용맹심을 이탈리아 사람들이 *<프랑스의 열광 (una furia francese)>* 이라고 불렀음.

3) Vilaine 강 : 브르타뉴의 도시 렌과 모르비앙 지방을 지나서 대서양으로 흘러가는 강.

40 루이[1]가 들어있는 돈주머니를 받으라고 했지만, 그는 14 루이만을 받았다.

아페닌 산꼭대기에서 글을 쓰지도 않고 일기도 안 쓰는 그 여행자의 모습이 다시 보였다. 랑세는 몬테-루코의 털가시나무들 사이에서 그 당시 이미 사람이 거주하던 흰 오두막집들을 볼 수 있었을 것인데, 그곳은 훗날에 포토스키 백작[2]이 몸을 숨긴 곳이다. 랑세에게 소중한 기억을 불러오더라도[3], 그가 그곳을 여행한 것은 처음이었고, 마넹 [4]이 자세히 말했듯이 땅 끝으로 추방된 카몽이스처럼 랑세는 열일곱 살이 아니었으며, 밥-엘-만뎁[5]의 암초들이 마주보이는 배 위에서 ≪부인[6]이시여, 저는 당신이 사는 고장에서 오는 바람들과 당신을 본 새들에게 당신의 소식을 물어 봅니다≫라고 말할 수도 없었던 것이다. 신앙의 영감과 천사들의 목소리는 랑세에게 도달하지는 않았고, 속죄의 기억들뿐이었다. 그리스도교의 새로운 군단의 병사는 1665년 4월 2일 친위대 병사들의 텅 빈 병영[7]으로 들어왔는데, 그곳의 벽에는 흔들리는 담비 모피와 현호색 풀[8] 말고

---

1) louis d'or : 1640년부터 1792년까지 주조되어 20 프랑의 가치로 통용되던 금화.
2) Ignacy Potocki (1718-1794) : 1772년 이탈리아로 망명한 폴란드 귀족. 1782년까지 Monte Lugo 에서 은둔했었음. 샤토브리앙은 1828년에 로마대사로 부임하러 갈 때 포토스키가 살던 옛 집을 보고 *<<무덤 너머의 회상록>>*에 감회를 적어놓았음. 샤토브리앙은 랑세도 1665년 로마로 가면서 그 집을 보았었을 것으로 상상해서 이 글을 썼고, 폴란드어 Potocki를 발음대로 Potoski로 표기했음.
3) 샤토브리앙은 포토스키를 포르투갈에서 추방되었던 시인 카몽이스(Luis Vaz de Camões, 1525-1580) 에 비유하고, 또 랑세가 카몽이스의 행적을 알고 있었다고 생각해서 랑세를 카몽이스에 빗대어 썼음. 카몽이스는 이탈리아 르네상스 영향을 받아서 포르투갈의 항해탐험가 바스코 다 가마 (Vasco de Gama)의 항로 개척 이야기들을 소재로 포르투갈의 영웅들을 노래한 서사시 *<<우스 루지아다스 os Lusiadas>>* 를 저술했음. 그 시인은 젊은 시절 북아프리카 전투에서 무어인들에게 부상당했고, 어느 귀부인과의 연애사건으로 결투를 해서 투옥되었다가 국외로 추방되어 원양 탐험대의 배를 탔는데, Goa에 머물렀다가 1556년 Macao로 가서 *<<우스 루지아다스>>*를 쓰기 시작했음.
4) Charles Magnin (1793-1862) : 프랑스의 문필가. 밀리에 (Milliè) 가 프랑스어로 번역 출간한 카몽이스의 *<< 우스 루지아다스 >>* 책자에 그 작품과 저자 카몽이스를 해설하는 서문을 썼고, 샤토브리앙은 그 서문을 인용하고 있음.
5) Bab-el-Mandeb : 카몽이스가 지나갔던 인도양의 홍해와 아덴만을 연결하는 해협.
6) 젊은 시절의 카몽이스가 연정을 품었던 Linhares 백작부인을 말하는 듯함.
7) 랑세를 개혁을 원하는 병사, 추기경들을 친위대 병사, 교황청을 군대 병영에 비유했음.
8) 추기경들이 걸치는 담비 모피와 약재로 쓰던 다년생 양귀비목의 현호색(玄胡索) 풀.

는 아무것도 안 보였다. 몽테뉴는 말하였다 : « 로마여, 보편적이고 세계적인 유일한 도시여! 그 나라의 우두머리 실력자들이 되려면 그리스도교 신자여야 하는 것이다. 하늘이 그처럼 총애해서 감화를 주고 꾸준하게 껴안아 온 장소는 이 세상에 없으므로, 그 도시의 폐허조차도 영광스럽고 득의양양하다.»

랑세는 바티칸으로 가서 수많은 사람들이 밟고 사라져간 인적이 없는 큰 계단을 공연히 돌아다녔는데, 그 계단으로는 여러 차례나 세상 사람들의 운명이 내려왔던 것이다. 그가 청원서를 추기경들에게 제출했더니, 그들 중에서 한 명이 화를 내었다. 가난을 주장한 것이 그를 성나게 한 것이었다. 랑세는 대답하였다 : « 추기경님, 저에게 말하도록 시킨 것은 열정이 아니고, 그것은 정의입니다.»

피에르 르넹은 말하였다 : ‹ 그 훌륭한 사람은 천사의 방식으로, 마음의 평화와 하늘의 명령에 대한 완전한 복종으로 해야 할 일들을 처리하였다.»

랑세가 1664년 로마에 나타났을 때, 그리고 1665년 5월에 다시 왔을 때에도 알렉산데르 7세인 파비오 키기(Fabio Chigi)가 삼중관[1]을 차지하고 있었다. 사람들은 포위공격이 풀렸을 때 피해를 점검하듯이, 아직도 인노첸시오 10세 시대에 있었던 올림피아[2]라는 여성의 야심의 흔적들을 찾고 있었다. 팜필리[3]에게는 그의 명의로 된 별장 말고는 남은 것이 없었다.

레츠 추기경은 말하였다 : « 알렉산데르 7세에 대해 말하자면 그는 거의 남들하고 터놓고 지내지 않지만, 조금 터놓고 지내는 것도 *〈조용히 현명하게〉*[4] 한다.»

---

1) 三重冠 (Tiare) : 교황의 지위를 상징하는 관.
2) Olimpia Maldachini (1594-1656) : 교황 인노첸시오 10세의 동생과 결혼한 여성. 교황청 인사와 이권에 개입해서 Pamfili를 안티옥 총대주교가 되게 했고. 교황이 사망한 후 Fabio Chigi의 교황 선출에 도움을 주었으나, 그녀는 재산을 몰수당하고 추방되었음.
3) Giambattista Pamfili, 올림피아의 독직에 연루되어 조사를 받았던 성직자.
4) *<savio col silentio>*.

로마에서 좀 더 체류하면서 레츠 추기경은 자신의 생각이 틀렸었고, 키기가 큰 인물이 아닌 것을 알게 되었다. 키기가 선출된 뒤에 바리용 [1]은 그 보좌주교[2]에게 말하였다 : « 나는 오늘 저녁에 리욘[3]에게 정확한 설명을 해주려고 마차들을 세어 보기[4]로 했습니다. 그에게는 그런 기쁨을 아껴둘 필요가 없습니다.» 랑세가 사도 성인들의 무덤[5]에서 마주친 말투, 정치와 도덕관념은 이러하였다. 인노첸시오 10세는 5개 제안을 단죄했고, 알렉산데르 7세는 그 〈*동의서*〉[6]의 몇몇 단어들을 변경하였다. 그 변경은 루이 14세의 동의를 얻었고, 동시에 크레키 공작[7]에 가해진 모욕을 보상하려고 코르시카 위병소 앞에 피라미드를 세우게 했는데, 그 피라미드는 클레멘스 9세 시대가 되어서야 허물어졌다. 알렉산데르 7세는 프랑수아 드 살을 성인으로 시성(諡聖)했고, 새 도서관을 만들어 자신이 몸소 문학에 열중하였다. *«필로마트의 젊은 날의 시»*[8] 라는 제목의 그의 시집 한 권이 남아있는데, 그 시집이 교황으로 선출되어 찬양을 받는 날에 침대 아래로 눈에 안보이게 내려놓은 관(棺)이라면, 그것은 교황과 아나크레온 작품의 편찬자[9] 사이에 있는 유일한 유사점인 셈이다.

랑세가 리용으로 여행하는 동안[10] 레츠 추기경은 로마로 다시 왔다. 그는 참회를 한 친구를 좋게 맞아주었고, 자신의 숙소에서 묵으라고 강권하였다. 그가 교황에게서 얻어준 몇 차례의 알현할

---

1) Henri de Barillon (1639-1699) : 뤼송 (Luçon) 의 주교.
2) 레츠 추기경은 1643년 보좌주교가 되었고, 1652년 추기경에 서품되었음.
3) Hugues de Lionne (1611-1671) : 파비오 키기를 교황으로 지지한 프랑스 외무장관.
4) 모임에 참석한 사람들의 규모를 파악하려고 그들이 타고 온 마차의 수를 세었음.
5) 교황들과 순교 성인들의 무덤이 있는 로마 교황청.
6) 얀세니우스의 저서 *«아우구스티누스»* 의 5개 제안을 단죄한 것에 대한 동의서.
7) Charles III de Créqui (1623-1687) : 로마 주재 프랑스 대사. 교황청의 코르시카 경호대 병사가 프랑스 대사 마차에 발포하여 크레키 대사의 수행원이 사망했음.
8) *«Philomati Musae juvenilis »*.
9) 아나크레온의 시를 그리스어로 주해한 랑세.
10) 랑세는 프랑스 리용을 지나서 이탈리아 로마로 갔음.

기회 말고는 랑세는 그 보좌 주교[1]가 로마에 온 것에서 아무런 성과를 끌어내지 못하였다. 프롱드 난 우두머리의 적극적인 역할은 끝났으므로, 인간의 훌륭한 본성에서 나오지 않은 모든 것에는 한계가 있는 것이다.

레츠 추기경은 키가 작고 검으며 못생겼고, 손놀림이 서툴러서 *〈혼자 단추를 채울 줄〉*도 몰랐다. 느무르 공작부인[2]은 탈르망 데 레오[3]가 묘사한 인물 모습을 확인해준다. 그 여인은 말하였다 : 《보좌주교는 변장하고 마자랭을 보러왔습니다.[4] 그 방문을 알았던 느무르 공작은 마자랭 추기경에게 그 일에 대해서 이야기했고, 추기경은 보좌주교와 그의 기사 복장과 흰 깃털 장식과 휘어진 다리를 아주 우스꽝스럽게 표현했어요. 그리고 그는 또다시 웃음거리를 추가했는데, 만일 그가 변장을 하고 두 번째로 온다면 숨어서 그를 볼 수 있도록 알려주겠고, 그러면 웃게 되리라는 것이었습니다.》

레츠 추기경을 그린 초상화들은 그런 추한 모양들을 보여주지는 않는다. 그의 얼굴 모습에는 탈레이랑[5]의 차갑고 거만한 그 무엇이 있었으나, 그 오탕의 주교보다 지성적이고 좀 더 단호하게 보였다.

성 바르톨레메오 학살사건[6] 을 부추긴 피렌체 가문 출신으로 1624년 5월 몽미라이에서 태어난 레츠 추기경은 그의 선생인 뱅상 드 폴 성인[7]이 일깨워주려고 애썼던 미덕을 보여주지는 않았지만,

---

1) 훗날 추기경이 된 레츠는 프롱드 난 당시 파리 대교구 보좌주교였음.
2) Elisabeth de Bourbon : 앙리 4세의 서자 César의 딸, <참고자료 VII.>
3) 랑부예 저택의 사교계 인물들에 대해 짧은 전기들을 쓴 문필가. (*p .52 각주 2)
4) 프롱드 난 동안에 파리 대교구 보좌주교였던 레츠가 당시에 재상이던 마자랭 추기경을 찾아온 일화를 말하고 있음.
5) Talleyrand (1754-1838) : 가톨릭 신부, 오탕의 주교. 프랑스 혁명에 가담하여 성직자 민사기본법에 앞장서서 선서하고, 교회 재산의 국유화 조치를 지지해서 교황에 의해 파문당했고, 나폴레옹 정부의 외무장관, 루이 필립 정부의 런던 대사가 되었음.
6) 앙리 2세의 피렌체 출신 미망인 카트린 드 메디치와 발라프레 기즈 공작이 주도해서 1572년 8월 24일의 새벽에 시작되어 10월까지 지속된 프로테스탄트 교도 학살 사건.
7) Vincent de Paul (1581-1660) : 버려진 고아들이나 갤리선의 비참한 도형수들과 프롱드 난의 희생자들을 구호하고 근대적 사회봉사 단체를 설립한 성인. 레츠 추기경의 아버지가 사령관이던 프랑스 갤리선의 전속 사제였음.

그 시대에는 선행을 하는 사람이 나쁜 짓을 하는 사람에게 영향을 주었으므로, 레츠 추기경에게는 그의 틀을 잡아준 사람의 손자국이 남아있었다. 레츠는 *《피에스코*[1]*의 음모》*를 썼는데, 그 책에 대해서 리슐리외 추기경은 이런 말을 하였다 : 《그것은 위험한 생각이로군.》 로마 출신의 추기경들은 궁정에서 자유롭고 방종한 인물이 되기에 좋은 여건을 갖고 있었다. 레츠는 플루타르크 *《영웅전》* 속의 이름들을 숭배했기 때문에 어느 누구라도 한 집단의 우두머리 인물이라면 존경한다고 떠들어댔으므로, 고대 문화는 오랫동안 프랑스를 망쳐놓은 것이다. 그는 카이사르가 자신과 같은 나이였을 때, 자기보다 여섯 곱이나 더 많은 빚이 있었는데도 훗날 세상을 정복했다고 말했지만, 레츠는 브루셀[2]과 약간의 소시민들만을 이겼을 뿐이고, 라로슈푸코 공작[3]에 의해서 교수형을 당할 뻔하였다.

레츠는 처음에는 그의 4촌인 레츠 양을 사랑했으며, 그는 그 여성이 *〈모르비데짜〉*[4]보다도 더 상냥하고, 더 매력적이고, 더 애처롭게 보였다고 말하였다.

당돌하게도 리슐리외의 여인들에게 치근거린 레츠는 의심을 받았으므로, 그 심술궂고 싸우기 좋아하는 호색군은 도피해야만 하였다. 그는 베네치아로 갔는데 그곳에서는 벤드라디나라는 귀부인을 대신해서 죽을 생각을 하기도 하였다. 그는 롬바르디아에서 방황했고, 로마로 갔으며, 〈지혜의 서〉[5]에 대해서 토론했고, 숑베르

---

1) 피에스코 (Giovanni-Luigi Fiesco, 1523-1547) : 이탈리아 Genoa의 Lavagna 백작. 프랑스 국왕 프랑수아 1세의 지원을 받아서 Genoa의 통치자 Andrea Doria를 축출하려는 음모를 꾸몄으나 실패하고 젊은 나이에 물에 빠져 죽은 인물. 레츠 추기경은 18세였을 때 *<<피에스코의 음모>>* 를 저술해서 피에스코,의 지성을 칭찬했음

2) Pierre-Broussel (1575-1654) : 마자랭 추기경의 새로운 증세 법안에 반대해서 체포된 파리 고등법원 사법관. 그 사건으로 프롱드 난이 시작되었음.

3) 라 로슈푸코 (François de La Rochefoucauld, 1613-1680) : 30년 전쟁에서 전공을 세운 군인. 2차 프롱드 난에서 롱빌 부인에 대한 정열적인 연정 때문에 콩데 대공의 귀족 반란군에 가담해 싸우다가 두 눈을 잃었고, *<< 회상록 >>*과 *<<잠언집>>*을 썼음.

4) *<morbidezza>* : 르네상스 예술에서부터 사용되기 시작한 이탈리아 어휘. 지극히 섬세하며 부드럽고, 마음속에서 가벼운 사랑의 병을 앓고 있는 우울한 미인.

5) 구약성서, 솔로몬의 <지혜의 서>

공작 [1]과 언쟁하고는 프랑스로 돌아왔다. 라 메이예레 부인 [2]의 문제로 리슐리외 추기경과의 알력이 계속되었다. 위험을 무릅쓰고 그 추기경을 암살할 생각이 머리를 스쳤으나 그는 *〈두려움 같은 것〉*을 느꼈다. 바스티유 감옥의 죄수인 바송피에르[3]가 음모가들과 함께 그 일에 끼어들었다. 마르페의 전투[4]가 있었고, 수아송 백작[5]은 전투에서 이겼지만 피살되었는데, 그 죽음은 레츠 추기경을 성직자로 묶어두는데 기여하였다. 어느 개신교 목사하고 벌린 논쟁이 그에게 명성을 얻게 해주었다. 뇌이이에서 목욕하던 카푸친 수도사를 상대로 튀렌과 함께 용맹을 겨룬 우연한 사건으로 방돔 가문 [6]의 공주와 인연을 맺게 되었고, 그 관계의 비도덕적인 정황은 *〈회상록〉*에 언급 되어 있다. 마침내 그 시대의 혜택을 받아서 그는 삼촌인 공디[7] 가 대주교였던 파리 대교구의 보좌주교로 임명되었다.

프롱드 난이 일어났다. 마자랭은 그 보좌주교를 뱅센 요새 성채에 가두어 버렸고, 그곳에서 낭트 성으로 이송된 그는 그 성에서 탈출했는데, 네 명의 귀족들이 탑 아래에서 기다리다가 그를 급히 내려오게 했던 것이다. 브리삭 [8] 씨 부부가 그를 건초 더미에 숨겨서 데려갔고, 루아르 강의 너벅선으로 에스파냐의 산세바스티안으로 옮겨졌다. 그는 사라고스에서 페스트에 걸린 소교구의 마지막 신자를 매장하고 나서 혼자서 산책하는 신부를 보았다. 발렌시아에서는

---

1) Charles de Schomberg (1601-1656) : Halluin 공작. 루이 13세가 사랑했었던 여인 Marie d'Hauteforte와 결혼한 귀족 .
2) Madame de La Meilleraye : 리슐리외 추기경의 외삼촌의 딸.
3) 앙리 4세 치세의 군대 원수였음. 앙리 4세가 암살된 후 마리 드 메디치 섭정기간 중에는 외교관이었고, 리슐리외에 대한 음모로 바스티유 감옥에 투옥되었음.(p 52, 각주 1)
4) Bataille de la Marfée : 프로테스탄트 신자였던 세당 (Sedan) 공작령의 영주인 Fréderic Maurice는 재상 리슐리외 추기경에 반항해서 모반했으므로, 루이 13세는 1641년 군대를 파견하여 세당 지방의 마르페 지역을 봉쇄해서 항복을 받았음.
5) Louis de Bourbon-Soissons (1604-1641) : 루이 13세의 4촌 형제. 1636년에 리슐리외를 반대하는 권력투쟁에서 패배하고 세당 지방에 피신해서 리슐리외를 타도하는 전투에 가담했음, 우세했던 전세가 불리해지자 1641년 마르페 전투에서 자살하였음.
6) 앙리 4세의 서자(庶子)였던 세자르 방돔 (Vendôme) 공작의 가문. <참고자료 VI.>
7) Jean-François de Gondi : 레츠 추기경의 삼촌, 그 당시 파리의 대주교였음.
8) Louis de Cosse, Brissac 백작 : 레츠 추기경의 4촌과 결혼한 귀족.

오렌지 나무들이 큰길가에 울타리를 이루고 있었고, 레츠는 바노짜[1]가 숨 쉬었던 공기로 호흡하였다. 이탈리아로 가는 배를 탔고, 마조르크[2]에서는 부왕(副王)이 맞아주었다. 수녀원의 격자창(格子窓)에서 수녀들의 소리가 들렸으며 성가를 부르고 있었다. 사흘 뒤에 그 당시에는 안 알려졌으나 지금은 유명해진 코르시카 해협을 건너갔다. 그는 포르토-롱곤에 도착했고, 포르토-페라이오로 갔는데, 그곳은 한참 훗날에 제국에서 다른 나라로 바뀐 세상[3] 사람이며 황제에서 폐위된 보나파르트를 맞아준 곳이었다. 마침내 그는 피옴비노에 상륙했고, 그리고 로마로 가는 길을 따라갔다.

인노첸시오 10세가 사망해서 1655년 추기경들의 교황선거회의가 개최되었다. 레츠 추기경은 이리저리 옮겨가면서 허풍을 떠는 무리에 가담했고, 키기가 알렉산데르 7세의 이름으로 선출되었다. 레츠는 그에게 투표했다는 소문을 냈으나, 그의 비서 졸리[4]는 전혀 그렇지 않다고 확실하게 말하였다.

레츠는 브장송으로 물러가서 콘스탄츠에 있다가 그 후에 울름에 머물렀고, 그리고 찰스 2세를 보러 영국으로 갔는데, 그는 프롱드 난 동안에 찰스 2세의 어머니를 도와준 적이 있었다.

마자랭은 1661년 3월 9일에 죽었다. 프랑스로 돌아온 레츠는 두 가지 일에 착수했는데, 하나는 (조상들의 숫자가 셀 수 없이 많아지면 따분하고 무미건조한 시간에 헤아리게 되는) 그의 가계 족보였고, 또 다른 하나는 실라[5]가 자신이 추방된 것을 그리스어로 썼듯이 프롱

---

1) Rosa Vannozza Cattanei (1442-1518) : 훗날 교황 알렉산데르 6세가 된 추기경 로드리고 보르자(Rodrigo Borgia)의 정부로 네 아이를 낳았는데, 마키아벨리의 <<*군주론*>> 의 모델이라고 여겨지는 유명한 체사레 보르자 (Cesare Borgia)가 그녀의 아들임.

2) Majorque : 관광지로 유명한 지중해에 있는 섬.

3) 나폴레옹 제국이 사라지고, 왕정이 복고된 루이 18세 치세의 프랑스. 1814년 폐위된 나폴레옹은 이탈리아의 포르토 페라이오를 지나서 엘바 섬으로 유배를 갔음.

4) Claude Joly (1607-1700) : 레츠 추기경의 친지이자 비서였음. 훗날 그가 사망한 뒤에 출간된 그의 회상록에는 레츠 추기경에 관한 여러 이야기가 들어있음.

5) 실라 (Syla, Lucius Cornelius Sulla, 138-78 BC) : 로마 시대의 군인, 집정관. 원로원의 권한을 강화하고 호민관을 견제했음. 그리스 문학 애호가였음.

드 난에 관한 역사책을 라틴어로 쓰는 일이었다. 그 추기경은 국왕에게 인사하려고 퐁텐블로에 갔다. 젊은이들은 그곳에서 냉대를 받은 그 덜떨어진 팔삭둥이가 과거에 어떻게 대단한 인물이 될 수 있었는지 의아하게 여겼는데, 그들은 구통[1]을 본적이 없었던 것이다. 그 무렵에 추기경과 세비녜 부인[2]의 관계가 새로 시작되었다고 하기보다는 부활되었다.

아마도 세상 사람들이 그 여인의 편지들을 지나치게 많이 출판한 것 같은 세비녜 부인은 자신이 좋아한다고 생각하는 사람들에 대해서도 조롱을 참지 못했는데, 레츠 추기경을 *〈성무일과서(聖務日課書)의 위인〉*이라고 불렀다. 1649년 그 추기경은 생드니에 있었다. 세비녜 부인은 주교관을 쓴 그 늙은 변덕쟁이 광대에게 여러 해가 지난 뒤에 몰리에르가 *〈트리소탱〉*[3]을 읽어주고, 데프레오[4]가 *《보면대》*[5]를 소개해주리라고 미리 예고해 주었다. 세비녜 부인은 그 *〈못된 추기경〉*에 대해서 말했는데, 그는 생-빅토르 수도사에게 자신을 그리게 하고, 그 초상화를 그리냥 부인[6]에게 주려했으나 그 부인은 아랑곳하지 않았다고 한다. 세비녜 부인은 하녀처럼 그 병든 사람과 함께 산책 하고, 자신의 딸에게 그가 주는 향합(香盒) 목걸이를 받으라고 고집했지만, 그녀의 딸은 경멸하며 거절하였다. 사람들은 그것에서 앙페르[7]의 교훈을 읽을 수 있는 것이다. 그러나 추기

---

1) Aristide Gouthon (1755-1794) : 혁명 중에 로베스피에르, 생쥐스트 등과 함께 과격한 공포정치를 하다가 1794년 테르미도르 반동에서 체포되고 처형당했음.

2) 당시에 유명했던 서한체 여류 문필가.

3) *<trissotin>* : 1672년 발표된 몰리에르의 희극 *《박식한 여자들 Les Femmes Savantes》*에 등장하는 현학적인 선생, 그는 어느 가정의 여성들에게 학식과 문예를 강조하지만 마음속으로는 그 가정의 재산에 관심이 더 많았던 어리석은 인물.

4) 풍자시인 부알로 (Nicolas Boileau-Despréaux).(*p. 38, 각주 4)

5) *《lutrin》* : 성당 성가대의 악보를 놓는 경사진 책상 보면대 설치 문제를 두고 고위 성직자와 성가대원의 논쟁을 통해 교회의 권위를 풍자한 부알로 작품 이름.

6) Madame de Grignan (1640-1705) : 세비녜 부인의 딸. 여류 문필가.

7) Jean-Jacque Ampère(1800-1864) : 프랑스 아카데미 회원, 역사가, 비평가, 여행가. 유산을 친구들에게 남겨주겠다는 유언을 남겼음. 샤토브리앙은 세비녜 부인이 레츠 추기경의 유산에 헛된 기대감을 갖고 행동한 것을 비유하려고 앙페르를 언급하고 있음.

경의 죽음이 가까워지면서 세비녜 부인의 희망이 감소했으므로, 그를 찬탄해주는 것도 줄어들었다. 그 여인은 경박한 생각과 흉내 낼 수 없는 재능과 적극적인 행동, 타산적 일처리로 어떤 이익도 시선에서 놓치지 않았지만, 그 보좌 주교에게 기대한 유언의 속내에는 속아온 셈이었다.

졸리, 느무르 공작부인, 라 로슈푸코, 세비녜 부인, 고등법원장 에노, 그리고 수많은 다른 사람들이 레츠 추기경에 대해 썼으니까, 그는 행실이 안 좋은 사람들의 우상이었던 것이다. 그는 그의 시대를 나타냈고, 시대의 물체이자 동시에 반사경이었다. 그는 인간으로서의 정신력, (그리고 실제로 탁월했던) 문필가의 재능으로서 천재적인 인물로 잘못 알려지게 되었다. 또 나머지 모든 관점에서처럼 문필가 경력이 너무 짧은 것을 지적해야 하겠는데, 그의 《*회상록*》 첫 권의 4분의 3 끝에서부터 도리를 따지고 헐뜯으면서 작가로서의 그는 죽은 것이다. 정치적인 활동에 대해 말하자면, 그의 배후에 고등법원의 권세와 일부 궁정 사람들과 반란을 일으킨 평민들이 있었지만 그는 아무도 이기지 못하였다. 그의 앞에는 경멸과 미움을 받는 외국인 사제[1]밖에 없었는데도 그를 넘어뜨리지 못했는데, 소수의 우리나라 근대의 혁명가들이라면 한 시간 안에 레츠가 평생동안 묶여있었던 것들을 끊어놓았을 것이다. 소위 정치지도자라고 불렸던 그는 불화를 일으킨 사람[2]이었을 뿐이었다. 큰 역할을 한 사람은 마자랭이었는데, 그는 로마 추기경들에 둘러싸여서 비바람을 무릅썼고, 증오하는 대중들의 앞에서 물러가라는 압박을 받고도 한 여성의 변함없는 애정으로 돌아왔으며, 루이 14세의 손을 잡아서 우리에게 데려온 것이다.[3]

---

1) 프랑스 국민들이 싫어했던 이탈리아 출신의 마자랭 추기경.
2) 라 로슈푸코가 회상록에서 프롱드 난 동안 적대자였던 레츠 추기경에 대해 한 말.
3) 1차 프롱드 난 당시 재상이던 마자랭 추기경은 섭정 안 도트리슈.와 루이 14세를 데리고 포위된 파리에서 탈출했음. 마자랭은 안 도트리슈와 연인 관계라는 소문이 있었음.

그 보좌주교는 아침에 잠을 깨우는 낡은 자명종이 고장 난 것처럼 그의 여생을 조용하게 끝마쳤다. 자기 자신에게 움츠러 들어서 사건들도 일으키지 않고, 그는 해롭지도 않고 소심하게 보였는데, 꼴찌가 선두 주자로 바뀌는 탈바꿈을 한 것이 아니고, 독을 가진 어떤 풍뎅이처럼 모습을 변화시키는 재간을 가졌기 때문이었다. 도덕 감각이 없는 것, 바로 그 결핍이 그의 힘이었다. 그는 금전 문제와 관련해서는 귀족다웠으며, 그를 *〈레츠 나으리〉* 라고 불러준다는 이유만으로 길거리 천민 세력의 빚을 갚아주었다. 여하튼 그에게 자신의 인격은 별로 중요하지 않았으므로, 그는 스스로를 끝 모서리 한계까지 드러내 보였던 것은 아닐까? 사람들은 그에게 놀라운 사건을 말해달라고 재촉하고, 정치가로 변한 그 소설가는 타락을 미화시킨 공상 속의 인물인 어느 이름 없는 여인에게 그것들을 이야기하고 있는 것이다[1] : 《 부인, 어쨌든 저는 당신의 말에 따르기로 하고, 당신이 저에게 부탁한 대로 저의 생애 이야기를 마지못해서 보내 드립니다.》

젊은 시절에 파리 길거리의 경비병들과 악수했듯이, 그는 매달릴 곳이 없어서 하느님과 친숙해졌다. 그는 노년의 나날을 성당에서 보냈는데, 속죄의 〈시편〉이나 *〈미제레레〉*[2] 시 구절을 슬퍼해서 깊은 바닥에서 나오는 그의 울음소리를 들으려고 사람들은 귀를 기울였으나 아무것도 들리지는 않았다. 무덤들이나 그리스도 성상(聖像)들은 아무것도 일러주지 않았으므로, 오로지 자기 자신에만 몰두해서 도덕적인 생활규범에 구애받지 않고, 그가 해온 역할만을 회상하였다. 그는 자기 자신을 발견하기 위해서 단편 조각들까지 조사했고, 자신과 닮은 것을 만들어내려고 허물들을 들추어냈으며,

---

1) 젊은 시절에 <<*피에스코의 음모* >>라는 소설 (*p 122, 각주 1) 을 썼던 레츠 추기경은 말년에 이름 모를 부인에게 이야기하는 형식으로 자신의 회상록을 썼음.

2) <*miséréré*> : 다윗 왕의 시편에서 따온 성가 <*Miserere mei Deus (주여, 불쌍히 여기소서)* > 의 첫부분.

그러고 나서 기억 속의 추문들을 쓰게 되었다. 그의 《*회상록*》을 발굴하면서 사람들은 산 채로 관속으로 휩쓸려 들어가서 땅속에 묻혀 죽은 자를 발견한 것이다.

끝까지 희롱꾼 배우였던 그에게는 트라프 수도원에 들어가 랑세가 잠언집을 쓴 책상 위에서 회상록을 쓸 생각이 들지는 않았을까! 랑세는 추기경의 그 맹목적인 계획을 설득해서 단념시키려고 코메르시[1]로 가야만 하였다. 공교롭게도 언젠가 보쉬에는 큰 소리로 말한 적이 있었다 : 《그 보좌주교는 슬프고 끈질긴 시선으로 마자랭을 압박했다.》 뛰어난 천재들은 신중하게 말해야 하는데, 그 말은 후세에 남아있고, 또 돌이켜 수정될 수 없는 아름다운 것이기 때문이다.

재치가 많은 사람이었지만, 판단력이 없는 성직자이고 신성을 모독한 주교였던 레츠는 하느님의 미래의 일을 거역했으나, 생애의 높고 낮은 변천보다는 신앙심을 갖고 올린 묵주 기도의 공덕에 큰 영광이 있다는 것을 결코 의심하지 않았다. 그는 〈*기적의 마당*〉[2]을 항상 믿으면서, 혁신보다는 일시적인 불화에나 더 적합한 도덕 정신으로 생-장-드-라테란 성당에서 프롱드 난을 검토해보았다. 루이 14세가 어릿광대 희롱꾼들과 어울린 과거 생활과 더럽혀진 습관을 소중히 여겼음에도 그들을 내버렸을 때, 프랑스 사람으로 바뀐 그 이탈리아 사람은 냉담하고 우울하게 포장도로 위에 서 있었다. 모든 것을 허용했던 프롱드 난과 아무것도 묵인하지 않는 베르사유 궁전의 주인 사이에서, 그 보좌주교는 외쳤다 : 《나보다도 더 나쁜 사람이 있을까?》 그와 똑같은 오만함으로 루소는 외쳐댔던 것이다 : 《나보다 더 좋은 사람이 있을까?》 레츠는 죽을 때까지도 파스피에 춤[3]을 계속했지만, 그러나 열등하게 왜소해지지 않으려면 카스타네

---

1) Comercy : 레츠 추기경이 《*회상록*》을 집필했던 프랑스 동부지방의 마을.
2) <*Cour des Miracles*> : 중세시대에 불구자 거지들이 모여서 사는 파리의 어느 구역 마당에서 밤새 기적이 일어나 불구자들이 치유되었다는 전설의 장소.
3) passepied : 브르타뉴 풍의 춤(곡), 17세기 파리에서 유행했음.

츠를 손가락에 끼고 초록색 벨벳 바지를 입고 사라방드[1] 춤을 추는 리슐리외가 되어야만 했었다.

결국 랑세가 그리스도교 세계의 중심도시에서 만족스럽게 배울 수 있을 만한 곳은 레츠 추기경의 저택이 아니었다. 로마의 사회는 그에게 어떤 방편도 제공할 수가 없었다.

어쨌든 랑세의 시대에 로마는 자신에게 어울리는 훌륭한 프랑스 사람[2]을 잃지는 않았다. 1664년 푸생은 부인의 지참금으로 핀치오 언덕 위에 있는 집을 하나 샀는데, 그 집은 클로드-로렌 극장의 옆에 있었고, 라파엘의 옛 은둔처를 마주보며 보르게세 별장 정원 아래쪽에 있었으므로, 그 이름들은 그 무대 장면에 불후의 명성을 던져주기에 충분하였다. 푸생은 1665년 11월 달에 죽었고, *〈산 로렌쪼 인 루치나〉*에 묻혔다, 만일 랑세가 대여섯 달만 더 기다렸었다면 트라프 수도원 여행기를 쓴 니케즈 신부[3] 와 함께 그 장례식에 참석했을 수도 있었을 것이다. 나는 그곳에 흉상(胸像) 하나를 놓는 영예를 누렸을 뿐이다.[4] 그 개혁가는 그림들을 좋아했으며 [5], 그가 몸소 스케치했던 것들이 그 징표인데, 푸생의 관을 보면서 그는 인간의 영광을 더 경멸하게 되고, 마음은 애처로워졌을 것이다. 보나방퀴르 다르곤[6]은 다음 같이 써놓았다 : 《 나는 로마의 폐허 속에서 푸생을 만나거나 테베레 강변에서 데생을 하였다.》 나중에 트라프 수도원과 연관을 갖게 될 포르-루아얄의 앙투완 아르노

---

1) sarabande : 페르시아에서 시작되어 16세기에 에스파니아를 거쳐 프랑스에 전해진 춤.
2) Nicolas Poussin (1594-1665) : 프랑스 고전주의 화가. 프랑스 노르망디에서 태어나 파리에서 그림공부를 하고 1624년 로마로 가서 활동했음. 1640년 프랑스에 돌아와서 루이 13세 궁정의 화가로 임명되었지만 1642년 다시 로마로 돌아가서 생을 마감할 때까지 로마에서 활동하였음.
3) Claude Nicaise (1623-1701) : 가톨릭 신부. 디종의 생트 샤펠 참사회원. 이탈리아에서 고전 문예와 예술을 공부하였음.
4) 샤토브리앙은 자서전 <<무덤 너머의 회상록>>에 그가 로마 대사로 재임 중이던 1828년에 산 로렌쪼에 있는 푸생의 무덤에다가 기념비를 세웠다고. 기술하였음.
5) 랑세 신부는 수도사 허원을 하기 전에 데생(素描)과 사냥을 즐겨하였음.
6) Bonaventure d'Argonne, (1634-1704) : 수도사, 문필가.

신부[1]는 그 〈노아의 대홍수〉를 그린 작가를 자주 찾아갔다. 그 그림은 버림받은 노년과 노인의 손에 관한 것들을 연상시켜주는데, 바로 세월의 놀라운 나붓거림인 것이다! 가끔 천재적인 사람들은 걸작품으로서 자신들의 종말을 예고했으므로, 날아가서 사라지는 것은 그들의 영혼인 셈이다.

그래도 밀턴의 레오노라[2]는 분명히 살아있었을 것이므로 마자랭은 그 여자를 자신의 콘서트에 오게 했고, 아마도 그 여자는 아무런 소리도 내지 않고 줄(絃)이 안 달린 칠현금으로 그곳에 있었으리라. 랑세는 로마의 장엄한 들판에 감동을 받지 않았고, 그런 생각들이 떠오르지 않았으나, 프란체스코 성인은 하느님의 어지심으로 꽃이 핀 창조물의 아름다움을 노래하였다. 모두가 사라져 아쉽고 애석한 그 대지에는 우수(憂愁)에 어울리는 모습들이 있었으므로, 랑세는 그 날의 마지막 발걸음으로 소라테 산꼭대기에 갔을 수도 있었고, 마리우스 산언덕에서 시비타-베키아 해변을 얼핏 보았을 수도 있었고, 오스티아에서는 손쉽게 구덩이가 파지는 모래땅을 만났을 수도 있었으리라. 바이런 경은 그의 묘혈(墓穴)을 아드리아 바다의 모래밭에다 표시해 놓았다. 그러나 아무것도 랑세의 마음에 안 들었고, 마음은 생각보다 더 슬펐다.

그렇지만 랑세가 자신의 과오에 대한 번민에 너무 빠져 있지 않았다면, 로마에서도 열정을 충족시켜주는 것과 마주쳤으리라. 인적이 없고 여기저기 꽃들이 피어있는 좁은 길마다 어느 곳이든지

---

1) Antoine Arnauld (1616-1698) : 아르노 당디이의 아들. 신부. 1645년부터 3년 동안 로마에 체류한 뒤 프랑스에 돌아와서 한동안 포르-루아얄에 있었고 회상록을 썼음. 이름이 같은 유명한 얀센교파 신학자인 그의 삼촌(아르노 당디이의 동생)과 구별하기 위해서 조카는 <신부 아르노 (l'Abbé Arnauld), 삼촌은 <위대한 아르노 (le Grand Arnauld) 라는 별칭을 붙여서 표기하기도 함. <참고자료 IV >

2) Leonora (Eleonora) Baroni (1611-1670) : 당시 로마의 유명한 여가수. 영국의 시인 밀턴(John Milton, 1608-1670)은 유럽 여행 중에 로마에서 프란체스코 바르베리니 추기경의 초대로 레오노라의 합주회에 갔다가 감명을 받고, 레오노라를 로마 신화에 나오는 노래의 여신 Canens에 빗대어서 *<Ad Leonoram Romae Canentem>* 이라는 라틴어 시를 썼음

소성당 기도실이 나타났고, 라코르데르 신부[1]는 그 기도실이 있는 은둔 장소를 이렇게 묘사하였다 :

≪ 종소리에 수도원의 모든 문들이 부드럽고 경건하게 열린다. 머리가 센 평온한 노인들, 조숙한 남자들, 참회와 젊음으로 속세의 사람들이 모르는 아름다운 분위기를 남기는 청소년들, 일생의 모든 시기의 사람들이 같은 옷을 입고 함께 나타난다. 고행 수도사의 방은 초라해서 밀짚이나 말총으로 된 잠자리와 탁자 한 개와 의자 두 개가 들어갈 크기이며, 십자가 하나와 경건한 몇몇의 성상(聖像)들이 그 곳의 모든 장식물이다. 수도사들은 죽음과 같은 세월을 살았던 무덤에서 영원한 내세 앞의 무덤으로 간다. 그곳에서는 살아 있는 형제들과 죽은 형제들이 헤어지지 않는다. 수도원의 동년배와 후배 수도사들이 부르는 하느님 찬가들이 그가 남긴 유물에서 아직도 감동을 불러일으키는 동안에 사람들은 옷으로 감싼 그를 합창대 돌바닥 아래에 눕히고, 그의 유해는 선구자들의 유해와 섞이는 것이다. 오, 다정하고 거룩한 집이여! 사람들은 땅위에 장엄한 대궐을 짓고, 숭고한 묘석들을 세워서 하느님께 신성한 거처들을 마련해 드렸으나, 인간의 재주와 마음은 수도원을 만드는 것에서 더 멀리 나아가지는 못하였다.≫

자신의 감정에서처럼 담판 교섭들에서도 좌절해서 랑세는 그의 생활 속에 들어박혔다. 죽을 것으로 생각되는 어느 하인을 보살펴주었고, 스스로에 대해서 꿋꿋이 굽힐 줄 몰랐던 그는 다른 사람들을 위해서는 자신의 생활을 희생하였다. 그는 물만 마셨고, 빵만을 먹었으며, 하루의 지출은 비둘기 한 쌍의 값인 동전 여섯 개를 넘지 않았는데, 그렇게 값 싸고도 맛있는 새들도 삼가 하였다. 사람들의 곁에서 하느님의 일을 할 수가 없었으므로, 그는 하느님 곁에서 사람

---

1) Henri-Dominique Lacordaire (1802-1861) : 도미니코 수도회 수도사, *<<도미니코 성인의 생애>> 의 저자.* 설교가로서 가톨릭교회 개혁과 정치 사회적인 활동을 했음.

들의 일을 하려고 하였다.

모페우는 말하였다 : «랑세는 옛날 수도원이나 로마의 웅장한 옛 건축물들, 원형 경기장, 극장, 개선문, 전승비, 주랑, 원주, 피라미드, 동상, 궁전을 보려고 하지 않았고, 아타나시오와 함께 로마에 왔던 암모니우스[1])를 본받아 사도성인 베드로와 바오로에게 바쳐진 유명한 성전만을 보려고 하였다.» 랑세는 기도하며 시간을 보내려고 수많은 유명한 언덕들 위의 잊어져 돌보지 않는 성당들을 자주 찾아갔다.

로마에서 나온 속죄 고행이 주위를 떠돌아다녔는데, 아부르조의 가난한 *〈피리 부는 사람〉* [2]) 이 성모상 앞에서 퉁소 소리를 들려주고 있었다. 가끔 랑세는 사람들이 살고 있는 도시 아래에 만들어진 무덤들의 미로 속으로 혼자서 갔다. 그리스도교 신자들 이야기에서 황제들의 수도교(水道橋)에 기대어서 지하 무덤의 문에서 별빛 아래 기도하는 이름이 알려지지 않은 랑세보다도 더 곰곰이 생각해볼만한 것은 없었을 것인데, 물은 시끄러운 소리를 내며 〈영원한 도시〉의 성벽을 넘어서 떨어지고, 그 동안 죽음은 고요히 그 아래 무덤으로 들어가고는 하였다.

랑세는 그가 소속된 수도회 수도원에서 성탄절을 지내고 싶었으나, 늙은 수도사로부터 성서를 읽는 탁자에서 저녁 식사 후에 아무것도 하지 않고 카드놀이를 한다는 것을 알게 되고는 그것을 포기하였다. 그는 숙소에 들어박혀서 편지를 썼다 : «나는 이곳에서 말할 수 없이 우울하고 비참하게 생활하고 있습니다. 로마는 지난날 궁정에 있었을 때만큼이나 견디기 어렵군요. 나는 로마의 이름난 곳에 대해서는 말하지 않겠는데, 나

---

1) Ammonios le Moine (Alexandrius) : 알렉산드리아의 그리스도교 신학자. 339 년에 알렉산드리아의 주교 아타나시오(Athanase) 성인을 수행해서 로마에 왔었음.

2) *<Pifferaro>* : 성탄절 무렵 로마에 와서 길가의 성모상 앞에서 피리를 부는 풍습이 있던 이탈리아 중부지방의 산간 마을인 Abruzzes (Regione Abruzzo)의 목동들.

는 그것들을 보지도 않고 또 보고 싶은 욕구를 조금도 느끼지 않기 때문입니다. 나의 유일한 위안은 사도들의 수장(首長)들과 순교자 성인들의 무덤에서 얻어지는 것이므로, 될 수 있는 대로 자주 그곳에 은둔하러 갑니다.»

마침내 랑세는 아주 지쳐서 돌아갈 생각을 했고, 알렉산데르 7세의 성물(聖物) 책임자인 폴피르 주교가 그에게 준 몇 개의 성유물을 가지고 왔다. 아직 젊었던 베르나르도 성인은 세제르 성인[1]의 치아를 성유물로 갖고 그의 수도원으로 돌아갔으므로, 우리들은 주변 사람들이 우리가 명성을 얻고 죽는 것을 볼까 걱정되니까 어디에서라도 명성을 얻을 때까지 오래 살지는 말지어다. 로마를 떠나기 전에 랑세는 교황에게서 샤르트르 대수도원[2]으로 물러갈 허락을 얻었고, 그 허가증은 지금도 덧없는 꿈속의 교서처럼 남아있다. 랑세는 소망했던 좋은 일들을 모두 실행 하지는 못했는데, 사람들은 옛날의 *〈최고 재판소 판례기록〉*[3] 에서 사라져 파악되지 않는 선의(善意) 대신에 이제껏 저지르지도 않은 잘못들을 들추어 고의(故意)를 찾아내는 것이다. 그 개혁가의 생각은 사람이 없는 곳들을 헤매었고, 들판 가장자리에 있는 목동의 초가집 모닥불에서만 멈추었다. 이탈리아를 떠나서 *〈발레 답생트(Vallee d' Absinthe)〉*에서 위대한 클레르보 수도원장[4]의 유해를 보았고, 그곳은 항상 그 유해를 보존하고 있었으므로, 랑세는 그곳에 머무르고자 했으나 거절당하였다. 프리에르 수도원장은 랑세에게 속세의 사람들이 도미니크 조르주 라고 하던 발-리셰 수도원장의 지시를 받게 했는데, 호메로스 서사시에 등장

1) Césaire d'Arles 성인 (?-542) : 엄격한 고행을 하다가 사망한 아를르 주교. 고트족 야만인들이 침입했을 때, 갈로-로망 사람들의 교회를 지키고 교리와 문화를 수호했음.

2) La Grande Chartreuse : 브루노 성인이 1084년에 알프스 산속에 설립한 수도원. 카르투시오 수도회의 본원

3) *Olim.* 파리 최고재판소의 1254-1318년 사이의 판례집.

4) Bernard de Clairvaux (1090-1153) : 시토 수도회 클레르보 수도원을 설립한 성인. 1153년 8월 20일 클레르보 수도원에서 사망해서 그 수도원에 안장되었음.

하는 인물들도 대중들을 위해 그런 흔한 이름들을 갖고 있었다.

결국 사람들은 브루노 성인의 깊은 구렁에 매달려 있거나 베르나르도 성인 무덤에 꼭 붙어있는 랑세를 보지 못했으며, 그랬더라면 시인으로 훨씬 더 빛이 났을 것이나 성인으로서는 보다 덜 훌륭했으리라. 랑세의 의논을 받으신 하느님께서는 트라프 수도원에 그리스도교의 스파르타를 세우시려고 랑세를 부르셨던 것이다.

랑세는 작별 인사를 하려고 교황 성하를 알현하였다. 그는 〈엄격한 계율〉을 금지하는 판결을 받고 4월에 떠났다. 우리들의 시대에 자신의 개혁 속으로 떠밀려간 *《종교 문제에서의 무관심》*의 저자[1]는 그 개혁들이 이루어질 것이라고 계속 믿어 왔으며, 그는 어딘지 모를 곳으로부터 목소리가 나와서, 성덕과 사랑과 진실의 정신이 쇄신된 대지를 다시 채우리라고 확신하고 있다.

나의 영원한 고향 사람이 생각하는 것이 그것이었고, 나는 마지막 강가에서 우리를 서로 갈라놓을지 모를 그 모든 것을 쓰라린 눈물로 슬퍼하게 되리라. 하느님께 기대었던 랑세는 할 일을 마쳤고, 라므네 신부는 인간에게로 마음이 기울어졌는데, 그는 성공을 할 것인가? 인간들은 허약하고, 운명의 정령(精靈)은 신중하게 헤아린다. 의지하려고 붙잡았던 갈대는 부러지면서 잡은 그 손을 찌르기도 하는 것이다.[2]

---

1) Félicité de Lamennais (1782-1854) : 생말로에서 태어나 1816년 사제가 된 라므네 신부는 루이 18세 치세에 샤토브리앙이 1818년 간행한 출판물 *<콩세르바퇴르>*를 통해 언론 자유를 수호하는 투쟁을 함께한 동지였음. *<<종교 무관심론*(1817-1823)>>을 발표해서 유명해졌고, 1824년 로마를 방문하고 *<<로마에서의 일들(1836)>>* 을 간행했으며, 샤토브리앙은 *<<랑세의 생애>>* 에서 그의 글을 인용했음 (*p. 114, 각주 3). 라므네 신부는 복음서에 기초를 둔 정의, 자유, 평등의 원리를 내세우는 가톨릭 자유주의 사상으로 기울어졌고, 1830년 7월 혁명 무렵에는 보통선거, 신앙, 교육, 출판, 결사의 자유를 주장하는 정치적인 글을 발표해서 정치와 종교를 혼동했다는 이유로 1832년에 교황 그레고리오 16세에 의해 파문당했는데, 라므네 신부는 그에 대한 답변으로 1834년 *<< 어느 신자의 발언>>* 을 발표해서 또 다시 파문당했음. 그 후 로마 교회와 결별해서 교황권과 왕정체제를 비판하는 정치활동에 투신했음.

2) 구약성서 <이사야서 36 : 6>을 엇비슷하게 인용했음 : <네가 믿는 이집트는 부러진 갈대에 불과하다. 그것을 지팡이처럼 믿지만 그것을 잡았다가는 손만 베일 것이다.>

제 3 편

여기에서 랑세의 새로운 생애가 시작되고, 우리들은 깊은 침묵의 영역으로 들어간다. 랑세는 청춘을 단절해 몰아냈으며 더 이상 다시 쳐다보지 않았다. 우리들은 그의 방황 속에서 그와 만났고, 고행을 하는 그를 다시 만나게 될 것이다. 참회는 그의 뒤를 지켜주었고, 그는 앞장서서 반성하고, 참회와 더불어 세상을 향해서 나아갔다. 전기 작가들은 랑세의 외면에는 오직 존엄하신 하느님으로부터만 올 수 있는 위엄이 나타났다고 써놓았다. 어떤 일로 양심의 가책을 받는 사람들은 랑세가 그들이 더 많이 숨기고 있는 것을 완전무결하게 알고 있다고 믿고, 감히 그를 찾아오지도 못하였다. 그는 외쳤다 : « 세상 사람들로부터 도망갈 수 있도록 누구든지 내게 비둘기 날개를 다오! »[1] 내가 시를 쓰던 시절에 나도 성서의 그 말씀을 어느 여인[2]의 노래에 넣은 적이 있었다. 랑세의 노래는 이런 말로 끝났다 : « 사람들은 어디에든지 나를 따라와서 성가시게 하고, 내 눈을 통해서 정신 속으로 불안을 가져온다. 눈을 감아버리자꾸나, 오, 나의 영혼이여, 그 모든 것들을 볼 수도 없고 또 보이지도 않도록 아주 멀리 떨어지자꾸나.»

이런 절규를 한 뒤에 하늘을 향해서 시선을 쳐들고 있는 그 수도사의 놀라운 모습이 눈에 띄었다. 그는 끝없이 광대해지고, 조금씩 영원한 영광으로 확장되었던 것이다. 바닷가에서 잎들이 다

---

1) 샤토브리앙은 구약성서 시편 55 (54) : 7-8, <비둘기처럼 날개라도 있다면 안식처를 찾아 날아가련만, 멀리멀리 광야로 가서 숨어 있으련만>을 엇비슷하게 인용하였음.
2) 샤토브리앙의 소설 *<<순교자들 (1809)>>* 의 여자 주인공 시모도세의 유모.

떨어진 나무의 가지들에 모여 있는 어린 천사들과 마주 보고 있는 프란치스코 성인을 보여주는 그림들이 있다.

랑세는 1666년 5월 20일 페르슈의 어둡고 이름 없는 길 위에서 다시 모습을 보였다. 그곳에는 아피아 가도(街道) [1]나 클라우디아 가도[2]의 어떤 흔적도 없었다. 랑세는 로마로부터 아무런 추억도 가져오지 않았으나, 많은 사람들은 로마를 열렬히 좋아하게 되고 그곳에서 돌아오려고 하지 않았다. 트로이 사람들은 자신들의 신들과 함께 알바롱가[3]에 남아있었던 것이다. 랑세는 트라프 수도원에서 다시 피어나는 봄날의 꽃들과 함께 묶으려고, 틈새가 벌어진 로마의 성벽에서 자라나는 월하향(月下香) 꽃들을 꺾어 모으지도 않았고, 그 성벽에서는 바람을 따라서 이동하는 단두대(斷頭臺)가 그 꽃들을 이리저리 날려 보내고 있었다.

수도원장 대리와 보좌 대리[4]의 사이에서 불화가 생겼는데, 원장 대리는 작은 독방들을 쓸데없는 가구들로 채웠고, 손으로 하는 작업을 줄였으며, 수도원의 계율은 변질되어서 문란해졌고, 포도주와 생선이 식탁에 다시 나타났다. 그런 규칙 위반들을 로마에서 알게 된 랑세는 서둘러서 트라프 수도원에 통고하였다 : 《당신들은 죽은 사람과 같은 행실들이 생명의 하느님께 기쁨을 드린다는 것을 알고 있겠지요. 다른 사람에게 침묵하는 것만큼 당신들 자신과도 침묵을 지키세요. 겉으로 드러난 은둔생활만큼이나 정신과 마음속에서도 고독을 지키고, 당신들의 몸이 무덤에서 나오듯이 당신들의 잠자리

---

1) Via Appia Antica : 고대 로마인들이 기원전 312년에 건설한 로마의 중앙 광장에서 남부 이탈리아에 이르는 가장 오래된 포장도로.

2) Via Claudia Augusta : 기원전 15년에 건설된 로마인의 도로. 지금의 포 강 평야에서 알프스 산을 넘어 오스트리아를 거쳐서 독일 바바리아 지방까지 이어졌음.

3) Alba Longa, Albe la Longue : 로마의 로물루스 건국 신화에 나오는 고대 도시의 이름. 기원전 1184년 트로이가 멸망한 뒤에 살아남은 트로이 사람들이 아이네아스(Aeneas)를 따라서 북아프리카의 카르타고로 갔다가 이탈리아 반도에 와서 로마 남동쪽에 있는 산에 도시 국가를 세웠는데, 4 백년 후에 멸망하고 로마에 흡수되었음.

4) 로마에 체류하고 있던 랑세를 대리해서 트라프 수도원을 관리하던 수도사들.

에서 나오게 하세요. 내가 당신들에게 편지를 쓰는 이 순간에도 우리들의 나날들은 흘러가서 사라지고 있습니다.» 랑세의 넉넉한 기억력 속에는 호라티우스가 쓴 시의 추억이 계속해서 살아있었던 것이다 : *〈우리가 말하는 동안에도 시샘하는 시간은 달아나리라.〉*[1]

랑세는 몇몇 우두머리 수도사들과 결별해서 그의 수도원에 평온을 회복하였다. 그는 1667년에 개최된 그의 수도회 총회에 갔다. 교황의 1666년 교서[2]를 받아들이게 되었는데, 랑세는 이미 로마에서 그 교서에 대해서 알고 있었다. 시토 수도원장이 앞장을 섰고, 여러 수도원장들이 그 교서에 동의하였다. 랑세는 비록 나이는 아주 젊었으나 발언권을 얻었고, 학위를 받은 지 오래된 박사로서 당연히 의견을 발표할 권리가 있다고 하였다. 그는 교황 알렉산데르 7세가 그 교서를 보지도 않았고, 내용도 잘 모른다고 주장하며 버티었다. 랑세는 항의서 작성을 요구했고, 프리에르, 포코몽, 카두앵, 비외빌의 수도원장들이 지지하였다. 시토 수도원장은 마음이 흔들렸지만 랑세는 확고했으며, 회의록을 확인하고 서기에게 수정하도록 하였다. 평화를 원하는 시토 수도원장은 랑세를 노르망디, 브르타뉴, 앙주 지방을 점검하는 시찰자로 지명했지만 랑세는 그 임무를 떠맡지 않았고, 로마에서 온 그 교서는 그대로 통과되었다. 그 교서는 프랑스의 개혁 담당 부주교를 폐지하고, 과거에 고등법원이나 참사원의 판결로 허용되던 집회들을 금지하는 것이었다. 랑세는 반쯤은 떠밀려서 자신의 수도원으로 돌아왔다.

트라프 수도원에서는 정신적 개혁 작업이 중단되었더라도 물질적인 건설은 지연되지 않았다. 수도사들은 그들 스스로가 건축가였고 벽돌공이었다. 재속 평신도 수사들은 종탑의 높은 곳에 매달려

---

1) <*Dum loquimur, fugerit invida ætas*> : 고대 로마시대의 시인 Quintus Horatius Flaccus (BC 85-8)가 쓴 시.

2) 수도원들의 개혁을 금지하는 교서.

바람에 흔들렸어도 신앙심으로 안심이 되었다. 건물 꼭대기에 수탉 모양의 풍향계를 설치하는 사람은 그 일을 시작하기 전에 랑세의 발 앞에 엎드렸다. 신앙심은 그 수도사의 팔을 잡아주었고, 그는 단호하게 올라갔다. 작업하던 사람들은 기도 시간을 알리는 종소리가 울리면 밧줄에서 무릎을 꿇었다. 랑세는 수도원의 작은 독방의 수를 늘렸고, 나그네들을 받아들이려고 별도의 식탁을 마련하였다. 수도원 앞뜰에는 그렇게도 멸시를 당했던 프랑스 군대의 방패꼴 문양 장식이 있었다. 랑세는 두 개의 소성당을 짓게 했는데, 하나는 장 클리마크 성인을 위한 것이고, 또 하나는 이집트의 마리아 성녀를 위한 것으로서 나는 그들에 대해서는 이미 언급하였다[1]. 그는 로마에서 가져와서 다른 장식들을 덧붙인 성유물들을 성당의 제대에 올려놓았다. 그는 성당에 있던 값싼 성모상을 다른 아름다운 것으로 교체하는 실수를 했는데, 그 성모상은 알프스의 산꼭대기에서 폭풍이 휘저은 장소들을 다시 화창하게 해주던 값을 따질 수없이 소중한 것이었다. 랑세는 그 수도원을 인간적인 슬픔에서 끌어내어 그리스도교의 슬픔으로 정화시켰다. 무장을 한 영국인들의 군화 발자국 소리가 울리던 장소[2]에서 샌들 신발이 끌리는 소리만 되풀이 되었다.

그 수도원의 장소는 바뀌지 않았으므로, 창립될 당시처럼 여전히 숲속에 있었다. 수도원 둘레에 모여 있는 언덕들은 그 수도원을 주변의 다른 세상으로부터 숨겨주었다. 나는 그 수도원을 보며 저녁 무렵 늦도록 남아있는 햇빛에서 콩부르[3]의 숲과 연못을 다시 보는 듯한 생각이 들었다. 고요가 가득했고, 어떤 소리가 들렸다면 그것은 나무들의 소리이거나 또는 시내물이 졸졸 흐르는 소리였다. 바람이 느리거나 빠르게 불면 물소리들은 약해지거나 부풀려졌고, 바닷물

---

1) (*p. 73 각주 3, 4)

2) 트라프 수도원은 1337년에 시작되어 1453년에 끝난 100년 전쟁 중에 프랑스에 침입한 영국 군대에 의해서 불에 타고 약탈을 당했음.

3) Combourg : 샤토브리앙이 고독하고 우울한 청소년 시절을 보낸 브르타뉴 지방의 마을.

소리가 들리는 것이 아닌지 분명치 않았다. 나는 에스코리알 수도원에서만 그렇게 생명의 자취가 없는 것을 보았었는데, 라파엘의 걸작품들이 어두운 제의실(祭衣室) 안에서 말없이 마주보고 있고, 지나가는 이방인 여자 목소리만 겨우 들려오고는 하였다[1].

자신의 속죄의 왕국으로 돌아온 랑세는 탄식하고 눈물을 흘리는 사람들에게 어울리는 규정들을 작성하였다. 그는 그 규정들의 서론에서 다음같이 기술해놓았다 : 《수도원은 아주 조용한 계곡에 자리잡고 있으므로, 누구든지 그곳에 머무르고자 하는 사람은 영혼만을 가져와야 하고, 육신은 그 안에서 할 일이 없습니다.》

사람들은 〈12 동판법〉[2]의 파편 조각이나 이스라엘 민족 42 주둔지[3]의 어느 군막(軍幕) 보초 수칙을 읽는 것 같은 이런 규정들에 주목하게 된다 :

《새벽 기도를 위해 2시에 일어나야 하고, 게으름을 없애려고 종을 치는 간격을 아주 짧게 해야 한다. 성당 안에서는 절제를 해야 하고, 모두 함께 몸을 굽히고 무릎 꿇어야 한다. 새벽기도를 시작할 때부터 첫 시편 낭독 때까지는 두건을 벗어야한다.

공동침실에서는 결코 머리를 돌려서는 안 되고, 진중하게 걸어야 한다. 작은 독방에는 다른 사람과 함께 들어가서는 안 된다. 기껏해야 반 자(尺) 두께의 밀짚을 넣어서 누빈 요 위에서 자야하고, 길쭉한 베개는 긴 밀짚으로 만들어야 하며, 침대의 받침판은 발판 위에 널빤지로 만들어야 한다.》 - 샤를 노디에[4]는 그의 *《수도원의 명상록》*에 다음 같이 써놓았다 : " 그 작은 방의 어둠 속에서 랑세

---

1) Monasterio de San Lorenzo de El Escorial : 마드리드 북동쪽에 있는 수도원.
2) Lex Duodecim (Douze Tables): 12 동판법(銅版法) 또는 12 표법(表法). 기원전 450년에 제정되어 로마 시민들에게 적용한 로마 최초의 성문법.
3) 구약성서 <민수기(民數記)> 33장에 의하면 이스라엘 백성이 모세의 지휘 아래 부대를 편성해서 이집트를 떠나 요르단으로 가면서 42곳에 주둔해서 진을 쳤다고 함.
4) 노디에 (Jean-Charles-Emmanuel Nodier, 1780-1844) : 아카데미 회원. 프랑스 낭만주의 운동에 중요한 영향을 준 문필가.

는 자신의 회한을 숨겼고, 그리고 아홉 살에 〈아나크레온〉의 아름다움을 감지했던 그런 탁월한 정신력은 쾌락을 즐길 나이에 잘못을 저지르기 쉬운 우리를 놀라게 하는 엄격한 고행을 감싸서 안았다.”

≪ 수도원의 공동식당에서는 극도로 청결해야하고, 언제나 시선을 아래로 내려야 하지만 먹는 것 위로 너무 몸을 기울여도 안 되었다. 그리고 어린애들을 위해서 만든 것 같은 나이프와 포크를 사용하게 되었는데, 하느님 앞에서는 노인들도 어린애 시절의 순진무구함으로 다시 되돌아 온 것이었다.

≪노동의 시간을 알리는 종소리가 울리면 모든 수도사들과 수련생들은 강당에 나타나야한다. 사람들은 아주 신중하게 묵상하며, 첫 속죄로 여기며 할당받은 작업을 하러 가야한다.

≪ 휴식시간에는 그 당시의 세상소식들은 금지된다. 길게 외출할 때는 책을 들고 조용히 세속 사람들이 다니지 않는 숲으로 갈 수 있다. 일주일에 두 차례 죄의 고백 시간이 있는데, 자책하기 전에 모두 함께 엎드리고 수도원장이 “당신은 무엇을 말합니까?[1]” 라고 말하면, 각각의 사람들은 낮은 목소리로 “저의 잘못들입니다[2]” 라고 대답해야 한다.

≪수도원 치료소에서 병자는 결코 한탄해서는 안 되고, 병자의 눈앞에는 죽음의 모습만 있어야 하며, 여전히 아직도 더 살아야 한다는 것보다 더 두려운 것이 있어서는 안 된다.≫

이런 규정에다 랑세는 규칙들을 추가했는데, 그것들은 이런 서문으로 시작 된다 : ≪ 만일 내가 당신들을 영원한 내세에 합당하도록 지도해 줄 수 있는 것을 소홀히 한다면, 나는 하느님과 내 형제들인 당신들과 나 자신에 대한 의무를 완수하지 못할 것입니다.≫

그 후에는 일반적인 지시를 내렸다.

---

1) *<Quid dicite ? >.*
2) *<Culpas mea.>.*

랑세는 말하였다 : 《사람은 어떤 장소에서도 어두움 속에 혼자 머물러 있어서는 안 됩니다.》 그러나 그는 본인도 깨닫지 못하고, 인간을 그의 열정 앞에 홀로 놓아두었던 것이다.

외부 사람들에 대한 규칙은 감동적이었고, 방문객들의 객실마다 주의사항이 적혀있었다. 어느 수도자의 아버지나 어머니 같은 친척이 사망하면, 수도원장은 다른 수도자들이 자신의 친 아버지처럼 관심을 갖게 하고, 또 그 소식과 관련된 수도사에게 슬픔의 고통이나 불안감이나 방심을 유발하지 않도록 그의 이름을 밝히지 않고 수도자회의에 맡기게 된다.[1] 타고난 본래 가족은 죽었고, 하느님의 가족들이 그 가족을 대신하는 것이다, 함께 속죄하지만 누군지 모를 동료의 아버지를 애도할 때마다 친 아버지를 애도하게 되는 셈이다.

성무일과 시간과 여러 다양한 기도문에 따라 종을 치는 방식이 있다. 성가에도 규칙이 있어서 시편에서는 *〈첫 행의 반절〉*까지는 한결 같이 고르게 부르고, *〈마니피캇〉*[2] 은 시편보다 장중하게 불러야 하며, 답송(答誦)에서는 어떤 쉬는 곳도 없어야하지만 *〈살베 레지나〉*[3] 에서는 쉬는 곳이 있어야 하는데, 합창에서는 침묵의 순간이 있어야 되기 때문이다.

1672년 트라프 수도원에서는 하루에 한 끼만 식사를 해서, 저녁 네 시의 식사 말고는 아무것도 안 먹는 옛날의 사순절 금식 방법을 다시 확립하였다.

랑세는 이런 규칙들을 통해서 기도와 침묵이라는 자신의 두개의 큰 계획을 실행하였다. 기도는 작업할 때 말고는 중단되지 않았다. 사람들은 잠을 조금도 자지 않는 그에게 간청하려고 밤중에도 일어

---

1) 가톨릭 사제이자 유명한 종교문학 평론가인 Henri Bremond (1865-1933) 은 1929년 출간된 랑세에 대한 그의 저서 *<<트라프 수도원의 개혁자, 폭풍우 같은 수도원장 랑세 신부>>* 에서 이 대목을 *<아주 지나치게 비인간적>* 이라고 심하게 비판했음.

2) *<Magnificat>*. 성무일과 저녁기도에서 부르는 성모 찬미가 *<마리아의 노래>*.

3) <*Salve Regina* >. 11세기경에 시작된 성모 찬송가. *<여왕이시며 자비하신 어머니>*.

났는데, 랑세는 영혼과 몸이 한가지로 바쁘게 몰입하기를 원했던 것이다.

수도원장은 수도사들이 분명한 증세를 드러내 보이지 않는 통증으로 고통 받는 것을 알게 되었을 때 그들을 위해서 애를 썼다. 그는 기적의 도움을 받지는 않아서 귀먹은 사람들을 듣게 하고, 장님들을 보게 하지는 않았지만, 그러나 영혼의 질병들을 경감시켜주고 또 보이지 않는 열정의 폭풍을 진정시켜주면서 크게 놀란 마음에 정신력을 넣어주었다. 랑세는 고행 수도자들 각자의 성격에 따라 지침을 바꾸어가며 그들의 마음속에서 하늘의 성향을 따르게 하려고 노력하였다. 랑세의 입에서 나온 말 한마디가 그들에게 평화를 주었다. 전에는 그의 얼굴을 본적도 없었던 은둔 수도자들이 훗날 그의 묘지에서 자신들의 고통이 치유된 것을 알게 되었으므로, 하늘의 축복은 무덤에 계속 깃들어 있고, 하느님을 섬기는 종의 뼈들도 살펴주시는 것이다.

나그네들을 숙박시켜주는 환대의 성격도 바뀌어서 순수한 복음서의 정신에 합당하게 되었는데, 사람들은 나그네들에게 누구냐고 묻거나 어디서 왔느냐고 더 묻지 않았고, 그들은 모르는 사람으로 순례자 숙박소에 들어왔다가 모르는 사람으로 그곳을 나갔으므로, 그들에게는 인간이란 것으로 충분해서 원초적인 평등이 훌륭하게 회복되었다. 손님에게는 음식이 마련되었지만 수도사들은 굶었고, 그들과 함께 나누는 것은 침묵 밖에 없었다. 랑세는 한 주일마다 4천5백 명의 가난한 사람들을 먹여주었다. 수도사들은 수도원의 수입에 대해서는 다른 가난한 사람들과 똑같은 권리 밖에는 없다고 굳게 믿고 있었다. 그는 부끄럽게 여기는 병자들이나 빈곤한 사제들을 도왔고, 모르타뉴에는 가난한 사람들의 구빈원(救貧院)과 학교를 세웠다. 자신의 수도자들이 감당하게 된 그 시련들을 당연한 고통으로 여길 뿐이었다. 그는 그런 고통을 ‹*모든 인간들의 속죄를 위한*

고행〉 이라고 불렀다. 그 개혁은 아주 철저해서 참회에 바쳐진 그 작은 골짜기는 세상에서 잊어진 망각의 땅이 되었다.

그런 가르침은 이제는 사막의 교부(敎父)들의 이야기 속에서만 찾아볼 수 있는 감동적인 활동들에서 비롯된 것이었다. 길을 잃고 헤매는 사람이 저녁 8시를 넘겨 종소리를 들으면, 그곳으로부터 걸어서 트라프 수도원에 도착한다. 때는 밤중이었고, 그 사람에게는 일상적인 자비심으로 환대가 베풀어졌지만 사람들은 한마디의 말도 건네지 않았는데, 그때는 절대적인 침묵의 시간이었던 것이다. 그 나그네는 마치 마법에 걸린 성 안에서 전개된 신비한 사건에서만 들어본 것 같은 말없는 귀신들에게 대접을 받은 셈이었다.

식당으로 가면서 수도사들은 앞서가는 사람이 어디로 가는지 신경을 쓰지도 않고 뒤를 따라 가는데, 일 할 때에도 마찬가지이다. 그들은 먼저 걸어간 사람의 흔적 밖에는 보지 않는다. 그들 중에서 어떤 사람은 수련을 받는 한 해 동안에 단 한 번도 그의 시선을 들어 올리지 않았으므로, 그의 작은 독방의 높은 곳이 어떻게 생겼는지도 알지 못하였다.

어떤 은둔 수도자는 친형제와 눈앞에서 백번이나 마주쳤는데도 서너 달 동안이나 그를 알아보지 못하였다. 기즈 공작부인이 수도원에 왔었을 때, 어느 은둔수도자는 램프 불빛 아래에서 그 *〈주교〉*[1]를 보려는 유혹을 받았다고 자책하였다. 랑세는 세상에는 땅바닥이 있다는 것만을 알고 있었다.

그런 대단한 감동적인 효과는 수도원 안에만 한정되지는 않았고, 어디로든지 확산되었다. 나중에 트라프 수도원이 파괴되었을 때, 식물의 씨앗이 폐허의 언덕에서 바람에 날린 것처럼 수많은 다른 수도원들이 뒤를 이어서 새로 태어나는 것을 볼 수 있었다. 나는

1) 르넹은 랑세의 전기에서 어느 수도사가 기즈 공작부인을 보고 주교로 착각했다고 썼음.

《*그리스도교의 정수*》의 주해(註解)에서 콩데 군대의 군인이었다가 에스파니아로 와서 트라피스트 수도회의 생트-쉬잔 수도원에 은거한 클로젤[1]의 편지를 인용한 바 있다. 그는 자신의 형제[2]에게 다음과 같이 썼다 :

《어느 날 나는 큰 도시가 있던 황량한 들판에 홀로 폐허로 남아있는 어느 성문에 도착했다네. 예전에 이 도시에는 분명히 여러 파당들로 나뉘어 대적한 사람들이 있었을 것이나, 수백 년 이래로 그들의 유해는 같은 회오리바람에 뒤섞여서 떠오르고 있네. 나는 사공트[3]가 세워진 무르비에드로[4]의 유적도 보았으나, 영원한 내세 밖에는 생각하지 않았네. 내게서 행운을 앗아간 것들이 이삼십 년 후에 나를 무엇으로 만들어놓을까? 아, 내 형제여, 우리에게 하늘나라에 들어갈 행운이 있을까! 내게 무언가 남아있는 것이 있다면, 뮌헨의 길 위에서 우리들이 세웠던 계획에 따라서 고향 집 근처의 〈성모칠고(聖母七苦)〉 노트르담 성당에 부속예배당을 하나 세워서 봉헌하기 바라네. 또 바이에른의 길목에 있던 것처럼 나그네들을 위로하기 위해서 십자가와 〈*고단한 자들아, 쉬어라*〉라는 글귀를 새긴 의자를 서둘러 설치해주게나.[5] 나는 내일 행복하게 수도자 서원을 하는데, 그 서원에다 죽은 사람의 무덤위에 올려놓듯이 십자가를 하나 추가하려는 것일세.》

그 소성당은 나의 오랜 친구 클로젤에 의해서 루에르그의 산에 세워졌다. 40년이 더 지나서 형제의 사랑은 그 서원을 실천했던 것

---

1) Charles Clausel de Coussergues : 1792년 독일에 망명해서 루이-조제프 부르봉 콩데의 반혁명 군대에 가담했고, 1779년 에스파냐의 트라피스트 수도사가 되었음.

2) Jean-Claude Clausel de Coussergues (1759-1846) : 대혁명 중에 그의 형제와 함께 망명해서 독일의 반혁명 군대에 들어갔다가 귀국해서 나폴레옹 정부의 신문 편집인, 입법원 의원이 되었음. 샤토브리앙의 오랜 친구였음.

3) Sagonte (Sagunt) : 에스파냐의 동남부 지중해 연안 지방의 도시.

4) Murviedro : 현재 Sagonte가 있는 지역의 옛 이름. 고대 그리스의 식민지이었음.

5) 혁명 동안에 독일로 망명한 Clausel de Coussergues 형제는 콩데 가문의 반혁명 군대에서 활동했는데, 훗날 수도사가 된 Charles Clausel이 망명 시절 뮌헨에서 두 형제가 서로 나누었던 이야기를 회상하며 Jean-Claude Clausel에게 부탁하고 있음.

이다. 말제르브의 외증손자이며, 용감한 장교였다가 예수회 수도사로서 사부아 지방의 알프스의 산기슭에서 사망한 내 젊은 조카[1]의 죽음을 알게 된 나로서는 이 세상을 하직하기 전에 그런 형제애의 독실한 성실성을 못 보게 되지는 않을까? 나는 내가 가야할 것을 늑장 부려서 내 뒤에 올 사람들을 내 앞으로 먼저 보내고 말았다.

트라프 수도원이 파괴되었을 때[2], 랑세의 유물인 고행자 내의를 운반하던 사람들이 프라이부르크 지방에 피난처를 요청하였다. 수도사들은 수도원을 떠났는데, 각자 자신의 배낭에 의복과 약간의 빵을 갖고 있었다. 그 이주하는 사람들은 생-시르에 멈추었고, 성 라자르회 수도사들의 사라져가는 마지막 환대를 받았지만 곧 멀리 떠나야만 하였다. 침묵과 청빈의 서약이 무시무시한 소란을 피우는 사람들[3]에게는 음모처럼 보였던 것이다. 파리에서는 헤어질 준비가 된 카르투시오 수도회 사람들이 트라피스트 수도사들을 받아주었고, 생-브루노 수도원은 마지막 자선을 베풀었다. 이동하는 은둔수도자들은 계속해서 길을 갔다. 지나가는 길에서 멀리 보이는 성당은 수도사들에게 용기를 주었고, 그들은 시편을 암송하면서 그 주님의 집을 축복했는데, 구름 속에서 야생의 백조들이 플로리다의 초원을 지나며 인사하는 것처럼 들렸다. 국경에서는 우리나라 병사들이 그 추방된 사람들을 하늘나라로 끌고 가는 짐수레를 동정하며 바라보았다. 그 비렁뱅이들은 검색을 당하지는 않았다. 외국 땅으로 들어가면서 망명자들은 숲속에서 서로 인사했고, 발-생트의 옛 수도원으로부터 십 리 떨어진 곳에서 나뭇가지로 십자가를 만들어서 자신들을 만나려고 오는 세르니아 신부를 맞았다.

---

1) Christian de Chateaubriand (1791-1843) : 1794년 혁명 재판소에서 처형된 샤토브리앙의 형 (Jean-Baptist de Chateaubriand) 의 둘째 아들. 고아로 자라서 용기병 장교로 근무한 뒤에 예수회 수도사가 되어 이탈리아 토리노 근처의 키에리에서 사망했음.

2) 혁명 중에 많은 수도원들처럼 트라프 수도원도 몰수되고 파괴되었음.

3) 혁명당원들.

버려진 수도원의 폐허인 발-생트에서는 피신할 장소를 찾기 힘들었다. 전쟁과 불행과 범죄가 큰 소란을 피우는 시대에 은둔수도자들의 소문이 밖으로 유포되었으며, 왕족들은 도피했으나 아무도 그들의 행로를 따라가지 않았는데, 피신한 여러 수도사들과 함께 가려고 모든 곳으로부터 사람들이 모여들었다. 분봉(分蜂)하는 벌통이 꿀벌 떼를 주위로 퍼뜨리듯이, 새로 온 사람들로 몸집이 불어난 발-생트는 어쩔 수 없이 이주자들을 밖으로 내보내게 되었다. 도피하는 종교보다 더 빨리 전진하는 혁명은 트라피스트 수도사들을 새 은둔처에서 따라잡았으므로, 그들은 발-생트를 떠나야만 했고, 그들을 뒤쫓는 거센 물결에 왕국에서 왕국으로 쫓겨나 부취라드[1]까지 오게 되었는데, 훗날 그곳에서 나는 또 다른 망명자를 만났던 것이다.[2] 마침내 그들에게는 머무를 땅이 더 이상 없었으므로 아메리카로 건너갔다. 세상 사람들과 은둔자들이 모두 보나파르트에게 피신하는 것은 대단한 광경이었다. 자신의 승리에 안심한 그 정복자는 수도원들이 필요하다고 느꼈고[3], 다음같이 말하였다 : 《자, 이제 세상을 싫어하거나 또는 세상에 적합하지 않은 자들은 도망가도 좋다.》

망명했던 트라피스트 수도자 귀스탱 신부[4]는 자선금으로 옛 트라프 수도원의 폐허를 다시 사들였다. 그 수도원에 남아있는 것은 약국 조제실과 방앗간과 토지를 경작할 때 쓰던 몇몇 작업용 부속건물뿐이었다. 처음에 세나르 숲에서 쫓겨났던 트라피스트 수녀들이

---

1) Butschirad : 당시 오스트리아 제국 영토였던 프라하에서 약 6마일 떨어진 시골 마을.

2) 1830년 7월 혁명으로 영국에 망명했던 샤를 10세는 손자인 앙리 5세와 당시 오스트리아 영토였던 프라하로 갔다가 다시 그 근처의 부취라드에서 망명생활을 했는데, 샤토브리앙은 1833년 샤를 10세를 만나러 파리에서 프라하와 부취라드까지 여행을 했음.

3) 1799년 쿠데타로 혁명정부를 제압한 나폴레옹은 혁명 중에 핍박당한 가톨릭교회를 포용해서 권력 기반을 굳히려고 로마교황청과 1801년 정교협약을 맺고, 혁명 중에 금지된 종교적인 전례를 자유롭게 허용하고, 혁명정부에 몰수된 교회의 재산 중에서 매각되지 않고 남아있는 재산을 교회에 돌려주었으며, 성직자들의 망명을 허용하고, 망명했던 성직자들도 받아들였음.

4) 오귀스탱 신부 (Dom Augustin de Lestrange, 1754-1827) : 혁명 중에 트라프 수도원 수도사들과 함께 망명해서 외국에서 트라프 수도원의 엄격한 계율을 지키며 수도자들의 공동체를 이끌었던 신부. 샤토브리앙은 Dom Gustin으로 오기했음.

베이외 근처에서 나의 사촌 여동생 샤토브리앙 부인[1]의 지도를 받아 정착하였다. 랑세의 제자 수도사들은 옛날 원장의 은거지로 들어오면서 담장나무 넝쿨로 뒤덮인 벽들과 가시덤불이 꾸불꾸불 뒤엉켜 지나간 파편 조각들 밖에는 보지 못하였다. 랑세가 심었던 계속 자라는 나무는 처음의 활기찬 모습 그대로였고, 이 세상에 더 이상 왕좌의 그늘이 없을 때, 그 나무들이 가난한 사람들에게 그늘을 주리라. 나는 트라프 수도원에서 랑세 시대의 느릅나무를 보았는데, 수도사들은 찰스 2세의 동상이 찰스 1세의 무참한 죽음을 나타내주는 것[2] 이상으로 그 수도원장 신부의 흔적을 잘 보여 주는 그 오래된 수호신을 큰 정성으로 보살폈다.

내가 이력을 살펴본 수도사들은 랑세의 제자들이었다. 랑세가 트라프 수도원으로 왔었을 때, 처음으로 신경 쓴 것은 마당에 있는 비둘기장을 헐어버리게 한 것이었는데, 금욕 생활이 덜 철저했던 시절의 기억을 없애고 싶었거나, 아니면 꾸며낸 우화(寓話)가 비둘기들을 아주 아름답게 미화 하고, 또 그 비둘기의 날개가 동방의 바닷가를 따라서 어떤 계시(啓示)의 말들을 전해올까 걱정이 되었을 것이다. 트라프 수도원의 어느 수도사가 비둘기 둥지를 쳐다보았다고 고해를 했는데, 그는 그 둥지를 생각한 것을 자책했을까, 아니면 그 날개를 생각한 것을 자책했을까? 랑세는 수도원의 담 벽을 따라서 지나가는 큰길을 우회하도록 했고, 새로 만들어진 그 길의 소음은 오늘날에도 여전히 계곡의 깊은 곳까지 들려온다. 랑세는 비록 원장이었지만, 그의 전임자들보다 더 특권을 갖지는 않아서 공동식사로 만족했고, 다른 수도사들처럼 린넬 천으로 된 내의를 금지했으며, 수도사들에게 설교와 고해를 했고, 그의 유일한 심심풀이는 죽음을 맞이하는 자리에서 수집한 뉘우침(悔改)의 어록들이었다. 그는 고해

1) Marie-Anne-Renée de Chateaubriand. 샤토브리앙의 막내 삼촌 피에르의 딸.
2) 찰스 2세는 영국의 청교도 혁명 중에 도끼로 참수된 찰스 1세의 맏아들이었음.

하는 사람들을 동정해서 감동시키기보다는 굳건하게 해주었다. 그는 강론에서 장 클리마크 성인의 사닥다리[1], 바실리오 성인[2]의 금욕론과 카시아노[3]의 강연 내용만을 다루었다.

랑세의 은둔생활 첫 오륙년은 눈에 띠지 않게 조용히 지나갔고, 일꾼들은 땅 밑에서 건물 기초 공사를 하였다. 랑세는 찾아오는 모든 수도사들을 구별하지 않고 받아들였다. 1667년 처음으로 나타난 사람은 클레르보 수도회의 리고베르였고, 그 후에 자크 수도사와 르넹 신부가 나타났다. 그렇게 받아들인 사람들이 랑세를 반대하기 시작하였다. 그런 일은 일상생활의 누더기의 값어치에나 집착하는 우리에게는 그다지 대수롭지 않게 보이겠으나 그 당시에는 큰일이었으므로, 로마가 갑자기 끼어들고 국왕 참사회가 참견하게 되었다. 모든 일처리에 개입해야 했던 랑세는 수도원의 갑작스런 사건들에 나타나야 되었고, 맨 먼저 죽은 거의 모든 초기 은둔 수도사들에게 종부성사를 주었다. 플라시드 수도사는 임종의 침대에 누어있고, 랑세가 그에게 어디로 가려느냐고 물었더니, 그는 이런 대답을 하였다 : 《 하느님의 축복을 받은 사람(福者)들을 만나려고요.》

베르나르 수도사도 종부성사를 받았다. 주님의 몸[4]을 받자마자 절박하게 가래를 뱉었어야 했지만, 억지로 참다가 천사들의 빵에 숨이 막혀서 죽었다.

소르본 박사인 클로드 코르동은 수도원에 와서 아르센이라는 이름을 받았고, 그 이름은 새로운 전설로 유명해졌다. 아르센은 사망한 뒤에 후광(後光) 속에 나타나서 폴 페랑 수도사에게 《 성인들과 더불어 이야기를 나누는 것이 무엇인지를 당신이 안다면 좋으련만!》이라고 말하고는 사라졌던 것이다.

---

1) 30 계단을 끝까지 올라가면 천국에 도달하는 <성스러운 사닥다리> (*p. 73, 각주 3).
2) Basilius (? 330-379) : 은둔 수도사, 아리우스 이단 학설과 투쟁한 카파도키아 주교.
3) Cassianus (?360-435) : 마르세유에 수도원을 세우고 수도사 생활에 대해 저술한 사제.
4) 병자 성사 때 받는 축성된 빵.

도르발 수도원은 스스로 개혁하고자 하였다. 도르발 수도원장이 랑세와 면담하기로 했으므로, 랑세는 길을 떠나서 샤티옹에서 도르발 수도원장을 만났는데, 그곳은 소망이 실현되지 않는 우울한 장소였다. 랑세는 그곳에서 코메르시[1]로 가서 레츠 추기경을 다시 만나보고, 트라프 수도원에 들어앉아서 칩거하려는 그의 명백한 속셈을 단념시켜주었다. 르넹은 말하였다 : 《성인과 같은 그분은 레츠 추기경에게 그렇게 하지 않도록 말려야만 할 상당한 이유가 있었다.》 *《코메르시의 이야기》*를 쓴 뒤몽은 레츠 추기경에게 보냈던 랑세의 편지를 나한테 전해주고 싶어 하였다. 트라프 수도원장은 이렇게 썼다 : 《추기경님보다 저의 마음을 더 많이 차지한 사람은 이 세상에 아무도 없을 것이라고 믿으신다면, 추기경님은 저를 꾸짖으시지는 않겠지요.》 지위에 대한 공손함이 독실한 신앙심을 이끌어가기도 한다는 것을 여기에서 볼 수 있는 것이다. 그렇게 외출을 한 후에 랑세는 몸을 움츠리고 세상 출입을 접었다. 트라프 수도원으로 돌아온 그는 파콤 수도사의 서원을 받아들였는데, 그 사람은 결코 책들을 펴보지 않았으나 겸허한 면에서는 뛰어났다. 가난한 사람들을 돌보는 책임을 맡고서, 그는 마치 모세가 약속의 땅으로 들어가듯이 신발을 벗은 후에야 빵이 놓인 곳으로 들어갔다. 파콤은 형제들 중의 한명을 데려왔으나, 그들은 예전에 서로 알고 있었다는 표시를 조금도 내지 않고 한 지붕 밑에 살았다.

랑세는 어느 수도사를 세풍으로 보냈지만, 그 수도사는 타락하였다. 랑세는 수도원을 순회 점검하는 사제에게 편지를 썼다 : 《나는 평생 동안 그 일을 속죄할 것입니다.》

16세기와 17세기 초의 대부분의 참회자들은 본래 흉악한 불한당들이었는데, 구운 사과 장사꾼이 되어 살인으로 더러워진 손으로

---

1) 로마에서 돌아온 레츠 추기경이 회상록을 쓰던 프랑스 동부지방의 마을.

어린애들에게 상한 과일은 팔지 않았던 9월의 학살자들[1]처럼 바뀌지는 않았다. 그들은 당시의 군대 탈주병들, *〈노상강도들〉*[2], *〈난폭한 이탈리아 용병들〉*[3], *〈방탕한 무뢰배들〉*[4] 이었다. 여하튼 성벽 높은 곳에서 포로를 뛰어내리게 하고, 부하들에게 핏물 속에서 팔을 씻으라고 가르치고, 포로를 나무에 매달았던 몽뤼크나[5] 아드레 남작[6] 같은 지휘관들은 그들의 병졸들보다 더 나을 것이 있었을까? 포르-루아얄과 트라프 수도원으로 몸을 숨겼던 소문난 도살자들은 그들을 삼켜버릴 복수의 소굴로 불려가야 할 자들이 아니던가? 범죄로 가득한 세상은 테바이드[7]처럼 참회자들로 채워졌던 것이다.

개혁 이후로부터 랑세가 사망할 때까지 197명의 수도자 신부들과 49명의 수도사들이 있었는데, 그들 중에는 랑세가 그들의 생애에 대해 이야기를 썼고 또 하늘나라 이야기에서나 나올 만한 인물들이 여러 명이 있었다. 우리들은 그들을 상세하고 정확히 기록한 훌륭한 문집인 *《트라프 수도원의 역사》*[8]에서 그들의 이름들을 찾아볼 수 있다. 나는 그 책에서 나의 정서에는 맞지 않는 몇몇 이야기들을 발견했더라도 그 책을 추천하지만, 그 이야기들이 그럴만한 가치가 있다고 생각하지는 않는다.

포르-루아얄 수녀원에도 세상 사람들이 몰려들었고, 포르-루아얄에는 여성들과 학자들이 있었는데, 의사였다가 은둔수도자들

---

1) 혁명 중인 1792년 9월 수도원에 감금된 사제들과 귀족들을 학살한 사건의 가담자들. 혁명 후에 국경으로 도피해서 이름들을 바꾸고 사과 구이 장사꾼이 되었다고 함.

2) *<Routiers>*.

3) *<Condottieri>*

4) *<Ruffiens>*.

5) Blaise de Montluc (?1500-1577) : 16세기의 여러 전투를 지휘한 프랑스 군대 원수.

6) François de Beaumont, Baron des Adrets (?1513-1587) : 종교전쟁 중에 약탈을 하고 잔인한 만행을 자행한 군사지도자

7) Thébaïde (Thebais) : 오이디푸스가 두 아들을 저주한 뒤에 아르고스의 7 부족장들이 Thèbes 시를 공격하는 이야기를 라틴어로 쓴 1세기경의 서사시.

8) 루이스 뒤부아 (Louis Dubois, 1773-1855) 가 1824년에 출간한 트라프 수도원의 역사책, *<< 트라프 수도원의 세속적, 종교적, 문학적인 역사 (Hisoire civile, religieuse et littéraire de L'Abbaye de La Trappe)>>*.

의 의사가 되어 *〈시간을 흘려보내는〉* 팔뤼가 방들의 크기가 *〈아주 빠듯하고 작달막〉해서* 〈꼬마 팔뤼〉라는 이름이 붙은 작은 집을 짓게 했다고 퐁텐[1]은 우리들에게 전해주고 있다. 그 다음에는 장티앙 토마스가 왔고, 그의 제자들이 뒤따라 왔다. 사람들은 그리스어와 헤브라이어를 배운 장교인 라 리비에르가 달려와서 숲을 지키는 산림지기가 되는 것을 보았다.

피에르 혹은 프랑수아 포르라는 사람이 트라프 수도원으로 왔다. 척탄병 부대의 소위였던 그는 여러 전투에서 부상당했고, 갖가지 악행에 가담했으며, 열두어 차례나 체포 명령에 쫓겨 영국, 독일, 헝가리로 도망가야할지 또는 회교도 두건을 두르게 되지만 않으면 어느 곳이라도 가야 할지 막연했는데, 그때에 트라프 수도원의 소문을 들었다. 그는 여러 날 동안 2천 리 길을 지나고, 겨울이 끝날 무렵에 질퍽한 길과 지긋지긋한 빗속을 무릅쓰고 도착해서 문을 두드렸다. 그의 눈초리는 험상궂고, 표정은 거만하고 완강했으며, 눈썹은 당당해 보였고, 몸가짐은 군인답고 거칠었다. 랑세는 그를 받아들였다. 그의 폐 속에는 궤양들이 생겼고, 잿더미에 피를 토하고 사망하였다.

포르-루아얄에서는 용감한 사람들 중에서도 가장 용감한 라 페티시에르라는 사람을 볼 수 있었으며, 리슐리외 추기경은 그를 믿고 신변안전을 맡겼는데, 그는 인간이라기보다 한 마리의 사자였다. *〈눈에서 불꽃이 튀어나왔고, 시선만으로도 쳐다보는 사람들을 질겁하게 하였다〉*. 하느님은 사납고 두려움을 모르는 영혼을 구원할 외경심을 알려주시려고 불행을 내리셨다. 추기경의 인척과 말다툼을 했으므로, 그는 모욕을 당했다고 믿는 사람과 싸울 준비를 하고 여드레가

---

1) 퐁텐 (Nicolas Fontaine, 1625-1709) : 프랑스의 작가, 신학자. 포르-루아얄 수녀원과 관련된 인물들의 이야기를 기록한 *<<포르-루아얄의 은둔 수도자들의 회상 또는 역사 (Memoires ou Histoires des Solitaires de Port-Royale)>>*를 썼으며, 신학적 진실의 인식 문제에 대한 파스칼(Blaise Pascal)과 사시(Lemaitre de Sacy)의 유명한 대화가 들어있음.

넘도록 말에 안장을 올려놓고 있었다. 어쩔 줄 모르게 그를 분노하게 만든 것은 자기가 여전히 왕국에서 가장 숙달되고 솜씨 좋은 싸움꾼인데도 적에게 치명상을 입히고 나서 그 자신도 두 개의 뼈 사이에 칼을 맞았기 때문이고, 그 칼끝이 몸에 박혀 좀처럼 뽑아낼 수가 없었던 것이다. 그는 부러진 칼이 팔에 박혀있는 상태로 싸움터를 빠져나와서 말발굽 편자를 만드는 사람을 찾으러 갔는데, 그 칼끝을 뽑아내려면 대장간의 큰 노루발 집게가 필요했던 것이다.

결투에서 상대자를 죽여서 프랑스를 떠나야했던 포르뱅 드 장송도 잠시 동안 트라프 수도원에 들렀는데, 곧 이어 사면을 받았다. 마르세유에서 카티나[1]의 휘하에 있다가 부상을 당했고, 수도사가 되겠다는 서원을 하고 트라프 수도원의 수도사 옷을 받았다. 그는 *〈좋은 위안〉* 수도원[2]에 파송되어 토스카나의 아름다운 언덕 위에 트라피스트 수도원을 세웠다. 옛 트라프 수도원에 남아있던 수도사인 조제프 베르니에는 랑세가 오자 〈엄격한 계율〉을 준수하는 수도사가 되었고, 죽으면서 자신의 신체를 오물처리장에 던지라고 요청했는데, 그리스도교 신자들의 물질에 대한 입장을 보여주는 신앙의 냉소주의였다. 이런 혹독한 준엄함은 우리들의 정신은 우리가 유지하는 관습들 밖에 이해할 수 없다는 철학과 연관이 있었다. 디오게네스 라에르티오스[3]의 저술에 의하면, 티마이오스[4]는 피타고라스 학파 철학자들이 그들의 재산을 공동으로 소유하고 우정을 평등이라 부르며 육류를 먹지 않았고, 5년 동안이나 말을 하지 않으면서 지냈고, 또 주피터의 지팡이가 실편백 나무로 만들어졌으므로 실편백 나무로 된 관들을 겸손하게 사양했다고 한다.

---

1) Nicolas Catinat (1637-1712) : 루이 14세 시대의 군 지휘관. 프랑스 군대의 원수.
2) Abbaye de *Buon Sollazzo* (Bono Consolatio, Monastère de san Bartolomeo) : 12 세기에 이탈리아 피렌체에 세워진 수도원. 1705년에 트라프 수도원의 <엄격한 계율>을 받아들이는 개혁을 했음.
3) Diogenês-Laertios : 3세기경에 <<철학자들의 생애와 사상>>을 저술하였음.
4) Timaios : 기원전 6세기경의 피타고라스 학파의 그리스 철학자.

트라프 수도원과 포르-루아얄 수녀원의 죄인들은 교육 받지 않은 온갖 부류의 사람들과 섞여서 지냈다. 포르-루아얄에는 자신이 이해할 수 없는 모든 사람들에게 착하고 열린 마음을 가진 젊은이 랭도가 있었다. 순박한 퐁텐은 그에 대해서 선입견이 없이 이렇게 썼다 : ≪ 나는 그를 특별히 다정하게 느꼈으며, 그는 아주 단순했고 나도 그러하였다.≫

마찬가지로 트라프 수도원에 재능이 많은 귀족인 베네딕도 수도사가 나타났는데, 그는 초년시절을 아무런 생각도 없이 보냈다. 어느 정원사가 향내가 좋은 씨앗을 구별하려고 종자 꾸러미에 작은 십자가를 표시해놓듯이, 랑세는 순진함과 뉘우침에서 끌어내어서 베네딕도의 생활 이야기를 저술하였다.

생트-뵈브[1]는 내가 방금 인용한 포르-루아얄에 관한 그 대목들을 취향에 관계없이 추려냈고, 다음과 같이 덧붙였다 : ≪다른 관점에서 포르-루아얄이 베네딕도 수도회의 생-모르나 마비용[2]에 더 가까운 것처럼 보이고, 당디이를 통해서 어느 정도 궁정의 영향력이 닿는 곳에 남아있으며[3], 몽팡시에 공주와 모트빌 부인 심지어 스퀴데리 양에 의해 상상으로 꾸며진 아름답고 기이한 은둔처의 모습으로 멀리 보일 때, 그것은 포르-루아얄이 트라프 수도원과 랑세를 닮은 것을 보여주는 측면이다.≫

트라프 수도원은 아름답지 않았고, 장소는 황량했으며, 거칠고 힘든 자연환경 속에서 계율도 모질고 매서웠다. 그러나 트라프 수도원은 정통파 교리를 유지했고, 포르-루아얄에는 인간의 자의적인

---

1) Charles-Augustin Sainte-Beuve (1804-1869) : 프랑스 문학평론가. 포르 루아얄 수녀원의 역사와 얀센교파 인물들에 관한 기념비적인 저서*<<포르 루아얄>>*을 썼음.

2) 생-모르 (Saint-Maur, (?512-584) 는 베네딕도 성인의 제자로서 프랑스 골 지방으로 파견되어 고행 수도생활을 했음, 마비용 (Jean-Mabillon, 1632-1707) 은 생모르 베네딕도 수도회 신부. 신학자. 고문서학자, 프랑스 중세사와 교회사 학자였음.

3) 시인, 문필가, 고전 번역가, 얀센교파 옹호자였고 국가재정과 원예 과수 농업 전문가였던 로베르 아르노 당디이는 마리 드 메디치 궁정의 관리였음.

생각이 침투하였다[1]. 기하학 생각이 머리에서 떠나지 않던 끔찍한 파스칼[2]은 줄곧 회의적이었고, 신앙심 속으로 몰입할 때만 자신의 불행으로부터 빠져 나왔다. 트라프 수도원은 침묵을 지키고 있었지만, 그곳을 파괴하자는 것이 쟁점이 되었는데, 그만큼 사람들은 그 수도원에 대해서 질겁했던 것이다. 트라프 수도원은 오로지 랑세의 수완으로 폐허가 되는 것에서 벗어났으나, 포르-루아얄은 행운이 모자랐다.

1709년 10월 27일 한 밤중에 파리를 출발한 다르장송[3]은 300명의 부하들을 데리고 포르-루아얄-데-샹 [4]을 포위했는데, 나이 들고 병약한 스물두 명의 수녀들을 제거하기에는 너무나 많은 인원이었다. 수녀들은 여러 곳으로 흩어졌고, 수녀원장 앙젤리크 [5]의 양떼들 중에서 고독한 외톨이가 된 어린 양들의 시신은 여러 차례나 매장이 거절되었다.

---

1) 트라프 수도원은 당시 정통교리로 받아들여졌던 아우구스티노의 교리를 견지했고, 포르-루아얄에는 아우구스티노 교리를 수정하려는 얀센니우스 주장을 따르는 아르노 가문의 앙젤리크 수녀원장과 앙투안 아르노, 파스칼, 니콜과 랑슬로같은 유명한 얀센주의 신학자들이 있었음.

2) 파스칼 (Blaise Pascal, 1623-1662) : 수학자, 철학자, 신학자, 파스칼의 가족은 얀센교파와 관련이 있었음. 누이동생은 포르-루아얄 수녀원에서 수녀가 되었고, 파스칼 자신도 포르-루아얄 부설 소학교의 교사였음.

3) 다르장송 후작 (Marc-René de Voyer de Paulmy, 1652-1721) : 장관, 국새상서. 1708년에 공공장소, 관청, 여인숙들을 감시하는 사복경찰 기관을 창설했음. 얀센주의 교파 신자들을 앞장서 탄압하고 1709년 국왕의 명령으로 포르-루아얄 데 샹 수녀원에서 수녀들을 몰아낸 뒤, 1710년에는 수녀원의 모든 건물을 완전히 파괴하고 아무것도 남아있지 않은 평지로 만들었음.

4) 습지에 있던 포르-루아얄 수녀원 사람들이 말라리아로 희생되었으므로 파리에 부속 수녀원 <포르-루아얄 드 파리 >가 세워졌고, 본래의 수녀원은 <포르-루아얄 데 샹>이 되었음. <포르-루아얄 데 샹>에 프롱드 난에 연루된 사람들과 얀센의 교리를 옹호하는 사람들이 모여 들었고, 국왕은 정치적인 이유로 그들의 공동생활을 꺼려했음. 교황이 얀센니우스의 5개 제안을 단죄하는 교서를 내린 뒤, 프랑스 궁정은 법령으로 모든 성직자와 수도자들에게 그 교서에 첨부된 <동의서>에 서명하게 했으나, <포르-루아얄 데 샹>의 수녀들이 서명을 거부해서 루이 14세 궁정의 탄압을 받기 시작했고, 1710년에 완전히 파괴하라는 국왕 영령으로 평지로 만들어져서 흔적만 남게 되었음.

5) Angélique de Saint-Jean Arnauld d'Andilly (1624-1684) : 전쟁과 전염병의 유행, 퇴폐적인 사회풍조의 영향으로 당시에 기강 문란의 상징이던 포르-루아얄 수녀원을 개혁하고 정화한 얀센교파 아르노 가문 출신의 수녀원장. 유명한 Robert Arnauld d'Andilly의 딸이었음. < 참고 자료 IV.>

마침내 랑세가 사망한 지 10년이 지난 1710년 1월 25일에 그 수녀원을 파괴하라는 명령이 내려졌다. 그 명령은 뒤클로[1]의 표현에 따르자면 *〈난폭하게 미친 듯이〉* 집행되었다. 외설스러운 비웃음 소리들 가운데서 시체들이 파내어지고, 그 동안 성당 안에서는 개들이 부패한 살을 뜯어먹었다. 무덤의 돌들은 탈취 당했고, 아르노 당디이의 비석[2]은 마니(Magny)에서 발견되었다. 생트-마르트[3]의 집은 농가 헛간이 되었고, 포르-루아얄-데-샹 성당이 있던 땅으로 가축들이 지나다녔으므로, 어느 여행자[4]는 다음과 같이 썼다 : 《참으아리 풀과 담장나무와 가시덤불이 그 오막살이 집 위로 지나가고 호랑버들 나무의 줄기가 성가대가 있던 자리 한가운데서 솟아올랐다. 외로운 산비둘기 한 마리의 울음소리만이 간신히 고요를 깨뜨리고 있었다. 사시[5]가 여기로 와서 풜장스[6]에서 빌려온 기도를 되풀이 했고, 저곳은 니콜[7]이 아르노[8]에게 펜대를 버리라고 권고한 곳이며, 저 외딴 길에서 그리스도교 신성(神性)의 새로운 증거를 찾아낸 파스칼을 보았고, 보다 더 먼 곳에서는 라신[9]이 친구를 보러온

---

1) 뒤클로 (Charles Pino Duclos, 1704-1772) : 역사학자, 문필가, 아카데미 회원.
2) 로베르 아르노 당디이는 노년에 은퇴해서 포르-루아얄 수녀원에서 과일나무들을 재배하다가 사망하고 그곳의 묘지에 묻혔음
3) 생트-마르트 (Claude de Sainte-Marthe-Champoiseau, 1620-1690) : *《포르-루아얄 수녀들에 대한 옹호와 그들의 지도자》* 의 저자.
4) 그레구아르 (Henri-Jean-Baptiste Grégoire (1750-1831) : 블루아 주교. 삼부회 대표로 혁명에 가담하고, 국민의회와 국민공회에서 노예 해방과 왕정 폐지, 루이 16세의 단죄를 주장했던 성직자. 포르-루아얄 수녀원이 있었던 폐허의 장소를 여행한 뒤에 1801년 *《포르-루아얄-데-샹 수도원의 폐허》*를 출간했고, 샤토브리앙은 그 글을 인용했음.
5) 사시 (Louis-Issac Lemaistre de Sacy 1613-1684) : 신학자. 포르-루아얄에서 앙투완 아르노와 같은 얀센교파 신자들과 함께 그리스어 성경을 프랑스어로 번역했음.
6) Fulgentius Ruspensis (?468-533) : 성인, 고대 로마 아프리카 속주 Ruspe의 주교.
7) 니콜 (Pierre Nicole, 1625-1675) : 얀센교파 신학자. 포르-루아얄 부설소학교 교사.
8) 소르본 신학박사이고 얀센교파 지도자 위대한 앙투완 아르노(le Grand Arnauld). *<포르-루아얄 데 샹>*에서 피에르 니콜과 함께 *《논리학 또는 생각의 방법》*을 썼음.
9) 라신 (Jean Baptiste Racine, 1639-1699) : 프랑스의 대표적인 고전 비극 작가. 얀센교파 가정에서 태어났으나 어릴 때 부모가 사망해서 고아가 된 라신은 포르-루아얄 수녀원에서 성장하며, 파스칼, 랑슬로, 니콜이 교사였던 포르-루아얄 소학교에서 10 년간 교육 받았음. 랑슬로 같은 문법 학자에게 그리스어를 공부한 것이 그리스 고전 비극에 친숙하게 된 바탕이 되었고, 역사적인 인물들을 대상으로 고전 비극 작품을 문법에 충실한 프랑스어로 쓰게 되었음. 사망 후에 유언에 따라 포르-루아얄에 매장되었음.

티유몽[1]과 랑슬로[2]와 라 브뤼에르 [3]와 데프레오 [4]와 함께 산책을 하였다. 이 인적도 없는 장소와 오래된 나무들의 메아리들이여, 너희들은 그 유명한 사람들의 대화를 보존하지는 못했구나! »

예전에 내가 스파르타에서 헛되이 레오니다스[5] 를 불렀던 것처럼, 사라져간 그 유명한 망령들에게 말을 거는 시혼(詩魂)의 정령(精靈)이며 자신이 그리스도교 신자라고 스스로 굳게 믿는 그 사람은 누구인가? 그는 루이 16세의 재판에서 사형에 찬성을 하고, 거의 재판관에 가까운 역할을 했던 블루아의 옛 주교[6]이였다.

루이 대왕이여, 당신은 백성들에게 시체를 파내는 악행을 가르쳤고, 당신에게 복종하는 것이 습관이 된 그들은 당신의 모범을 따랐다. 마리-앙투아네트 머리가 혁명 광장에 떨어졌을 때, 사람들은 생드니[7]에서 무덤들을 부수고, 열려진 묘소 옆에서 온통 검어진 루이 14세를 그의 커다란 얼굴의 모습으로 알아보았으며, 그가 최후로 파괴되기를 기다렸는데 그것은 영원한 정의의 복수였다. 나는 (언뜻 뜬금도 없이) 혼잣말을 해 본다 : « 자, 환상 속의 왕족이여, 당신은 왕관을 대가로 준다면 또다시 살아보고 싶습니까? 왕좌가 아직도 여전히 당신을 유혹 하나요? 당신은 고개를 내젓고, 그리고 천천히 당신의 관속에 다시 눕고 있군요.»

---

1) 신부 역사학자. 랑세의 전기를 쓴 트라프 수도원의 신부 르냉 의 형제 (* p. 21, 각주 1)

2) 랑슬로(Claude Lencelot, 1615-1695) : 얀센교파 수도사, 문법학자. 그리스어 학자. 여러 문법책을 썼고, 포르 루아얄에서 여러 학자들과 어울려 활동했으며, 앙트완 아르노와 함께 *«일반 이성 문법 (Grammaire générale et raisonnée)»*을 저술했음.

3) 라 브뤼에르 (Jean de La Bruyère, 1645-1696) : 익명으로 출판되어 좋은 평판을 받은 *«이 시대의 특징과 풍습 Les caractère ou moeurs de ce siècle,(1688)»* 의 저자.

4) Boileau Despréaux, Nicolas Boileau : 풍자시인, 고전주의 이론 평론가. 라신과 친숙하게 지내며 고전주의 작품의 이론적인 바탕을 제공하였음.

5) Leonidas 1세 (BC ?540-480) : 스파르타를 침공한 페르시아를 대적하여 싸우다가 장렬하게 죽은 스파르타의 왕. 샤토브리앙은 1806년 동방여행을 하던 중에 그리스의 스파르타의 유적을 답사하였음.

6) 가톨릭교회 성직자로서 프랑스 대혁명에 가담해서 적극적으로 활동했던 블루아의 주교 그레구와르 신부.

7) 역대 프랑스 국왕들과 왕족들의 유해가 안장된 생드니 성당.

랑세는 과거를 자신과 함께 인적이 없는 고독한 은둔처로 가져갔고, 그곳으로 현재와 미래를 끌어들였다. 루이 14세의 시대는 어떠한 위대한 권위에도 소홀히 하지 않았고, 그는 군대지휘관의 승리에 관여를 했듯이 속세를 버린 은둔수도자의 승리에도 관여했으므로, 그 시대를 위한 로크루아는 모든 곳에 있었던 셈이다[1]. 보쉬에와 페늘롱[2]에서 멩트농 부인과 롱빌 부인에까지, 노아유 추기경[3]에서 포르-루아얄에 대해 우호적이거나 적대적인 군대 사령관들에까지, 개신교 반대자들에서 완고한 이교도 사람들에게 이르기까지 얀센교파의 교리 논쟁과 정적주의[4]의 신비가 당시의 도시와 궁정을 점거하였다. 랑세를 통해서 루이 14세의 시대는 은둔 시대로 들어갔고, 세상의 한가운데에 은둔이 자리 잡게 되었다.

랑세가 은둔생활을 하는 처음 몇 년 동안은 그 수도원에 대해서 말하는 것은 별로 들리지 않았으나 그의 명성은 조금씩 퍼져나갔다. 사람들은 알 수 없는 어느 대지에서 향내가 오는 것을 알게 되었고,

---

1) 루이 14세는 30년 전쟁 중에 콩데 대공의 프랑스 군대가 아르덴 지방의 마을 로크루아(Rocroi)의 전투에서 에스파냐 군대에게 거둔 결정적인 승리에 관여했듯이, 랑세의 트라프 수도원에 대해서도 사사건건 개입하였음.

2) 페늘롱(François de Salignac de La Motte-Fênelon, 1651-1715) : 캉브레 대주교, 문필가. 루이 14세의 궁정에서 국왕의 성격이 까다로운 손자 부르고뉴 공작을 부드럽고 근엄하게 가르쳤고, *<<소녀들의 교육(1687) >>*과 같은 교육에 관한 책자와 교육 소설 *<< 텔레마크의 모험 (1699)>>* 을 썼음. 당시의 신비주의적인 정적주의(靜寂主義)에 기울어져서 정적주의를 옹호하는 책자 *<<내적 생활에 대한 성인들의 격언 해설 (1687)>>*을 저술했으므로, 신비주의를 배척한 보쉬에와 랑세 같은 성직자들의 비판을 받게 되었음.

3) Louis-Antoine de Noaille (1651-1729) : 정적주의가 프랑스에서 사회적인 문제가 된 1695년 당시의 파리 대주교. 정적주의를 퍼트리던 귀용(Guyon) 부인을 파리 성모방문 수녀원에 유폐했음.

4) 靜寂主義 (Quietisme) : 영혼의 소극적 상태인 정적(靜寂) 가운데서 교회의 의례보다도 묵상 생활로 마음의 평온을 얻고, 하느님과 직접 빠르게 합일을 이룰 수 있다는 신비적인 이론. 이런 영성 이론은 초기 그리스도교회 시대부터 문제가 되어왔으나 17세기에 크게 문제를 일으킨 것은 에스파냐의 팔코니(Falconi,1596-1638) 와 몰리노스 (Miguel de Molinos 1628-1696)이었음. 몰리노스는 1685년 이단재판에 소환되어 1687년에 교황 인노첸시오 11세에 의해 이단으로 단죄되어 투옥되었고, 여생을 감옥에서 보낸 후 1696년 사망했음. 프랑스에서는 귀용(Guyon) 부인과 캉브레 주교 페늘롱 등이 주도해서 정적주의가 널리 퍼졌으므로 국가 사회적인 문제가 되었고, 페늘롱과 보쉬에를 비롯한 여러 성직자들 사이에서 정적주의 논쟁이 벌어졌으나, 교황 인노첸시오 12세가 페늘롱을 단죄해서 논쟁은 끝났음.

그것을 들여 마시려고 그 〈행복한 아라비아 지방〉[1] 으로 몸을 돌렸다. 사람들은 천상에서 흘러나오는 것에 이끌려서 그 흐름을 따라갔는데, 플로리다 해안의 바닐라 향내 속에서 쿠바의 섬이 모습을 드러내었다. 르귀아[2]는 다음과 같이 써놓았다 : 《우리는 낙원(樂園)의 섬을 마주하고 있었으며, 공기는 그 섬에서 실려 오는 매혹적인 향기로 채워졌고, 레몬과 오렌지 나무의 냄새가 났다.》

1) Arabie Heureuse : 그리스 로마시대에 종교행사로 향내가 진동하는 부유하고 행복한 페니키아인들의 땅이라고 전설처럼 알려진 곳. 현재의 예멘 지방.

2) 위그노 교도인 François Leguat (1637-1735)는 1685년 낭트 칙령 폐지로 프로테스탄트 신자들에 가해지는 핍박을 피해 홀란드로 망명한 후, 위그노 교파 신자들이 이주할 수 있는 식민지를 만들려고 10명의 동료들과 인도양의 동인도 제도인 Mascareignes로 가다가 Rodrigue 섬에서 강제로 하선 당하고, Maurice 섬에서 난파되어 투옥되었다가 3명만 살아남아서 유럽으로 돌아왔음. 르귀아는 1708년 런던에서 *<<프랑수아 르귀아와 그 일행의 동인도 황무지 섬 두 곳에서의 여행과 모험>>*을 출판했는데, 샤토브리앙은 그 책의 한 구절을 인용하였음.

제 4 편

엄격한 고행을 조롱하는 자유사상가들에 의해서, 또 랑세에 대한 불후의 명성이 생겨나는 것에서 느끼는 질투심으로 트라프 수도원에 관한 공개적인 험담이 커지기 시작하였다. 사람들의 눈에는 그 은둔수도자의 젊은 시절의 실책이 끊임없이 보였고, 그가 회개한 동기에서 허영심만 보려고 고집을 부렸던 것이다. 랑세의 가장 중요한 친구이고 그의 수도회를 순시 점검하는 신부인 프리에르 수도원장조차도 트라프 수도원의 개혁에 놀라서 랑세 신부에게 편지를 썼다 : 《 당신을 찬양하는 사람들은 많겠으나, 당신을 따라서 모방하려는 사람은 별로 없을 것이오.》

퐁투아즈 근처의 모비송 수녀원은 옛날에 블랑슈 왕비[1]가 세웠고, 그곳에서는 그 왕비의 무덤을 볼 수 있었다. 랑세는 낙담해서 기력을 잃은 그 수녀원의 원장에게 편지를 썼다. 고통을 받는 모든 사람들이 치료법들을 몸소 자신에게 시험해본 박식한 의사와도 같은 랑세에게 문의했으므로, 그는 또 다른 부인에게도 편지를 썼다 : 《 만일 불안한 마음이 들거든 예수 그리스도께서 당신을 기다리신다고 생각하세요. 끝나야할 시점에서는 당신의 모든 생애가 다만 덧없는 안개로 보일 것입니다.》

랑세는 1672년 9월 7일 국왕에게 개혁을 옹호하는 청원서를 제출하였다. 그는 첫머리에서 자신은 옛날의 은둔수도자 들의 호칭

---

1) Blanche de Castille (1188-1252) : 카스티유 왕 알퐁스 8세와 영국 엘레노어의 딸. 루이 8세와 결혼해서 루이 9세(성 루이)를 낳았고, 1246년 모비송 수녀원을 세웠음.

을 달거나 의복을 걸칠 자격도 없지만, 그분들은 하느님께 봉사하기 위해서 사막의 깊은 곳에서 나오는 수고를 전혀 하지 않았고, 만일 그가 그분들의 예를 따라서 지금 침묵을 한다면 가장 성스러운 의무를 저버리는 것으로 생각하며, 그는 불행하게도 다만 한탄을 하려고 말할 것이고, 또 그에게 말을 한 사람도 고통에 대해서만 이야기했다는 말로 시작하였다. 랑세는 자신의 논제로 넘어가서, 루이 13세에 의해서 확립된 〈엄격한 계율〉을 거부해서 보호막이 부족해진 시토 수도회가 벗어났던 위험 속으로 다시 빠지려는 것에 대해서 말하였다. 그 수도자들이 별 탈 없이 살아오는 동안 왕국의 수호천사로 여겨지고, 하느님 덕택으로 얻은 권세로 영향력을 행사하는 행운을 유지해왔으나, 속세를 떠나 은둔한 어느 성녀는 레팡트에서 하루에 일어난 일 1)을 정신력으로 환각을 통해서 알고 있었다고 하였다. 랑세는 덧붙여 말하였다 : « 폐하, 수도사의 직분으로 언제나 천국의 왕 제대 아래에 있어야 할 제가 평생에 단 한번 세속의 왕좌 가까이에서 말씀드리는 것을 뜻밖의 일로 여기지는 말아주십시오.»

트라프 수도원의 개혁이 지나치게 엄격하다는 견해를 가졌던 로마의 궁정은 자신을 섬기는 사람들의 과도한 주장에 반대했으나, 랑세는 루이 14세의 마음속에 권력의 욕심을 일깨워서 그의 수완을 보여주었다.

널리 퍼진 소문들 가운데서 어떤 사람들은 랑세의 교리가 순수하지 않다고 주장하며 랑세를 규탄했고, 다른 사람들은 위선이라고 비난했으며, 또 다른 사람들은 수도회에 새로운 노선을 도입한다고 질책하였다. 국왕은 1673년 10월 말에 그 문제를 판단하려고 랑세가 요청한 위원들의 임명을 허락했는데, 파리 대주교, 노트르담

1) 1571년 10월 7일의 Lépanto 해전에서 베네치아, 에스파냐, 교황청, 제노바 등의 그리스도교 국가들의 연합 해군이 전력이 압도적으로 우세한 이슬람교 터키 해군을 격파해서 지중해 제해권을 차지하고, 이슬람교도들에게 노예로 잡혀있던 만 5천 명의 그리스도교 신자들을 해방시켰음.

성당 주임사제, 수도원장들인 코마르탱, 피외베, 부아쟁 그리고 라마르크리이었다.

랑세를 반대하는 사람들은 바로 같은 시기에 로마로 교섭하러 갔다. 랑세는 ≪수도사에게 합당한 좋은 평판은 없고, 부끄럽고 천한 인간에 어울리는 것만 있구나≫라고 말하였다.

그런 적대적 감정은 우리 시대의 뛰어난 풍자가요 시인[1]의 싯귀(詩句)에 비길 바는 못 되지만, 이제껏 프랑스를 유례없는 불후의 명성에 다다르게 해준 발자취를 남긴 운문들 속에 퍼져나가며 대중화 되었다. 프랑수아 1세 시대의 저속한 유랑 가수들에서 베랑제까지 우리를 이끌어온 변천 과정이 보이는 것이다 :

〈 나는 트라프 수도원에서 돌아왔네,
그것은 고약한 함정이라네,
언젠가 악마가 그곳에서 나를 움켜잡는다면,
누가 내 목을 부러뜨려주면 좋겠네.
그 고약한 소굴은 함정일 뿐이라네.
그 고약한 소굴은
미친 사람의 함정일 뿐이라네.〉 [2]

정부에서 지명한 위원들이 모였고, 랑세는 1675년 파리로 오라는 통지를 받았다. 그들은 모두 하느님을 섬기는 사람의 뜻대로 결정했으나, 〈보편적 계율〉을 지키는 어느 수도원장은 만일 그 위원회의 결정을 따르게 된다면 외국의 수도원장들은 시토수도회 총회에 오지 않을 것이라고 선언하였다. 국왕은 물러섰는데, 이제껏 잘 유지되어 온 모든 일들이 성직자들의 동요로 혼란 속으로 빠져들 수 있었던 것이다. 루이 14세는 그것을 알았고, 프롱드 난의 소란에서 성장한

---

1) 베랑제 (Pierre-Jean Béranger, 1780-1857) : 샤토브리앙과 가까이 지냈던 프랑스의 시인. 그의 시에는 국민들의 애환이 담겨 있어서 노래로 만들어지고 널리 유행하였음.
2) 모레파 (Jean-Frédéric Phélypeaux de Maurepas, 1701-1781)가 수집한 해학 가요 선집 ≪*Recueil de Maurepas*≫ 에서 인용한 글.

그 절대 군주는 아주 신중하였다.

랑세는 자신의 서가를 깨끗이 치웠고, 랑세를 낙담시킬 속셈으로 랑세의 고행은 초기 그리스도교 신자들의 엄격한 고행에는 아직도 한참 모자란다고 말한 파미에 주교[1]와 델리옹[2]에게 대꾸를 하였다 : «사실을 말하자면 당신들이 말하는 천민(賤民)들의 그 보잘것없는 빵은 수도사들의 양식으로 자주 사용되었습니다.»

1676년 랑세는 죽을 때까지 지속될 만성적인 질병[3]에 걸렸으나, 그 질병은 작업을 방해하지는 않았다. 수도원의 병자치료소에서 3개월을 보낸 뒤에 그는 다시 공동체로 돌아왔다. 랑세가 대단한 열병에 걸린 1689년까지 그의 생애는 그렇게 흘러갔다. 그 병세가 어느 정도 완화되자마자 랑세는 일을 다시 시작했고, 그리고 병의 재발이 이어졌다. 그는 말하였다 : «나와 같은 죄인의 일생은 너무나 오래 가는구나.»

어느 곳에서나 공상에 잠겨 있던 대단히 변덕스럽고 우둔한 공주마마[4]는 랑세에게 편지를 써서 몇몇 수도사들을 넘겨달라고 부탁하였다. 그는 대답을 하였다 : «공주마마님께서 원하시는 대로 수도사 한 명을 지명해 드릴 수 있다면, 저도 대단히 기쁠 것이라는 것을 믿어주시리라고 확신합니다만, 그렇지만 저는 지난 일 년 동안에 하느님께로 간 여덟 명을 잃었군요. 그들을 곧 뒤따라가게 될 다른 사람들이 있고, 또 비록 우리는 아직 상당한 수가 있지만, 이제 우리들은 어느 누구랄 것도 없이 죽음만을 바라보고 소망하면서 살아가고 있습니다.»

---

1) 파미에 교구의 주교 François de Caulet(1610-1680)는 초기 그리스도교 신자들의 엄격한 신앙생활을 따르자고 주장한 얀센교파 신학자 앙투안 아르노의 추종자였음.

2) 델리용 (Jean Deslyons, 1615-1700) : 소르본 대학의 박사.

3) 류마치스 관절염.

4) 알랑송 공주 (Mademoiselle d'Alençon) : 오를레앙 공작 가스통의 두 번째 부인의 딸 Elisabeth Maguerite d'Orléans 이며. 몽팡시에 공주(안 마리 루이스 도를레앙)의 이복동생이자 루이 14세의 4촌 여동생이었음(참고자료 VII). 6대 기즈 공작과 결혼했으나 남편과 아들이 일찍 죽어서 불행해진 그 여성은 트라프 수도원을 자주 방문하였음.

그 무렵에 스물세 살밖에 안된 어느 수도사가 죽었는데, 죽은 사람의 채비를 한 그는 랑세에게 말하였다 : 《저는 길 떠나는 사람의 옷을 입고 있는 저를 보아서 기쁩니다.》 옛날의 미개한 야만인들처럼 그는 죽어가면서 미소를 지었다. 캐쉬미르 계곡에서 여행자를 위로하는 이름 없는 새의 소리가 들려오는 느낌이었다.

트라프 수도원을 배경으로 바깥세상의 무대 장면들이 찾아 와서 펼쳐졌다. 속세의 모습이 그늘 주위에서, 연못을 따라서 그리고 큰 나무 숲에 나타났던 것이다. 손에는 낫을 들고 과일나무를 심은 담장을 따라서 걷고 있는 당디이[1]는 보이지 않았으나, 삽을 어깨에 메고 묘지에서 무덤구멍을 파러가는 등이 굽은 어느 늙은 수도사가 보였으므로[2], 속세와의 대비는 포르-루아얄보다 트라프 수도원에서 더 현저하였다. 그것은 위대한 화가의 그림에서 보이는 목가적인 광경이었다.

랑세와 관련된 초기의 세속 인물들 중의 한 명은 알랑송 공주마마, 달리 말하자면 기즈 부인이었는데, 가스통의 딸이자 루이 14세의 친사촌 여자였다. 곱사등이였던 알랑송 공주마마는 마지막 기즈 공작[3]과 결혼했고, 아들을 낳았으나 일찍 죽었다. 공주마마는 자신의 《*회상록*》에서 말하였다 : 《프랑스에서 지난 날 발라프레[4] 시대의 로렌 가문 사람들과 기즈 가문의 유명한 인물들이 가졌던 훌륭한 공적은 똑같은 이름을 갖고서 남아있는 후손들에게 지속되지 않았다.》

---

1) 로베르 아르노 당디이는 노년에 자신의 딸이 수녀원장이었던 포르-루아얄 수녀원으로 물러가서 과일나무를 가꾸며 은거하였음.

2) 트라프 수도원에서는 모든 수도사들에게 매일 자신의 무덤 구멍을 파도록 하였음

3) Louis-Joseph de Lorraine (1650-1671), 6대 기즈 공작. <참고자료 V.>

4) Balafré, Henri I de Lorraine (1550-1588), 명망이 높은 귀족 Lorraine 가문의 후예로서 3대 Guise 공작이었음. 종교 내전 중에 가톨릭 동맹의 지도자였고, 성바르톨레메오 학살 사건을 주도한 인물이었으나 권력다툼에 말려들어 당시의 국왕 앙리 3세가 꾸민 음모에 의해 불루아 성에서 암살되었음.

알랑송 공주마마의 남편인 기즈 공작은 자신의 아내 앞에서 접는 의자[1] 밖에는 사용할 수 없었고, 식사도 식탁의 끝에서 했으며, 게다가 앉으라는 허락을 받아야만 하였다.

생시르에 소속된 대위 부아스타르[2]는 랑세 신부가 기즈 부인에게 쓴 27통의 편지가 들어있는 원고 수집품들을 내게 전해주려고 하였다. 1692년에 쓴 그 편지는 트라프 수도원의 어느 은둔자의 죽음에 대해서 이야기하고 있다. 그 편지들에는 제임스 2세의 이야기[3]도 들어있는데, 랑세는 《세상 사람들은 행운이 없는 쪽의 사람들에 대해서는 용서가 없다》라고 말하였다. 또 랑세는 1693년 9월 7일의 편지에서 단언하고 있다 : 《그리스도교 신자의 본성은 추억이 없고, 기억하지 않고, 원한도 없는 것이다.》 한 세기가 지난 후에 1793년[4]이 지나가는 것을 보았다면 추억을 하지 않는다는 것은 어려운 일이다.

비록 루이 14세는 오랑주 공[5]이 프랑스로 침입한다는 소문으로 기즈 부인이 트라프 수도원에 도피해서 화를 냈지만, 그 부인에 대해서는 자애심을 갖고 있었다. 그 부인은 수도원으로 갔었을 때 그곳에서 며칠을 보냈다. 기즈 부인은 1696년 3월 17일 베르사유 궁전에서 죽었고, 오늘날의 뤽상부르 궁전인 오를레앙 궁전을 루이

1) 그 당시의 귀족은 국왕과 왕족 앞에서 접는 간이 의자(pliant)에만 앉을 수 있었음.
2) Louis-Charles Boistard (1762-1823) : 프랑스의 많은 교량들을 건설한 공병 장교. 샤토브리앙이 이 글을 쓸 당시에 부아스타르는 생시르 군사학교 도서관의 사서였음.
3) 1646년 영국의 청교도 혁명으로 국왕 찰스 1세는 크롬웰에게 처형되었고, 찰스 1세의 맏아들이 망명해서 찰스 2세라고 선언하고 스코틀랜드에 상륙해서 크롬웰 군대와 싸웠으나 패전했음. 크롬웰이 사망하자 1660년 영국의 국왕이 된 찰스 2세는 영국의 청교도들을 박해했으며. 찰스 2세가 사망 한 후 즉위한 그의 동생 제임스 2세도 가톨릭 세력을 옹호하고 폭정을 계속했으므로 영국 의회는 명예혁명으로 폐위를 결의했고, 제임스 2세는 다시 프랑스로 망명해서 트라프 수도원을 방문했음. 랑세는 기즈 부인에게 쓴 편지에서 제임스 2세 가문의 계속된 불운을 말하고 있음.
4) 그 편지를 쓴 1693년에서 100년이 지난 1793년에 루이 16세가 혁명의회에 의해 단두대에서 처형되었고, 로베스피에르 일파의 공안위원회 공포정치 동안 수많은 사람들이 살해되었음.
5) Prince d'Orange (Prins van Oranje) : 영국의 제임스 2세의 딸과 결혼한 네덜란드 오라녜 왕가의 왕권계승자. 영국 제임스 2세가 명예혁명으로 퇴위한 뒤 영국의 윌리엄 3세가 됨. 루이 14세는 망명한 제임스 2세를 지원해서 오랑주 공과 수년간 싸웠음.

14세에게 양도하였다. 그 부인은 생-드니 성당에 매장되지 않았고 카르멜 수녀원에 묻혔다. 기즈 부인의 장례 추도사는 알랑송에서 카푸친 수도회의 도로테 신부가 했는데, 그것은 홀로 남은 외로운 여인에게 주어진 신앙심이 대 귀족에게 허락한 호사의 전부였다.

기즈 부인에 바로 잇대어서 생시몽 공작이 트라프 수도원에 나타났다. 모페우가 그렇게 상세히 이야기하지 않았더라면 생시몽이 1696년 리고[1]에게 랑세의 초상화를 그리게 했다는 것도 의심 받아야할 것이다. 생시몽의 아버지는 루이 13세로부터 작위를 얻어냈고, 트라프 수도원 이웃의 토지를 구입했으므로 아들을 그 수도원에 자주 데려오고는 하였다. 생시몽이 자신의 일이 아닌 다른 사람의 일에도 관심을 갖고서 배려를 했더라면, 그의 이야기에 더 신빙성이 있었을 것이다. 생시몽은 그의 이름은 자랑하고 다른 사람 이름을 깎아내렸으므로, 사람들은 그가 자신의 가문혈통을 의심한다고 느끼게 되었다. 자신을 안전하게 하려고 이웃사람을 깎아내리는 것 같았던 것이다. 루이 14세는 생시몽이 신분계급 제도를 무너뜨리고 족보학의 거장이 될 생각만 한다고 책망하였다. 생시몽은 고등법원을 비난했고, 고등법원은 그의 귀족신분의 단초(端初)를 알고 있다는 것을 상기시켰다. 생시몽의 《*회상록*》에는 접는 의자에 대한 끝없는 수다[2]가 있다. 그 작가의 부정확한 문체의 자질은 수다 속에tj 사라질 뻔했으나, 다행히 나름대로의 재주가 있었고, 그는 불후의 명성을 남기려고 서둘러서 날림으로 글을 썼다.

팡티에브르 공작[3]이 한참 후에 트라프 수도원에 나타났다. 툴루즈 백작의 손자[4]가 자신의 덕성을 완벽하게 순화시킨 그 은둔처에서

---

1) 생시몽은 1696년 Hyacinthe Rigaud에게 랑세 초상화를 그리게 했음.
2) 귀족들이 국왕과 왕족 앞에서 등받이가 없는 의자에 앉아도 되는지 여부에 대한 논란
3) Penthiêvre 공작(1725-1795) : 루이 14세와 그의 애첩 몽테스팡 부인의 사생아인 툴루즈(Toulouse) 백작이 낳은 아들로서 루이 14세의 손자였음.
4) 샤토브리앙은 팡티에브르 공작이 툴르즈 백작의 아들인데 손자라고 착각했음.

생시몽은 그의 신랄한 성미를 고치지 못했으므로, 같은 나무의 아래에서 때때로 쓰디 쓴 쓸개즙(膽汁)과 단 꿀이 만들어진 셈이다. 경건하고 우울했던 팡티에브르 공작은 수도원의 부속성당 전체를 세우지는 않았어도 그 성당을 확장했으며, 그 수도원에서 은거하기를 좋아했고, 자신의 딸의 순교를 예감하였다[1]. 어린애였을 때 그 랑발 왕녀는 그 하느님의 집에 와서 즐거워했으나, 그 수도원이 황폐하게 된 뒤에 학살당하였다. 그 여자의 생명은 론 강의 작은 나룻배 위의 참새처럼 날아갔는데, 치명상을 입고 허우적거리면서 짐을 너무 많이 실은 쪽배를 기울게 했던 것이다.

펠리송 [2]은 트라프 수도원에 자주 갔다. 그는 어떤 일처리에서 국왕의 승낙을 얻어내고는 우쭐해졌다. 랑세는 자신의 공동체가 수도원장 대리를 스스로 선택할 권한을 갖겠다고 끈질지게 주장하고 있었다. 그는 펠리송에게 《 당신의 식견은 나보다 폭이 더 넓고 또 훨씬 멀리 꿰뚫어보기 때문에, 당신이 그 문제에서 내가 언급하지 않은 것들을 나보다도 훨씬 더 잘 알고 있다는 것을 의심하지 않습니다》 라고 속내를 털어놓았다.

1670년 펠리송은 개신교를 버리고, 샤르트르에서 코맹주 주교의 집전으로 가톨릭으로 개종하고는 보쉬에 [3] 의 편을 들게 되었다. 펠리송은 거미 한 마리를 길렀던 것으로 유명했으며, 몽메르케에

1) 랑발 왕녀(Princesse de Lamballe, Marie-Thérèse Louise de Savoie Carignan, 1749-1792)는 팡티에브르 공작의 아들과 결혼했으므로 팡티에브르 공작의 딸이 아니고 며느리였음. 그 왕녀는 결혼하고 1년 후에 남편이 사망해서 과부가 되었고, 궁정에서 루이 16세의 왕비 마리-앙투아네트와 가깝게 지냈으나 1792년 9월 혁명 군중에게 참혹하게 피살되었음.

2) 펠리송(Paul Pellisson-Fontanier, 1624-1693) : 문필가, 아카데미 프랑세즈 회원. 마자랭 시대의 재무총감이던 푸케(Nicolas Fouquét, 1615-1680) 의 비서였음. 푸케가 루이 14세에 의해서 공금횡령 혐의로 체포되어 바스티유 감옥에 투옥될 때 그와 함께 감옥에 들어갔지만, 푸케에 유리하도록 증언하고 청원서를 제출했음. 푸케는 뇌일혈로 죽을 때까지 감옥에 있었으나, 펠리송은 4년 만에 석방되어 루이 14세의 사료편찬에 참여해서 연대기를 썼음.

3) 모(Meaux) 교구의 주교 Bossuet는 루이 14세 궁정에서 신망이 높은 유명한 설교자였고, 황태자의 교육 담당자였음.

의해 아주 잘 밝혀졌듯이 푸케의 재판에서 꿋꿋이 남아있었다[1]. 그는 옛 주인을 변호하기 위해서 사람들의 주목을 받을만한 세 개의 청원서를 썼다. 루이 14세는 그를 배려해주었고, 펠리송은 국왕의 마음을 얻은 것은 자신에게 영예가 되어서 장차 어려운 일은 없을 것으로 느꼈지만, 그 전임 재정공무원이 고해를 하지 않고 죽어서[2] 사람들은 언제나 그를 의심하였다. 랑세는 항상 그를 옹호했으므로, 그의 명성은 펠리송의 신용을 높여 주었다. 랑세는 아카데미 학술원이 창립될 때, 리슐리외 추기경 집무실에서 아마도 펠리송을 보았을 것이다[3]. 펠리송은 스퀴데리 양[4]을 좋아했지만, 그가 멋쟁이 남자는 아니어서 그 여성은 자신의 좋은 평판을 잃지는 않았다.

랑세의 콜레주 시절 친구인 보쉬에는 자신의 동기동창생을 방문했는데, 그는 황량한 숲 위로 태양처럼 떠올랐다. 모 지방 독수리[5]는 그 둥지로 여덟 번이나 날아갔던 것이다. 그런 여러 차례의 거동들은 추억에 남는 일들이 되었다. 루이 14세는 1682년 베르사유 궁전에 자리를 잡았다. 보쉬에는 1685년 트라프 수도원에서 〈*모 교구의 교리문답*〉의 머리말을 저술하였다. 그 설교자는 1886년 콩데 대공의 관 앞에서 했던 뛰어난 〈*장례 추도사*〉를 끝으로 더 이상 장례조사를 하지 않았다[6]. 루이 대왕의 옛 근위 기병이던 소비에스키[7]는 1696년 하느님에게로 갔다. 그 소비에스키는 터키 군대의 대포가 벌려놓은 틈새로 비엔나에 진입했던 사람이었다.

---

1) 사법관이자 문필가였던 몽메르케 (*p. 85 각주 4)는 역사적 사건의 인물들을 해설한 그의 저서에서 푸케의 독직 사건과 그의 비서 펠리송에 대한 이야기를 기술하였음.
2) 재무총감이었던 푸케는 감옥에서 뇌일혈이 발병해서 고해성사를 못하고 사망했음.
3) 프랑스 아카데미는 1635년 랑세의 대부였던 재상 리슐리외에 의해서 창립되었음.
4) 당시의 유명한 여류 문필가.
5) 모 교구의 걸출한 주교였던 보쉬에는 랑세의 트라프 수도원을 자주 방문했음.
6) 보쉬에는 10명의 장례 추도사를 썼는데, 콩데 대공의 장례 추도사가 마지막이었음.
7) Jean Sobieski (1624-1696) : 프랑스 여성과 결혼한 폴란드 출신의 군인. 1683년 터키 군대에 포위된 비엔나를 해방시켰음. 폴란드 국왕이 될 희망을 품었으나, 폴란드의 왕좌는 에스파냐의 왕 카를로스 4세에게 돌아갔음. 샤토브리앙이 이 글을 쓰는 1842년 당시 폴란드는 독립국이 아니었음.

폴란드 사람들이 유럽을 구했는데도 유럽은 오늘날 폴란드를 없어지게 내버려두었다. 역사는 인간들보다 더 고마워할 줄 모르는 것이다.

트라프 수도원은 보쉬에가 가장 좋아하는 장소이었는데, 뛰어난 사람들은 눈에 잘 안 띠는 장소들을 선호하는 성향이 있는 셈이다. 페르슈의 길에 친숙해진 그는 어느 병든 수녀에게 편지를 썼다 : ≪나는 트라프 수도원에서 돌아가는 길에 당신을 좀 더 긴 시간 동안 방문하려 합니다.≫ 그 언약의 말은 지나가는 우편 마차에 던져지고 *〈보쉬에〉* 라고 서명 되었을 뿐 그에 이어진 다른 선행은 없었다.

보쉬에는 랑세의 동료들이 성무일과를 올리는 방식에서 매력을 느꼈으며, 르디외 신부[1]는 ≪시편의 성가는 홀로 그 넓은 은둔지의 적막을 깨뜨리고, 끝기도(終課) [2]의 긴 멈춤과 감미롭고 부드럽게 마음을 꿰뚫는 *〈성모찬가 기도〉* 는 그 고위 성직자에게 종교적인 서글픔을 불러일으켰다≫ 고 말하였다. 실제로 내게는 트라프 수도원에서 그 고요한 시간에 세상이 바람과 함께 지나가는 것 같았다[3]. 세상 끝에서 함락된 요새(要塞)의 수비대들이 생각났는데, 그 요새에서는 고국의 관심을 끌려는 듯이 이름 모를 노래 가락의 메아리가 들려왔으나, 수비대 병사들은 죽었고 떠도는 소문도 끝났던 것이다.

보쉬에는 낮과 밤의 성무일과에 참석하였다. 해질 무렵의 기도(晩課) 전에 그 주교와 개혁자는 바람을 쐬었다. 사람들은 내게 *〈생베르나르 동굴〉* 근처에서 예전에 두 연못을 갈라놓았던 가시덤불로 뒤엉킨 두렁길을 보여주었다. 나는 보쉬에와 랑세가 하느님의 일들에 대해서 대화를 나누던 그 제방(堤防)의 둑길을 르네[4]를 꿈 꾸던 발걸음으로 감히 모독하였다. 그 헐벗은 둑길 위에서 가장 뛰어난 설교

1) François Ledieu (1640-1713) : 보쉬에 추기경의 마지막 비서.
2) 저녁 7시경 취침 전의 기도. 종과(終課, complies, completorium) . < 참고자료 X.>.
3) 1843년 샤토브리앙은 예전에 랑세가 고행했던 트라프 수도원을 방문해서 환대를 받고, 저녁 때 참석한 성모 찬송기도에서 받은 느낌과 트라프 수도원의 주변을 둘러본 소감을 말하고 있음.
4) 샤토브리앙의 자전적 소설 *<<르네>>*의 주인공 이름.

자와 새롭게 달라진 은둔자들 중의 맏이가 그려놓는 쌍둥이 그림자를 보는 것 같은 느낌이 들었다.

보쉬에는 1704년 성 월요일에 성량[1]을 받았는데, 랑세가 사망하고 4년이 지난 뒤였다. 보쉬에는 기억력 때문에 힘들다고 하소연했고, 간병인이 그의 머리를 받쳐주었다. 그는 말하였다 : 《나의 머리가 혼자 지탱할 수 있으면 좋으련만.》 그 순간 르디외 신부가 천상의 지복(至福)에 대한 말을 했고, 그는 핀잔을 주었다 : 《설교는 그만 두고 나를 위해서 하느님께 용서나 빌어주세요.》

1704년 4월 12일 죽어가는 사람의 발과 손들이 굳어졌다. 아침 4시 반 조금 전에 그는 사망했는데. 그의 친구인 랑세가 새벽이 올 때 기도하던 시간이었다. 지나가면서 이 세상에서 잠시 쉬었던 그 독수리는 더 이상 내려앉지 않을 숭고한 둥지를 향해서 다시 날아가기 시작했고, 그 숭고한 천재로부터 남은 것은 돌멩이 비석 밖에는 없었다.

랑세는 애초에 수도원을 사직할 생각을 했었으므로, 1682년 12월 보쉬에와 의논을 했고, 보쉬에는 그에게 기다리라고 대답하였다. 그 해에 트라프 수도원으로 피신해온 어느 젊은 근위기병의 아버지가 사람들이 재산을 착복하려고 아들에게 술책을 부렸다고 한탄을 했지만, 그는 수도원장에게서 이 말밖에는 듣지 못하였다 : 《그 아들과는 곧 헤어지게 될 것이오.》

그 무렵 프리에르 수도원장[2]이 사망하였다. 나는 그 사람에 대해 자주 언급한 바 있었다. 그는 어느 사제한테 랑세에게 보내는 편지를 쓰라고 하였다 : 《생애의 최후 순간에 프리에르 수도원장님은 마지막 숨을 쉴 때까지도 간직했던 당신에 대한 존경심을 증언

1) 임종을 앞둔 사람이 마지막으로 받는 성체.
2) Dom Jean Jouaud : <엄격한 계율> 수도회의 총부주교 (* p. 105, 각주 2). 랑세 신부를 정규 수도사로 서원하게 지도하고, 시토 수도회의 계율 개혁 논쟁에 관한 종교재판에서 <엄격한 계율>을 변호하도록 로마로 파견했음. 프리에르 수도원장은 1673년 사망했음.

하시면서, 자신의 사망 소식을 당신께 전해달라고 저에게 지시하셨습니다.》

그 훌륭한 사람들은 존경심을 유언으로 물려준 것이다.

랑세에게 가해졌던 모든 비난들 중에서 얀센교파 교리에 관한 것을 제외하고는 어떤 것도 명백한 진실에 근거한 것은 없었다. 1676년에 브랑카[1]에게 쓴 랑세의 편지 하나가 있는데, 다음과 같이 자신의 생각을 나타내주고 있다 :

《 저는 아르노[2] 와 그에게 동조하는 사람들에 관해서 당신에게 이야기하면서, 교황이 만족해서 그들이 제출하는 형식으로 그들의 서명[3]을 받아들였다고 말했지만, 당신은 독실한 신앙심을 가진 사람들이 확실하다고 제게 전해준 그 내용에 대해 그들이 교황을 속였고, 또 교황은 손으로 눈을 가리고 아무것도 안 본 체한다고 대답했습니다. 그러는 동안 며칠 전에 앙제의 주교에게 내려진 결정문이 저의 손에 들어왔는데, 그것에는 교황이 그들을 자책감과 정부기관의 형벌로부터 신중하게 보호해주려고 상세한 해명서와 함께 몇몇 개인들의 서명을 받아들이고 싶다는 내용이 분명히 기재 되어 있었습니다. 그와 같이 교황은 그들이 해명서와 함께 서명한 것을 못 본 체 하지 않았을 뿐만 아니라 그것을 입증까지 해주고, 그것에 대해 만족하고 있는 것입니다[4]. 저는 아무도 비판하지 않았던 것을 아주

---

1) 브랑카 (Brancas) 백작, Charles de Villars (1618-1681) : 얀센교파에 대해 아주 심한 반감을 가졌던 귀족. 랑세는 이 편지에서 브랑카 백작에게 당시에 논란이 심했던 얀센교파와 몰리나 신도들에 대한 자신의 입장을 밝히고 있음.

2) 앙리 아르노 (Henri Arnauld, 1597-1692) : 얀센교파 지도자. 앙제 교구의 주교. 유명한 그리스 고전문헌 번역가 로베르 아르노 당디이의 동생 <참고자료 IV>

3) 프랑스의 궁정은 성직자 회의에서 얀세니우스의 5개 항목을 단죄하는 교황의 교서를 받아들이고, 성직자들에게 교서에 첨부된 <동의서>에 서명하라는 명령을 내렸음.

4) 이 편지에서 언급된 앙제의 주교인 앙리 아르노(Henri Arnauld)를 비롯한 4명의 주교는 <동의서>에 서명하기를 거부했음. 앙리 아르노는 교황 알렉산데르 7세에게 서명 거부를 허락해 달라는 편지를 보냈지만 아무런 답장이 없었고, 앙리 아르노는 죽을 때까지 서명하지 않았음. 랑세는 앙리 아르노가 <동의서>에 서명해서 교황에게 보낸 것으로 잘못 알고, 그를 옹호하는 입장에서 이 편지를 쓴 듯함.

다행으로 여기고 있습니다. 제가 그 사건에서 교황이 받아들인 사람들을 비난했었더라면 저는 어떤 궁지에 몰리게 되었을까요? 만일 제가 그 사람들을 불리하게 심판했고, 또 저의 증언을 근거로 다른 사람들이 똑같은 일들을 하게 되었다면 저는 어떤 속죄를 해야 했을까요? 결국 저는 교황에 대한 공경의무에 어긋나게 교황의 뜻을 거슬러서 그분이 정당하다고 여긴 사람들을 비난할 뻔했고, 그리고 그분이 만족해서 사랑과 지혜가 충만한 행동으로 자신의 품안과 공동체 안에 받아들인 사람들을 그릇된 생각에서 불복종하는 사람들로 여길 뻔했기 때문입니다. 앞으로는 저는 타인들을 심판하는 일이 없을 것이며, 그러한 결심으로 과거의 어느 때보다 더 신앙심에 충실하겠다고 당신에게 다짐합니다. 저는 아무런 감정도 없이, (저는 파벌이 없고, 또 교회 말고 다른 파벌을 갖는 것은 불가능하기 때문에) 모든 파벌을 떠나서 전혀 사심이 없이 예수 그리스도께서 저의 마음 속에 담아주신 믿음 가운데에서 당신에게 말하고 있습니다.

《 자격도 없고 의무도 없는 우리들이 심판을 자제하려는 것에 대해 하느님께서 당신이나 저에게 해명을 요구하시는 일은 있을 수 없으나, 만일 심판할 권한이나 의무가 있는 사람이 전념해서 모든 배려를 다하고 열심히 한 뒤에도 오판을 한다면, 의도가 아무리 좋더라도 그 어긋난 행동은 양심에 부담이 될 수 있는 것입니다. 그런 사람들은 그들의 속마음 깊은 곳까지 알고 계시는 하느님께서 자비를 베풀어주실 것이라고 희망할 수 있지만, 그러나 말이 앞서고 사명감이 없는 사람들에게 그런 불운이 온다면 가혹한 징벌을 기다릴 수밖에 없는데, 왜냐하면 그들이 참견하며 자신들의 것도 아닌 권한을 남용한 순간부터 그들은 하느님께서 죽음의 어둠(冥闇) 속에 내버려두시게 될 일을 했기 때문입니다. 자신의 형제에게 사소한 욕설을 하는 사람들을 영원히 벌주시겠다고 하신 예수 그리스도의 말씀을 생각하거나, 혹은 제 자신이 심판받아야 할 시점에 있는 것을 생각한다면, 저로서는 다른 사람들을 심판하는 일보다도 더 멀리 해야할 것은 아무것도 없다고 당신께 분명히 말씀드립니다.

《 편견을 갖지 않고, 이해관계나 감정이 없이 진실 가운데서 사물들을 바라보아야 할 모든 사람들의 마음가짐은 이와 같아야 하지만, 그러나 편견은 적성에 맞지 않고 또 특별히 해당되지도 않기 때문에 우리는 편견이 없다고 믿는 것이 바로 나쁜 것입니다. 어쨌든 우리는 무심코 다른 사람의 일에 자주 말려들게 됩니다. 저로서는 그런 문제에서 가장 안전한 길은 순종하며 침묵 가운데 남아 있는 것이라고 확신합니다. 그것은 모든 사람을 제게로 끌어오지만 아무도 기쁘게 해주지 못하는 방법인데, 그러나 하느님께 기쁨을 드리고 하느님의 계율을 지킬 수만 있다면, 저는 사람들이 저의 행동을 어떤 방식으로 해석하던지 마음 쓰지 않습니다. 진실로 말해서 저는 더이상 이 세상 사람이 아니며, 또 이 세상을 떠난 뒤에도 의무와 양심에 어긋나게 세상 사람들을 만족시킬 생각으로 또다시 이 세상에 들어올 만큼 불행하지는 않습니다. 아무리 공정하더라도 그런 입장에서 말할 때는 절제와 애덕의 규율을 지킨다는 것이 너무 어려우므로, 하느님께서 말하지 않아도 되고 또 모습을 보이지 않아도 될 위치에 놓아주신 사람은 행복하다는 것을 당신은 틀림없이 알게 될 것입니다. 그런데도 저는 "얼굴이 창백하고 인상이 나쁘다고 소문이 난 그 사람은 교황의 권위를 부정하는 분파주의 이교자(離教者)이다" 라고 서슴없이 말하는 사람들을 항상 맹목적으로 경탄하거나 측은하게 여기고, 얼버무려 넘기는 일에서 헤어나지 못했음을 고백합니다. 제가 "당신에게만 이야기 한다" 라고 하면, 그것은 그 논점에 대해 저의 감정과 생각이 어떤지를 다른 사람들이 알게 되는 것을 원하지 않을 뿐만이 아니고, 사람들이 저를 저하고 아무 상관없는 일에는 끼어들지 않는다고 여겨주는 것이 사실상 제 마음에 훨씬 편하기 때문입니다.

≪ 제가 그 〈동의서〉에 서명한 것[1]을 뉘우쳤다는 소문은 사실이 아니라는 것을 다시 말하지 않을 수 없는데, 왜냐하면 저는 상위 성직자들이 원할 때마다 서명할 것이고, 또 그런 경우에 저의 감정은 아주 진실하다고 확실히 믿기 때문입니다. 그러나 그 동의서는 하느님의 심판을 받아야 될 것 같은 무수히 많은 범죄와 악행을 저지르며 판단과 오류의 책임을 얀센 교파 신도라는 사람들에게 떠넘겼는데, 나중에야 저는 얀센교파 사람들이 죄가 없는 것을 알았고, 또 그 일을 납득할 수도 없었음을 부인하지는 않겠습니다. 이 세상에 있는 동안에 저의 구원을 진지하게 생각하기에 앞서 독실한 신앙과 교리를 믿는 사람들의 사이에서는 그렇게 할 수도 있으리라고 믿고, 저는 그들을 만날 때마다 해명해서 그 일에서 완전히 자유로워졌다고 여겼습니다. 그러나 저는 잘못 생각했었던 것이고, 그렇게 하더라도 제가 다른 사람들의 인간관계와 신앙심에 관련해서 생각하고 말한 것들에 대한 하느님의 심판에서 변명이 될 수는 없을 것입니다. 그것은 저로 하여금 신의 은총으로 반드시 지킬 수 있게 되기를 바라는 두 가지 결심을 하게 하였습니다, 하나는 증거를 보여 주지 않으면 그것을 말하는 사람의 신앙심이 어떻든 간에 어느 누구의 잘못도 믿지 않으리라는 것이고, 또 하나는 증거가 있어도 불가피한 경우가 아니면 결코 아무것도 말하지 않겠다는 것입니다. 하느님 심판을 두려워하고, 또 가혹한 심판을 받게 될 것을 아는 사람이 형제들을 비판한다면 아주 불행한 일이며, 예수 그리스도께서 우리를 자비심으로 심판하시게 될 가장 좋은 방법은 우리가 비판을 자제하는 것이기 때문입니다.

≪ 만일 제가 그들(얀센 교파 신자들)의 신앙심을 의심한다면 저는 죄를 짓고 있는 것인데, 그들은 공동체 안에 그리고 교회의 품안에

---

1) 랑세는 1655년 파리 성직자 회의에서 얀센주의를 단죄한 교황의 교서에 찬동하는 <동의서>에 서명했음.

있는 까닭입니다. 교회는 그들을 자신의 어린애처럼 바라보고 있으므로, 따라서 저는 그들을 저의 형제들과 다르게 바라볼 수도 없고 또 다르게 보아서도 안 되는 것입니다.

《 당신은 얀센 교도들이 의심스럽다고 하지만, 하느님께서는 저를 의심을 갖고 처신하는 것에서 보호하시고 계십니다. 저는 그것을 제 자신의 경험으로 알고 있으며, 그런데도 저는 매일 몰리나 신도[1]라는 사람들에게서 부당하고 난폭한 짓을 당하고 있습니다[2]. 저의 명성을 망쳐놓으려는 중상모략이나 인격에 손상을 주려고 퍼뜨리는 소문은 전혀 없는데, 그것은 그들이 저의 품행에 대해서는 공격할 줄 모르고 저의 신앙과 신념을 공격하기 때문이며, 또 자신들의 도덕 규칙과 잘못된 행동준칙 안에서 시기심과 욕망이 일러주는 나쁜 의도로 저를 험담할 것을 찾기 때문입니다. *〈정당한 사람을 공격합시다. 그 사람은 우리에게 아무런 쓸모가 없고, 우리가 하는 일을 반대하고 있습니다.〉*[3] 저의 처신이 그들에게는 합당하지 않고, 저의 도덕기준은 정확한데 그들의 것은 느슨하며, 제가 걸어가려는 길은 비좁지만 그들이 가는 길은 크고 넓다는 것이 바로 저의 죄목인데, 그것은 저를 압박하고 파멸시키기에 충분한 것입니다. *〈정의를 따라서 살아가는 불쌍한 사람을 억압합시다. 그의 존재는 우리들에게는 부담이 되고, 그의 생활은 다른 사람들의 생활과 비슷하지 않습니다.〉*[4]

---

1) Molinistes. 에스파냐의 예수회 신부 Louis de Molina (1536-1600)는 1588년 포르투갈에서 신의 은총을 강조한 아우구스티노 성인의 구원예정설과는 차이가 있는 논문 <신의 은총과 인간의 자유의지의 일치>를 발표했음. 인간의 구원에서 자유의지가 하느님의 은총과 함께 중요하다는 그 교리를 따르는 몰리나 신도들은 당시 인간 본성에 부정적 견해를 갖고, 잘못을 저지르기 쉬운 자유의지보다 하느님의 은총을 믿고 초기 그리스도 교회의 엄격한 신앙생활을 준수하자는 얀센교파들과 대립하였음.

2) 몰리나 신자들은 얀센니우스의 5개 항목의 단죄를 찬성하는 *<동의서>*에 서명한 랑세가 자신들과 동조해서 얀센교파 신자를 배척하지 않는 것을 비난하고 있었음.

3) 구약성서의 <지혜의 서> 글귀를 인용해서 랑세를 비방한 말. < *Circumveniamus justum, quoniam inutilis est nobis et contrarius est operibus nostris* >.

4) < *Oprimamus pauperem justum ; gravis est nobis etiam ad vivendum, quoniam dissimilis est aliis vita illius* >. *구약성서* <지혜의 서>에서 따온 글.

« 당신은 제가 어떻게 몰리나 신도들을 신뢰해 주고, 또 어떻게 그들이 성급하게 화를 잘 내는 그릇된 인물들이 아니라고 인정해주기를 바라십니까? 진실을 옹호한다고 그렇게도 열심인 몰리나 신도들은 양심에 거리낌도 없이, 순전히 상상으로 아주 중대한 온갖 죄를 남에게 전가시킬 수 있다는 것을 성서와 교부들의 책자 어느 곳에서 읽었을까요? 또 은둔과 침묵 가운데에서 하느님께 봉사하고, 경쟁이나 소송사건에는 끼어들지도 않으며, 교회에 감화를 주고, 마음에 들지 않는 사람들의 생활방식이나 말조차도 나무라지 못하는 그 사람들을 공공연하게, 또 비밀리에 온갖 수단으로 헐뜯을 수 있다는 것을 어느 곳에서 읽었던 것일까요? 얀센 교파 신자들을 의심해서 헐뜯는 부당한 소문이 들려오면, 무슨 일들이 당연하게 일어날 수 있을 것인지 당신도 한번 짐작해보십시오. 제가 몰리나 신자들을 언짢게 말한 일이 없더라도, 그리고 몰리나 신자들이 저에게 불평할 문제가 없더라도 그들은 그 지나친 짓을 당신만큼이나 무관한 저의 탓으로 떠넘기는 일을 조금도 주저하기 않기 때문에, 몰리나 신자들로서는 자신들과 견해가 다르고 또 일처리 방식도 다르며, 더구나 오래전부터 공공연하게 자신들과 맞서 싸워온 어느 인물에게도 그런 터무니없는 가상적인 잘못의 책임을 전가할 수 있지 않겠습니까?

« 당신에게 솔직히 말하자면, 저는 교회의 권한에 완전히 순종하지만 몰리나 교파의 신자는 전혀 아닙니다. 저는 예수 그리스도의 은총, 성인들의 구원 예정설과 복음서의 교훈에 대해서 몰리나 교파 신자들처럼 생각하지 않으며, 또 얀센 교파 교리가 나쁘지 않다고 확신하고 있습니다. 세상 사람들이 일시적인 충동과 상상력으로 얀센 교파 신자들의 행동을 규제하는 것은 큰 과오가 될 것이고, 자신들의 생애의 모든 국면에서 하느님만을 바라보고 선행하는 사람들은 아무런 지시와 규제가 없을 때에도 남을 대하는 방식에서 죄를 짓는 걱정을 하지 않는 것입니다. 그들은 죄를 짓지 않지만, 전혀

비난 받지 않아야 될 인물들을 공격할 기회를 찾는 사람들이 죄를 짓는 것이지요.

« 끝으로 저는 속세를 떠난 뒤에 교회를 휘저어온 서로 다른 여러 파벌 집단을 보았습니다. 모든 측면에서 그 집단들을 지속시켜온 이해관계와 열정들을 보았으나, 저는 하느님 은총으로 저에게 슬퍼하고, 하느님 앞에서 신음하고, 그리고 반목하는 사람들에게 평화와 애덕의 감정을 일깨우는 기도를 하는 쪽 말고는 어디에도 가담하지 않았습니다. 저는 유보적인 태도로 이 사람들과 저 사람들 사이에서 살아왔고, 어느 누구와도 연관을 맺지 않고서 교회에 순종했는데, 저는 위험하지 않은 사람이 없다고 믿었고, 또 어느 편에도 속하지 않고 단지 예수 그리스도와 교회 안에서 예수 그리스도께서 권세와 권위를 주신 사람을 따르는 것이 좋은 태도라고 믿었기 때문입니다.

« 저는 평온한 마음과 침묵 속에 머물러 있었고, 그리고 자신의 형제들을 동정하지 않고 비판한 사람들을 하느님께서 용서없이 심판하실 것이라는 중대한 진실을 자주 생각했었기 때문에, 제가 이제껏 관여된 바 없거나 진실로 불가피하게 관여되었다는 증거와 확신이 없으면 저를 변명하거나 어느 누구의 행실도 비난해서는 안 된다는 것을 알았고, 그런 일을 하는 것을 자제해왔습니다. 저는 사람들을 기쁘게 할 의도가 없고, 그들의 찬동과 평판을 얻기 위해 애쓰지도 않으며, 또 하느님께서는 자신의 편에 선 사람들 중에 핍박당하도록 허용하신 경우가 아니라면 그들이 바치는 시중을 거부하시지 않겠다고 분명하게 강조하신 것을 잘 알고 있습니다. 저의 유일한 근심은 하느님께서 남을 헐뜯고 비방하는 사람들을 살인자나 간음한 자들만큼이나 엄하고 중하게 심판하실 것을 모르기라도 하듯이 양심을 위험에 빠뜨리는 사람들을 보는 것입니다.

« 저에게는 한 가지 일이 남아있는데 그것은 사람들이 제가 몰리나 신자들의 편을 든다고 믿는 것을 막아내는 일입니다, 그 까닭은

몰리나 교파에 속해있는 대부분 사람들의 도덕이 너무 부패되었고, 그들의 행동방침이 복음서의 신성함과 예수 그리스도께서 자신의 말씀으로나 또는 성인 사제들을 통해서 우리에게 전해주신 계율과 가르침에 너무나 어긋나서, 제가 온 마음으로 비난하는 의견들을 정당화시키는데 저의 이름이 이용되는 것을 바라보는 것이 가장 참을 수 없기 때문입니다. 저의 고통 가운데서도 가장 놀라운 것은 그 문제에 대해 모든 사람들이 침묵을 하고, 또 종교적 열성과 헌신을 공공연하게 자랑하는 사람들도 영혼을 이끌어주고 품행을 지도하는데 있어서 교회 안에 신앙의 순수성을 보존하는 일보다 더 중요한 것이 있기라도 하듯이 침묵을 지키고 있는 것입니다. 모든 종류의 인간관계를 조심했으므로, 결코 어느 누구에게도 열정을 느끼지 않았던 저로서는 눈앞의 하느님과 진실만을 원하는 사심이 없는 인간으로서 사물을 바라보았을 때, 그리고 어떤 일에서는 사람들을 너무 흥분하게 만들고 또 다른 일에 대해서는 무관심하고 냉담하게 만드는 것을 분별해보려고 했을 때, 어떤 동기가 부여되지 않으면 대부분의 사람들은 본능적으로 아무것도 보여주지 않는데, 그것은 한 쪽에서는 기쁘게 이득을 얻게 하고, 또 다른 쪽에서는 손실만을 보게 할 뿐인 이해관계인 것입니다. (저는 그것을 신학자들과 사물의 근본과 중요성을 모를 리 없는 사람들한테 들었습니다). 저는 이 세상에서 손해를 볼 것이나 이득을 얻을 것이 아무 것도 없고, 저의 주장과 소망을 모두 영원으로 내려 보냈으므로, 제가 체험하거나 이해할 수 없는 것은 그런 욕심과 절제입니다. 실제로 하느님께서 세상 사람들을 불쌍하게 여기지 않으시고, 또 진정한 도덕기준을 파괴하고 그 자리에 다른 것을 대치해 놓으려고 애쓰는 사람들의 열망을 막지 않으신다면, 그 결과로 죄악은 늘어날 것이며, 사람들은 얼마 지나지 않아서 거의 전반적으로 황폐해진 것을 보게 될 것입니다.»

나는 우리들에게는 너무 긴 이 편지를 요약하지 않았으며, 이 편지는 당시에는 활기찼으나 지금은 잠잠해진 문제들에 대해서 결론을 내리고 있다. 얀센주의 교리는 모질고 신랄해서 은둔 수도자의 마음에 들게 되었을 것이다. 오늘날 인간의 정신은 더 이상 서서 지탱할 힘도 없기 때문에 그 모든 것들은 우리에게 과중한 것처럼 보인다. 보쉬에의 영향을 받은 랑세는 견해를 바꾸어서 그가 존중해 왔던 것을 인정하지 않게 되었다.[1] 영구한 것은 하느님께만 있는 것이다. *〈그 분은 영원하시다.〉*[2]

1678년 랑세는 벨퐁[3] 원수에게 자신의 원칙을 밝혔다. 벨퐁은 전쟁에서 두 차례의 적절한 불복종으로 처벌받은 바로 그 원수였고, 보쉬에로부터 라 발리에르 부인[4]의 회개에 대해 편지를 받은 사람이었다. 랑세는 편지 쓰는 일이 드물어졌는데, 트라프 수도원의 엄격한 계율에 반대하는 비난을 물리치는 것이 중요했던 것이다.

수도원장은 그 원수에게 말하였다 : ≪외국 땅에서는 주님의 찬가를 부를 수가 있더라도, 사업과 향락으로 둘러싸였을 때는 자신의 길을 충실히 지키기가 힘들다고 생각해야 합니다.

≪ 하느님께서는 모든 사람들에게 세상을 버리라고 명령하시지 않았으나, 어느 누구에게도 세상을 사랑하는 것을 금지하시지는 않았습니다.

≪ 저는 제 자신을 발에 밟히는 깨진 물병보다도 나을 것이 없는 것으로 여긴다고 주장하는데도 세상 사람들이 실제와는 다르게 겉으

---

1) 랑세는 처음에는 얀센교파 신자들을 옹호했었으나, 나중에는 비판하게 되었음.

2) *<Manet in aeternum>*. 샤토브리앙은 이 어귀를 구약성서 *<시편 116 (117) : 2>* 에 있는 *<하느님 진리는 영원하시다 (veritas domini manet in aeternum)>* 라는 구절의 한 부분을 인용하였음.

3) Bernadin Gigault de Bellefonds (1630-1694) : 후작, 에스파냐, 플랑드르, 이탈리아의 전투에서 전공을 세운 프랑스 군대의 원수, 강직한 성격으로 전쟁 중 튀렌(Turenne)과 크레키 Créqui) 원수의 지휘를 거부해서 처벌 받았음. 1692년 호그 (Hogue) 해전에서 패배한 뒤 벵센(Vincennes) 요새 사령관이 되었음, 보쉬에 주교의 친구였음.

4) Louise de La Vallière 공작부인 : 1661년부터 1667년까지 루이 14세의 애인이었음. 루이 14세의 총애를 잃은 뒤에 부르달루 신부, 벨퐁 원수, 보쉬에 신부의 권유로 궁정을 떠나 파리의 카르멜 수녀원에 들어가서 1675년 서원하였음.

로만 보이는 저를 믿고서 받아들인다면, 사실상 저에게는 *〈제 자신의 실체〉*를 제대로 알리지 않은 잘못이 있는 것이고, 또 사람들은 그것을 저에게 말하지 않으므로, 저는 속세에서 받는 부당한 대우가 하느님께서 내리신 비밀스럽고 진실한 심판이라고 믿지 않을 수가 없고, 그리고 하느님을 대신해서 사람들이 저에게 징벌을 집행하는 것으로 여기지 않을 수 없는 것입니다.

《 이것이 제가 처해 있고, 생애의 끝이 다가오기 때문에 유지해야할 마음가짐인데, 영원의 문 앞에서 무자비한 인간들의 심판을 받기보다는 하느님의 자비심 가운데 심판을 받으려면 그것보다 더 강한 효험이 있는 것은 없기 때문입니다.》

1679년 벨퐁은 랑세를 파리로 불렀다. 노르망디의 벨퐁 집안 사람들은 투렌의 벨퐁 가문 출신이었다. 벨퐁 원수의 딸인 샤틀레트 후작부인은 남편과 뱅센[1]에서 아주 가난하게 살았으며, 벨퐁은 그 요새의 사령관이었고, 그는 장차 앙기앵 공작이 오게 될 그 요새의 성에서 죽었는데, 그 공작은 아직 세상에 태어나지 않았다[2].

랑세는 그 원수로부터 라 발리에르 부인을 만나보라는 권고를 받았고, 그 부인이 겪는 고통에서 스스로의 모습을 알아보게 되었다. 루이 14세의 애인이던 그 부인의 생애를 요약한 책의 뒤를 이어서 벨퐁에게 보낸 50통의 편지가 출판되었다. 그 요약된 책의

---

1) Chateau de Vincennes : 고대 로마인들이 파리 동쪽에 건설한 도로 옆의 뱅센 숲에 12세기에 국왕의 휴양 저택을 짓고 울타리를 세워 사냥터로 만들었음. 14세기부터 17세기에 걸쳐서 요새 성채로 건설되어 여러 국왕들의 거처로 사용되었고, 그 성채의 높은 탑은 고귀한 신분의 귀족들을 가두는 감옥으로 이용되었음. 루이 14세가 베르사유 궁전으로 옮겨간 뒤에는 가끔 사냥하러 와서 머물렀고, 1691년부터 1694년까지 요새의 사령관이었던 벨퐁은 그의 딸과 사위와 함께 그 성채에서 곤궁하게 살다가 사망했음.

2) 벨퐁 원수는 1694년에 뱅센 요새에서 사망했고, 그 후 78년이 지난 1772년 출생한 부르봉 왕가 콩데 가문의 마지막 후손인 앙기앵 공작은 망명지 독일에서 1804년 나폴레옹 군대에 납치되어 프랑스로 끌려와서 뱅센 감옥에 감금되고, 그해 3월에 정당한 재판도 없이 총살되었음. 황제가 될 야심으로 나폴레옹은 독일에 반혁명 망명 군대를 편성하고 프랑스 혁명 군대와 싸워 명망이 높았던 콩데 가문의 후계자를 제거하는 만행을 저질렀는데, 샤토브리앙은 그 불법 행위를 비난하고 나폴레옹 정부가 호의를 베풀어 임명한 외교관 직책(스위스의 발레 전권공사)을 부임하기도 전에 사직해서 나폴레옹의 핍박을 받게 되었음.

저자는 보쉬에의 여러 작품을 편집한 르쾨 신부였다. 그 신부는 생메다르[1] 얀센교파의 열광적인 신도가 되었다.

보쉬에는 라 발리에르 부인이 수녀 서원(誓願)을 할 때 강론에서 그 부인에게 말하였다 : « 숨어서 살아가시고, 고결하게 날아올라 영원한 진수(眞髓) 속에서 안식을 찾으세요.» 라 발리에르 부인은 다음같이 썼다 : « 마침내 저는 속세를 떠납니다. 후회는 없으나 고통이 없지는 않습니다. 저는 믿고, 소망하고 또 사랑합니다.» 그것은 틀림없이 그 아름다운 말들이 자연스럽게 어울리는 훌륭한 사람들의 모임이었을 것이다. 라 발리에르 부인은 1675년 11월 7일에 벨퐁 원수에게 보낸 편지에서 이렇게 썼다 : « 저는 트라프 수도원장님을 만났던 기쁨을 당신께 알려드리지 않을 수 없군요. 저는 항상 평온한 믿음 속에 있고, 우리의 거룩한 수도원장님은 저에게 그런 마음에 머물러 있도록 강력하게 권고하고 있습니다. 원수님, 그분이 당신께 바라시는 심신 상태로 행복하시기 바랍니다.» 루이의 권태감과 랑세의 도움으로 벨퐁은 그 도피한 여성의 결심을 받쳐주었다. 세상 사람들은 수도복을 입은 희생제물인 랑세가 다른 희생제물에게 고행자 옷을 입도록 격려하는 것을 본 셈이다.

〈하느님의 집〉[2]의 길 위에 놓인 운명은 그와 같았다. 그곳 안에서 또 그곳 밖에서 온 추억들은 그 적막한 곳에서 가라앉았고, 모든 속죄하는 사람들은 그들의 잘못을 함께 가지고 가는 것이다. 뉘우치는 사람들은 외딴 길에서 거닐고, 서로 마주치고 다시는 서로 만나지 않는다. 추억을 가진 영혼들은 내가 어린 시절 브르타뉴 바닷가에서 바라본 아지랑이처럼 사라졌는데, 사람들은 시칠리아의 멀고먼 화산에서 온 안개라고 하였다. 트라프 수도원의 모든 길 위

1) Saint-Medard : 파리 교구 묘지 이름. 그곳에 묻힌 어느 얀센 교파 고행자 무덤을 참배한 사람들에게 기적이 일어난다는 소문으로 얀센 교파의 순례 장소가 되었음.
2) 은둔수도자들이 모여서 공동 수도생활 하는 수도원.

에서 사람들은 세상의 도망자들과 마주쳤고, 랑세는 위험과 재난을 무릅쓰고 그들을 거두어들이러 갔고, 불타고 남은 재들을 자신의 옷자락에 담아서 개간되지 않은 황무지에 씨를 뿌렸다. 오늘날에는 그늘 속에서 흰옷을 입은 사냥꾼들이 미끄러지듯이 스쳐지나가는 것을 더 이상은 볼 수 없고, 날아가는 요정이 울부짖는 동안에 뤼시냥[1] 성의 폐허 가운데서 사냥꾼들의 뿔피리 소리를 듣는 것 같은 카를 5세와 카트린 드 메디치도 볼 수 없다.

내가 랑세의 옛 거처들을 찾아보던 숲속의 언덕들 아래쪽에 짚으로 지은 종탑이 연기에 뒤틀린 모습으로 보였고, 낮게 깔린 구름들이 하얀 수증기처럼 저 아래 훨씬 낮은 계곡으로부터 피어올랐다. 가까이 다가갔더니 그 구름들은 가공하지 않은 양털로 된 옷을 입은 사람들로 변신했고, 건초를 베는 사람들을 알아볼 수는 있었으나 베어진 건초들 가운데서 라 발리에르 부인의 모습은 보이지 않았다.

랑세는 자신의 존재를 생각나게 하는 어떤 작품도 저술하지 않기로 결심하였다. 예순 살이 되어서 병치레에 짓눌린 그는 비록 자신의 친구 보쉬에의 흰 머리에서 용기를 얻었지만, 젊은 시절의 환상으로 되돌아갈 유혹을 받지는 않았다. 그는 수도사들과 자주 회의를 했기 때문에 많은 강론 원고가 남게 되었다. 어느 병든 수도자가 랑세에게 그 강론의 원고들을 함께 모아두라고 간청하였다. 그래서 *≪수도사 생활의 신성함과 의무에 대하여≫*[2] 라고 하는 제목의 논설집이 조금씩 만들어지게 되었다. 수도원에서는 그 논설집의 몇몇 복사본들을 만들게 했고, 그 복사본들 중의 하나가 보쉬에의

---

1) Lusignan : 프랑스 중서부에 있는 마을 이름. 중세시대에 토요일에는 뱀으로 변하는 요정이 레몽댕이라는 기사와 결혼하고 성을 지었는데, 어느 토요일에 뱀으로 변한 자신의 모습이 발각되자 창문으로 날아갔다가 성의 주인이 사망한 후에 그 성의 탑에 사흘간 나타나 큰 울음소리를 냈다는 전설이 있음. 훗날 신성 로마제국 카를 5세 (1500-1558)와 수도사이자 유명한 문필가인 브랑톰(Pierre Bourdelle, Brantôme 1540-1614)이 그 성의 폐허를 보고 슬퍼했다고 함. 그 당시 피렌체 시민들에게 배척당한 메디치 가문의 소녀 카트린 드 메디치는 프랑스의 앙리 2세와 결혼하기 전에 수녀원에 피신해 있었음.

2) *≪ De la sainteté et des devoirs de la vie monastique ≫.*

손에 들어갔으므로, 감탄한 보쉬에는 서둘러 랑세에게 편지를 써서 그 작품을 여러 사람들에게 알려야하며, 또 그것이 발간되도록 책임을 떠맡겠다고 강력하게 주장하였다. 리고베르 신부와 샤티옹 수도원장도 그 훌륭한 주교의 권유에 동참하였다. 랑세는 그 작품을 불속에 던져버렸으나, 사람들이 반쯤 불에 탄 그 공책을 끄집어내었다. 작가들에서 흔히 볼 수 있는 심약함으로 랑세는 불에 탄 그 잔재들을 다시 매만졌고, 불에 그을린 복사본들 중의 하나가 보쉬에한테 가게 된 것이다. 트라프 수도원장은 편지를 썼다 : « 예하님, 어떻게 당신은 모든 수도회들의 무거운 짐을 저의 등에 얹으려 하십니까! » - 보쉬에는 대답을 하였다 : « 당신이 아무리 화를 내더라도 당신이 그 원고의 주인이 될 수는 없습니다. 하느님의 앞에서 그것을 생각해야 될 것입니다.» 랑세는 거듭해서 간청을 했고, 보쉬에는 대답하였다 : « 나는 당신을 위해 책임질 것이고, 당신을 보호할 테니까 가만히 계십시오.»

실제로 «*수도사 생활의 의무*» 라는 책자의 〈*해설*〉 첫머리에서 출판을 승인한 보쉬에의 찬사를 볼 수가 있다 :

“우리들은 그 〈*해설*〉을 읽고 검토를 한 뒤에 «*수도사 생활의 신성함과 의무에 대하여*»라는 책을 읽게 될 모든 사람들이 그 책의 거룩하고도 유익한 교리를 확신하기 바라면서 기꺼이 출판을 승인하였습니다. 1685년 5월 10일, 모(Meaux)에서”

모 교구의 독수리가 자신의 날개로 덮어서 보호해준 그 작품은 어떤 것인가? 랑세는 자신의 젊은 시절이 남아있다는 것을 받아들이고 싶지는 않았지만 헛일이었고, 그는 늙었다고 자신에게 말하고 믿었으나, 몸 안에서는 생명감이 넘쳐흘렀다. 그러는 동안에 예상했던 일이 일어났다. 그 책이 출판되고 이삼년이 지난 후 갑자기 긴 논쟁이 닥쳐온 것이다. 그 논쟁의 심각성은 오늘날의 문학적인 논쟁과 닮은 것은 없었고, 과거의 그런 승부는 기묘해서 알아보고 싫어진다. 보쉬에는 그 작품의 근본적인 취지나 형식을 착각하지는 않았다. *≪수도사 생활의 신성함과 의무에 대하여≫* 를 요약한 것이 여기에 있는데, 랑세는 이렇게 말하고 있다 :

≪종교적인 계율은 인간이 창의적으로 만들어낸 것처럼 간주되어서는 안 되는 것이다. 루가 성인은 "네가 가진 것을 팔아서 가난한 사람에게 주어라. 그런 후에 나를 따르라[1]. 누구든지 내게로 와서 자신의 아버지, 어머니, 부인, 아이들, 형제들, 자매들, 심지어는 자기의 생명마저 미워하지 않는다면 내 제자가 될 수 없다[2]" 라고 말씀하셨다.

≪ 세례자 요한은 사막에서 초연하고 가난하게 속죄하며 완벽하게 살았고, 그의 성덕(聖德)은 은둔자들과 후계자들과 제자들에게 전해졌다.

≪고행자 바오로 성인과 안토니오 성인은 저지대 테바이스 사막에서 초기의 예수 그리스도교 신자들을 찾았고, 파코미오 성인은 고지대 테바이스 사막에 나타나서 하느님으로부터 많은 제자들을 지도하게 될 계율을 받았다. 마카리오 성인은 세테 사막, 안토니오 성인은 니트리 사막, 세라피온 성인은 아르시노에와 멤피스의 은둔처, 힐라리오 성인은 팔레스티나로 몸을 숨겼는데, 이분들이 아프리카와 아시아와 동방의 모든 곳들을 채웠던 수많은 은둔 수도자들과 고행수도자들의 근원이다[3].

≪ 교회는 많은 아이를 낳은 어머니처럼 자신의 수많은 어린애들 때문에 허약해지기 시작하였다. 박해가 끝났으므로 열의와 신앙심은 줄어들고 휴면 상태에 들어갔다. 그러는 동안 교회를 유지하시려는 하느님께서는 재물과 가족들을 내버리고 스스로 죽음과 같은 생활을

---

1) 신약성서 <루가복음 18 : 22 >.
2) 신약성서 <루가복음 14 : 26 >.
3) <참고자료 XI.> 고대 은둔수도사들이 고행했던 이집트 사막, 시나이 반도, 팔레스티나 및 홍해 연안의 지도.

선택한 사람들을 지켜주셨으며, 그들은 초기 순교자들 못지않게 진정한 존재였고, 성스럽고 놀라웠다. 그로부터 베르나르도 성인과 베네딕도 성인의 지도아래 여러 수도회 교단들이 생겨났다. 수도자들은 그들의 기도를 통해서 국가들과 제국들을 지켜주는 천사들이었고, 교회의 지붕을 지탱해주는 둥근 천장들이었으며, 쏟아지는 눈물로 하느님의 분노를 가라앉히는 속죄하는 사람들이었고, 세상을 빛으로 채워주는 빛나는 별이었다. 동굴들과 바위산들이 그들의 거주지였고, 그들은 접근할 수 없는 성벽으로 둘러싸인 것 같은 산속에 갇혔으며, 서로 만나는 모든 곳에 교회를 세웠고, 비둘기들처럼 언덕에서 잠들고, 독수리들처럼 바위 꼭대기에 붙어있었는데, 에페렘[1] 성인은 그들의 죽음이 삶만큼이나 행복하며 경탄할만하다고 말하였다. 그들이 자신들의 무덤을 만드는 데는 아무런 걱정거리가 없었으며, 세상 사람들에 의해 십자가에 못 박히고, 많은 사람들이 바위 산 절벽 꼭대기 같은 곳에 매달려서 그들의 영혼을 하느님의 손에 기꺼이 돌려드렸다. 평상시처럼 단순하게 산책을 하다가 무덤이 되는 산속에서 사망하는 사람들도 있었다. 어떤 사람들은 고통에서 해방되는 순간이 온 것을 알고 무덤 속으로 들어갔다. 하느님 찬가를 부르는 사람들은 자신의 목소리로 애쓰다가 숨을 거두었는데, 죽음만이 그들의 기도를 끝내주고 또 입을 닫아준 것이다. 그들은 대천사의 목소리가 자신들을 잠에서 깨어나게 해주기를 기다리고, 그때에는 그들은 찬란히 빛나는 영원히 아름다운 흰 백합꽃처럼 다시 피어나리라.»

죽음을 사랑하게 하려고 이런 훌륭한 표현을 한 뒤에 랑세는 덧붙였다 : «나의 형제들이여, 나는 당신들이 사막 쪽으로 옮겨갈 생각을 한다고 믿어 의심하지 않지만, 그러나 당신들은 그 열망을 자제해야만 한다. 그 시대는 지나갔으며, 그 은둔처의 문은 닫혔고,

1) Épherem le Syrien (?306-373) : 아시리아 지방의 신학자. 시와 성가를 썼음.

테바이스 사막은 더 이상 열려있지 않은 것이다.»

그것은 사실이었으나, 그렇지만 수도회들은 그들의 수도원에 테바이스를 재건했고, 수도원 경내에서 모래사막의 야자수들을 재현해주었다. 그 수도원들은 하느님의 식물들을 키우는 종묘장이었고, 그 식물들은 옮겨심기 전에 그곳에서 키워졌다. 이와 같이 사람들이 산속에서 내려와 클레르보[1])로 들어가려고 할 무렵에는 모든 곳에서 하느님을 알게 되었다. 사람들은 대낮에도 한 밤중의 고요 같은 것을 느꼈고, 그곳에서 들리는 소리는 오로지 수도사들이 손으로 작업하는 소리이거나 또는 주님의 찬가를 노래하는 수도사들의 목소리였다. 사람의 목소리가 전혀 안 들리는 대단한 침묵의 명성만으로 외경심이 전해져서 세속인들은 말 한마디 하기를 꺼려하였다. 숲이 수도원을 에워쌓았다. 세상 사람들이 즐기는 짐승고기는 수도사들에게는 굶주림에서 느껴지는 맛 말고는 다른 맛이 없었다.

랑세는 수도사 생활의 세 가지 서약인 순결, 청빈 그리고 순종에 대한 설명으로 넘어갔다. 그는 말하기를 아우구스티노 성인의 생각으로는 하느님께 봉헌된 순결한 동정녀가 하느님을 영광스럽게 섬길 수 있는 모든 것을 갖추고 있으며, 그렇지 않으면 순결은 부끄러울 것인데, 온전한 영혼을 갖고 있지 않다면 온전한 몸으로 섬기는 것이 무슨 소용이란 말인가? 그 개혁가는 자신의 추억에 구애받지 않고 주장하였다. 만일 어느 수도자가 그의 재물과 행운을 내버리고 다른 애정과 인연들을 간직하고 있다면 그는 무엇을 얻은 것인가? 랑세는 말하였다 : «형제들이여, 우리들의 마음이 재물이 있는 곳에 있고 또 우리들이 좋아하는 것에 매여 있어서, 그 때문에 수도자들이 그 거짓된 즐거움을 스스로 자제하지 않는다면 그것이 동반해오는 지루하고도 우울한 진정한 근심꺼리들을 남겨두는 것이고, 그 모든

1) 시토 수도회의 Bernard de Clairvaux (1090-1153) 성인이 1115년에 세운 수도원.

과정은 타락하고 또다시 타락하는 것의 연속일 뿐이다.» 하늘나라를 향해서 가는 가장 단출한 여행에서는 길을 가는데 방해가 되는 모든 것을 내려놓아야 한다. 수도자의 청빈은 순결과 마찬가지로 눈에 보이건 안보이건 간에 영원하지 않은 모든 것으로부터 마음을 떼어 놓는 것이다.

랑세는 애덕(愛德)을 덕목들 중에서 첫 번째로 권장하였다. 바오로 성인은«그리스도교 신자는 사랑하기 위해 만들어 졌다»라고 말하였다. 하느님을 향한 인간의사랑이 그렇게 희귀해진 것은 다른 것에게 사랑을 빼앗겼기 때문인 것이다. 그 개혁가는 훌륭한 어법으로 말하였다 : «당신들을 위해서, 내 형제들이여, 하느님은 당신들을 위해서 모든 장애물들을 제거해주셨고, 모든 유혹에서 끌어내어 은둔처 안에서 지켜 주셨다. 세상에 대해서 말하자면, 당신들에게는 이제 세상은 없었던 것 같고, 세상의 기억에서 당신들이 지워진 것처럼 세상도 당신들의 기억에서 지워진 것이다. 당신들은 그곳에서 일어난 일들을 모르고, 세상의 사건들, 가장 중요한 혁명들도 당신들에게까지 오지 않는다. 당신들은 하느님 앞에서 세상의 불행을 슬퍼할 때만 세상을 생각하고, 또 세상을 다스리는 인물들을 지켜달라고 하느님께 올리는 기도를 통해서 그들의 이름을 알게 되지 않는다면, 당신들은 그들의 이름조차도 모르게 될 것이다. 요컨대 당신들은 세상과 작별하면서 세상의 쾌락과 사업들과 행운과 허영의 포기를 선언했고, 그리고 사랑하고 섬기던 것들이 마음속 깊은 곳에 놓아 두었던 것을 단번에 발아래로 내려놓은 것이다.»

논설집 *«수도사 생활의 신성함과 의무에 대하여»*는 이와 같았고, 그곳에서는 파이프오르간 악기의 충만하고 장엄한 울림이 들린다. 사람들은 대성당을 가로질러서 산책을 하고, 성당의 장미창(薔薇窓)은 햇빛에 빛나고 있다. 논설문으로는 그다지 적합해 보이지 않는 상상력의 귀중한 보물인 것이다! 여기에서는 오늘날 여성들을 더 사랑하지도 않으면서 끊임없이 줄곧 반복되는 여성에 대한 찬양에 마지못해서 질질 끌려가지 않는다. 빛과 그림자가 인간의 손보다도 더 신앙심 깊은 건물을 지어놓은 것이다. 우리들의 언어로 된 아주 아름다운 작품이 있다는 것을 알지 못하는 사람들에게 랑세의 저술은 그것을 일러주리라.

처음에는 놀랄 만큼이나 깊은 침묵이 있었다. 충격에서 자존심과 감정이 회복되는데 2년 이상이 필요했던 것이다. 그러나 마침내 사람들은 정신력을 회복했고 갈등이 시작되었다. 그것은 우선 프랑스 문학의 메아리가 들려오던 홀란드에서 비롯되었으며, 불길한 소리로 날카롭고 무미건조하게 되풀이되는 개신교 신자[1]의 반응이었다.

내가 이미 인용했던 라로크가 쓴 *《트라프 수도원 원장이 회개한 진정한 동기》*는 *《수도사 생활의 의무》*[2]에 대한 하나의 반박이었는데, 그 책자는 당시의 취향에 따라서 대화체 형식으로 되어있었고, 티모크라트와 필랑드르가 랑세의 책에 대해서 대화를 나누는 내용이었다. 티모크라트는 무던한 호인으로 여기저기에서 그 *〈의무〉*에 대한 책을 칭찬하려 하지만, 그러나 필랑드르는 티모크라트를 꾸짖고 훈계하며, 그 트라프 수도원의 은둔자의 저술은 전혀 가치가 없다고 주장한다. 티모크라트가 가진 각각의 견해에 대해서 필랑드르는 큰 소리로 외친다 : 《아 ! 나는 그것을 그렇게 알고 있지 않았는데요. 거기에 써져 있는 것을 당신이 조금 더 검토해보고 나서, 문제가 되는 그 부분을 내게 일러주시면 좋겠습니다.》 두 대화자는 저녁 식사를 하러가고, 튈르리 정원에서 만나기로 약속해서 다음날 대화는 계속된다. 티모크라트는 랑세가 성서를 무시하며 모든 문제를 알고 있다는 듯이 자신을 내보이려 하고, 또 그리스 사람 아리스토

---

1) 루이 14세의 낭트 칙령 폐지 후에 해외로 망명했던 위그노 교파 목사의 아들 Daniel de Larroque. 1685년 랑세를 비방하는 책을 출판하였음 (*.p 65, 각주 1).

2) 랑세의 저서 *<<수도사 생활의 신성함과 의무에 대하여>>*

파네스[1])를 인용한 것을 비난한다. 티모크라트는 말을 다시 이어 간다 : 《나는 랑세가 그것을 읽은 때가 젊은 시절에 속세를 떠나기 이전이었는지 아니면 그 이후였는지 알고 싶습니다. 그가 30여 년 전에 읽은 그 책을 정확하게 기억하고 있었다고 믿기는 어려우므로, 따라서 그가 그런 희극적인 것들을 즐겼던 것은 자신의 은둔처에서 이었던 것 같습니다.》 악의적이고도 보잘것없었으나 어쨌든 신랄한 트집이었다.

메주[2]) 신부는 《*베네딕도 성인의 규칙에 대한 주석*》에서 처음으로 랑세의 저서를 대단히 진지하게 공박하였다. 마침내 지면을 통해서나 하찮은 먼지 티끌을 통해서 떠들썩한 소문이 수도원의 고독한 은둔처에 들려왔을 때, 그 책자 《*수도사 생활의 신성함과 의무에 대하여*》는 이미 3판이 나와 있었고, 그 문제를 제기하고 일어선 것은 마비용[3])이었다. 그는 지나간 과거 사건들의 연구에 마음과 시간을 허비했다는 말을 들으려고 2절판으로 인쇄된 책들 가운데서 백발노인이 되지 않았고, 주변에 있는 초창기 왕국의 곰팡이 앉은 양피지 문서를 들여다보지는 않았던 것이다. 《*고문서집(古文書集)*》[4]) 의 편찬자인 그는 자신이 자랑으로 여기는 학자로서의 입장을 견지하겠다고 생각하였다. 투기장 싸움터로 내려온 그 두 박식한 투사들은 그리스어와 라틴어 갑옷으로 무장하였다. 보쉬에는 우리가 그런 박식한 사람들과 겨루려고 할 때, 우리는 〈이 유식한 체하고 의기양양한 왕국에서〉[5]) 우리들의 부족한 점들을 여전히 드러낸다고 말하였다. 마비용 신부는 착실히 진행해서 아무것도

---

1) Aristophánês (?445-?385 BC) : 고대 그리스 아테네의 궤변론 철학과 선동적인 정치가들의 문제와 전쟁에 지친 시민들의 감정을 풍자하는 작품을 쓴 희극 시인.
2) Antoine-Joseph Mège (1625-1691) : 베네딕도 수도회의 박식한 학자 신부.
3) Jean-Mabillon (1632-1707) : 생모르 베네딕도 수도회 신부. 신학자. 고문서 학자. 프랑스 중세사와 교회사 학자.
4) <<*Vetera analecta*>> 마비용 신부가 프랑스 중세 역사와 교회사의 중요한 자료인 고문서와 문헌을 모아서 정리한 책자.
5) <dans cette Monarchie DOCTE et CONQUERANTE>.

뒤 끝을 소홀하게 남겨두지 않았고, 그 노련한 탐구자는 모든 곳을 파헤쳤으며, 백 년의 세월을 들추어내지 않고는 한 걸음도 움직이지 않았다. 역사 편년(編年)에 친숙한 그는 라코르데르 신부[1] 처럼 말하였다 : ≪시간은 내 뒤에서 펜대를 잡고 있으리라.[2]≫

그는 생-모르 수도회의 집회에서 젊은 베네딕도 수도자들에게 말하였다 :

≪사랑하는 형제들이여, 내가 이 저서[3]를 기획하고 저술한 것은 특별히 여러분을 위한 것이었으므로, 여러분에게 바쳐야 한다고 생각합니다. 나는 여기에서 우리들의 수도원을 순수한 학문의 전당으로 만들자고 주장하는 것이 아님을 염두에 두어달라고 여러분들에게 부탁하는 바이며, 훌륭하신 사도(使徒) 께서 십자가에 못 박히신 예수 그리스도의 영광 말고는 다른 것을 기리지 않았다면, 우리들 역시 우리들의 공부에서 다른 목표를 가져서는 안 될 것입니다. 그것은 사실이고, 또 바오로 성인은 "애덕이 없는 학문은 공허하고 오만하게 되지만, 그러나 은총보다 우리들의 허망함과 우리들의 타락과 우리들의 가련함을 더 잘 깨우쳐주는 것은 없기 때문에, 은총의 도움만큼 우리들을 겸손으로 이끌어가기에 적합한 것은 아무것도 없다는 것은 확실하다 " 라고 말씀하셨습니다.≫

그 저명한 학자는 학문연구에 대한 이런 교묘한 설명으로 랑세의 질책을 회피하였다. 자신의 논문을 인쇄하는 방식까지도 그는 묘비명에 있는 대문자의 거창한 기념비적 속성에 물이 들었던 것 같았다. 그는 *〈순종(順從)〉*의 힘[4]과 지옥에서 영벌(永罰) 받는 사람들이

---

1) Henri Lacordaire (1802-1681) : 신부, 설교가, 언론인. 정치가 (*p 131, 각주 1)

2) <Le temps tiendra la plume après moi.> 마비용의 저서 *<<베네딕도 성인의 생애>>*의 끝부분에서 인용한 구절로서 훗날 자신의 행적이 기록될 것이라는 뜻임.

3) *<< 수도사의 학문연구론 (Traité des études monastiques), 1691 >>.*

4) la puissance *< obédiencielle >* : 이탈리아 출신으로 프랑스 베크(Le Bec) 수도원장이 되었고, 영국의 36대 캔터베리 대주교가 된 스콜라학파 신학자인 안셀모 (Anselmus 1033-1109) 는 예수 그리스도가 하느님께 순종해서 십자가 위에서 죽은 희생의 힘으로 태초에 아담이 하느님을 거역한 원죄를 씻고 인간을 구원하게 되었다고 하였음.

겪는 화형(火刑)의 방식에 관한 문제들은 스콜라 신학자들을 위해서 제쳐놓고, 본론으로 들어가 첫머리에서 말하였다 : 《내 책의 저술에서 맨 먼저 나를 망설이게 한 것은 오늘날 수도자 신분을 명예롭게 해주는 하느님의 뛰어난 종[1])이 그 문제를 아주 정교하고 돋보이는 방식으로 설명했기 때문에, 그 뒤를 이어 성공하기가 힘들다는 것입니다. 여하튼 모든 은둔수도자들이 그분의 제자들과 의견이 같고, 또 모든 수도원장들이 그분처럼 학식이 있다고 확신된다면 수도자들은 그분의 뜻에 따라 잘 지낼 수 있을 것이고, 그런 경우에 수도원장이 그들에게 책들을 대신해주니까 은둔수도자들이 학문연구에 골몰할 필요가 많지는 않을 것입니다. 그러나 모든 공동체들이 그런 혜택을 입는 것은 불가능하지는 않더라도 어려운 일입니다.》

이런 거룩하고 정중한 예의를 갖추고 나서 마비용은 계속했는데, 이성과 학식이 그를 의기양양하게 하였다. 그는 모든 수도사들은 학문연구에 열심이어야 하며, 수도사들 중에서도 꽃을 피운 뛰어난 사람들은 그들이 학식을 배양했다는 증거이고, 수도원의 서가(書架)들은 그들이 그곳에서 학문연구를 했다는 또 다른 증거라고 강조하였다. 그는 베크[2])와 카르투시오 수도원의 교육시설에 대해 말하였다. 그는 동방의 수도원들도 문예에 열중한 것을 지적했고, 바실리오 성인, 크리소스토모스 성인[3]), 예로니모 성인, 루피누스[4]), 가시아노[5])와 그의 동료인 젤마노, 은둔자 마르코, 그리고 닐 성인[6])이

---

1) 《 *수도사 생활의 신성함과 의무에 대하여* 》를 저술한 랑세를 지칭하고 있음.

2) Le Bec. 북부 노르망디 지방에 있는 베네딕도 수도회 수도원.

3) Jean Chrysostome (Chrysostomosos, ?344-407) : 콘스탄티노플의 대주교

4) Tyrannius Ruffinus (?344-411) : 그리스어 종교서적을 라틴어로 번역한 수도사.

5) Cassianus Joannes (? 360-? 432) : 지금의 루마니아 지방에서 태어나 친구인 젤마노와 함께 팔레스티나의 베들레헴 수도원을 거쳐서 이집트의 테바이데와 세테 사막의 수도원을 찾아가서 은둔 수도자들을 만났음. 로마에서 사제가 된 후 갈리아 지방으로 가서 수도원을 세우고 수도생활을 하며 방대한 저서 《 *수도원 제도집 (Institutiones)* 》과 《*담화집 (Collationes)* 》을 집필했음.

6) Nil du Sinaï (?-?430) : 그리스 정교회의 콘스탄티노플 총주교 대리. 시나이 사막으로 들어가 은둔 생활을 하며 고행수도자에 대한 책을 썼음.

그 증거라고 하였다. 그는 동방의 레랭 수도원, 몬테 카시노 수도원, 성콜롬반 수도원, 대성당들과 수도원에 부속된 학교들, 그 학교들에서 나온 학자들인 유명한 제르베르[1], 루 드 페리에르[2], 랑프랑[3], 안셀모를 상기시켰고, 수도사들이 고대의 저술들을 필사하는데 종사하고 그것들을 우리들에게 보존해준 것, 수녀들도 그것들의 필사에 열중했다는 것, 공의회와 교황들도 수도사들에게 학문연구를 금지시키기는커녕 오히려 그런 학문연구를 하라고 다그쳤던 것을 알도록 해주었고, 프랑스가 그런 확고한 믿음을 갖기 위해서는 샤를마뉴와 성 루이의 권위만으로도 충분했다고 하였다.

어쨌든 확실한 지식이 그의 논문 *«수도사의 학문연구론»*에 넘쳐흘렀다. 그 저자는 아주 자잘한 규범까지도 관여했는데, 말하자면 성서 독송에서 목소리를 쉬는 법까지 가르쳤고, 비록 자기는 조금 길게 말하면서도 무엇보다 단출해야할 것을 주장했으며, *〈쉬제르 신부가 여기 잠 들다〉*[4]라는 짤막한 글이 어느 수다스런 묘비명보다도 낫다고 말하였다. 그러나 여러분은 프랑스 언어로 *〈조금 후에〉를* *〈d' incontinen après〉* 라고 하는 대신에 *〈incontinent après〉* 로, *그리고 또 〈성스러운 영혼들〉* 을 *〈saint âmes〉* 대신에 *〈saintes âmes〉*으로 제대로 말해야 할 것이다[5].

그 박식한 사람은 덧붙였다 : «손으로 쓴 원고를 인쇄물과 비교대조하는 사람들은 향후에 이용하게 될 독자들의 편의를 위해 수정되거나 상반되는 이본(異本)의 지적이 가해진 인쇄물의 쪽 면이나

---

1) Gerbert (930-1003) : 최초의 프랑스 출신 교황인 실베스트르 2세.
2) Servatus Lupus, Loup de Ferrières (805-882) : Ferrières 수도원 도서관에서 그리스어와 라틴어 서적을 필사해서 고대 문예를 부흥시킨 르네상스 인문학 선구자.
3) Lanfranc (1005-1089) : 캔터베리 대주교. 스콜라 철학의 선구자.
4) < *Hic jacet Sugerius abbas* >. 프랑스 최초의 순교자 생드니의 무덤 자리에 다고베르 1세 치세인 7세기에 세워졌던 오래된 생드니 성당을 루이 6세와 루이 7세 시대에 고딕 건축 양식으로 재건축한 생드니 수도원장 Suger(1080-1151) 의 묘비명.
5) 샤토브리앙은 마비용의 저서 *<<수도사의 학문연구론>>* 에서 발견되는 철자법의 오류들을 지적하고 있음.

행의 숫자를 표시해야하고, 또 매번 그 행들을 세지 않아도 되도록 인쇄물에 있는 것과 같은 간격으로 행들의 숫자를 표시할 마분지나 종이로 된 눈금표를 만들 수 있을 것이다.»

자신의 주제를 잊은 마비용이 볼품없는 교육자로 변하고, 소교구에 친숙한 사제가 된 보쉬에는 그의 교구의 작은 어린애들에게 교리문답을 가르치는 기묘한 시대였다!

«수도사의 학문연구론» 에는 랑세의 감정을 상하게 하는 어떠한 웅변적인 표현도 없었으나 뛰어난 판단력이 있었고, 무언가 마음을 사로잡는 감동적이고 너그러운 것이 있었다. 그는 끝을 맺으며 말하였다 : « 자 그러면 글을 쓰고, 원하는 것만큼 저술하고, 그리고 남들을 위해 일합시다. 우리들이 그런 자각 속에 들어갈 수 없다면, 우리들은 헛되이 일하는 것이고, 우리들이 일한 것에서 참담한 비판만을 되돌려 받을 것입니다. 애덕 말고는 모든 것들은 스쳐지나가는 것입니다. *〈우리들은 매일 죽고, 매일 변하지만, 그래도 영원한 것을 믿습니다.*[1] »

랑세는 마비용으로부터 공격을 당했다고 느끼면서 불같이 흥분했는데, 그의 반박은 베네딕도 수도사의 것만큼 박식해도 궤변적이었다. 트라프 수도원장은 논거가 부족하면, 고통스런 번민의 열정에서 끌어낸 웅변으로 버티었다. 마비용이 자신의 젊은 동료 수도사들에게 그의 저술을 바쳤듯이, 랑세는 트라프 수도회 수도사들에게 대답해주었다.

그는 수도사들에게 말하였다 : « 내 형제들이여, 하느님께서는 당신들의 영혼을 끊임없이 밤새워 지키라는 책임을 내게 지우셨으므로, 수도원의 질서를 유지하기 위해서 내가 가장 중요하고도 필요한 것으로 당신들에게 교육해온 진실을 공격하는 책이 조금 전에 나왔

1) *<Quotidie morimur, Quotidie commutamur, et tamen aeternos nos esse credimus>*. 그리스어와 히브리어 성경을 라틴어로 번역한 학자 성인 예로니모의 글.

다는 것을 말해야 되겠군요. 그 저자의 의도는 학문 연구가 수도자 직분에 필요하다는 것을 증명하려는 것입니다. 아주 위험해 보이는 그 의견으로부터 당신들을 지켜주기 위해서 그 문제에 대한 나의 생각을 설명해야한다는 의무감 속에서도 가장 마음을 아프게 하는 것은, 나는 그 책을 저술한 사람을 존경하고 있고, 또 그 사람은 교리는 물론이고 덕성으로도 각별한 존중을 받고 있다는 것입니다.≫

그 유능하고 정선된 청중[1]과 우리들이 언급하고 있는 청중은 얼마나 대단한 차이가 있는 것인가 !

랑세는 마비용의 명제들을 하나하나씩 비난했고, 그것들을 자신의 표현방식으로 예를 들어 반박하였다. 대단한 작품에는 반드시 취약한 부분이 있기 마련이므로, 그 수도원장은 그것을 능숙하게 파악하고 말하였다 : ≪내 형제들이여, 사람들은 베네딕도 성인의 제자라고 하는 마르코를 시를 잘 지었다고 칭찬을 합니다. 도대체 수도사에게 무슨 칭찬이란 말입니까! 나는 베네딕도 성인이 그에게 유언으로 그런 재주를 물려주지 않았고, 자신을 본보기로 해서 그것을 가르치지도 않았다고 단언합니다. 도대체 은둔 수도자에게 시인이란 칭호가 무슨 자랑입니까 !

페리에르 수도원장 루는 교황 베네딕도 3세에게 키케로의 *≪웅변가에 대하여≫*[2], 퀸틸리아누스[3]의 책 12권, 도나투스[4]가 쓴 테렌티우스[5]의 *≪주해서≫* 를 보내달라고 요청하는 잘못을 범했는데, 그는 수도원의 깊은 곳에서 속세의 사람들처럼 자신의 죄를 통탄하고, 쇠사슬과 철창의 시대에 도움과 위안이 필요한 수도사 형제들을 부축해주었더라면 더 좋았을 것 입니다! ≫

---

1) 마비용이 강론을 했던 생 모르 베네딕도 수도회의 박식한 수도사들.
2) 키케로의 저서 *<<Hortensius >>*.
3) Marcus Fabius Quintilianus (?35-96) : 라틴어 수사학자, 교육자. 그의 수사학 교본이 연설가들에게 많은 영향을 주었음.
4) Ælius Donatus (?320-?380) : 라틴어 문법학자 시인, 라틴어 문법개론의 저자.
5) Publius Terentius Afer (BC ?190-159) : 카르타고 태생의 라틴어 시인, 희극작가.

랑세는 그 박식한 수도사들의 대열을 깨뜨리려고 그들의 사이로 뛰어들었는데, 그렇게 하면 그 수도사들이 그런 것들을 더 좋아하게 된다는 것을 깨닫지 못했고, 그는 *〈대머리들〉*[1]을 찬양하는 130편의 시를 쓴 위발 [2]을 비웃었다. 랑세는 옳았지만, 그러나 그것은 랑세에게 남겨진 세상 사람들의 약간의 조롱 말고는 무엇을 보여주는 것인가?

마비용은 패배를 인정하지 않았고, 그의 *《성찰록》*[3]에서 반박하였다. 그는 수도사의 학문연구에 대해 우호적인 새로운 증거들을 모아놓았다. 마비용의 그 저서는 분노로 써지지 않았고, 현명한 조심성, 충분한 절제와 신중함, 애정 어린 신앙심, 겸허하고 조촐한 학식, 성인군자와 같은 예의가 곳곳에 퍼져 있었다. 그는 이런 감동적인 말로 끝을 맺었다 :

《저는 절제의 규칙을 모두 지키려고 했습니다만, 그러나 그와는 반대되는 것에서 벗어나지 못했고, 또 그런 면에서 가장 순수하고 올바른 취지에서 어긋난 일이 없었다고 도저히 자만할 수가 없군요. 존경하는 신부님(트라프 수도원장님), 당신께서 저의 마음을 알아주시기를! 그것은 이 글의 끝에서 저의 심정이 어떠한지를 알려드리고, 또 당신과 당신의 수도원을 위해서 이런 말씀을 드리는 것을 허락해 주시기를 바라기 때문입니다. 저는 학문연구에 손을 대려는 수도사

---

1) 중세 시대에 로마 가톨릭교회에서 성직자로 입문할 때 속세와 절연하려는 종교적 신념으로 정수리 머리를 둥글게 삭발 (tonsura)한 수도사와 사제들. 1972년 교황청의 결정으로 삭발례는 공식적으로 폐지되었음

2) Hucbald (Hubaldus ?850-930) : 프랑크 왕국의 카롤링거왕조 가문 출신의 베네딕도 수도사로서 음악이론가, 작곡가, 교사, 시인이었음. 고대 그리스 음악의 이론과 당시의 그레고리안 성가를 조화시켜서 서양의 음악이론을 체계적으로 정리한 음악개론서 *<< Musica enchiriadis (De harmonica institutione)>>* 를 저술했음. 성인들의 생애에 대한 글을 썼고, <삭발한 사람들>인 수도사들을 찬양해서 대머리(chauves)를 뜻하는 라틴어 calvus의 첫 글자 "C"자로 시작되는 146편의 육각(六脚) 운문시 *<<Ecloca de calvis>>를* 썼음.

3) 랑세의 반박에 대한 답변으로 마비용이 1692년에 쓴 *<< 수도사의 학문연구론에 대한 트라프 수도원장의 반박에 관한 성찰* (*Reflexions sur la Réponse de M. l'Abbé de la Trappe au Traité des études monastiques)>>*

들을 경계하는 당신의 지도 방침을 비난할 의향은 없으나, 그렇지만 그들에게 학문연구가 필요 없다고 굳게 믿으시더라도 다른 사람들한테 필요한 버팀목을 제거하지는 말아주십시오.

제가 성찰한 글을 반박해야겠다고 판단하신다면, 제가 당신의 생각을 받아들이려고 애쓴 것처럼 저의 생각을 받아 주시기를 부탁드립니다만, 그러나 우리들의 논쟁은 하느님의 이름으로 여기에서 멈추기로 하지요. 저는 그러한 중요하지도 않은 세세한 부분까지 파고들지 않도록 하느님께서 은총을 베풀어주시기를 소망합니다. 사람들이 제게 설명할 수 있고, 또 제가 배울 수 있는 일들을 그리스도교의 평화나 애덕에게 바치는 것 외에 다른 용도로 사용하지는 않을 것입니다. 당신이 원하신다면 학문연구나 학문으로 생길 수 있는 폐단에 반대하는 글을 쓰십시오. 그러나 동시에 양쪽은 서로들 그 자체로서 훌륭하고, 또 수도사 공동체에서 아주 훌륭하게 사용될 수 있으므로 너그럽게 보아주십시오. 마음을 합쳐 한쪽의 노동과 다른 한쪽의 학문 연구를 연결함으로서 공부를 하는 사람은 형제들의 노동 공덕에 참여하고, 노동하는 사람은 공부하는 사람의 지식을 이용하도록 하는 것은 애덕인 것입니다. 저는 온 마음을 다해서 그것이 우리들이 하는 역할의 분담이기를 바라고, 그것이 우리들의 토론의 결실이 된다면, 또 학문에 대한 논제에서 갈라진 우리들의 생각이 적어도 애덕의 정신에 이어진다면 다행이겠습니다. 존경하는 신부님, 성인 같은 학자의 말투로 끝내야 하는 것을 용서하십시오. 만일 제가 어떤 방종한 말을 했다면 용서하시고, 당신의 마음을 상하게 할 어떤 속셈도 없었음을 믿어 주십시요 : *〈당신에게 상처를 주기 위해서가 아니라, 저를 지키기 위해서입니다.〉*[1] 어쨌든 제가 잘못 생각했다면 용서하시기를 빕니다.》

---

1) *<non ad contumeliam tuam, sed ad defensionem meam>.*

그곳에는 스스로를 자랑하고 과시하며 뽐내는 겸손은 없었다. 마비용은 마음을 활짝 열고 말했고, 어떤 숨겨진 이기심도 진지한 증언을 손상시키지 않았으므로, 신앙심의 열매는 그러했던 것이다. 그런 상냥함은 밀턴과 소메즈[1]의 논쟁과 그리고 스칼리제[2]의 비판에서 느껴지는 것 같은 학식의 신랄함과는 차이가 있었다.

행동이 그런 말을 확인해 주었는데, 트라프 수도원에서 마비용을 볼 수 있었고, 랑세가 그를 뒤따르며 존경심을 가지고 동반해주었던 것이다. 1693년 6월 4일 랑세는 니케즈 신부에게 편지를 썼다 : ≪마비용 신부는 칠팔일 전부터 이곳에 와서 있습니다. 면담은 예정대로 진행되었고, 그 훌륭한 신부보다 더 많은 겸손과 학식을 두루 갖춘 사람을 찾아보기 어렵습니다.≫

보쉬에는 좋은 판단력으로 홀로서 지내는 은둔자[3]의 입장과 공동으로 생활하는 수도자[4]의 입장을 분별하기에 어려운 점을 명확히 밝혀주었다.

논쟁은 거기에서 불이 꺼지지 않았으므로, 학자 수도사들은 무기를 들었고, 콜롱바르 수도사라는 이름으로 클로드 드 베르[5]가 싸움에 뛰어들었다. 지칠 줄 모르는 랑세는 변함없이 응수하였다. 생트 마르트 신부[6]의 4통의 편지가 나타났고, 랑세는 짤막한 서신 하나로 두 개의 파르나소스[7]로 가는 경계선 갈림길 위에서 아름다운

---

1) Claude. Saumaise (1588-1653) : 프랑스의 인문학자, 철학자. 소메즈는 영국의 청교도 혁명에서 *<찰스 1세의 변호>* 라는 글을 써서 영국왕 찰스 1세의 처형을 반대했는데, 당시 찰스 1세의 처형을 지지하는 영국의 시인 존 밀턴과 심한 논쟁을 하였음.
2) Jules César Scaliger (1484-1538) : 이탈리아 출신의 지식인, 의사, 고전 문학자, 철학자. 유명한 예언자였던 노스트라다무스의 친구였음. 학식을 과도하게 자랑하며 토론 상대자에게 무례했으며, 키케로의 라틴어에 관한 책자에서 유명한 인문학자 에라스무스를 아주 심하게 비판하였음.
3) soltaire.
4) cénobite.
5) Claude de Vert (1645-1708) : 베네딕도 수도회 신부, 문필가.
6) Denis de Sainte Marthe (1650-1725) : 베네딕도 수도회 생모로 수도원장. 1692년 베네딕도 수도회의 학문연구에 반대하는 랑세를 비판하는 편지를 썼음.
7) 아폴로와 시의 여신 뮤즈가 산다는 산. 시인들이 거처하는 곳을 나타내는 말.

라틴어 시들을 쓰던 심판자 상퇴이[1]에게 반박하였다.

게다가 랑세가 문학에 대해 느꼈던 반감은 여러 사람들, 심지어 그와 같은 시대 사람들에게서도 자주 나타나는데, 그들은 자신들이 지난날 추구했던 것[2]을 업신여길 줄 알게 된 것이다. 부알로[3]는 브리엔[4]에게 편지를 썼다 : 《시(詩)들이 너무 철학적이고 또 그리스도교 신앙에 맞지 않아서 내게는 터무니없는 망상처럼 보입니다. 신부의 법의를 입고 있는 당신의 양치기라고나 할 모크루아[5]가 《*보면대(譜面臺)*》[6]를 잃고 슬퍼하는 것은 부질없는 것입니다. 만일 내가 어떤 이유로 그 작품을 찢어버린다면, 그것은 종교상의 의무에서가 아니라 나의 모든 다른 작품들에서도 그리했듯이 그것을 낮게 평가하기 때문일 것입니다. 당신은 오늘날 내가 아주 겸허해졌다고 말할지도 모르지만, 천만에요, 예전에는 지금보다 더 오만하지는 않았습니다. 지금은 내 작품들이 대수롭지 않다고 생각되면 오늘날의 우리 동료 시인들의 작품들도 역시 별것 아니라고 여겨지고, 그것들이 나를 칭송하는 것일지라도 더 이상 하나도 읽을 수 없고 또 들을 수도 없기 때문입니다.》

그러면 우리들 중에 이제는 한명도 남아있지 않고, 하늘의 별나라로 가리라는 것을 확신하지도 않는 그런 비평가는 오늘날에는 길거나 혹은 짧거나 무엇을 말할 것인가? 내가 허약한 사람일 수도 있다는 생각에 빠진 나는 내 수명을 넘길 수 없다는 것을 잘 알고 있다. 알아볼 수 없는 문자들이 새겨진 유골 단지들이 노르웨이

---

1) Jean-Baptiste de Santeuil (Santolius Victorinus) (1630-1697) : 루이 14세 시대의 라틴어 시인. 시토수도회의 생빅토르 수도원의 수도사가 되어서 종교적인 시를 썼으나, 콩데 공작과 같은 세속 인물들에 연루되었으므로, 사람들은 그를 두 개의 파르나소스의 갈림길에 있다고 불렀고, 부알로는 상퇴이의 왜곡되고 과장된 시를 비웃었음.
2) Vert나 Sainte Marthe와 같은 박식한 베네딕도 수도사들의 학문과 시 작품들.
3) Nicolas Boileau-Despréaux. 풍자 시인, 고전주의 문학비평가인 부알로는 당시의 철학적이며 과장하거나 꾸미고, 겉멋부리는 문학풍조를 비판하였음.
4) Charles-François de Loménie de Brienne(1637-1720) : 성직자. 쿠탕스의 주교.
5) François de Maucroix(1619-1708) : 변호인이었다가 신부가 되었고, 시를 썼음.
6) << *Lutrin* >>. 교회의 전통적인 권위를 풍자한 부알로 작품 이름.

섬에서 발굴되었다. 그 유해들은 누구의 것인가? 덧없는 바람은 그 것을 알지 못하는 것이다.

마비용은 1632년 11월 23일에 랭스 교구의 생 피에르몽 마을에서 태어나서 랑세보다 7년 뒤인 1707년 12월 27일 사망하였다. 그 죽음의 소식을 알게 된 클레멘스 11세는 말하였다 : ≪사람들은 틀림없이 잊지 않고 마비용을 *〈어디에다 놓아두었느냐?〉*[1] 라고 물어볼 것이므로, 마비용을 각별한 곳에다 묻어야할 것이오.≫

그 학자의 유해는 *〈프랑스 기념물〉* 박물관[2]에 보존되었다가 1819년 2월에 생제르맹 데 프레 수도원[3]으로 옮겨졌다. 우리들 모두의 선생인 오귀스탱 티에리[4]는 우리들의 왕국 최초의 묘지에 대해 이런 이야기를 썼으므로, 그 지하묘지에 들어가려면 존경심으로 모자를 벗어야 할 것이다 : ≪그 교회는 메로빙거 왕족들 무덤이었고, 포석들이 남아있으며, 건물 경내는 여러 차례 재건되었고, 골 지방 정복자의 아들들의 유해도 보존하고 있습니다. 이 이야기들이 무언가 가치가 있다면, 지금은 다만 파리의 소교구 교회이지만 그 고대 왕가 수도원에 대한 우리 시대의 존경을 더해 줄 것이고, 1300년 전에 축성된 그 기도의 장소가 불러일으키는 상념들에 더 많은 감동을 이어줄 것입니다.≫

낭트 칙령은 1685년 8월에 폐지되었고, 158개의 조항들이 법령으로 순차적으로 취소되었다. 그 문제에 대해서 랑세 수도원장은 글을 썼다 : ≪국왕이 이단을 근절하려고 한 것은 엄청난 일이다. 그러려면 적지 않은 권력과 열성이 필요하였다. 샤랑통 교회당[5]이

---

1) <*Ubi posuistis eum?* >.

2) Musée des *Monuments français* : 혁명 중에 파괴된 옛 건축물과 무덤에서 수집된 석관들과 조각상들을 모아서 파리의 Petits Augustins 수도원에 전시했던 박물관.

3) 6세기 프랑크 왕국 메로빙거 왕조 실드베르 1세 시대에 베네딕도 수도회가 세운 교회.

4) Auguistin Thierry (1795-1856) : 역사적 사실들을 낭만적 문체로 기술한 역사학자.

5) Temple de Charenton : 1598년 앙리 4세의 낭트 칙령으로 개신교 신자들에게 종교 자유가 허용되어 1607년 세워진 개신교회당. 낭트 칙령이 폐지된 뒤 파괴되었음.

파괴되고, 왕국에서는 어떤 개신교의 종교 행사도 없는데, 그것은 우리들의 시대에 볼 수 있을 것 같지 않던 일종의 기적이다.》

트라프 수도원장의 명성은 바다를 건너갔고, 중국으로부터 어느 전도사가 그 성스러운 은둔자를 보려고 일부러 왔다. 그가 인디아(印度)로 돌아갈 채비가 되었으므로 랑세는 그에게 편지를 써주었고, 이름이 쇼몽인 그 사람은 그 편지를 자신을 보호해줄 성유물로 여기고 가져갔다. 랑세는 말하였다 : 《배가 거의 침몰하게 되었는데도 당신에게 트라프 수도원 모습이 떠올랐고, 또 전혀 예상과는 다르게 당신은 트라프 수도원에 있는 자신의 모습을 보기를 소망했다고 말하니까, 나로서는 놀라지 않고는 상상할 수도 없군요. 그런데도 세상의 끝까지 헤쳐서 나갈 방도가 당신을 뒤따르지 않을 수가 있을까요? 자, 하느님께서 정해 주신 곳으로 가세요. 영혼은 하느님께 도달하므로, 당신의 영혼을 구하지 못하는 것과 하느님께서 천사를 통해 보호하시겠다고 약속하신 숫자 안에 당신이 들어있지 않을까 의심하지 마세요.》

쇼몽은 랑세에게 대답하였다 : 《저는 당신의 기도 가운데서 활동하는 저와 모든 동료 수도사들에게 주시는 당신의 소중한 편지를 귀중한 담보물로 생각하고 기쁘게 간직하겠습니다. 그것은 저의 여행길에서 확실한 물길(水路) 안내인과 충실한 보호자와 같고, 또 저에게 닥쳐오는 모든 역경에서 강력한 피난처와 같을 것입니다. 저는 그 편지 복사본을 샴[1]의 수도원에 남겨두고, 원본은 죽을 때까지 결코 제 몸에서 떼어놓지 않겠습니다.》

1691년 쇼몽은 트라프 수도원의 어느 수도사에게 편지를 썼다 : 《코로만델[2]의 해안을 지나 중국으로 가면서, 싱가폴의 오래된 해협

1) Siam. 타일랜드의 옛 이름.
2) Coromandel : 프랑스가 1763년 건설한 식민지 퐁디셰리가 있던 인디아의 남서부 벵갈만 연안 지방.

을 지나서 항해를 하다가 8월 24일 우리들의 배는 뱃머리가 몇 아름쯤 물속에 있었으나, 뱃고물에서 큰 돛대까지 암초 위로 올라가 있었고, 배는 큰 돛대가 물에 닿을 정도로 기울어졌습니다. 그래서 모든 노력을 하더라도 가망이 없다고 생각을 했던 것입니다. 그러는 동안에 우리들의 거룩하신 수도원장님께서 저를 위해서 특별한 기도를 해주시겠다는 따듯하고 친절한 약속이 아주 생생하게 생각났고, 그것은 특별한 믿음을 불러 일으켰습니다. 그리고 저는 기도 속에서 그 성인 같은 분을 보는 것 같은 생각이 들었고, 중국에 닿을 수 있다는 희망이 아주 굳건해지는 것을 느꼈습니다. 제가 동료 수도사들에게 말해야 할 것은 용기만 있다면 주님의 도움으로 거룩하신 수도원장님의 기도가 이루어진다는 것입니다. 그 배는 갑자기 밀물의 덕택으로 아무것도 잃어버리지 않고 자신의 자세로 돌아왔습니다.》

그 쇼몽 신부는 우리에게 난징(南京)으로 가는 길을 열어주었다고 하는 중국 예수회의 뛰어난 선교회 소속이었다.

루이 14세 시대가 아무런 소리도 들리지 않는 숲을 지나서 트라프 수도원으로 들어왔듯이, 바다와 조난(遭難)의 소식이 그곳으로 들어왔던 것이다. 그 시대 사람들이 세상을 바라보는 방식은 오늘날에 우리들이 알고 있는 것과는 비슷하지 않았다. 사람들에게 자신들을 위한 것은 문제가 되지 않았고, 언제나 그들이 말하는 것은 하느님이었다. 랑세가 어느 선교사를 통해 바다로 보낸 추억은 히말라야 목동들 가운데에서 자신의 상처를 감추려는 생각을 했던[1] 마음속의 또 다른 생애와 관련이 있었다. 모든 고장들은 슬퍼하기에 알맞다. 그가 처음의 계획을 따랐더라면 볍씨를 뿌린 사람이 오래전에 사라질 때에 내버려둔 논들을 보았을 것이고, 그의 눈길은 타지마할 묘지의 망고 나무 위에 앉은 흰 금강 잉꼬 새들을 쫓아갔을 것이며, 그가 젊은 날에 좋아했었을 모든 것, 종려나무의 영예와 그들의

1) 랑세는 인디아로 가서 히말라야에서 선교사가 되라는 권고를 받았었음. (*p. 78)

잎들과 열매들을 찾아냈을 것이고, 갠지스 강 하구에서 죽은 부모를 부르는 인디아 사람과 어울려서 밤중에 태평양의 파도 소리에 곁들여진 신에게 바치는 그의 노래들을 들었으리라.

가스통과 관계해서 샤르니 백작을 낳은 루이즈 로제 드 라 마블리에르[1]와 랑세가 편지 왕래를 계속했던 것처럼, 클레레 수녀원[2] 원장하고도 편지를 교환했었는지는 알려져 있지 않다. 아마도 잘 찾아본다면 랑세가 젊은 시절 몽바종 부인에게 썼던 어떤 편지들을 찾아낼 수도 있겠으나, 나는 그런 실수들에 몰두할 시간은 더 이상 없다. 봄날들에 대해 따져 물어보기에는 나는 시간이 부족한 것이다. 내가 지적하는 것을 찾아볼 여가가 있는 젊은이들이 올 것이리라. 세월은 나에게서 일손들을 거두었으므로, 꽃이 떨어진 날들에는 거두어들일 것이 더 이상 아무것도 없다.

메나주가 랑세에 대해 생각했던 것을 《*메나지아나*》[3]에서 찾아볼 수 있는데, 그는 말하였다 : 《나는 칭찬하지 않고는 그 트라프 수도원장의 글을 읽을 수 없다. 그는 왕국에서 글을 가장 잘 쓰는 사람인데, 그의 문체는 고상하고 숭고해서 흉내를 낼 수도 없고, 그의 학식은 질서정연하게 깊이가 있고, 연구는 면밀하고, 정신은 탁월하고, 생활은 흠잡을 데가 없으며, 그의 개혁은 지극히 높으신 하느님의 솜씨이다.》

멩트농 부인[4]이 1698년 6월 29일에 쓴 편지는 자신의 동생이 트라프 수도원에 갔었던 것을 우리에게 알려주는데, 그 부인은 덧붙여서 썼다 : 《저는 제 동생이 그리스도교 교회에서 가장 교훈적인

1) 가스통 공작의 애인이었다가 회개하고 수녀가 된 성모방문 수도회 수녀원장.
2) 십자군 원정에서 알레프 회교국 군주에게 붙잡혀 30년 동안 노예로 있다가 풀려난 에르베르 신부가 1202년에 세운 수녀원. 1692년 <엄격한 계율>을 받아들인 최초의 시토 수도회 수녀원이었고, 랑세의 여자 형제 한명이 그 수녀원의 수녀가 되었음.
3) <<*Menagiana (1693)*>> : 문법학자, 역사가, 문필가. 변호사였다가 성직록을 받는 성직자가 되고, 많은 문필가들과 교류하며 글을 썼던 메나주(Gilles Ménage)가 사망한 뒤에 그의 생각과 좋은 글을 모아서 Antoine Galland가 주관해서 발간한 어록집.
4) (* p. 37, 각주 3)

것을 보았던 것, 그리고 더 이상 속세에 대해서 애착심이 없는 성인들 중의 한 명으로 하느님께서 명단에 올려놓으신 그 분의 말씀을 들었던 행운이 부럽습니다.»

이처럼 천재적인 사람에서 신분이 높은 사람까지, 라이프니츠[1]에서 멩트농 부인까지 모두가 랑세에게 관심을 갖고 있었다.

랑세의 문체는 전혀 젊지 않았는데, 그는 젊음을 몽바종 부인에게 남겨둔 것이다. 랑세의 저술에서 봄날의 바람결에 꽃은 피지 않았으나, 그 반면에 가을 저녁은 어떠했던가! 한 해의 마지막 날들의 명성은 얼마나 대단했던가!

랑세는 많은 글을 썼으며, 그의 글에서 돋보이는 것은 삶에 대한 맹렬한 반감이었다. 설명할 도리가 없고, 찬탄할 수는 없더라도 끔찍스러운 것은 그가 자신과 독자 사이에다 놓아둔 넘을 수 없는 장벽이었다. 그는 결코 고백하지 않았고, 자신이 했던 일, 실수들, 참회에 대해서 한 번도 말하지 않았다. 그는 자신이 누구인지를 알리지 않고 대중들 앞으로 갔는데, 피조물인 인간에게는 자신을 설명해줄 만한 가치가 없었으므로 그는 마음속에 가라앉은 이야기를 자기 자신 안에 가두어놓았던 것이다. 그는 사람들에 대한 가혹한 행동을 조심하라고 교육했고, 사람들의 잘못에 대해서는 아무런 동정심도 없었다. 당신들은 한탄하지 말 것이며, 당신들은 십자가를 위해 만들어졌고, 십자가에 매여서 내려오지 말고, 죽음으로 가고, 오로지 당신들의 인내심으로 영원하신 하느님의 눈길에서 은총을 구하도록 애쓰라고 하였다. 금욕주의와 숙명론이 뒤섞여진 그 교리보다 더 절박한 것은 없었고, 그것은 그리스도교 신앙에서 나온 자비심의 울림으로만 감동되는 교리였다. 랑세가 어떻게 마음의 동요도 없이 그의 수많은 수도사들이 죽어가는 것을 보았는지, 죽음

---

1) Gottfried Wilhelm Leibnitz (1646-1716) : 독일의 수학자, 철학자, 신학자.

으로 괴로워하는 사람에게 주는 보잘것없고 허접한 위안을 터무니 없는 잘못으로, 또 거의 범죄처럼 여겼는지가 느껴지는 것이다. 어느 주교는 온천장으로 요양하러가야 할 수녀원장에 관해서 랑세에게 편지를 썼고, 수도원장 랑세는 답장을 보냈다 :

《 다른 사람들이 죽는 것을 볼 때, 우리들이 할 수 있는 가장 최선의 것은 조금 후에 우리들도 해야 할 발걸음을 그들이 내디뎠다는 것과, 잠겨있지 않은 문을 열었다는 것을 납득하는 일입니다. 인간들은 하느님 손을 떠나고, 하느님은 그들을 잠깐 동안 이 세상에 맡기시는데, 그 순간이 끝날 때 이 세상은 그 사람들을 붙잡아둘 권한이 없고, 그들을 되돌려드려야 합니다. 죽음은 앞장서 가고, 생애의 모든 순간에서 사람들은 영원한 내세에 닿아있는 것입니다. 사람들은 죽기 위해서 사는 것이며, 하느님께서 우리들에게 빛의 즐거움을 주실 때 그 분의 뜻은 그것을 우리들로부터 거두어 가시는 것입니다. 사람들은 한번만 죽는 것이고, 두 번째 삶으로는 첫 번째 삶의 과오를 속죄하지 못하므로 죽는 순간의 그 사람이 영원히 계속되는 것입니다.》

17세기의 이런 언어는 아무런 노력이나 연구도 없이 문체의 자유와 재능의 특징을 작가에게 일임함으로서, 표현력과 정확성과 명료함을 작가의 재량에 맡겨놓았다. 침묵에 대한 그런 서술은 출판된 랑세의 29번째 교육 강론에서 나타난다 :

《은둔생활은 하느님께만 말씀드리려고 피조물들과의 모든 대화를 끊으며 자신을 인간들로부터 떼어놓는 것이기 때문에, 침묵을 지키지 않으면 은둔생활은 거의 소용이 없습니다.

침묵은 하느님과의 대화이고, 천사의 언어이고, 하늘나라의 웅변이고, 하느님을 납득시켜드리는 비법이고, 성스러운 은둔 장소들의 명예로운 장식이고, 밤샘하는 슬기로운 사람들의 선잠이고, 하느님 섭리의 가장 든든한 식량이며, 덕성의 잠자리입니다. 한마디로 말해

서 평화와 은총은 침묵이 잘 준수되는 곳에서 느껴지는 것입니다.»

만일 랑세가 다른 사람에게 부과한 엄격한 생활을 함께 나누고 극복하지 않았더라면, 그는 인간들로부터 배척당하는 사람이었을 것이나, 그러나 인적이 없는 곳에서 40년의 고독으로 대답하고, 궤양이 생긴 자신의 사지를 보여주고, 자신의 고통을 늘려감에 따라서 한탄하기는커녕 더욱 인내한 사람에게 무엇을 말하겠는가? 그가 자신의 반대편에 대해서 입을 다물고, 포르-루아얄과 그곳의 거룩한 사람들이 그의 앞에서 뒷걸음을 치고, 그가 속죄의 피어린 얼굴을 보여주어서 그의 적을 도망가게 한 것은 그와 같았다. 그는 모든 죄인들이 자신과 함께 죽기를 원했는데, 그는 유명한 지휘관들처럼 죽음이 아니고 승리를 염두에 두었다. 나는 독자들에게 그의 저술인 *«수도사 생활의 성스러움»*에 대해 이미 언급했고, 사람들은 그의 모든 명상들, 여러 작품의 발췌문들과 마르솔리에[1]가 수집한 것들에서 똑같은 생각을 거듭해서 말한 것들을 찾아볼 수 있는데, 그것은 한 결 같이 딱딱하지만 그래도 훌륭하게 표현되었던 것이다.

트라프 수도원이 파괴된 후에 알랑송으로 옮겨졌다가 그곳으로부터 돌아온 206 페이지로 된 어느 원고는 페이지 마다 26행으로 써졌는데, 어느 수도사가 그 원고 첫머리에다 다음과 같은 메모를 써놓았다 : «이 책은 트라프 수도원의 개혁가이시며 존귀하고 거룩하신 아르망-장 신부님 친필로 써졌으며, 그분은 불행하게도 지난달인 1700년 10월 31일 이제까지 살아오신 것처럼 사망하셨음.» 그 날짜를 모레리[2]는 10월 26일이라고 썼고, *«갈리아 크리스티아나»*[3]는 27일, 또 보쉬에의 편지는 29일이라고 하는데, 위에서 언급한 그 메모에는 10월 31일로 되어있다. 내게는 그 메모가 신빙할만한

1) 랑세의 전기를 쓴 Jaque de Marsollier.
2) Louis Moréri(1643-1680) : 역사적 사건과 인물을 기술한 *<<역사대사전>>*의 편찬자.
3) *<<la Gallia christiana>>* (*p. 99, 각주 1).

것으로 보였고, 또 1819년 8월 3일 알랑송 도서관 직원이 주석을 붙인 것도 역시 그러하였다. 르넹 신부는 랑세가 10월 27일 오후 2시에 37년을 은둔처에서 보내고 나서 75세의 나이로 사망했다고 공식적으로 말하였다. 앞에서 언급된 그 원고는 랑세가 젊었던 시절에 쓴 것 같고, 삼위일체의 연구, 플라톤, 유스티아누스, 알렉산드리아의 클레멘스가 말한 것들에 대한 연구들을 포함하고 있으며, 오르페우스의 송가들도 빼놓지 않았는데, 랑세는 그런 훌륭한 연구들을 트라프 수도원에서 하지는 않았고, 분명히 젊은 시절에 했던 것이었다. 아직 간행되지 않은 그 미발표 작품의 필체는 나의 평가로는 젊은 사람의 것이며, 그리스어는 읽기가 쉽고, 모든 복잡한 글자들은 단순한 글자들로 대치되었다. 또 랑세는 니체아 신경(symbol de Nicée)에는 *〈사도신경(Credo)〉*에다가 *〈아들(fils)〉* 이라는 말이 추가 된 것[1] 을 지적하였다.

랑세는 세상에 알려지기를 원하지 않았고, 또 더군다나 그의 동료였던 어느 수도사는 아무런 서명도 없이 1700년을 1600년이라고 년도까지 착각하며 랑세의 죽음을 우리에게 알려주는데, 그 일에는 오늘날 어느 누구도 개의치 않는다.

랑세는 엄청나게 많은 편지들을 썼다. 만일 과거에 그의 저술들과 함께 그 편지들이 인쇄되었더라면, 사람들은 한 가지 생각이 그의 생애를 지배한 것을 알게 되었을 것인데, 우리는 불행하게도 그가 회개하기 이전에 썼고, 수도사 옷을 입을 무렵에 태워버리라고 했던 그 편지들을 손에 넣을 수는 없을 것이다. 랑세가 언제나 일정한 생각으로 편지를 써서 보냈던 여러 교신 상대자들의 차이만으로도

---

1) 325년 니체아 공의회는 예수 그리스도가 하느님의 창조물이라는 아리우스의 이단 교리를 단죄해서 성부와 성자의 본성이 같다는 예수 그리스도의 신성(神性) 교리를 확립했고, 박해가 심하던 2세기의 초기 교회에서 통용되던 세례문답 형태의 신앙고백인 사도신경(Symbolum Apostolicum, Credo)의 기본바탕에다 성자란 말을 추가해서 삼위일체의 교리를 명기한 니체아 신경(Symbolum Nicaenum)을 제정하였음.

주목할 만한 연구논문이 되었을 것이고. 그 편지들의 답신들도 훨씬 다양했었을 것이며, 생애의 모든 관점들을 다루었을 것이다. 랑세가 마음을 가두어둔 고독한 은둔의 장소처럼, 랑세의 편지들 가운데에서도 비어있는 적막한 곳이 생겨난 것이다.

편지들을 모아놓은 서한집(書翰集)들은 그것들이 긴 세월의 것인 경우에는 나이에 따른 변천을 보여주는데, 아마도 자신의 주변에서 거의 한 세기가 지나가는 것을 본 볼테르의 오랜 서신 교환보다도 더 흥미로운 것은 없을 것이다.

미뫼르 후작부인에게 1715년에 보낸 첫 편지와 1778년 5월 26일 그 필자가 죽기 4일 전에 랄리-톨랑달 백작에게 쓴 마지막 쪽지를 읽어보고, 63년 동안에 일어난 모든 것들을 회상해보라. 죽은 사람들 행렬이 차례로 지나가는 것을 보라. 숄리외, 시드빌, 티리오, 아가로티, 주농빌, 엘베티우스가 있었고, 여자들 중에는 바레트 왕녀, 빌라르 원수부인, 퐁파두르 후작부인, 퐁텐 백작부인, 샤틀레 후작부인, 드니 부인이 있었으며, 또 인생을 웃고 즐기면서 지나간 환락의 사람들로는 르쿠브뢰, 뤼베르, 고생, 살레 같은 사람들이 있었다.

그 서신 교환을 추적해볼 때, 그 편지들을 넘기다보면 한 쪽에 써진 이름이 다른 쪽에는 더 이상 없다. 새로운 주농빌과 샤틀레가 나타났다가 가버리고, 그로부터 스무 번째의 편지에는 사라져서 돌아오지 않는다. 우정은 또 다른 우정에 이어지고, 사랑은 사랑에 이어진다.

그 유명한 노인은 나이가 들면서 명성에 따른 것을 제외한다면 자라나는 세대와 인간관계는 중단되었고, 여전히 페르네[1]의 고독한 곳에서 사람들에게 말을 하지만, 그의 목소리만 들려올 뿐이었다.

---

1) Ferney (Ferney-Voltaire) : 프랑스를 떠난 계몽주의 철학자 볼테르가 1759년부터 20년 동안 정착해서 계몽주의 철학자들과 교류하고 집필하며 노년을 보낸 스위스와 프랑스의 국경에 있는 마을.

루이 14세의 외아들에 대한 시 구절(詩句)도 멀리 떨어져 있었고 :

〈아주 위대한 국왕의 고귀한 혈통이여,
그의 사랑과 우리의 희망,....〉

데팡 부인[1]이 아닌 *〈륄랭 부인에게〉*라는 시도 멀리 있었다 :

〈아이고 이런 ! 당신은 놀랐군요.
여든 번의 겨울이 지나가서도
나의 허약하고 해묵은 시의 여신이
아직도 시를 흥얼거릴 수 있다니 !
- - - - - - - - - - - - -
〈어쩌다가 조금 푸른빛이
우리들 들판의 얼음덩이 아래서 웃음 짓고,
자연을 위로하지만
그러나 그 푸른빛은 곧 시들어버린답니다.〉[2]

세상에서 아주 위대하고 유명했던 프로이센 왕[3]과 러시아 여제는 무릎 꿇고 그 문필가의 몇 마디 말을 영원불멸의 증서처럼 받았으며, 그 문필가는 루이 14세가 죽는 것, 루이 15세가 쓰러지는 것과 루이 16세가 통치하는 것을 보았고, 그 위대한 왕과 순교자 왕[4]의 사이에 놓였던 그에게는 그의 시대의 모든 역사가 있었다.

그러나 서로 사랑하는 두 사람 사이의 사적인 서신 교환은 어쩌면 아주 슬픈 일들을 드러내게 되는데, 보이는 것은 *〈세상의 사람들〉*이 아니고 *〈그 사람〉*이기 때문이다.

---

1) Deffand 후작부인(1696-1780) : 볼테르를 비롯한 당시의 많은 유명 인사들과 신랄한 편지를 주고받은 서한체 작가, 살롱 여주인.
2) 볼테르가 지은 시 *<륄랭 부인에게 (à Mme Lullin)>* 의 일부.
3) 볼테르는 1750년부터 3년 동안 프로이센의 베를린 궁정에 머무르면서 문학과 음악의 애호가였던 프리드리히 2세와 교류하였음.
4) 루이 14세 치세인 1694년에 태어난 볼테르는 루이 16세 치세인 1778년에 사망했음. 사토브리앙은 그의 자서전 *<<무덤 너머의 회상록>>* 에 프랑스 혁명 중에 1792년 처형된 루이 16세를 순교한 왕이라고 썼음.

그 편지들은 처음에는 길고, 생생하고, 여러 장으로 늘어나서 한낮으로는 충분하지 않다. 사람들은 해가 저물 때에 쓰고, 순수하고 고요하고 은밀하게 변하는 달빛에서 많은 욕망들을 정숙하게 덮으려고 어떤 단어들을 찾는다. 새벽녘에 끝을 내지만, 할 말을 잊었다고 생각되는 것을 쓰려고 여명의 빛에서 살핀다. 많은 맹세들이 종이 위를 덮고, 그곳으로 새벽의 장미 빛이 반사되어서 비쳐지며, 태양의 첫 시선에서 태어나는 것 같은 단어들 위에 많은 입맞춤이 얹어지는데. 그 편지에 담겨지지 않는 생각, 이미지, 몽상, 사건이나 근심 걱정은 하나도 없는 것이다.

어느 날 아침 그런 정념의 아름다움에 거의 느낄 수 없는 어떤 것이 사랑받는 여성의 이마 위의 첫 주름처럼 슬며시 스며들어온다. 저녁 무렵의 산들 바람이 꽃들 위에서 잠이 들 듯이 사랑의 숨결과 향내는 젊은 날의 그 편지들에서 숨을 거두는데, 사람들은 그것을 깨닫게 되지만 인정하고 싶지는 않은 것이다. 편지들은 짧아지고, 횟수는 줄어들고, 세상의 소식들과 서술적인 묘사들과 서먹한 것들로 채워지며, 어떤 편지들은 늦게 오는데도 덜 불안해한다. 정말로 확실하게 사랑하고 사랑받는지를 판단해보게 되고, 더 이상은 투덜대지 않고, 편지가 오지 않아도 감수한다. 맹세는 언제나 지속되고 같은 말들이지만, 그러나 그곳에 영혼은 없으므로 그것들은 죽은 것이며, 그곳에 있는 *〈당신을 사랑한다〉*는 말은 습관적인 표현일 뿐이고, *〈사랑을 받아 영광이다〉* 라고 하는 모든 사랑 편지의 불가피한 의례로서만 있을 뿐인 것이다. 점점 문체는 냉랭해지거나 짜증이 섞이며, 우편마차가 오는 날도 더 이상 조바심하며 기다려지지 않는다. 꺼려서 싫어지고, 편지 쓰기에 싫증이 나게 된다. 그는 종이 위에다 속내를 털어놓는 미친 짓을 했다는 생각으로 얼굴을 붉히며, 편지를 다시 거두어들여서 불에 던질 수 있기를 바란다. 무슨 일이 생긴 것일까? 새로운 애정이 시작되는 것인가, 아니면 묵은 애정이 끝나는 것인가? 아무것도 중요하지 않으며, 그것은 사랑받는 대상 앞에서 사랑이 죽어가는 것이다. 사람들은 인간의 감정이 숨겨진 기능의 작용에 영향을 받게 된다는 것을 인정해야만 하고, 권태를 낳는 세월의 열병이 마치 우리들의 머리털과 나이를 바꾸어 놓듯이 우리들의 환상을 사라지게 하고, 우리들의 열정을 소모시키고 마음을 바꾸어 놓는다. 그렇지만 그런 인간적인 일들의 취약한 결점에도 예외가 있는데, 가끔은 강한 영혼을 가진 사람에게 사랑은 아주 오래 지속되어 정열적인 우정으로, 의무로, 덕성의 자질로 변하며, 그러면 자연의 본성인 멸망을 벗어나서 영원불멸의 원리를 보게 되는 것이다.

랑세의 저술에서 트라프 수도원의 신부들을 교육하려고 그리스어에서 번역한 도로테 성인[1]의 가르침을 떼어내어 제쳐놓아서는 안 될 것이다. 도로테 성인은 아에네아스 [2]가 카르타고 궁전에서 트로이의 기억을 되찾듯이 어느 그림을 보고 회개하였다. 그것은 죄인들이 지옥에서 갖가지 고통을 당하는 것을 보여주는 그림인데, 어느 존엄하고 아름다운 부인이 도로테 옆에 갑자기 나타나서 그 그림을 설명해주고는 사라졌던 것이다. 사람들은 동방세계가 베르길리우스의 모든 추억의 근원은 아니더라도, 그의 추억이 동방에 대한 상상력에 어떻게 각인되었는지는 알고 있다. 랑세는 평온한 마음과 흥미를 가지고 심판, 자책, 잊을 수 없는 오욕의 기억, 타성에 대한 도로테 성인의 가르침을 번역해서 기술하였다. 그 이야기에 따르면 어느 날 수도사들 중의 한 명이 인적이 없는 곳에 와서 수도원장을 발견하고는 말하였다 : « 원장님, 저를 불쌍히 여겨 주십시오. 저는 훔쳤다가 숨긴 것을 먹었습니다.» 도로테 성인은 말하였다 : «무엇

---

1) Dorothée de Gaza (?500-?585) : 이집트 Gaza지방 사막에서 고행 수도한 수도원장.
2) Énée, Aeneas : 트로이가 멸망한 후 카르타고를 거쳐서 로마로 가는 유랑을 다룬 로마 시인 베르길리우스의 서사시 « *아에네이스 (Énéide, Aeneis)* » 의 주인공.

때문인가요? 당신은 배가 고팠나요?» - 그는 대답을 하였다 : « 네, 신부님, 공동식탁에 놓인 것은 제게 충분하지 않습니다.» 은둔 수도자들의 하루 식량을 곱절로 늘렸으나, 그는 변함없이 숨겼다. 그 불쌍한 수도자는 좀도둑질이 죄라는 것을 알았고 눈물을 흘렸지만, 그는 다시 유혹에 끌려 들어가는 것이었다.

당디이는[1] 랑세에게 사막의 교부들 중에서 도로테의 이야기만 번역하도록 남겨놓았는데, 그것은 이해하기가 어려운 3세기 아시아의 조잡한 그리스어였고, 믿을 수 없고 또 장황한 내용이었다. 나는 도로테가 거주했었던 자파(Jaffa)와 가자(Gaza) 사이의 사막을 보았으나[2] 70그루 야자수와 12개의 우물은 없었다.

재발되어 되풀이되는 고통들로 랑세는 마침내 수도원을 사직해야만 하였다. 루이 14세의 위엄 아래서 사람들은 기가 꺾였으므로, 은둔 수도자들조차 베르사유 궁전에서 통용되는 아첨의 말들을 귀담아듣지 않을 수 없었다. 트라프 수도원 원장이 사직을 허락받는 것은 예상만큼 쉽지는 않았는데, 사직 한 뒤에는 *〈성직록 수도원장〉*인가 아니면 *〈정규 수도원장〉*인가의 문제가 다시 생겨나기 때문이었다. 그 논쟁이 다시 시작되자 독실한 신앙심은 랑세에게 특별한 방도를 찾아야겠다는 생각이 들게 했는데, 시토 수도회의 수장은 그 일을 교황에게 청원했고, 랑세는 국왕에게 호소하였다. 루이 14세는 그 문제를 참사원에 제기했지만, 어느 편에도 유리한 결정이 내려지지 않아서 균형이 이루어졌다. 궁정은 편이 갈라져서 수도원의 그 분쟁에서 현실적인 이득을 차지했는데, 어느 대단한 성인군자는 대영주만큼의 영향력을 얻었고, 그 시대의 막중한 위엄을 공유해서 종교의 준엄함은 세속 일에 권위를 나눠주었으며, 세속의 일도 종교에게 이권(利權) 문제에 쓸모 있는 민첩성을 제공하였다.

---

1). 아르노 당디이는 사막에서 고행한 많은 교부들의 이야기를 프랑스어로 번역하였음.
2) 샤토브리앙은 1807년 동방여행 중에 도로데 성인이 수도생활을 했던 장소를 지나갔음.

랑세는 트라프 수도원에 부속된 여자 수도원인 클레레 수녀원의 영적 지도를 담당하기로 동의하였다[1]. 외제니-프랑수아즈 데탕프 드 발랑스가 그 수녀원의 원장이었는데, 미인들 중에 가장 박식한 여성이고, 박식한 여성들 중에서 가장 미인이라는 데탕프 공작부인[2]보다도 더 유명한 가문 출신이었다. 당시의 편지로 노장-르-로투르를 지나서 그 수녀원으로 갔던 것을 알 수 있다. 클레레 수녀원의 원장은 당시의 귀족계급 사회에서조차도 거의 터무니없을 만큼 교만하였다. 그 여성은 조짐 신부[3]에 대해서도 그가 벨렘 지방 소시민의 아들이므로 자신의 시종 자격에 지나지 않는다고 말하였다.

랑세가 클레레 수녀원을 순시 방문한 것은 1690년 2월 16일인 것 같고, 사람들은 아직도 순시기록과 함께 그가 강연을 시작하고 끝낸 연설문을 보관하고 있다. 수녀원장은 랑세가 근방에 오자마자 즉시 큰 종을 치게 했고, 수많은 종소리들처럼 그 종소리는 지금은 남아있지 않은 숲속으로 사라졌는데, 사람들은 오래 전에 말없는 메아리로 전해졌던 그 울림소리의 가락(曲調)에서 무언가 알 수없는 매력을 생각해내고, 그 땅을 지나간 사람의 자취를 찾는다. 수녀원 원장은 성당 입구에서 랑세 신부 앞에 무릎을 꿇었다. 수녀원에 남겨진 순시기록이 화젯거리가 되었는데, 랑세는 구약성서를 읽는 것은 수녀들에게 적절치 않다고 주장했고, ‹‹ 완벽하게 정숙해야할 딸들이 아가(雅歌)[4], 수산나[5], 유다, 타마르와 암몬[6], 유딧[7]의

1) Clairets 수녀원은 1692년 시토수도회 수녀원들 중에서 최초로 트라프 수도원의 엄격한 계율을 받아들였음.
2) 프랑수아 1세의 애인 Anne de Pisseleu 공작부인 (*p. 81, 각주 3).
3) Dom Zozime (Pierre Foisil) : 1681년 트라프 수도원에서 서원을 한 Bellême 출신의 수도사 신부. 랑세 후임으로 1695년 트라프 수도원장이 되었으나 몇 달 후 사망했음.
4) 구약성서 <노래 중의 노래 (Canticum Canticorum)>, 가장 아름다운 솔로몬의 노래.
5) Suzanne. 구약성서 <다니엘 기>에 등장하는 요아킴의 정숙한 아내.
6) 구약성서, 다윗의 둘째 아들 암몬 (Ammon)이 그의 이복동생 타마르 (Thamar)를 범하자, 타마르의 오빠인 압살롬 (Absalom)이 암몬을 살해하였다는 이야기.
7) 구약성서 외경 <유딧 기 (Le Livre de Judith)>에 나오는 여성의 이름.

이야기와 가베온에서 레위 족 여성에게 저지른 폭력 이야기, 레위기와 롯기를 읽어서 무엇을 하렵니까?»라고 말했던 것이다.

랑세가 그의 생각을 말했을 때, 수녀들은 거의 천사들의 노래가락을 듣고 있는 줄로 상상하였다. 그의 변설은 굽힐 줄 모르는 성격만큼이나 설득력이 있었다. 그러나 그의 발언이 만들어낸 효과를 그의 목소리가 망가트렸으므로 클레레 수녀원에서 한 말은 거의 성과가 없이 들렸고, 그런 까닭으로 그가 그 수녀원의 어느 수녀에게 쓴 냉엄한 편지가 남아있게 되었다 : «나는 사실 전혀 예상하지 않았던 마음가짐과 생각으로 당신들을 갑자기 만나보게 되어서 놀랐던 것을 말해야 하겠고, 그러나 결국 하느님께서 죽음의 두려움에 맞서서 안심하도록 당신들을 삶에서 멀리 떨어지게 하시고, 삶을 싫어하게 될 경지로 부르시는 것보다 더 하실 수 있는 것은 무엇이겠습니까? »

세상에 어울리게 태어난 그 수도원장은 속죄의 고행으로 세상으로부터 떨어져서 나왔다. 그러나 여성들의 온갖 고통의 한가운데서 인성(人性)을 동방세계의 가혹한 상태로 돌려놓기를 바라면서, 그는 시대와 풍토를 착각한 것을 깨닫지 못 하였다. 고행 수도자를 먹여줄 까마귀[1)]들은 더 이상 없었고, 그들의 머리를 덮어줄 야자나무가 없었으며, 타이스 성녀[2)]의 묘혈을 파줄 사자가 없었다. 노루밖에 볼 수 없는 숲 속에서 호랑이가 잔인하다는 것만을 말하는 그의 설교는 우리들의 시취(詩趣)의 착각 속에 빠져든 것이었다.

랑세는 폭풍우를 지나서 트라프 수도원으로 돌아왔는데, 천둥소리가 노인의 허약한 발걸음을 장엄하게 동반해주었다. 그리스도교의

---

1) 어느 고행수도자가 이집트의 테바이스 사막에서 사람들과 멀리 떨어져서 움막을 짓고 홀로 수도생활을 할 때, 까마귀들이 음식물을 물어다 주었다는 전설이 있음.

2) Sainte Thaïs : 그리스 정교회의 순교성인 역사에 그리스어로 기록된 5세기경의 전설적인 이집트의 성녀. 소설가 아나톨 프랑스는 방탕한 무희였다가 수도원에 들어가서 성녀가 된 그 전설적인 이야기를 소재로 1890년 소설 *«타이스»* 를 썼고, 1894년 쥘 마스네는 유명한 <타이스 명상곡>이 들어있는 오페라 *«타이스»* 를 작곡하였음.

좋은 날씨는 끝났고, 버려져 비어있는 성전의 문들이 닫히는 소리가 들리는 것 같았다.

«*수도사 생활의 신성함과 의무에 대하여*» 를 읽은 파리의 어느 수녀원장은 자신의 수녀원에 음악이 들어오는 것을 더 이상 허용하려 하지 않았고, 그 문제에 대해 랑세에게 편지를 썼으므로 그 원장 신부는 답장을 보냈다 : « 음악은 당신들의 규칙과 같이 성스럽고 순수한 것들에게는 적합하지 않습니다. 당신의 수녀들은 앞을 못보고 눈을 굳게 감고 있어서, 완전히 멀리해야 할 폐습이 들어온다는 것을 알아차리지 못할 수도 있습니다!»

랑세는 스파르타 관리들과 같은 견해를 갖고 있었는데, 그들은 테르판드로스[1]에게 칠현금에 두 줄을 덧붙였다고 벌금형을 내렸던 것이다. 수녀들은 주장을 굽히지 않았으므로 세상 사람들은 그들의 불화를 비웃었고, 그 훌륭한 공동체가 쓰러질 것으로 생각하였다. 베르길리우스가 우리에게 꿀벌들의 싸움을 평정하는 것을 가르쳐주었듯이, 하늘은 그 다툼을 끝내주었다. 공중에 뿌린 한줌의 흙먼지는 꿀벌들의 싸움을 멈추게 하는 것이다[2]. 노래 부르기를 원하는 수녀들에게 목감기가 덮쳐왔으므로, 수녀들은 하느님의 손길이 벌로 짓누른다는 것을 깨달았다. 어쨌든 랑세는 옳았는데, 음악은 물질의 본성과 지적인 본성의 중간에 있어서 사랑에서 세속의 포장을 벗겨내거나 또는 천사들에게 몸체를 주기 때문에, 듣는 사람들의 기분에 따라서 그 화음은 관념이거나 또는 부드러운 촉감인 것이다. 고대의 그리스도교 시인들은 자신들의 목숨을 부서진 칠현금의 실 다발에 다시 연결했을 때, 그들이 지은 노래 가락이 들리게 해주었다[3].

---

1) Térpandros : 기원전 7세기경의 그리스 Lesbos 섬 태생의 시인이자 음악가. 당시에 4줄이던 현악기에 3줄을 더 달아서 칠현금을 만들었다고 함.

2) 고대 로마 시인 베르길리우스의 « *농경시 (Georgica)* » 에서 인용한 말.

3) 샤토브리앙은 자신의 미발표 원고 <사랑과 노년>에 다음과 같은 유사한 내용의 글을 써 놓았음 : <<나는 너에게 이 마지막 슬픈 노래들을 보내지만, 내가 죽은 후 부서진 칠현금 줄에 내 목숨을 이을 때에만 그 노래들을 듣게 되리라.>>

수도원장 랑세의 메달과 초상화들이 퍼져나가서 새로운 험담이 생겨나게 되었고, 사람들은 그것을 자신의 명성을 영구히 지속시키려는 오만으로 여겼다. 한쪽에는 *〈수도원의 재건자〉*[1]라는 말이 쓰여 있고, 다른 쪽에는 *〈가혹한 노동〉*[2] 이라는 글귀와 함께 못생긴 수도사가 새겨져 있는 메달이 유포된 것이다.

트라프 수도원의 단골방문객들 중 한명이던 라미 신부[3]는 반쯤은 철학자였는데, 많은 주제에서 랑세와 의견이 달랐으며, 그의 수도회에서 프랑스어로 글을 제일 잘 쓰는 사람으로 인정받았고, 데카르트 사상을 명확히 전개하였다. 그는 *《수도사의 학문 연구론》*[4]를 주제로 기즈 부인 앞에서 랑세와 토론 했고, 마비용은 라미 신부가 랑세를 이겼다고 말하였다. 루이 14세의 명령으로 논쟁자들은 입을 다물었다.

랑세를 비난하는 인쇄된 비방문들이 있다면, 원고 상태로 남아 있는 다른 것들도 있는데, 그중에서 특히 르루아 신부[5]가 *〈수치스러운 일들〉*에 대해 쓴 글이 생트-주느비에브의 도서관에 있다. 랑세 신부는 항변하였다 : 《당신들이 알다시피 사람들은 나를 여러 차례나 죽은 사람으로 여겼었으나, 아직도 내가 여전히 연명하고 있는 것을 보고 있습니다. 사람들은 나의 정신 생명은 죽었고, 실제로 영혼이 있더라도 나는 이제 더 이상 사리판단을 하지 못한다고 감히 말하는 군요.》 사람들은 규율을 완화하라고 랑세에게 압박을 했고, 그는 마카베오의 말로 대꾸하였다 : *〈차라리 우리들 모두 우직한 마음으로*

---

1) *<Restaurator monachorum>.*

2) *<Labor improbus>.* 이 말은 베르길리우스의 *<<농경시 (Georgiques) >> 중에서 <힘든 노동은 모든 것을 이겨낸다. (Labor omnia vincit improbus)>* 이라는 글귀에서 인용되었음.

3) Dom Fraçois Lamy (1636-1711) : 생모르 베네딕도 수도회의 신부.

4) 마비용이 1691년에 펴낸 책자 *<<Traité des études monastiques>>.*

5) Guillaume Le Roy (1610-1684) : 베르덩에 있는 수도원의 성직록 수도원장이었는데. 1671년 6월 트라프 수도원에서 와서 머무르다가 경미한 잘못을 저지른 수도사들이 심한 질책을 감내하는 것에 충격을 받고 분개해서 트라프 수도원의 엄격한 계율을 <수치스럽고 거짓된 것 > 이라고 썼음.

죽읍시다.〉[1] 사람들이 그에게 수도사 생활의 의무를 썼던 것처럼, 그리스도교 신자의 의무에 대해서 쓰라고 권유했더니, 그는 몇 페이지를 쓰고는 이런 말을 하며 중단하였다 : «내게는 살아있을 시간이 조금 밖에 남아있지 않습니다. 내가 그 순간들을 가장 잘 사용하는 것은 침묵 속에서 지내는 것입니다.»

랑세는 34년 동안 고독한 곳에서 살았고, 아무것도 아닌 채로, 아무것도 되기를 바라지 않고, 스스로에게 가한 형벌을 한순간도 느슨하게 완화하지 않았다. 그런 후에는 자신의 천성에서 완전히 벗어날 수 있었을까? 매 순간마다 하느님이 만들어 놓으신 대로 자신의 모습으로 되돌아가지 않았을까? 과오를 저지르기 쉬운 성향에 맞서려는 단호한 결심이 그를 고결하게 만들었고, 벌을 받아야할 모든 품행 상의 허물로 덕행의 묶음을 만들었다. 루가 성인의 전기를 쓴 작가에 따르면 베르나르도 성인은 대단히 순결한 토대 위에 그의 건물을 세웠다고 하는데, 랑세는 잃어버렸다가 회복한 순결의 폐허 위에 세웠던 것이다.

그의 왼 손에 처음 발병했던 류마치스 관절염이 오른 손으로 덤벼들었고, 기즈 부인의 외과의사가 수고해 주었다. 그 손은 쓸모가 없어졌고 허울뿐인 기형이 되었다. 그 병자는 음식을 극도로 싫어하였다. 그는 참을 수 없는 기침과 계속 되는 불면증과 잔혹한 치통과 발의 부종으로 고통 받으면서, 자세를 바꾸지도 않고 의자에서 불구상태로 나날을 보내며 거의 육년간을 위축되어 살았다. 보조수사가 조금이라도 음식을 들라고 강권하면 랑세는 웃으면서 말하였다 ; «나를 핍박하는 사람이 여기 있군요.» 그는 자신에게 봉사하는 것을 행복하게 여기는 수도사들에게 매우 조심스럽게 대하였다.

---

1) 랑세는 구약성서 <마카베오 상권 2 : 37 >의 <*Moriamur in simplicitate nostra*> 를 인용했는데, <마카베오 하권 7 : 2 >에도 <*조상의 하느님 법을 어기느니보다는 차라리 죽고 말겠습니다. Parati sumus mori magis quam patrias Dei leges praevicari*> 라는 유사한 구절이 있음.

그들을 피곤하게 할까 두려워서 감히 마실 것을 달라고 하지 않으며 갈증을 참았다. 사람들이 그에게 어떤 것을 주면, 그는 즉시 모자를 벗으면서 머리를 숙여 감사를 표시하였다. 혹시 그의 얼굴에서 어떤 표정의 변화라도 보였다면, 그는 사람들이 알아채지 못한 심한 고통을 참고 있었던 것이다. 그는 요양소 의자 맞은편에 선지자의 이런 글을 놓아두게 하였다 : 《주여, 저의 젊은 날의 무지와 죄를 잊으소서.》 그가 *《네 분의 복음서 저자들에 대한 성찰》*[1] 이라는 제목이 붙은 저서를 저술한 것은 이렇게 끝없이 지속되는 고통을 받는 동안이었다.

랑세는 언제나 마비용과 같은 사람들하고만 충돌한 것은 아니었으며, 그에게는 보다 더 무식해서 자신들을 더욱 확신하는 반대자들이 있었다. 어느 날 아침에 사람들이 랑세에게 그를 야유하는 글을 가져다주었더니, 그것을 읽고 좋은 점들을 찾아내서 칭찬하고는 말하였다 : 《여기 훌륭한 미사 준비물이 있군요.》 그러고 나서 그는 제대(祭臺)를 향해서 가고는 하였다.

그는 오랫동안 목격했던 다양한 사건들의 소란들 속에서 언제나 평온을 지켰다, 여행하는 동안에는 될 수 있으면 큰길을 멀리 돌아서 우회하였다. 그는 농작물들 사이로 저무는 해에서 시선을 떼지 않고서 밀밭 사이의 오솔길을 따라갔다. 우연하게 짐수레를 만나면 태워 달라고 부탁하였다. 그는 말하였다 : 《그 마차를 몰아야 할 사람은 농부가 아니고 나였는데, 그 농부는 가난했지만 착한 일을 하는 남자였기 때문이었다. 나는 언제나 모든 죄인들 중에서도 가장 불쌍하였다.》 그는 수도사들에게 수도원을 위협하는 나쁜 일들을 경고해주었다. 수도원장의 서원기념일에 모인 수도사들은 무릎을 꿇고 이런 다짐을 하였다 : 《우리들의 성스러운 계율을 모든 면에

---

1) *<<Réflexions sur les quatre évangélistes>>.*

서 끝까지 지킬 것을 맹세합니다.》 랑세는 영원한 내세에 몰두하기 위해서 또다시 속세를 버리기 시작하였다.

은둔 수도사들은 바로 그 무렵 교황에게 편지를 썼다 : 《교황 성하님, 저희들은 수도원장님이 계셔서 고귀하고 소중한 것을 누리고 있는 지가 수년이 되었습니다만, 그러나 교황 성하님께서 저희들을 서둘러 도우시지 않으신다면 저희들은 그분을 잃게 될 것입니다. 그분은 기꺼이 죽으려고 하십니다. 체력을 회복할 만한 것들을 아무것도 먹으려 하지 않으시고, 사도들과 함께 "만일 우리가 사는 집이 무너진다면 하느님께서 하늘나라에서 영원히 무너지지 않을 거처를 주시리라" 하고 성가를 부르십니다. 그분이 저희들보다도 더 오래 사셔서 저희들의 눈을 감겨주시기를 소망합니다!》 키보 추기경[1]은 교황이 트라프 수도원장에게 그의 생명을 해치는 고행을 중단하라는 지시를 내렸다고 교황의 이름으로 대신해서 답변하였다.

랑세는 1694년 11월 2일에 니케즈 신부에게 통지하였다 : 《아르노[2] 님은 최선을 다해 활동하고 사망했습니다. 그분의 활동무대는 종료된 것이 틀림없고, 이제 문제들은 잘 끝났군요. 아르노님의 학식과 권위는 예수 그리스도 말고는 그들의 편이 아무도 없는 사람들에게, 그리고 한순간이라도 예수 그리스도에서 떨어지거나 벗어나게 할 수 있는 모든 것들을 제쳐놓고서 무엇으로도 떼어낼 수 없는 굳건함으로 예수 그리스도를 따르는 행복한 사람들에게는 아주 무거운 짐이었습니다.》 아르노에 대해 브랑카에게 썼던 편지[3]와는 큰 차이가 있는 랑세의 그 편지 구절이 격렬한 감정을 되살려놓았다. 랑세 조차도 그 네 줄의 글이 야기한 소란에 놀랐던 것이다.

---

1) Alderano Cibo (1613-1700) : 당시의 교황청 국무원 (Secretaria Status)의 추기경.

2) 유명한 신학자였고 얀센 교파 지도자였던 <위대한 앙투완 아르노>는 망명해서 살던 벨기에의 브뤼셀에서 1694년 사망했는데, 랑세는 처음에는 얀센주의자 앙투완 아르노를 옹호했으나 나중에는 비판하였음.

3) 랑세가 1676년 브랑카(Brancas) 에게 쓴 얀센 교파를 두둔하는 편지 (*p. 170, 각주 1).

그런 소동의 한가운데에서 1695년 1월 27일 랑세는 다시 니케즈 신부에게 편지를 썼다 : «저는 이틀 전에 당신의 좋은 친구인 케스넬 신부[1]로부터 20 페이지가 넘는 편지를 받았는데, 그 편지에는 이해할 수 없는 냉혹한 말과 신랄한 감정이 가득했습니다. 그는 제가 아르노님의 명성을 퇴색시켰고, 사망한 뒤에는 그를 단도로 찔렀고, 온 힘을 다해 그의 추억에 치명적인 상처를 남겼으며 이러저러한 난폭한 짓들을 수없이 저질렀다고 분명하게 주장했습니다. 저는 그렇게 상궤를 벗어나서 터무니없이 말하는 것을 이제까지 들어본 일이 없습니다. 제가 아르노님의 생애와 처신과 생각을 공격하는 책 한권을 써서 심하게 모욕하는 표현을 했더라도, 그런 방식으로 저를 대하지는 않았을 것입니다. 그는 제가 사망한 아르노님을 힘껏 교회 밖으로 내친 것처럼 모든 힘을 다해서 공개적으로 철회하고 해명하라고 저에게 요구했고, 모든 프랑스 사람들이 저의 책임으로 사죄할 것으로 기대한다고 덧붙여 말했습니다. 그러면 제가 포르-루아얄 수녀원에 불을 질렀거나 구석구석을 뒤엎어놓았더라도 그것에 대해 더 이상은 말하지 않겠다고 하였습니다.»

랑세는 분별심이 있었고, 포르-루아얄 수녀원에 불을 지르지도 않았다. 그의 예상이 적절했던 것에 대해 말하자면, 그것은 펜대를 사용하는데 익숙한 사람이라면 쉽게 짐작할 수 있는 것이었다. 아르노의 생애 마지막 몇 년은 더 이상 아무도 읽지 않는 그의 거창한 저서들을 위해서 방패막이가 되어주었던 진지한 사람들의 의지를 꺾어놓았다. 그 늙은 얀센 교파 신자는 롱빌 저택에 숨어서 회색 옷으로 변장을 하고, 칼을 옆에 차고, 어울리지도 않는 큰 가발을 쓰고 고상한 방에서 프롱드 난의 여자 모험가[2]로부터 식사를 제공

1) Pasquier Quesnel (1634-1719) : 오라토리오 수도회 신부. 얀센주의 신학자.
2) 제2차 프롱드 난에서 루이 14세와 마자랭 추기경의 궁정에 대항해서 반란을 일으킨 콩데 대공을 지지한 귀족들의 진영 군대에 가담해서 싸웠던 콩데 대공의 여동생 롱빌(Longueville) 부인.

받고 있었다. 그는 많은 경솔한 잘못들을 저질렀다. 롱빌 부인은 자신의 비밀을 어느 방탕한 자유사상가에게 터놓았더라면 오히려 더 나았을 것이라고 이야기 하였다. 그는 전혀 평화를 바라지는 않았고, 내세를 전적으로 휴식하는 것으로 여긴다고 말하였다. 당당한 명성을 누릴 때는 품위 없는 변장을 해서는 안 되는 것이다.

게다가 랑세의 덕망은 모든 적들의 힘을 제거하였다. 케스넬 신부조차도 트라프 수도원장에게 썼던 그 편지를 큰 목소리로 취소하며 말하였다 : 《그것은 내가 하느님을 공경하겠다는 서원을 한 지 30년이 넘었기 때문만은 아니고, 그보다는 하느님의 종들을 다스리시는 성령을 공경해야 하며, 하느님의 종들을 슬프게 해서는 안 되고, 하느님께서 쓰신 일꾼들의 평판을 떨어뜨려 그들의 업적을 훼손시키면 안 되기 때문입니다. 나는 그들의 생각에 동의할 수 없고 그들의 모든 처신을 인정할 수도 없지만, 그래도 그들을 존중해서 대하지 않을 수는 없습니다.》

랑세에 대한 험담은 그의 주변과 먼 곳에서 계속되었고, 그는 《나는 땅 위의 벌레에 지나지 않고, 절대로 인간은 아니다.》[1]라고 말하였다. 랑세에 반대해서 풍자한 노래들은 *《가요선집》*[2]에서 볼 수 있다.

랑세의 친구 르넹 신부는 그가 목격한 수도원의 작업들과 걱정거리들에 대해서 다음과 같이 기술해 놓았다 :

《 자신의 눈으로 보지 않았다면 누가 믿을 수 있으랴! 몸이 금강석으로 만들어져서 전혀 무감각하거나 또는 순수한 정령처럼 인내심과 고통으로 살아가는 것 같은 이 사람은 아침부터 저녁까지 일하고, 편지를 구술하고, 저서들을 집필하고 공부를 한다. 그의 수도사들의 말을 들어주고, 어려운 일들에 응답해주고, 공동체를

1) *<Ego sum vermis et non homo>.*
2) Maurepas의 해학 가요선집 *《 Recueil de Chansons》* (*p.161, 각주 2)

구성하는 수련자와 서원을 끝낸 80명의 사람들을 이끌어가며, 내부적으로 필요하건 또는 외부적으로 필요하건 간에 그들에게 해당되는 모든 것을 지시한다. 그는 때로는 병자들 요양소로 가고, 요양소에서 손님들에게 가고, 손님들로부터 폐쇄된 수도원 경내로 가고, 수도원 경내에서 수도사들한테 가며, 때로는 각자가 일하고 있는지 보려고 작은 방을 찾아가기도 하고, 어떠한 신앙심으로 성무일과를 올리는지 살펴보려고 성가대에 가보기도 한다. 또 때로는 어느 수도자가 그를 기다리는 방으로 가기도 했지만, 그러나 가끔 너무 지쳐서 두 발로 서서 있을 수가 없었고, 잠간의 여가도 없이 손님이 방문하면 방에서 나와야만 하였다. 휴식시간에도 일을 중단하지 않았다. 사람들은 새벽기도와 아침기도시간 사이에 수도원을 순시하거나, 재속 보조수도사들이 있는 안뜰로 가보거나 또는 수도사들이 모두 잠 들었는지 보려고 숙소를 순찰하는 그를 볼 수 있었다. 그는 숙소로 가야 할 종소리가 울리는데도 곧바로 휴식하러 가지 않거나, 또는 잠을 깨우는 종이 울리자마자 즉시 일어나지 않는 것은 계율을 어기는 적지 않은 잘못이라고 말했기 때문이었다.»

랑세는 영혼 속에서 수도자들의 모든 고통들과 모든 유혹들, 또 그들의 품행상의 과실과 걱정거리들을 가슴 아프게 느끼면서 신체적 과로에다가 정신적인 피로를 더했고, 그리고 또 한명의 다른 바오로 성인처럼 그 모든 것들에 마음 쓰면서 그것들을 자신의 마음속 깊은 곳으로 가져와서 함께 슬퍼하였다, 병자들과 함께 병을 앓았고, 애덕의 순수한 힘으로 그들의 신체적이고 또 정신적인 고통들을 모두 다 떠맡았던 것이다.

그의 친구들이 오래 지속되지도 않을 수도원을 위해 너무 애를 쓴다고 지적했더니, 그는 대답하였다 : « 트라프 수도원은 영원하신 분이 정해주신 대로 지속될 것입니다. 만일 사람들이 변하지 않는 것은 아무것도 없다는 생각으로 고령이 될 때까지 처신한다면, 사람들은 무위도식하며 남아있을 것이고, 예수 그리스도의 밭은 그곳을 아름답게 장식해주는 훌륭한 것들이 없어진 황량한 불모지가 되겠지요. 하느님께서는 죽기 전날 밤까지 자신들의 목숨을 지키려고 고생하는 사람들의 부지런함을 비웃으십니다.»

그 하느님의 종은 그 시대의 터무니없는 이야기들이 말해주는 고된 시련에 부닥쳤는데, 모든 수도원에서 찾아낼 수 있고, 또 랑세가 수도사들의 개인적인 〈생활 기록〉에서 종종 되살려낸 이야기들이었다. 귀신들린 어느 젊은이가 트라프 수도원을 마귀 떼들이 둘러싸고 있다고 떠들었다. 유령이 없는 으슥한 곳은 없으며, 사람들은 유령들의 세상 한가운데에서 살고 있고, 또 그 유령들이 사는 곳이 수도원이라고 믿었으므로, 경이로운 일들이 시취(詩趣)의 환상을 확대시켰던 것이다. 랑세는 날카롭고 꿰뚫는 소리를 들었고, 수도사들은 랑세에게 한밤중에 어떤 이상한 힘이 그들을 뒤흔드는 것을 느꼈다고 얘기하였다. 숙소에서는 사람들이 서로 싸우는 무시무시하고 시끄러운 소리가 들렸으며, 누가 방문을 두드리거나 또는 어떤 사람이 홀로 큰 발자국 소리를 내면서 걷는 것 같았고, 침대 머리맡 위로 쇠로 만든 손이 지나가고 또 다시 지나가는 것 같았다.

그런 일들을 한밤중에 트라프 수도원의 황량한 곳으로 엄습한 돌풍의 탓으로 돌려야 할 것인가, 아니면 르넹 신부가 랑세에게 나무랐던 점성술의 환각 탓으로 돌려야 할 것인가? 그것은 트라프 수도원의 신부가 베레츠에서 화염 속에서 보았던 그 부인의 몸짓이었을까, 아니면 영원한 내세(來世)의 연안(沿岸)에 파도쳐서 되울리는 시간의 물결 소리이었을까? 랑세는 수도원에서 마귀를 몰아내려는 의식(驅魔)을 준비했으나, 1683년 말 경에 그 소동은 멈추었다.

공동체 안의 그런 걱정거리들은 랑세가 바깥세상에서 일어나는 일들에 종사하는 것을 가로막지 않았으므로, 그는 1684년 7월에 있었던 팔라틴 공작부인[1]의 죽음에 크게 관여하였다. 안 드 공자그 드 클레브는 양심의 곤란한 문제들에 대해서 랑세와 몇 차례 상의했는데, 그녀의 이름은 라파예트 부인의 매력적인 작품[2]을 연상시켜주고, 또 보쉬에가 썼던 가장 아름다운 장례추도사들 중의 하나는 안 드 공자그에 대해 쓴 것이었다. 자신이 살던 시대의 사상[3]에서 멀리 벗어나서 속세의 사상에 몰입했던 팔라틴 공작부인은 데카르트 사상을 공부하기 시작했고, 그것에서 그녀는 아무것도 안 믿게 되었으며, 원점으로 되돌아와서 그 당시의 여러 무신론이나 자유주의 사상 같은 것들을 믿는 쪽으로 거슬러 올라갔다. 그녀는 프랑스에 머무는 동안 프롱드 난을 겪었는데, 보쉬에의 말에 따르자면 그것은 루이 14세의 기적 같은 통치를 낳게 한 진통이었다.

그 뛰어난 설교자[4]는 팔라틴 공작부인의 달관한 깨달음을 넌지시 빗대면서 외쳤다 : « 그러면 그런 비범한 천재들은 다른 사람들보다 무엇을 더 보았던가? 그들은 아무것도 보지 않았고, 아무것에도 귀를 기울이지 않으며, 이 세상을 살고 난 뒤에는 그들이 동경하는 허무를 입증할만한 것조차 갖고 있지 않다.»

보쉬에는 팔라틴 공작부인이 그 경건한 수도원장과 잡담했던 것을 이야기했는데, 그녀는 다음과 같이 말했다고 한다. « 어느 날 밤에 저는 혼자서 숲속을 걷고 있던 것 같았고, 어느 작은 오두막집에서 눈먼 장님을 만나서 그에게 태어날 때부터 눈이 안보였는지 아니면 사고 때문에 그렇게 되었는지 물어보았습니다. 그는 장님으로 태어났다고 대답하더군요. 저는 "그러면 당신은 빛이 아름답고 마음에 드는 것이라는 것을 모르지 않겠어요?"라고 물어보았더니,

---

1) Anne de Gonzague de Clèves (1616-1684) : 팔라틴 (Palatine) 공작부인.

2) Marie-Madeleine Pioche de La Vergne (1634-1693) 가 Madame de La Fayette 라는 필명으로 쓴 소설 « *클레브 공작부인 (La Princesse de Clèves)* ».

3) 정통 가톨릭 신앙을 중시하던 17세기 후반 루이 14세 시대의 사상.

4) 보쉬에는 루이 14세 시대의 가장 유명한 강론 설교자였음.

그는 “그렇습니다, 그러나 저는 그것이 무언가 아주 아름다운 것이라고 믿지 않을 수 없습니다.” 라고 대답했습니다. 그때 그 눈먼 사람은 갑자기 목소리를 바꾼 것 같았고, 권위 있는 어조로 “그것은 사람들이 이해할 수는 없더라도 무언가 훌륭한 것들이 있다는 것을 당신에게 가르쳐 주게 될 것입니다” 라고 말하던데요.»

보쉬에는 그 공작부인의 장례 추도사에서 자신의 친구인 랑세에 대해서 말하였다 : « 그 성인 같은 수도원장의 생애와 교리는 우리 시대의 명예로운 자랑거리이며, 우리들의 공작부인이 했던 그런 놀랍고 완벽한 회개에 크게 감동한 그분은 교회에 감화를 주려고 공작부인에게 글을 쓰라고 지시했는데. 그 부인은 과오를 고백하며 이런 말로 시작했습니다. “ 당신의 끝없는 선하심이 우리들의 죄를 지워 없애기 위해서는 다만 그 죄를 잘 깨닫게 하는 은총을 내려주시는 주님이시어, 당신 하녀의 비천한 고백을 받아주소서.” »

안 드 공자그는 아름다운 모습으로 트라프 수도원 숲속을 배회하던 죽어야할 숙명을 가진 여인들의 한명이었다. 모트빌 부인은 그 여인이 당시에 거의 모든 일에 끼어들었고, 마자랭 추기경을 옹호해주었으나 그는 크게 고맙게 여기지는 않았다고 말하였다. 뷔시-라뷔탱[1]의 편지들 가운데에 섞여있는 그 여인의 편지 하나가 남아있다. 불행히도 게브리앙 원수부인[2]에게 썼던 그 편지 말고는 다른 것은 남아있지 않으며, *〈감정의 진실을 판단하는 기술〉*에 관한 저술도 볼 수 없는 것이다. 유물론에 기울어졌던 당시의 귀부인 철학자들은 우선 데카르트 철학을 신봉하기 시작했고, 사상을 하느님께

---

1) Roger de Bussy-Rabutin (1618-1693) : 루이 14세의 국왕 근위 군대 출신의 궁정 고관. 서한체 작가. 프롱드 난 동안 어린 국왕 루이 14세 편에 가담해서 신임을 얻었음. 궁정의 귀족 여성들의 남녀 간의 애정에 관한 풍자 소설 *<< 골(Gaul) 지방의 사랑 이야기>>* 를 써서 논란이 있었으나 문필 재능을 인정받았고, 그가 쓴 *<<사랑의 잠언집 >>* 은 루이 14세의 높은 평가를 받아 1665년 아카데미 회원으로 선출되었음.

2) Renée Crespin du Bec (1614-1659) : Jean Baptiste Bude de Guébriant 원수의 부인이었고, 안 드 공자그의 언니 Louise-Marie de Gonzague와 친분이 있었음.

꽃처럼 바치는 대신에 이성(理性)의 판단을 통해 하느님을 향해 가고 있었다. 안 드 공자그는 금전에 대해서 무심하지는 않았으며, 성사되지도 않을 결혼을 성공시켜준다고 큰 금액의 돈을 받았다[1]. 그 여자는 돈을 돌려주거나 그 돈을 쓴 계산서도 제시하지 않았다.

사망한 후에 팔라틴 공작부인은 발-드-그라스 수도원 성당[2]에 매장되었는데, 그녀의 자매인 베네딕트의 곁이었다. 그녀는 트라프 수도원에 봉헌된 제대의 배경을 위해서 자신의 손으로 커다란 베르나르도 성인 그림을 제작한 적이 있었다. 그 죽은 사람을 무덤에서 파낼 때, 발굴자들은 말라버린 장미 꽃잎들을 바람에 내던지듯이 그 유해들을 모독하였다.

랑세가 그런 모든 고난 가운데서 도피할 곳은 그리스도교 신자의 인내심 밖에는 없었다. 사람들은 그를 반대하는 편지를 썼고, 비난하는 설교까지 했고, 그의 교리와 처신을 공격했고, 이교도나 광신자로 간주되게 하려고 애를 썼으며. 랑세가 수도원에서 종교와 국가를 반대하는 집회를 한다고 떠들었다. 트라프 수도원은 바야흐로 포르-루아얄처럼 파괴되려는 순간에 있었으므로, 랑세는 온갖 고민들 가운데 잠도 잘 수 없게 병약해졌고, 그가 잘 대해주었던 사람들에게서도 구박받았다. 사람들이 그에게 식사하라고 재촉하면, 그는 재속 보조 수사들에게 말하였다 : « 당신들은 나를 마지막까지 회개하지 못하고 죽게 하려는 군요.» 수도사들 중의 한명이 똑같은 간청을 자주하는 것을 깨닫고 그는 웃으며 말하였다 : « 나를 핍박하는 사람이 여기 있네요.» 주님이신 예수 그리스도를 닮으려고 소원했던 고통이 절정에 이르렀을 때, 사람들이 의사의 도움을 받아

---

1) 가스통 공작의 맏딸 Anne Marie Louise (몽팡시에 공주)는 4촌 오빠인 루이 14세와 결혼을 성사시켜 달라고 팔라틴 공작부인 안 드 공자그에게 30만 에퀴를 건넸다는 소문이 있었으나, 루이 14세가 에스파냐의 왕녀 Marie-Thérèse d'Autriche 와 정략결혼을 해서 무산되었고, 안-마리 루이즈는 평생 독신으로 살았음.

2) 왕비 안 도트리쉬가 세운 수도원 성당. 혁명 중에 약탈당하고, 성당의 묘지도 파헤쳐졌음.

치료하도록 제안했더니 그는 대답하였다 : « 나는 하느님 손 안에 있으며, 생명을 주시는 것도 그분에게 달렸고, 생명을 떼는 것도 그분에게 달렸으므로, 그분의 뜻이 내가 살기를 바라는 것이라면 나를 낫게 하는 방도를 아실 것입니다. 그러나 무엇 때문에 병이 나아야 합니까? 무엇하려고 내가 건강해저야 합니까 ? 하느님을 거슬렀던 것 말고, 나는 이 세상에서 무엇을 했나요?» 고통이 조금 완화되어 사람들이 축하하면 그는 말하였다 : « 내게 무엇을 축하합니까 ? 내가 감옥에 또다시 붙잡혀 있게 된 것, 나를 묶은 끈이 거의 끊어졌을 때 새로운 쇠사슬을 얹어놓은 것을 축하하는 것인가요 ? »

랑세는 칭찬의 글들로 채워진 많은 편지들을 불태웠고, 편지의 여백에 그의 손으로 *〈보관해야할 편지〉* 라고 쓴 것들은 간직했는데, 그것들은 그를 비방해서 명예를 훼손하는 편지들이었다. 그것은 겸손이었을까 아니면 오만이었을까? 몽티 신부가 랑세를 보러 와서 억지로 의사를 불러오게 하였다. 랑세는 말하였다 : « 저는 욥[1]이 말했던 것처럼 "시작하신 분이 저를 먼지로 돌아가도록 끝마무리 해주소서"라고 외쳐야 되겠군요.» 사람들은 랑세에게 잠시 동안만이라도 그 은둔지의 공기를 떠나라고 간청 했고, 그는 대답하였다 : «나는 여기에 들어오면서 *〈이곳이 나의 안식처가 되리라〉*[2] 라고 말한 바 있습니다.»

트라프 수도원이 존속될 기간이 확실하지 않다고 이의를 제기하는 사람들에게 랑세는 대답해주었다 : «트라프 수도원은 영원하신 분이 결정해주신 대로 지속될 것입니다. 예전에 사람들이 쇠락하지 않는 것은 아무것도 없다는 생각으로 처신을 했다면, 오늘날 예수 그리스도의 밭은 어디에 있겠습니까? »

---

1) Job : 많은 재산과 10명의 자녀를 모두 잃는 연속적인 고난들과 엄청난 불행을 겪고도 하느님을 믿고 끝까지 순종했다고 구약성서 <욥 기>에 기록된 인물.

2) *<Haec requies mea>.*

1695년 10월에 랑세는 국왕에게 사직서를 보냈는데, 이런 감동적인 말들이 눈에 띠었다 : 《 폐하, 저는 오래전부터 하느님께서 저에게 엄격한 은둔생활 속에서 일생을 보내고 죽음을 준비하라고 일러주신 뜻을 서둘러 실행해야 한다고 느꼈습니다. 매일같이 쇠약해지는 저의 건강이 수도사 형제들을 이끌어 가는데 전념할 수 없게 하고, 또 마지막 순간이 멀지 않을 수도 있다고 알려주므로, 제가 먼저 해야 할 일은 이와 같이 솔직하고 간소한 사직서를 올림으로서 국왕 폐하의 고마우신 배려로 유지하고 있는 수도원장의 책임을 끝내는 것이라고 생각하였습니다.》

루이 14세는 파리 대주교의 손으로 그 사직서를 받고, 대주교에게 말하였다 : 《 편지를 가져온 수도사를 트라프 수도원으로 돌려보내고, 그리고 수도원장은 하느님 앞에서 그 문제를 다시 살펴보고 그가 생각한 것이 최선인지 솔직하게 말하라고 하시오.》 파리 대주교는 랑세에게 통지하였다 : 《 나는 이번 최종 접견에서 당신에 대한 국왕의 총애가 곁들여진 결정이 난 것을 진심으로 축하하며. 나는 당신의 가장 열렬하고 충실한 지인으로서 생각할 수 있는 역할을 다 했습니다.》 국왕은 랑세 후임자로 그 수도원의 원장대리이고, 랑세의 친구인 조짐[1] 신부를 임명하였다. 1696년 9월 19일 로마로부터 교황의 칙서가 도착 했고, 신임 수도원장은 같은 달 28일에 취임하였다. 거의 몸을 지탱하기도 힘들었던 전임 수도원장은 신임 수도원장 발밑에 엎드리고 말하였다 : 《 신부님, 저는 당신을 저의 윗사람으로 대하는 순종을 약속하고, 저를 당신의 말석 수도사로 대해줄 것을 부탁하려고 찾아왔습니다.》 조짐 수도원장은 무릎을 꿇고 대답을 하였다 : 《신부님, 저는 제가 이 성스러운 집에 들어온 이래로 당신께 서약했던 순종을 다시 서약합니다.》 존엄한 자기 희생의 헌신이었고, 인간적인 본성에게 일찍이 경험해보지 못한

1) Dom Zozime (Pierre Foisil) : 1695년 12월 수도원장이 되고, 1696년 3월 사망했음.

생소한 균형의 조화를 보여준 말이었다.

그것은 서로서로의 앞에서 무릎 꿇은 두 사람이 아니었고, 하늘나라 저 멀리에서 얼핏 보이는 환상 속의 두 성인이었다.

한날 평수도사가 된 랑세는 그가 내린 규칙들로 정결해진 그 수도원을 그 자신을 본보기로 해서 계속 교화시켰다. 쇠약해졌으나 결과적으로 더 권위가 있게 된 랑세에게 보쉬에는 자신의 친구들의 영혼을 위로해달라고 계속해서 호소했고, 그에게 편지를 썼다 : ≪ 나는 수년전부터 가깝게 지냈었으나 보름 전에 우연한 사고로 하느님께서 데려가신 각별한 친구 세 명을 당신께 부탁합니다. 가장 뜻밖의 사고는 어떤 말이 땅바닥으로 거칠게 내던져서 한 시간 후에 서른네 살의 나이에 사망한 생루가 신부를 데려간 것이었습니다.≫

조짐 신부는 곧 갑자기 세상을 떠났다. 생시몽의 이야기는 계속된다[1] : ≪카르멜 맨발 수도회의 어느 수도사가 수년 전에 트라프 수도원으로 달려갔는데, 그는 제르베즈[2] 신부라는 사람이었다. 그의 재주와 신앙심은 트라프 수도원장의 마음을 유혹했고, 모 교구 주교의 진술이 그 사람을 수도원장으로 결정하게 하였다. 새 수도원장은 교황 칙서를 받은 후에 지체 없이 유명해지려했고, 저명인사로 자처했으며, 명성을 얻어서 그에게 자리를 물려주고 뒤를 잇게 한 그 뛰어난 사람보다 열등해 보이지 않으려고 애를 썼다. 제르베즈 신부는 랑세와 상의하는 대신에 질투하게 되었고, 그 사람에게서 수도사들의 신망을 빼앗으려 했으나 목표에 이르지 못해서 외톨이로 지내게 되었다. 제르베즈 신부가 사라지는 일이 벌어졌으므로, 불안

---

1) 생시몽은 그의 회상록에 제르베즈 신부와 트라프 수도원에 대해 길고 상세한 문장으로 써 놓았는데, 샤토브리앙이 완곡하고 신중하게 줄여서 인용하였음.

2) Armand Gervaise (1662-1752) : 모 (Meaux) 교구의 맨발 카르멜 수도회 수도사이었고, 1695년에 트라프 수도원에서 수도생활을 했음. 트라프 수도원을 떠난 뒤 *≪고인이 된 랑세 신부에 대한 변명 (1726)≫*, *≪고인이 된 랑세 신부에 대한 비평적, 그러나 공정한 비판 (1742)≫* 를 저술했음. 그의 *≪시토수도회 개혁 이야기 (1746)≫* 가 성 베르나르 수도회의 분노를 유발해서 샹파뉴 수도원에 유폐되고 그곳에서 사망했음.

해진 전임 트라프 수도원장은 모든 곳에서 그를 찾아보게 했고, 연못에 투신하러 갔을까 걱정하였다. 사람들은 교회의 둥근 천장 아래 숨어서 눈물에 젖어있는 제르베즈 신부를 발견했고, 그는 사직을 신청하였다. 그때까지는 사직을 받아들이려고 하지 않았던 전임 트라프 수도원장도 허락하였다. 제르베즈 신부는 오래지 않아서 그 사직서를 철회하고 싶어졌으므로, 퐁텐블로에 있는 라셰즈 1) 신부한테 가서 전임 수도원장이 써주었던 증서를 자랑하며 랑세의 정신력이 완전히 쇠약해졌고, 아주 극단적인 얀센교파 신자를 그의 비서로 곁에 두고 있다는 말을 하였다. 라셰즈 신부는 겁을 먹었고, 은퇴한 그 은둔 수도자에 대해서 가졌던 견해를 바꾸었다.»

생시몽은 샤르트르 주교를 만나보았고, 그 주교는 멩트농 부인에게 그 일에 대해 편지를 썼다. 트라프 수도원으로 파견되었던 쇼비에 수도사가 전임 수도원장의 정신력이 온전한 것을 알아냈다고 확언했으므로, 제르베즈 신부의 사직은 그대로 확정되었고, 그러는 동안에 제르베즈 신부는 그가 사랑했던 어느 수녀에게 암호 문자로 편지를 썼다고 한다. 생시몽은 말하였다 : «그 일은 온통 더럽고 상스러운 것에서 생각해낼 수 있는 터무니없이 꾸며낸 것들 투성이었다.»

생시몽의 *«회상록»* 가운데서 진실성을 무너뜨리는 글들이 여기에 있다. 트라프 수도원의 수도사가 감히 수녀에게 그런 것들을, 게다가 그것도 암호 문자로 쓴다고 상상하는 것은 믿겨지지 않고 불합리한 것이다. 만일 그 모든 방탕한 짓거리들에서 사실인 것이 있다면, 그것은 그 비밀편지의 암호를 푸는 사람이 자신의 재주를 즐기며, 편지의 주인을 얼버무려 속이고 놀리려 했다고 상상하는 편이 더 간편했으리라. 당시의 모든 문필가들이 제르베즈 신부를 상상력으로 꾸며대는 인물이라고 말하고, 루이 14세의 준엄한 벌을 받아야 한다고 했지만, 그러나 어느 누구도 생시몽이 제르베즈에 대해 쓴 것에

1) François d'Aix de La Chaise (1624-1709) : 루이 14세 고해 사제였던 예수회 신부.

대해서는 이야기하지 않았다. 우정의 도가 지나쳤던 것이고, 또 그 당시에는 말할 때 생각이나 표현의 절제가 없었던 것이다.

국왕은 그 분쟁에 다가가서 랑세 주변의 정보를 얻으려고 라세즈 신부를 파견한 후에 자크 드 라 쿠르 신부[1]를 트라프 수도원장으로 임명하였다. 보나파르트가 자질구레한 사회문제에 개입했듯이 루이 14세도 그 당시 사회의 세세한 문제들에 관여했는데, 특히 종교에 의지했던 과거 사회에서는 중대한 일이었다.

정적주의[2]는 1694년에 생겨나서 그 위력이 1697년까지 지속되었다. 보쉬에는 써놓았다 : 《그 사람들은 어떤 이상하고 새로운 것을 만들어내려는 것 같았고, 인류 구원의 대속(代贖)은 없으며 그리스도가 안 계신 것처럼 사랑해야 한다고 말하였다.》

귀용[3] 부인의 이름은 그 신앙 논쟁에 연루되어서 나타났다. 몽타르지에서 태어난 그 부인은 태어날 때 크레시 전투에서 죽은 장 라뵈글[4]의 무덤을 볼 수도 있었을 것이다. 스물두 살에 과부가 된 그 부인은 1680년 파리에 나타났다. 그 부인이 신비주의적인 생각으로 바뀌고, *《빠르고 쉬운 방법》*[5]을 저술한 것은 시골 지방을 여행하던 중이었다. 대주교는 그 부인이 파리에 도착하자 변두리 지역인 생탕투완의 성모방문 수도회의 수녀원에 유폐하였다. 그 당시 종교 문제에 관여했던 멩트농 부인[6]이 귀용 부인을 만나 보고 나서 그 부인을 풀어주게 하였다. 귀용 부인은 생시르에서 페늘롱[7]

---

1) Dom Jacques de La Cour : 1698년부터 1713년까지 트라프 수도원장이었음.
2) 靜寂主義 (quietisme). (*p. 157, 각주 4).
3) Madame de Guyon, Jeanne-Marie Bouvier de La Motte (1648-1717).
4) Jean l'Aveugle (1296-1346) : 100년 전쟁 중에 Crecy 전투에서 죽은 보헤미아의 왕.
5) *《Le Moyen court (1684)》* : 기도 속에서 가장 짧은 시간에 쉽고 완전하게 하느님을 만나는 지름길을 서술한 책자. 교황에 의해서 파문당하고 금지서적이 되었음.
6) 국왕의 총애를 받던 멩트농 부인은 페늘롱의 영향으로 정적주의에 관심을 갖고 있었음.
7) François de Salignac de La Motte-Fênelon : 정적주의에 우호적이던 캉브레(Cambrai) 대주교, 문필가. 신학자. 정적주의를 비판한 모(Meaux)1의 주교 보쉬에와 오랫동안 논쟁했음.

을 만났고, 페늘롱은 그노시스파[1] 이단의 변형인 정적주의 쪽으로 기울어졌다. 귀용 부인은 영적인 성가들과 *《격류(激流)》*[2]라는 저술을 남겼는데, 페늘롱이 그것에 이끌렸던 것이다. 오래지 않아서 이시(Issy)에서 정적주의에 대해 보쉬에와 페늘롱 사이에 이단 심판 토론회가 열렸고, 랑세 신부는 심판자로 지명되었으나 그곳에 나타나지 않았다. 귀용 부인은 보지라르에 있는 어느 집에 자리를 잡고 생쉴피스의 주임 사제 라셰타르디 신부의 지도를 받았으며, 1697년 1월 말에 페늘롱과 트롱송[3]의 서명을 받아 해명서를 제출하였다. *《성인들의 격언 해설》*[4]이 같은 해에 나왔다.

보쉬에는 그 *《성인들의 격언해설》* 에 대해 말하였다 : 《 누가 영(靈)적인 문제로 그(페늘롱)에게 이의를 제기하겠는가 ? 두려움마저 느껴진다.》 그 *《성인들의 격언해설》* 은 로마의 단죄를 받아서 금지서적이 되었고, 페늘롱은 수치심을 느끼기보다는 설교하면서 솜씨 좋게 그의 저서를 취소하였다. 라이프니츠는 캉브레 주교의 그 책자에 대해 언급하며 거짓된 신비주의를 공격하는 확실한 근거를 갖춘 편지를 트라프 수도원장에게 보냈다. 라이프니츠는 설명하였다 : 《 그들은 순수한 신앙과 사랑으로 한번 하느님과 결합되고 나서 공식적으로 그 결합을 취소하지 않는다면, 하느님과 결합된 상태가 지속되는 것으로 상상한다.》 사람들은 랑세가 최근의 종교 논쟁에 대해서 니케즈 신부에게 쓴 편지에서 크롬웰에 관한 표현에 주목하였다 : 《우리는 살아있는 남자가 죽은 자의 역할을 하고, 안 보이는

---

1) 영지주의(靈知主義 Gnosticisme) : 2세기에서 3세기까지 로마의 초기 그리스도교인들에게 영향을 주어 교회 내부에 혼란을 초래한 초자연적 영적 직관을 중시한 영성 학설.

2) 본래의 제목은 *<<영적인 격류(Des Torrents spirituelles)>>* 인데, 샤토브리앙은 줄여서 *<< 격류 (Des Torrents) >> 라고* 썼음.

3) Louis Trons (1622-1700) : 당시 파리의 생쉴피스 수도원장.

4) 페늘롱이 1697년에 발간한 *<< 내면의 정신적인 생활에 대한 성인들의 격언 해설 (Explication des Maximes des Saints sur la vie intérieure)>>*. 샤토브리앙은 간략하게 *<<성인들의 격언>>* 또는 *<<격언>>* 이라고 다양하게 기술하였으나 필자는 *<< 성인들의 격언 해설>>*로 통일해서 번역하였음.

낫으로 왕권을 넘어뜨리는 것을 본다.»[1)]

정적주의는 프랑스에서보다도 이탈리아에서 더 큰 피해를 끼쳤다. 사람들은 랑세 만이 그 책 «*성인들의 격언해설*»을 반박할 수 있다고 주장하였다. 트라프 수도원장은 그것에 대해서 보쉬에한테 편지를 썼고, 보쉬에는 아주 대단한 랑세의 권위에 의지하려고 그 편지를 두루 회람시켰다. 1697년에 랑세는 자신의 소견을 진술하였다 : « 캉브레 대주교의 그 책이 우연히 나의 손에 들어왔는데, 나는 어떻게 그런 사람이 복음서(福音書)가 일러주는 것과 어긋나게 상상하도록 스스로를 방임했는지 이해할 수 없습니다.» 동시에 그는 니케즈 신부에게 편지를 썼다 : «사람들이 정적주의자들의 탓으로 여기는 그 불경하고 괴상한 언동과 학설보다도 나를 더 무섭게 하는 것은 없습니다. 하느님께서 그 흐름을 멈추게 하셔서 그들이 저지르기 시작한 해악의 피해가 생긴 곳으로부터 멀리 퍼져나가지 않게 하시기를! »

1689년 10월 3일에 랑세는 말하였다 : «사람들은 나에 대해서 말하는 것에 진저리가 나지 않을까? 망각 속에서 친구들의 기억 속에서 사는 것만이 순탄할 것이리라.» 랑세의 닫힌 영혼에서 드물게 새어나온 여리고 다정한 외침소리이었다.

트라프 수도원장은 모 교구의 보쉬에 주교에게 편지를 보냈다 : «사람들은 당신이 끔찍한 정적주의 학설에 반대해서 저술하신 것들을 잘 알고 있는데, 주교님, 그 까닭은 당신이 쓰시는 모든 것들이 결론이기 때문입니다. 만일 그런 광신적인 사람들의 망상이 실현된다면, 우리들은 하느님의 성서를 아무 소용이 없는 것처럼 덮어야만 할 것입니다.» 랑세가 보낸 그 편지들은 악의적으로 좋지 않게 받아들여졌는데, 페늘롱에게는 수많은 지지자들이 있었던 것이다. 생시몽은 말하였다 : « 그 성직자는 키가 크고, 메마르고, 체격이

---

1) 청교도 혁명으로 호국경이 된 크롬웰이 그가 죽인 찰스 1세처럼 전제정치를 한다는 말.

좋고, 창백하고, 큰 코에 열정과 기백이 세찬 물줄기처럼 뿜어 나오는 눈을 가진 사람이었고, 나로서는 그와 비슷한 용모를 본 적이 없으며, 단 한 번만이라도 보았다면 잊어버릴 수 없는 모습이었다. 페늘롱의 모습은 모든 사람을 끌어들였고, 그의 상대자들은 그와는 경쟁이 안 되었다. 그의 모습은 장중하고 우아한 기색이 있었고, 진지하면서 쾌활했으며, 그는 박사와 주교와 대 영주 같은 느낌을 한꺼번에 주었다. 그것에서 떠오르는 것은 그의 모든 인격처럼 섬세함과 재치와 우아함과 점잖음, 그리고 무엇보다도 고귀함이었다. 그 사람을 바라보는 것을 그만두려면 노력이 필요하였다.»

사회적으로 그만큼 강력한 지배력을 가진 사람은 광신적인 추종자들을 갖게 마련이었다. 루이 14세가 페늘롱에게 붙여준 *〈몽상 속의 유령 같다〉*는 표현의 뜻을 이해할 수 있으려면 변혁이 와서 그 참모습을 드러내줄 필요가 있었던 것이다.[1)]

키가 작은 이탈리아 사람으로서 마자랭 공작의 재산 덕택에 프랑스의 대 영주가 된 느베르 공작 만치니[2)]는 명성을 얻으려는 허영심으로 정적주의에 관련된 논쟁에서 랑세를 비난하였다. 느베르 공작의 분노에는 핑계거리가 있었던 것이다. 어떻게 그는 랑세의 참회를 믿지 않으려고 할 수 있었을까? 만치니는 마자랭이 회색 다람쥐 모피로 안을 댄 실내복을 입고, 머리에 잠옷 모자를 쓰고, 실내화를 끌면서 예술품들이 진열된 회랑을 지나가면서 그림들을 바라보고는 « 이 모든 것들을 버리고 떠나야 한다» 라고 말하는 것을 본적이 있다고 하였다[3)].

---

1) 페늘롱은 호감을 주는 잘 생긴 용모와 상냥하고 민첩한 성격으로 궁정 사람들의 신임을 얻어서 루이 14세의 애인 멩트농 부인의 영적 조언자가 되고, 국왕의 손자(부르고뉴 공작)를 교육했으나 그가 정적주의에 연루되고, 그의 저서 *«텔레마크의 모험»* 이 루이 14세의 정책을 풍자했다는 비난을 받게 되어서 국왕의 총애를 잃고 궁정을 떠나게 되었음.

2) Philppe-Jules Mancini (1641-1707) : 로마에서 태어난 마자랭 추기경의 외조카.

3) 샤토브리앙은 Louis Henri de Loménie Brienne (1635-1698) 이 1720년에 발간된 그의 회상록에 그려놓은 말년의 마자랭 추기경의 모습을 마자랭의 조카 느베르(Nevers) 공작이 본 것으로 혼동해서 썼음.

정적주의는 몰리나의 교리로부터 유래한 것처럼 보였다. 랑세는 그것을 알고 있었고, 몰리노스[1]의 성향을 가진 성인군자에서 비롯된 무서운 일들이 일어난 도시를 잘 알고 있다고 말하였다.

*《성인들의 격언해설》*에 대한 교황의 단죄는 1699년 법정행정관에 의해 라틴어와 프랑스어로 공표되었고, 그 *《성인들의 격언 해설》*은 이단서적으로 금지되었다 : 《기쁨도 슬픔도 없는 정결한 방념(放念) 상태에서 영혼은 더 이상 자의적 욕구가 없고 이해문제를 깊이 생각하지 않으며, 또 정결한 방념상태에서는 자신을 위해서 아무것도 바라지 않고, 하느님을 위해서 모든 것을 소망해야 한다. 십자가에 매달리신 예수 그리스도 아래에 있던 사람들은 어쩔 수 없는 마음의 동요를 윗분에 전하지 않았다. 영성신학 성인들은 변질된 영혼이 집전하는 종교의례의 효력을 인정하지 않기로 하였다.》 이와 같이 어느 주교를 단죄하고 오랜 세월이 지나갔다. 그 단죄문은 *〈알바노〉* 추기경이 서명하였고, *〈캄포 데이 피오리〉*[2]의 첫머리에 게시되었다.

랑세가 결별했던 사교계 사람들은 그의 속죄고행을 원망하였다. 어느 심술궂은 공작부인[3]은 그 수도원장에게 이런 성경의 말씀을 가져다 붙였다 : *〈젖을 먹여야할 아이들이 있는 자는 불행하도다 !〉*[4] 트라프 수도원 수도사들을 빗대어서 한 말이었다.

페늘롱을 좋아하지 않았고 또 랑세의 열렬한 지지자라고 자칭하는 생시몽은 샤로스트[5]와 싸웠다. 샤로스트는 트라프 수도원장이 생시몽의 우두머리 족장(族長)이고, 그의 앞에서 다른 사람들은 아무

---

1) 에스파냐의 사제 몰리노스 (Miguel de Molinos, 1628-1696) : 영혼의 소극적 상태인 정적(靜寂) 가운데서 교회의 전례보다도 영적인 묵상과 기도가 신앙생활의 핵심이라고 주장한 정적주의 창시자.

2) *<Campo dei Fiori>*. 과거에 Orsini 가문의 성채가 있던 로마의 번화한 광장 이름.

3) 콩데 대공의 여동생 롱빌 공작부인.

4) *<Vae nutrientibus !>. (임신을 하고 젖을 먹이게 될 여인네들은 불행하도다 Vae autem pregnatibus et nutrientibus in illis diebu !)* 라는 성경 구절에서 따온 말.

5) Louis de Bethune : Charost 공작, 그의 부인은 열렬한 정적주의자이였음.

것도 아니라고 말하였다. 생시몽은 캉브레 주교가 재판에서 질책을 받았고, 로마에서 단죄된 지가 오래 되었다고 응수하였다. 생시몽은 다음 같이 써놓았다 : «그 말을 듣고 샤로스트는 휘청거리며 말대꾸하려고 더듬거렸다. 목구멍이 붓고, 눈알이 머리에서 튀어나오고 혀가 입 밖으로 나왔다. 노가레 부인이 큰소리를 지르고, 샤스트네 부인이 달려들어 넥타이와 칼라 깃을 셔츠에서 풀어 주었다. 생시몽 부인은 물 항아리로 뛰어가서 그에게 물을 뿌리고, 그를 앉혀서 물을 삼키게 하였다. 나는 이겼고, 샤로스트는 더 이상 트라프 수도원장과 관련된 일에서 잘못을 저지르지 않았다.»

세상 사람들은 트라프 수도원으로 달려갔는데, 궁정의 사람은 그 참회한 노인을 만나서 비웃거나 또는 칭찬하려고, 학자들은 그 학자와 이야기하려고, 사제들은 속죄에 대해서 가르침을 받으려고 간 것이었다. 장 바티스트 티에[1]는 그런 순례자들 중의 한 명이었는데, 그는 모든 것들을 빈정대며 조롱을 했고, 심각할 때도 마찬가지였다. 그에게는 트라프 수도사들의 금욕과 침묵의 생활이 마음에 들지 않았으나, 그는 그곳에서 새로운 것을 발견했고, 그 새로운 것에 솔깃해서 *«트라프 수도원장의 변명서»*를 썼다. 랑세는 비록 지성의 옹호자 티에의 학식이 마음에 들었지만 그 일에는 아주 반대하였다. 그 변명서는 당국에 의해서 발행이 금지되었다. 랑세는 1694년 니케즈 신부한테 편지를 썼다 : «불쌍한 티에에게 사건이 생겼는데, 나는 그에게 아주 간곡하게 나에 대한 변호를 삭제할 것을 당부하는 편지를 썼었습니다. 우정으로 충만하고 또 나에 관한 모든 것들에 열성인 그 불쌍한 사람은 내가 부탁했던 것을 납득하지 못했습니다. 사람들은 그의 책이 리옹에서 인쇄된 것을 찾아냈고, 대법관의 명령으로 모든 책자가 압수되었습니다. 그 저자가 받았을

1) Jean-Baptiste Thiers (1636-1703) : 신학자. 수도사 신부. 문필가.

고통을 헤아려보십시오. 나는 마땅히 감사하게 여기면서도 그것에서 통렬한 슬픔을 느끼지 않을 수 없습니다.》

그 〈*불쌍한 사람*〉은 그냥 웃어넘겼다. 《*트라프 수도원의 변명서*》에서 티에는 생마르트 신부[1]를 공격했는데, 생마르트 신부가 멩트농 부인이 티에를 친척처럼 예우를 했다고 말하며 그를 조롱했던 것이다. 그 변명서는 민첩하게 써졌다. 그 변명인은 베네딕도 수도회의 시인들 중에서 으뜸인 생마르트가 랑세를 반대해서 썼다는 우스꽝스런 첫 운문을 인용하였다. 티에는 자기 자신을 해명하면서, 만일 그가 그의 저서 《*영대*》[2]와 논문 《*주임신부들의 유품*》과 샤르트르 참사회에 대한 《*반박문*》에서 부주교들에게 반항하지 않았다면 사람들은 그에게 덜 악착스럽게 덤벼들었을 것이라고 단언하였다. 그는 500 페이지나 되는 너무나 긴 변명서를 이런 말로 끝을 맺었다 : 《존경하는 생마르트 신부님, 당신이 자기반성을 하시려면, 또 당신의 하찮은 존재에 대해서 갖고 계신 그 대단한 생각에서 당신을 끌어내시려면 이것으로 충분합니다.》

티에는 샹프롱 교구의 사제였다. 프랑스어와 라틴어로 쓴 샤르트르 참사회에 반대하는 많은 소책자에서 그는 그 참사회의 대단한 부주교인 로베르를 공격했으므로, 로베르는 자신의 앞에서 그 사제는 영대를 두를 수 없다고 주장했지만, 티에는 《*곁다리 로베르*》와 《*의인으로 인정받은 곁다리 로베르*》를 썼다. 샤르트르 참사회는 그 사제를 체포하라는 명령서를 받아내었다. 티에는 순경들에게 술을 먹였고, 비밀리에 말에 빙판용 편자를 달고 얼어붙은 연못을 지나 순경들에서 벗어나서, 르망 교구로 도피하였다. 드 트레상 주교는 티에를 비브레의 사제로 임명했는데, 도망자이고 새롭게 변한 그

1) 베네딕도 수도회의 생모로 수도원장. (*p. 196, 각주 6)
2) 領帶 (Stola, l'Étole) : 성직자가 성무집행의 표시로 목에서 무릎까지 두르는 띠.

사제가 《*가발(假髮) 이야기*》를 쓴 것은 그곳이었다. 티에는 〈*거인 가르강튀아의 흉내 내기 힘든 삶을 그려낸 사람*〉인 뫼동의 신부[1]만큼이나 박식하고 유쾌해 보였다. 만일 사람들이 티에한테 라블레가 되거나 또는 프랑스 국왕이 되라고 제안했다면, 그의 선택은 즉시 이루어졌으리라. 트라프 수도원의 대단히 극적인 사건에 뒤를 이어 작은 익살극들이 벌어진 것은 바로 그 무렵이었다.

미혼인 여자 로즈가 트라프 수도원에 왔다. 티에는 그 아씨 마님을 조사하는 책임을 맡았으므로 《결혼은 했는지》 물어보았더니, 그 여자는 《그것은 기억이 안 납니다》 라고 대답하였다.

생시몽은 말하였다 : 《그렇게 심한 말을 한 사람은 늙은 가스코뉴 여자이거나 또는 랑도그 출신이었는데, 솔직하고 중키에 몹시 마르고, 얼굴은 누렇고 아주 못 생겼으며, 눈빛이 매서운 강열한 용모였으나, 표정을 부드럽게 할 줄도 알고, 활기가 있고, 구변이 좋고, 학식이 있고, 위압적인 예언자처럼 보였다. 그 여자는 잠을 조금밖에 자지 않았는데 그것도 마룻바닥에서 잤으며, 거의 아무것도 먹지를 않았고, 복장은 허름하고 가난해서 신비하게 보일 수밖에 없었다. 그 인물은 언제나 수수께끼 같은 불가사의한 존재였는데, 그 여자는 항상 무덤덤했고, 꾸준히 지속되는 놀라운 회개를 했기 때문이었다.》

여섯 주 동안 트라프 수도원장은 그 로즈 아씨 마님을 만나보기를 거절하였다. 그 여자는 왔을 때처럼 떠났다.

---

1) 라블레 (François Rablais 1494-1553) : 프란체스코 및 베네딕도 수도사를 거쳐서 몽펠리에 대학에서 의학을 공부하고 의사가 된 르네상스 인문주의자. 라블레는 <*팡타그뤼엘*>과 <*가르강튀아*>를 주인공으로 다섯 권의 연작소설을 썼는데 제5권은 라블레가 사망한 후 출판되었음. 르네상스와 종교개혁의 논쟁과 갈등의 시대에 은유와 과장되고 풍자적인 우화로 당시의 가톨릭교회와 사회 관습을 비판한 그의 저서는 금지서적 선고를 받았고, 신변안전의 위협을 받고 피신해서 이탈리아 로마와 토리노를 여행하고 자유도시 메츠에 거주하기도 하였음. 말년에 라블레는 1550년부터 2년 동안 뫼동 (Meudon)의 소교구 주임사제로 있다가 사임하고 다음해에 사망하였음.

라 브뤼에르[1]는 트라프 수도원을 자주 드나들던 또 다른 남자[2]의 초상을 다음과 같이 그려놓았다 :

《유순하고 상냥하며 관대해서 대하기가 쉬운데, 갑자기 난폭해지고 성을 내고, 격앙되는 제멋대로인 어떤 사람을 생각해봅시다. 그리고 단순하고 순진하며 쉽게 믿고, 농담 잘하고, 변덕스럽고, 머리가 센 어린애 같은 어떤 사람을 상상해보세요. 그렇지만 그 사람을 심사숙고하게 해보거나, 더 나가서 그의 안쪽에서 작동하는 천재적인 재능에 몰두하도록 해보면, 감히 말하건대 그는 다른 사람들을 의식하지 않고 또 자신도 모르는 사이에 무심코 아주 놀라운 시적 감흥, 정신적 고양, 비유적인 표현력, 라틴어 쓰기의 재능을 보여주는 것입니다! 당신은 내게 똑같은 한 사람에 대해 말하는 것이냐고 묻겠지요? 그렇습니다. 그 테오다스[3]와도 같은 사람, 바로 그 사람입니다. 그는 소리 지르고, 흥분하고, 땅바닥에서 구르고, 다시 일어나고, 고함을 치고, 분노를 터뜨리고는 그 태풍의 한가운데서 반짝이며 흥겨운 빛을 내고 있습니다. 수식어 없이 그를 말하자면, 그는 미친 사람처럼 발언하고, 현명한 사람처럼 생각하고, 진실한 것을 우스꽝스럽게, 또 양식적이고 합리적인 것을 미친 듯이 말하며, 익살 내면에서 뛰어난 식견이 생겨나서 찌푸리고 찡그린 얼굴에 꽃 피우는 것을 보고 놀라게 되는 것입니다. 무엇을 더 추가할까요? 그 사람은 아는 것보다 더 잘 말하고 처신하므로, 그것은 그의 내면에 있는 서로 모르고, 서로 의존하지 않으며, 각각 자신의 재주와 기능을 나누어가진 두 영혼과 같은 것입니다. 만일 그 사람이 트집쟁이 비평가들의 시선에다 아주 온순하게 자신을 내던질

---

1) Jean de La Bruyère : 문필가. 윤리학자. 《*이 시대의 특징 또는 풍습 (1688)*》 이라는 17세기 시대정신을 반영한 작품을 썼음.
2) 상퇴이 (Jean-Baptiste de Santeuil) : 생빅토르 수도원에 들어가 수도사가 되었으나 Santolius Victorinus 라는 필명으로 라틴어 시를 썼고, 6대 콩데 공작(Louis III de Bourbon-Condé)과 어울려서 세속 일에 연루되었음.
3) 테오다스 (Théodas) : 신약성서 <사도행전>에 등장하는 허풍장이 유태인.

만큼 칭찬에 대해서 탐욕스럽고 만족할 줄을 모른다는 것을 깜박 잊고 말하지 않는다면, 그토록 놀라운 그림에서 표현 하나를 빠뜨린 셈이지요.»

라 브뤼에르가 이와 같이 인물묘사를 한 상퇴이는 트라프 수도원으로 가서, 수도사들 가운데 작은 거미 원숭이처럼 성가대에 앉았다, 랑세는 니케즈 신부에게 말하였다 : «나는 상퇴이가 성 베르나르도 축일을 위해서 쓴 라틴어 송가를 보았는데, 과거에 썼던 것들보다 훨씬 좋았습니다. 예전에 그가 쓴 송가 들이 있지만 그다지 세련되지 않아서 경건한 마음과 공경심을 심어주지는 않았어요.»

콩데 공작과 함께 디종으로 가던 상퇴이는 그를 죽게 한 병에 걸렸다[1]. 랑세는 말하였다 : « 그가 겪은 그토록 고통스런 질병 가운데서 상퇴이에게 인내심을 내려주신 하느님을 찬양합니다. 그의 펜대에서 나온 것들은 모든 사람들에게 감명을 주어서 기쁘게 하는 특성이 있고, 나는 고통의 산물로 여겨지는 그의 마지막 시들에서 그것이 돋보인다는 것을 의심하지 않습니다.» 그 생빅토르 수도사[2]는 1697년 8월 5일 새벽 두시에 죽었다. 바로 그 죽음의 순간에 그가 그토록 심하게 병든 줄을 몰랐던 메나주[3]는 그에게 보여주어 웃게 하려고 죽음에 대한 시를 짓고 재미있어 하였다[4]. 시토 수도원을 방문했던 상퇴이는 그곳에서 *« 보면대 »*[5] 의 〈안일함〉을 찾아보려했으나, 어느 수도사가 그에게 말해주었다 : «과거에는 그런 것이 있었지만, 오늘날에는 〈터무니없는 광기〉 만 남아있습니다.»

---

1) 생 시몽이 남긴 *<<회상록>>* 에 따르자면 상퇴이는 그와 함께 어울리던 제6대 콩데 공작 Louis III de Bourbon-Condé가 장난으로 담배를 섞은 포도주를 마셨기 때문에 Dijon으로 여행하다가 사망했다고 함.

2) 1653년 Saint-Victor 수도원에 들어가 1654년에 수도사 서원을 했던 상퇴이를 말함.

3) Gilles Ménage (1613-1692) : 문법학자, 역사가, 문필가. 변호사였다가 성직록을 받는 성직자가 되었고, 많은 문필가들과 교류하며 글을 썼음.

4) 그 일화는 정확하지 않음. 메나주는 상퇴이가 죽기 5년 전인 1692년에 이미 사망했음.

5) <<*Lutrin*>> 성당 성가대의 악보를 놓는 경사진 책상. 보면대의 설치 문제를 두고 고위 성직자와 성가대원의 논쟁을 통해 교회의 권위를 풍자한 부알로 작품 이름.

트라프 수도원에는 설상가상으로 어느 국왕까지 왔었으며, 그는 세 개의 왕관을 가지고 왔다.[1] 제임스 2세가 왕좌에서 쫓겨나서 사생아 아들을 데리고 프랑스 해안에 상륙했지만, 아무도 그런 도덕 관념의 혼란에 놀라지 않았는데, 루이 14세가 그 본보기를 보여 주었다. 그 당시에는 사생아들을 상당히 존중해주었으나 오랑주 공[2]은 그렇지가 않았고, 사람들이 오랑주 공을 발리에르 부인의 딸인 콩티 왕녀(블루아 왕녀)[3]와 결혼시키려고 했더니 그는 대답하였다 : 《오랑주 공작들은 사생아하고 결혼하는데 익숙하지 않습니다.》

제임스 2세를 보면서 사람들은 왕좌 위에 있는 국왕의 너그러운 아량과 폐위된 국왕의 불행 밖에는 생각하지 않았다. 아일랜드 원정에서 돌아온 제임스[4]는 트라프 수도원으로 위안 받으러 왔다. 라 보인(La Boyne)에서 제임스를 쫓아낸 대포들은 죽은 자들 가운데서 그를 밀어냈고, 그는 1690년 11월 21일 그곳에 도착했던 것이다. 영화로운 높은 신분의 허무한 소멸에 대한 상투적인 말들은 진부하고도 감동적인 표현들을 빼놓지 않았지만, 그래도 그의 신앙심이 진심이라는 제임스의 말에는 진실한 것이 있었다. 랑세는 그를 성당으로 안내하였다. 그 군주는 아주 경건하고 슬프게 노래하는 저녁 기도에 참석하였다. 공동식사를 하고나서 그는 수도원장에게 은둔지에서 하는 일들을 물어보았다. 다음날은 성체를 배령하고, 보쉬에가 랑세와 더불어 산책했던 두 연못 사이의 제방 둑길을 돌아다녔다. 제임스는 폭풍우가 육지로 내던져 놓은 바다 새 한 마리이었다.

---

1) 영국 의회에서 명예혁명으로 폐위된 제임스 2세는 프랑스로 망명해서 트라프 수도원을 방문했음. 당시의 영국 국왕은 독립적인 세 왕국 (잉글랜드, 스코틀랜드, 아일랜드) 의 국왕이었음.

2) 네덜란드 오라녜 왕가의 왕권계승자. Prince d'Orange (Prins van Oranje) : 훗날 영국의 제임스 2세의 딸과 결혼해서 명예혁명 후에 윌리엄 3세가 됨.

3) 루이 14세와 그의 첫 번째 애첩인 발리에르 부인 사이에서 태어난 사생아 딸.

4) 퇴위한 영국 왕 제임스 2세는 프랑스로 망명한 뒤에 프랑스의 지원을 받은 가톨릭 국가들의 원정군을 이끌고 아일랜드에 상륙해서 1690년 7월 10일 라 보인 전투에서 네덜란드의 오랑주공 군대와 싸웠으나 패전하고 프랑스로 다시 돌아왔음.

그는 옛 궁정의 몇몇 귀족들과 함께 과거 루이 14세의 병사였다가 트라프 수도원 숲속으로 은퇴한 은둔 수도사를 찾아갔다. 국왕은 질문하였다 : 《몇 시에 미사에 참례하나요?》 - 《새벽 세시 반에 합니다》 라고 그 은둔수도자는 대답하였다. -덤바르턴 경이 물어보았다 : 《오솔길을 분간할 수도 없는 비와 눈이 오는 날씨에는 어떻게 합니까 ?》 - 그 병사는 대꾸를 하였다 : 《국왕을 섬기면서 마주친 고초들을 무릅쓴 뒤에, 하느님을 섬기는데서 만나는 사소한 어려움을 따진다면 부끄러운 일이 되겠지요.》 - 제임스는 말하였다 : 《당신이 옳아요. 이 세상에서 국왕을 위해 많은 일을 하고, 그리고 하늘의 왕을 위해서는 거의 아무것도 안하는 것에 놀라지 않을 수 없군요.》 - 덤바르턴 경은 반문하였다 : 《당신은 이런 은둔처에서 지루하지 않습니까?》 - 《저는 영원한 내세를 생각합니다.》 - 국왕은 덧붙여 말하였다 : 《당신의 나라는 큰 나라들보다 더 행복하군요. 당신의 죽음은 천국을 맞이할 것이오.》 그러고 나서 그의 행복을 부러워하듯이 그 은둔자를 바라보았다. 이어서 인사를 하며 말하였다 : 《잘 있으시오. 나와 내 왕비와 아들을 위해 기도해 주시구려.》 궁정의 귀족들은 그에게 깊은 존경심을 표시했고, 국왕은 아래쪽의 축축한 풀밭을 지나서 수도원으로 돌아왔다. 〈하느님, 폐위된 국왕, 은둔 수도사가 된 병사〉라고 하는 아름다운 이야기가 나온 것은 그곳이었다.

제임스 2세는 〈하느님의 집〉[1]에서 주간 대미사에 참례하였다. 그는 복음서 독송 때 일어서서 복음서를 노래하는 동안 내내 검(劍)을 뽑아들고 있었다. 그것은 영국 국왕이 교황으로부터 가톨릭교회의 수호자라는 칭호를 받을 때, 로마 궁정이 런던의 궁정에게 허락한 권리였다. 영국의 가톨릭교회를 파괴한 헨리 8세는 루터를 공격하는

1) 은둔수도사들이 공동 생활하는 장소.

글을 써서 그 칭호를 얻었던 것이다[1]. 이 무슨 몰락의 뒤끝이라는 말인가! 트라프 수도원에서 국왕이라고 자칭하는 제임스 2세가 인적이 없는 곳에서 영국에서는 더 이상 알아주지도 않는 그 권리를 행사하다니! 그렇지만 우리들은 우리들의 불쌍한 세대가 진실처럼 들여다보는 개선문 벽에 이름이 새겨진 승리들을 되찾아 왔던가? 여러 세대들은 자신들이 그들보다 앞서간 위대한 것들을 계승했다고 말하지만, 문명에 뒤쳐졌던 야만인들은 로마 군단들이 건설하고 밟아온 로마의 도로들을 횡단해서 왔으므로, 그들은 로마제국 군단의 후계자라고 주장하는 로마인들을 완벽하게 멸시한 셈이다.[2]

영국 왕비가 이번에는 자신의 차례로 그 은둔처를 방문하였다.[3] 국왕 폐하의 왕실 사제장(司祭長)은 1692년 6월 2일 랑세에게 편지를 썼다 : « 당신의 사제직분을 통해서 하느님께서 국왕의 마음속에 베풀어주신 성스러운 감명으로, 당신은 왕비님의 마음을 완전히 얻으셨습니다, 왜냐하면 왕비께서는 국왕이 트라프 수도원에서 받은 은총에 대해서 하느님께 모두 다 충분히 찬양할 수 없다고 여러 차례나 제게 말해주셨기 때문입니다. 어쨌든 무엇보다도 그토록 오랫동안 겪어왔고, 또 모든 용기를 시험받을 정도까지 점점 심해지는 중대하고 지속적인 불운들의 한가운데에서 그분에게 그보다 더 도움이 되는 것은 없었습니다.»

---

1) 처음에는 가톨릭교회의 옹호자였던 헨리 8세는 1517년부터 유럽에서 벌어진 마르틴 루터의 종교개혁 운동으로 압박을 받던 교황 레오 10세를 지지해서 교황으로부터 <가톨릭 신앙의 수호자>라는 칭호를 받았음. 헨리 8세는 자신의 이혼 문제 때문에 1534년 로마 가톨릭교회와 관계를 단절하고 영국 교회의 수장이 된 후에 영국의 가톨릭 성직자들을 박해하고 교회와 수도원의 재산을 몰수했음. 샤토브리앙은 영국 의회에서 폐위된 제임스 2세가 가톨릭교회와 단절한 헨리 8세가 로마 교황에게서 받은 그 칭호를 170여 년 후에 망명한 외국의 수도원에서 사용한 것을 조롱하고 있음.

2) 고대 로마인들이 미개한 야만인이라고 일컫던 게르만 민족과 훈족이 로마인이 건설한 도로를 지나 로마제국에 침입해서 약탈을 했고, 훗날 그 야만인들의 후예인 프랑스의 왕들과 오스트리아 황제들도 이탈리아를 여러차례 침공해서 전투를 하고, 국토 일부를 점령해서 통치했던 것을 언급하고 있음.

3) 영국 제임스 2세의 왕비(Marie de Modène)가 트라프 수도원에 온 것은 1696년이었음.

파멸을 초래한 당사자인 벨퐁 원수와 함께 영국 국왕이 트라프 수도원으로 다시 왔는데, 그는 바닷가에서 호그의 전투[1]를 바라보았던 것이다. 트라프 수도원은 속세의 일을 무시했고, 또 그 무시하는 근거를 입증해주는 지배 권력의 몰락을 곰곰이 생각해보았다. 사람들은 고독한 곳을 좋아하는 까닭을 알아보기 위해 그 피난처로 오고는 하였다.

랑세는 말하였다 : «영국의 국왕은 역사 속에서 읽을 수 있는 가장 위대한 것들에 비견될 수 있는 의연함으로 세 개의 왕국을 잃은 것을 견디어내었다. 그는 자신의 적들에 대해 격렬하게 말하지 않았고, 모든 처신에서 유순함을 유지함으로서 세상에는 고통과 번민이 없다고 믿게 해주는 것 같다. 왕비의 감정은 남편인 국왕의 감정과 일치하는 것이 전혀 없다. 그 여성은 이 세상의 행복이라고 하는 것은 어렴풋한 도깨비 불빛들처럼 사람들을 그저 스쳐지나가게 할 뿐이고, 거기에 멈추어서는 사람들을 속이는 것으로 여긴다.»

제임스 2세는 불쌍한 군주였지만, 그러나 랑세는 한 인간이 엄청난 불행을 대가로 속죄해서 구원 받으면, 그 구원은 모든 불행들보다도 가치가 있다는 천국에 대한 견해를 받아들였다. 당신들은 변혁(變革)으로 나라가 뒤집어지거나 형세가 뒤바뀌면 세상의 모든 사람들의 운명이 영향을 받는다고 생각하는가? 전혀 그렇지 않다. 하느님께서 구원하시려는 것은 어느 개인, 그것도 가장 눈에 안 띠는 미천한 개인이므로, 그리스도교를 믿는 영혼에게 주어지는 상은 그런 것이다. 사도(使徒) 성인은 국가들이 넘어진다면, 그것은 시련을 겪고서 선택된 사람이 영광에 도달하기 위한 것이라고 써 놓았다.

---

1) 망명한 제임스 2세는 프랑스의 지원군을 이끌고 1690년 7월 10일 라 보인 지방에서 네덜란드의 오랑주 공 군대와 싸웠으나 패배하고 프랑스로 돌아왔음. 2년 후에 루이 14세는 고종 4촌인 제임스 2세에게 영국의 왕권을 되찾아주려고, 벨퐁 원수 가 지휘하는 2만 명의 병력과 함선으로 1692년 5월 네덜란드의 연합함대를 상대로 호그 (Hogue) 해전을 벌렸으나 패전하였음.

모든 것은 구원 받도록 예정된 사람들을 위한 것이며, 모든 것은 그들의 종말에 달려있고, 그들의 숫자가 다 채워지면 다시 새로운 하늘과 새로운 땅을 보게 되리라.[1)]

그리스도교 신자의 숙명은 그와 같다 : 고대 사람들의 숙명은 바깥세상의 문제에서 유래하고, 그리스도교 신자의 숙명은 그 사람 안에서 나오므로, 나는 그리스도교 신자는 덕행에서 운명을 만들어 낸다고 말하고자 하며, 그리스도교 신자는 악을 없애지는 않고, 그 것을 다스리는 사람인 것이다.

사람들은 트라프 수도원에 영국 국왕 폐하의 초상들을 간직했었는데, 그것들은 망각의 상자 안에 남겨졌다. 샤를 10세[2)]는 젊은 시절에 제임스 2세의 속죄를 배우려고 트라프 수도원에 온 적이 있었다. 그 트라프 수도원은 헐려진 뒤에 잔해 아래 묻혔다가 다시 새로 세워졌지만, 그러나 그 배에는 자신들의 행운과 희망을 담았던 사람들이 더 이상 없는데, 반세기가 지난 후에 그 난파된 배를 다시 들어 올려 무슨 소용이 있겠는가? 물속에 잠겨있는 동안에 다른 장엄하고 화려한 것들은 사라졌구나! 사람들은 오래된 불행의 메아리를 들으려고 멈춰 서지 않는다.

영국 국왕 다음으로 프랑스 국왕의 동생[3)]이 트라프 수도원을 방문하러 왔다. 그는 자신이 본 것에 흥분해서 루이 14세에게 말하였다 : « 그 은둔처에서 지내는 생활은 단지 프랑스뿐만이 아니고

---

1) 샤토브리앙은 사도 바오로 성인의 구원 은총 신학과 아우구스티노 성인의 구원 예정설을 언급하고 있음. 아우구스티노 성인은 4세기 후반에 시작된 게르만 민족의 이동으로 로마가 410년 서고트 족의 침입으로 혼란에 빠졌던 시기에 저술한 *<<신국론(神國論 De Civitas Dei>>* 에서 인간 사회의 역사는 예정된 구원 계획 실현을 위한 과정이며, 세상의 종말에서 도덕적 의지로 악을 이겨낸 사람들은 하느님의 선택과 은총으로 천국에 들어가고, 그들의 숫자는 정해져 있다고 썼음

2) 1824년에 사망한 루이 18세의 뒤를 이어서 국왕 샤를 10세가 된 아르투아 (Artois) 백작 (1757-1836) 은 젊은 시절에 트라프 수도원을 찾아가서 십자가 언덕을 맨발로 걸어서 올라갔다고 함.

3) 루이 14세의 동생 필립 1세 는 영국에서 망명해온 찰스 1세의 딸 앙리에트-안 당글르테르와 결혼했는데, 그 부인이 갑자기 죽어서 남편에게 독살되었다는 소문이 있었음.

모든 유럽을 교화시키고 있으며, 그 수도원을 유지하는 것은 국가에 유익합니다.» 그 왕제는 고행생활의 숭고함과는 전적으로 어긋났다. 그는 성당 종탑의 시끄러운 종소리에 광분했는데, 그는 첫 번째 부인 앙리에트 당글르테르를 독살한 것 같았다. 두 번째 부인은 팔츠(Pfalz) 선제후(選帝侯) 칼 루드비히 의 딸 샤를로트-엘리자베트이었다. 앙리에트가 상냥했던 것만큼이나 못생겼던 그 부인은 거칠고 교양이 없었으나, 독일적인 재치가 충만했고, 자기 자신과 시아주버니 되는 국왕에 대해서도 냉소적으로 말한 것으로 알려졌다. 그 부인은 편지를 썼다 : «세상 천지에 내 손보다 못생긴 손은 찾아볼 수가 없고, 내 눈은 작고, 코는 짧고 두터우며, 긴 입술은 평편하고, 큰 뺨은 늘어지고 얼굴은 길쭉합니다. 나는 키가 아주 작고, 몸통과 다리가 굵습니다.» 자기 자신에 대해 이런 식으로 늘어놓았으므로, 사람들은 그 부인이 근친에 대해서도 편안하게 말한 것을 짐작할 수 있는데, 그 부인이 *〈보기 흉한 작고 못 생긴 사람〉* 이라고 말한 것에는 소설 같은 상상력이 함축되어 있었던 것이다.

부이용 추기경 1)은 그 왕제의 뒤를 이어서 왔다. 펠리송은 «그의 가문과 좋은 품행과 생각은 추기경이 되기에 합당했고, 국왕은 튀렌 백작이 국왕을 섬겼던 것을 그의 조카 부이용 추기경에게 호의를 베풀어 보상을 하고, 명예롭게 해주려고 애를 썼다»라고 말하였다. 생시몽의 의견은 그렇지 않았고, 부이용 추기경에 대해 혹평하였다 : «사팔뜨기 곁눈질 시선은 합쳐져서 코끝에 멈추었다. 그는 국왕에 의해 성령기사단의 훈장을 박탈당하고, 훈장리본을 의복 안쪽에 달고 다녔다. 클뤼니로 쫓겨나 적대자들 속에서 지내고 로마로 돌아갔는데, 추기경들이 교황에게 말해서 빵모자 쓰는 것을 허락 받은 후에 버림받은 채로 죽었다.» 그가 트라프 수도원에

1) Emmanuel-Théodose de La Tour d'Aubergne (1643-1715) : 로마대사를 역임한 Bouillon 추기경. 그는 2차 프롱드 난을 평정한 Turenne 원수의 조카였음.

들렸을 때, 랑세는 니케즈 신부에게 편지를 썼다 : «부이용 추기경은 3일 전부터 여기 머물렀는데, 그는 이곳에서 일어나는 일을 자세히 보았고, 보고나서 찬동하지 않거나 감동을 받지 않은 것은 아무것도 없었습니다. 그는 내일 돌아갑니다.»

부이용 추기경은 트라프 수도원에 대해서 호의적으로 말하는 생루이에게 항변하면서 큰 소리로 외쳤다 : « 죽음은 아닙니다! 생루이 씨, 죽음에 대해 말하지 마세요, 나는 죽고 싶지 않습니다.» 부이용 추기경에게는 형제가 한 명[1]이 있었는데, 그는 루이 14세에 대해서 다음과 같이 말하였다[2] : « 그는 성안에 있는 늙은 시골 양반일 뿐이요. 그는 이빨이 하나밖에 안 남았는데, 그것도 나를 공격하려고 간직하고 있습니다.» 그 귀족은 섭정기간[3] 동안 오페라 극장에서 무도회를 열었다. 섭정은 그곳에 술이 취해서 나타났고, 그 귀족은 그 업무의 대가로 6천 프랑의 연금을 받았다. 국민들의 지갑에는 찢겨진 틈이 더 벌어졌고, 그 틈새 때문에 프랑스는 쇠퇴하게 되었다.

랑세가 사망한 뒤에야 트라프 수도원에 도착한 편지에서 페르트 경[4]은 제임스가 죽기 전[5]에 말한 것을 수도원장에게 알려주었다 : «나는 아무 것도 버리지 못했으며, 큰 죄인이었으므로 행운과 성공은 내 마음을 망쳐놓았던 것 같고, 나는 난잡한 타락 속에 살았던 것 같습니다.» 메리 스튜어트보다 다행이었던 제임스는 우리들에게

---

1) 부이용 공작(Godefroy Maurice de La Tour d'Aubergne 1636-1721)
2) 부이용 공작은 당시의 재상 마자랭 추기경의 조카딸 Marie-Anne Mancini와 결혼했고 루이 14세의 모후 안 도트리슈의 총애를 받았음. 그 공작은 1658년 부터 루이 14세가 사망하는 1715년까지 57년 동안 계속 국왕의 시종장 (grand chambellan de France)으로 국왕의 오랜 측근 인물이었으므로, 자신의 친지들에게 늙은 국왕 루이 14세에 대해서 이런 농담 방식의 비공식적인 인물평을 하였음.
3) 1715년 루이 14세가 사망하고 그의 증손자가 다섯 살에 국왕으로 즉위해서 루이 15세가 되고, 루이 14세의 조카인 오를레앙 공작 필립 2세가 어린 국왕 루이 15세의 섭정이 되었던 1715년에서 1723년 사이의 기간.
4) Perthe 공작 (1648-1716) : 영국 왕 제임스 2세와 함께 망명했던 스코틀랜드 대법관.
5) 폐위된 영국 왕 제임스 2세는 랑세가 사망한 다음 해인 1701년 프랑스에서 사망했음.

그의 유해를 남겨주었다.[1] 메리는 멀어져가는 노르망디 해안을 보면서 외쳤다: « 안녕, 프랑스여 안녕, 나는 너를 다시는 보지 못하리라.» 사형집행인은 그 스코틀랜드 여왕의 목을 자르며 여왕의 경박함을 꾸짖듯이 도끼로 머리쓰개를 찍어 박았던 것이다.

부아벵은 랑세가 이 세상에서 해결해야할 문제가 있었던 마지막 인물이었다. 랑세는 1696년 10월 18일 니케즈 신부에게 편지를 썼다 : « 어떻게 당신이 부아벵 영주를 상대로 루앙 고등법원의 판결을 받게 되었는지 알 수 없으나, 당신은 그 사람이 얼마나 난폭하고 성을 잘 내는지 알고 있었더라도 그 사람처럼 교육받은 사람이 그런 과도한 행동에 빠져들 것이라고는 믿기 어려웠을 것입니다.»

부아벵이 트라프 수도원을 상대로 한 재판은 24 수[2] 의 소작료 때문이었고, 12년 동안 1만 2천 리브르의 비용이 들었다. 부아벵은 편지를 썼다 : « 나는 그 재판을 12년 동안이나 이겨왔었는데, 단 하루 만에 졌습니다.»

어쨌든 아주 늙고 병이 들었던 랑세는 그 싸움을 결코 회피하지는 않았으나 그 공격을 물리치자마자 참회에 빠져들었고, 이제는 물 속 깊은 곳에서 물과 수정이 만들어낸 하모니카 소리 같이 마음을 아프게 하는 그의 목소리 밖에는 들려오지 않았다.

---

1) 샤토브리앙은 폐위되어 망명지 프랑스 파리에서 죽은 제임스 2세의 불운을 말하면서, 참수되어 유해도 남기지도 못하고 죽은 스코틀랜드 여왕 Mary Stuart (1542-1587) 의 불행을 언급하고 있음. 어린 나이에 스코틀랜드 여왕이 된 메리 스튜어트는 영국 왕실의 책략을 피해서 1548년에서 1560년까지 프랑스에서 살면서 프랑스 국왕 프랑수아 2세의 왕비가 되었음. 남편 프랑수아 2세가 죽자 시어머니 카트린 드 메디치의 냉대를 받게 되었으므로, 영국으로 돌아가 영국의 귀족 헨리 스트튜어트 단리와 재혼해서 아들을 낳았으나 영국 가톨릭 세력들이 꾸민 여왕 엘리자베스 1세에 대한 음모에 연루되었기 때문에 목이 잘리는 참수형으로 처형되어 프랑스에 다시 오지 못했음. 엘리자베스 1세는 자손이 없이 사망했고, 메리 스튜어트가 낳은 아들이 뒤를 이어 영국의 왕 제임스 1세가 되었는데, 그의 아들 찰스 1세도 영국의 청교도 혁명 중에 올리버 크롬웰 일파에 의해 참수되었음. <참고자료 IX.>.

2) sou : 대혁명 이전의 구 화폐제도에서 20분의 1 리브르 (livre)의 가치로 통용되던 동전. 리브르는 토지에서 받는 정기적인 연수입이나 국가에서 받는 연금액을 나타낼 때 프랑 (franc) 대신에 사용하던 옛 화폐의 단위.

랑세는 그와 같았다. 그의 생애는 우리의 예상과는 어긋나서 그곳에는 봄철이 없었고, 산사나무 꽃 덤불이 나타나기 시작했을 때 산사나무는 꺾어졌던 것이다. 랑세는 무작정 모험을 해서 세상을 돌아다닐 생각을 했었다. 그는 무엇을 찾았을까? 그가 베레츠에서 마음속에 품었던 행복들이었을까? 아니다. 그 행복들은 영혼 속에 있었다. 하늘을 빈정대고 야유하는 생활방식을 택해서 시대사상을 한걸음 앞서 가다가 그 생활을 내던지고, 그래서 그의 피는 황야의 떨기나무 잔가지들도 적시지 못했다[1] 고 상상해보라. 만일 미래의 일들에 대해서 별로 신경을 쓰지 않으면서 영원한 내세보다 방탕한 쾌락을 선호했더라면, 그는 또 실망했을 것이고, 다음날에는 다시는 사랑하지 않았으리라.

방탕한 생활 속에서 늙어온 사람들은 때가 오면 마치 노예들을 해고하듯이 젊고 우아한 여인들을 쉽사리 그들의 운명으로 돌려보낼 수 있을 것으로 생각한다. 그것은 잘못된 생각이며, 사람들은 마음대로 그 꿈에서 벗어날 수가 없고, 천국과 지옥, 증오와 사랑이 끔찍한 혼동 속에 뒤섞이는 대혼란에 맞서 고통스럽게 발버둥 치는 것이다. 그럴 때면 길가에 앉은 늙은 여행자 랑세는 아무도 믿지 않으면서, 비통한 마음과 추한 날들 밖에는 가져다주지 않는 새벽을 기다리며 별을 세었으리라. 오늘날에는 할 일 없는 사람처럼 활동적인 사람도 역시 망상을 하는 것이 알려졌으므로, 이제는 가능하지 않은 것이 아무것도 없다. 만일 하늘이 랑세의 팔에 젊은 날의 유령들을 놓아주었더라면, 그는 그 〈두억시니(怨靈)〉들과 어울려서 걷는 것에 금방 피곤해졌으리라. 그런 사람을 위해서는 수도사의 두건밖에 없는데, 수도사 두건은 비밀을 받아서 지켜주며, 오랜 세월의

---

1) 샤토브리앙은 <<*무덤 너머의 회상록*>> 에 다음과 같은 유사한 글을 썼음 : <늙어버린 르네는 “내가 들어박혀 있는 외로운 은둔지에서 나의 피를 모두 다 흘려보내더라도 어떻게 황야의 떨기나무 잔가지들을 붉게 물들일 수 있으랴?” 라고 하였다. >

자부심이 비밀을 털어놓지 못하게 하고, 또 무덤은 비밀을 지속시켜 주는 것이다. 우리는 조금 밖에 살지 못하고 죽은 수많은 망자(亡者)들이 환상을 갖고 사라지는 것을 보았다. 생애가 〈*꽃이 핀 채로 끝난*〉 사람은 행복하도다[1] : 어느 여자 시인[2]의 우아한 표현이다.

가끔 랑세의 모습에서 아주 젊은 사람의 느낌과 생각으로 착각하게 되는 것은, 오래된 수도원의 지하 묘소에 갇힌 수도사들의 미이라처럼 이제는 걸을 수도 없으며 머리가 두건 속에 깊이 들어 있는 쇠약한 노인의 감정뿐이었다. 랑세의 뼈들은 상했고, 정열이 감돌고 지성을 보여주던 커다란 두 눈 말고는 더 이상 가진 것이 없었다. 수도원 요양 치료소에 들어앉은 그에게 마지막 시간들이 다가오고 있었고, 그리스도와도 같은 그 사람의 심장 위에 손을 얹어줄 사람이 아무도 없었다. 예수님이 아버지께 고난의 술잔을 거두어달라고 기도했을 때, 누가 그 피눈물이 인간의 연약함에서 나오는 것인지 아니면 자비심으로 갈라진 심장에서 나오는 것인지 알아보려고 〈사람의 아들〉[3]의 맥박에 손가락을 갖다 대었던가?

수도사들이 랑세의 문 쪽으로 몰려들었고, 그는 수도원장 자크 드 라 쿠르 신부가 수도사들에게 읽게 할 편지를 구술하였다 : 《 하느님만이 나의 기력과 여러분을 만나보고 얻게 될 기쁨을 아십니다. 그러나 과거 어느 때보다 내 심정이 그렇다고 하더라도, 지금의 내 상태로는 내가 바라는 만큼 기쁨을 얻을 수 없다는 것을 말해야 하겠군요. 나의 형제 수도사들이여, 만일 아직도 내가 여러분들에게 쓸모가 있다면 나를 건강하게 해주시도록 하느님께 빌어주시고, 그렇지가 않다면 나를 이 세상에서 데려가시도록 기도해주세요.》

---

1) <...Heureux celui don't la vie est *tombée en fleurs !* >

2) Anytè de Tégée (Tegea) : 기원전 3세기경의 그리스 여자 시인. 펠레폰네소스 반도 아르카디아 지방의 고대 도시 테게 태생으로 고대 그리스어 (도리아어)로 썼다는 서사시와 서정시들은 남아 있지 않고 20여 개의 묘비명이 전해지고 있음.

3) 삼위일체의 성자 (聖子), 인간으로 태어난 하느님 예수 그리스도

사람들은 랑세의 친구이자 고해 신부인 세즈 주교[1]를 찾으려고 사람을 보냈다. 랑세는 그를 알아보고는 큰 기쁨을 나타냈는데, 그는 십자가 성호를 긋기 시작하려고 그 성직자의 손을 잡아서 이마로 가져갔고, 총 고백을 하였다. 그는 세즈 주교에게 그 수도원의 계율이 유지될 수 있도록 국왕의 보호를 받게 해달라고 간청했고, 그리고 무엇보다도 트라프 수도원을 관대하게 여기고 잊어주기를 소망한다고 덧붙였다.

신앙심으로 이루어진 랑세 주위의 가정은 출생한 가정의 애정 이상의 것을 갖고 있었고, 지금 잃고 있는 어린애는 또다시 만나게 될 어린애였으므로, 그 가정은 영원히 되찾을 수 없는 상실 앞에서 소멸되어 끝나버리는 그 절망감을 알지 못하였다. 신앙심은 우애가 소멸되는 것을 막아주며, 울고 있는 사람들은 하늘의 부름을 받은 그리스도교 신자의 행복을 저마다 부러워하며 열망하고, 독실한 신앙심을 가진 사람들의 주위에서는 경건한 질투심이 번득이는 것을 볼 수 있는데, 그것에는 괴로움이 들어있지 않은 시샘의 열정이 있는 것이다.

어느 수도사가 울고 있는 것을 알아차린 랑세는 그에게 손을 내밀고 말하였다 : «나는 당신을 떠나는 게 아니고, 당신들보다 먼저 가는 것입니다.» 타소[2]는 똑같은 말을 산토노프리오 수도원에서 자신을 에워싸고 있는 수도사들에게 건넸었다. 랑세는 가장 인적이 없고 외진 땅에다 매장해달라고 당부했는데, 그곳은 이제 아무런 소리도 들려오지 않고, 몇몇 병사들의 발이 땅에서 삐져나오는 것이 보이는 어느 전쟁터의 들판인 셈이었다.

욥[3]은 이슬을 곁가지에 달고 있는 야자나무처럼 제절로 만들어

---

1) Louis II d'Aquin (1667-1710) : 1698년부터 1710년까지 Séez 교구의 주교였음.

2) 이탈리아의 후기 르네상스 시인 타소(Torquato Tasso)는 1544년 나폴리 근처 소렌트에서 태어나고, 1595년 로마의 산토노프리오 수도원에서 사망하였음.

3) (*p. 225, 각주 1). Job은 엄청난 고난을 겪고도 하느님을 원망하지는 않았고, 하느님과의 대화에서 창조주의 공정함과 의로움을 깨닫고 회개한 후 사망했다고 함.

진 작은 은둔처에서 죽었다. 랑세는 형제 수도사들이 그의 고통을 진정시켜주려고 애쓰는 수고에 대해 그 주교와 이야기를 나누었다. 그는 말하였다 : «자, 하느님께서 평생 동안 저를 어떻게 배려해주시고 기뻐하셨는지 보십시오. 그런데도 저는 배은망덕한 자였을 뿐이군요.» 그 시간에 수도원장 자크 드 라 쿠르 신부가 들어왔고, 랑세는 그에게 말하였다 : «당신의 기도 속에서 나를 잊지 말아주십시오. 나도 하느님 앞에서 당신을 잊지 않을 것입니다.» 그는 영국 국왕에게 유감의 말을 전해달라고 자크 드 라 쿠르에게 부탁했고, 그 추방된 군주를 위해서 편지를 쓰기 시작했으나 끝까지 쓸 수가 없었다. 다음날 밤은 괴로워서 랑세는 앉아서 밤을 새웠고, 앞서 죽은 어느 수도사의 샌들을 신었는데, 그는 그 샌들을 신고서 다른 사람이 끝낼 수 없었던 여행을 마무리하려고 했던 것이다.

세즈 주교는 랑세에게 그의 수도사들에 대해 항상 똑같이 사랑하는 마음을 갖고 있었느냐고 물었더니, 그 거룩한 사람은 대답하였다 : «그렇습니다, 예하님, 저는 몇 년 전부터 하느님의 은총으로 다른 수도사들처럼 한낱 평수도사가 되었으므로, 그들은 모두 내 형제들이며, 이제 저의 아랫사람들이 아닙니다. 만일에 아쉽게도 저의 목소리를 잃게 된다면, 제가 고통스러울 것은 얼마나 그들을 사랑하고 있는지 들려줄 수 없다는 것입니다. 저는 그들을 마음속 깊이 간직하고, 그들을 하느님 앞으로 데려가기를 소망합니다.» 저녁 8시경에 그는 두건을 벗고, 주교의 축복을 받기 위해 무릎을 꿇게 해달라고 어느 수도사에게 부탁했고, 그는 총고백을 하였다. 전해오는 이야기에 의하면, 훗날 세즈 주교는 다른 어느 때보다도 그 고백에서 그 훌륭한 사람이 하느님으로부터 고결하고 활발하며 감동을 주는 정신, 순박한 영혼, 그리고 칭찬받을 만한 솔직함을 받은 것을 알게 되었다고 말했다고 한다.

종말로 다가갈수록 랑세는 더 평온해졌고, 영혼이 얼굴에 밝은 빛을 흘러내려주었으므로, 어두운 밤에서 벗어나 새벽이 온 것이었다. 사람들이 죽어가는 사람에게 십자가를 주었더니, 그는 외쳤다 : «오, 영원한 내세여! 얼마나 고귀한 행복인가!» 그리고 그는 그 구원의 표지를 열렬한 애정으로 감싸서 안았고, 십자가 아래에 붙어 있는 해골에 입을 맞추었다. 그 십자가를 어느 수도사에게 돌려주면서, 랑세는 그 수도사가 자신처럼 하지 않는 것을 알아채고는 말하였다 : «왜 그 해골에 입을 맞추지 않습니까? 그 해골에 의해 우리들의 추방 생활과 우리들의 비참한 불행이 끝나는 것입니다.» 랑세는 그의 옆에 놓여있었다고 구전되는 그 유물[1]을 생각했을까? 그리스도 교인들은 신앙심이 아주 열렬했던 시대에도 여전히 거짓된 신들의 의례를 실천하고 있었던 셈이다.

임종의 자리는 준비되었고, 랑세는 그것을 사랑의 시선으로 평온하게 바라보았으며, 그러고 나서 그 영예로운 자리에 스스로 누웠다. 세즈 주교는 말하였다 : « 하느님께 용서를 빌지 않으시겠습니까 ?» - 신부는 대답을 하였다 : « 저는 하느님께 저의 죄를 용서해주시고, 영원히 하느님을 찬양하는 노래를 부르게 될 사람들의 숫자 [2] 안에 저를 받아주시도록 마음속 깊이 겸손하게 간청을 드립니다.» 힘이 부족해진 그는 멈추었다. 주교는 말하였다 : «저를 알아보시겠습니까 ?» - 신부는 대답하였다 : « 당신을 온전히 알아보고 있습니다. 당신을 잊지 않을 것입니다.» 세즈 주교는 죽어가는 사람이 견디어 낼 수 있도록 무엇이라도 좀 주었는지 염려되었는데, 랑세 자신이 대답하였다 : «그들의 사랑의 배려에는 아무것도 부족한 것이 없습니다.» 빈사 상태의 사람과 주교 사이의 마지막 대화는

1) Louis Du Bois가 1824년에 발간한 트라프 수도원의 역사에 의하면 랑세는 자신의 방에 죽은 몽바종 부인의 두개골을 보관했었다고 함.
2) 성 아우구스티노는 인간 사회의 종말에 구원받을 사람들의 숫자는 정해져 있다고 그의 저서 <신국론>에 썼음.

성서의 말씀으로 이루어졌다.

주교 - 주님은 나의 빛이요 구원입니다.
신부 - 저는 주님을 완전히 믿나이다.
주교 - 주님, 저를 보호하고 해방시켜주시는 분은 당신입니다.
신부 - 서둘러주소서, 저의 하느님, 어서 오소서.

그것이 랑세의 마지막 말이었다. 그는 주교를 바라보고, 눈길을 하늘로 올렸으며, 그리고 숨을 거두었다. 그는 수도사들의 공동묘지에 매장되었다.

이와 같이 희생은 이루어졌다. 참회는 당신을 사회로부터 고립시키고, 그 대가로 존경을 받지도 못한다. 언제나 참회하는 사람은 훌륭하지만, 그러나 오늘날에는 남들이 보아주지 않는다면 어느 누가 훌륭해지기를 바라겠는가? 랑세는 흙으로 된 자신의 오두막집으로부터 웅장하고 화려한 하느님의 집에 도달하였다.

랑세는 성당으로 옮겨져서 램프 불빛 아래에 놓였다. 앙상해보였던 그의 얼굴은 붉고 아름답게 보였다. 그는 10월 27일에서 29일까지 성당에 머물렀다. 수도사들은 계속 서서 있거나 눈물에 젖어 있었는데, 모두들 시신에 아마포와 묵주를 대려고 했던 것이다. 서른 명의 수도사들이 시편을 노래했고, 성당에서는 미사가 계속 봉헌되었다. 무덤구덩이에 그를 내려놓을 때, 성가대는 시편 81절을 낭송하였다 : 《내가 선택했으니 내가 살 곳은 그곳이다.》 사람들은 그를 묘지에 묻었다. 양치는 사람이 어린 양들 가운데 놓인 것이다. 랑세에 대한 진실한 증언들이 있었고, 그 증언들은 오늘날 그를 성인으로 시성하는데 소용될 수 있을 것이다. 그는 사망한 후에 여러 다양한 사람들에게 영광 가운데 나타났다. 국왕들은 그들이 퇴위 되었건 또는 아직 왕좌에 앉아있건 간에 슬픔을 표시하였다.

제임스는 편지를 썼다 : 《저는 제 자신을 위하고, 제가 처한 형편에서 용기를 얻기 위해서 하느님께서 저를 붙잡아 지탱해주시는

당신의 성스런 은둔처로 갈 것입니다.»[1)]

르넹 신부는 « 그것은 인간들에게 속세를 무시하고, 권세의 허무함과 내세의 행복을 확실하게 일깨우기 위해 모든 곳으로 울려 퍼지는 천둥 같은 목소리였다 »라고 말하였다. 눈이 부신 회개들이 이루어졌다. 어느 수도사는 선잠 속에서 성체가 외치는 소리를 들었다 : «두려워하라, 두려워하라, 두려워하라!» 그리고는 끔찍한 공포심에 사로잡혔고, 그를 다시 정신을 차리게 하는 데는 오랜 시간이 걸렸다. 간질병 환자는 그 개혁가 수도원장의 병든 손에 사용하던 아마포를 몸에다 대면 치유 되었다. 확인서들이 보관되었고, 로마는 그를 성인 반열에 올리는데 오랜 절차가 필요하지는 않을 것이다. 그의 심장은 쉬고 있는데, 성령은 그의 영혼을 빛으로 채워주었다.

생시몽은 쓰기를 중단하며 말하였다 : « 이런 기록들은 너무나 세속적이어서, 그렇게 숭고하고 성스러운 생애에 대해 아무것도 덧붙일 수가 없다. 나는 짧게 끝내는데, 내가 추가할 만한 것은 여기에 너무 안 어울릴 것 같기 때문이다.»

앙리 4세가 죽은 후 16년 지난 1626년에 태어나서 루이 14세가 죽기 15년 전인 1700년에 사망한 랑세는 이 땅위에 74년 동안 있었는데, 그 중에서 37년을 은둔처에서 살았던 것은 세속에서 보낸 37년을 속죄하기 위한 것이었다.

그가 사라졌을 때 이미 많은 유명한 사람들이 그를 앞서 갔는데, 그들은 파스칼, 코르네이유, 몰리에르, 라신, 라퐁텐, 튀렌, 콩데였고, 그 로크루아의 승리자는 보쉬에로부터 마지막으로 영예[2)]를 받았다. 내가 앞서 그의 죽음을 언급한 바 있는 보쉬에는 그가 그렇게도 훌륭하고 간결하게 예고했던 그의 막장으로 기울고 있었다.

---

1) 폐위된 영국왕 제임스 2세가 쓴 편지는 랑세가 사망한 후에 도착했고, 제임스 2세도 랑세가 사망하고 나서 1년 뒤에 세상을 떠났음.

2) 프랑스가 개입한 유럽의 30년 전쟁 중에 Rocroi 전투에서 에스파냐 군대에게 결정적으로 승리한 콩데 대공은 1686년에 사망했고, 그의 장례추도사를 Bossuet가 썼음.

그 시대는 다른 모든 위대한 시대들처럼 잔잔해졌고, 뒤이어온 세대들의 시대가 되었다. 사람들은 고통스러운 감정을 느끼지 않고는 기념 건축물의 석재들이 허물어져 내리는 것을 바라보지 않는다. 루이 14세가 보쉬에를 관(棺) 속에 내려놓았을 때, 사람들은 위안받을 길이 없는 슬픔으로 상처를 받았다[1]. 과거의 잔재들 가운데 미래의 첫 아이들이 꿈틀거리고 있었고, 늙었으나 아직은 우뚝 선 국왕의 보호 아래 몇몇 명성들의 새싹들이 돋아나기 시작하였다. 볼테르가 출생했는데, 재앙을 불러오게 될 그 끔직한 명성은 결코 사라져서 잊어질 수 없는 시대에 태어났고, 그 음산하고 불길한 명석함은 어느 불멸의 날 햇살에 불이 켜진 것이다 [2].

랑세가 한 일은 지속되고 있다. 라세데몬 계곡[3]의 리쿠르고스[4]처럼, 랑세는 자신의 제자들에게 그가 돌아올 때까지 그의 계율을 지킬 것을 약속하게 하고 은둔처를 떠났다. 랑세는 하늘을 향해서 떠났으나, 그는 땅으로 돌아오지 않았고, 그의 계율은 그의 후예들에 의해서 경건하게 지켜지고 있다. 트라피스트 수도자들은 자신들의

---

1) 1627년에 태어나서 랑세의 신학교 동창생이며 친구로 지낸 보쉬에는 랑세가 선종한지 4년 후인 1704년에 파리에서 사망하였음. 대중들은 유명한 설교자이며, 감동적인 장례 추도사를 쓴 아카데미 회원인 보쉬에의 죽음을 애도했고, 루이 14세도 보쉬에가 왕좌는 신이 정해준 신성한 자리라고 말하면서 절대군주론을 옹호하고, 황태자의 교육을 담당해서 궁정의 신망이 높았던 보쉬에의 죽음을 슬퍼했음.

2) 태양왕 루이 14세의 치세에 태어난 계몽주의 철학자 볼테르는 가톨릭교회를 조롱하고 사회제도를 비판하는 책자를 저술해서 루이 15세의 핍박을 받고 프랑스를 떠나 베를린의 프리드리히 2세 궁정과 스위스 주네브에서 체류한 뒤 1759년 국경 마을 페르네에 정착해서 20 년 동안 계몽주의 철학자들과 교류하며 많은 편지와 책자를 저술하였음. 1778년 2월 파리로 돌아와 전립선암으로 5월에 사망했는데, 임종하기 전에 병자성사를 하러온 생쉴피스 성당의 사제를 만나고 자신의 비서에게 이런 유명한 글을 남겼음 <<나는 하느님을 찬양하고, 친구들을 사랑하고, 적들을 미워하지 않고, 그리고 광신적인 신앙을 혐오하면서 죽는다.>> 볼테르가 사망하고 11년이 지난 후에 프랑스 대혁명이 시작되었고, 샤토브리앙은 *<<무덤 너머의 회상록>>* 에 대혁명을 수많은 사람을 무자비한 유혈 폭력으로 희생시킨 범죄적인 재앙으로 기술했으며, 명석한 두뇌를 갖고 태어난 계몽주의 철학자 볼테르를 대혁명의 재앙을 불러온 음산하고 불길한 인물로 묘사했음.

3) Lacédémone : 고대 도시국가 스파르타가 있던 그리스의 에우로타스 강 유역의 이름. 라세데몬은 그리스 신화에 등장하는 제우스의 아들이자 에우로타스의 딸 스파르타의 남편 이름인데, 라코니 (Laconie) 왕이 도시 국가 스파르타를 에우로타스 강의 유역에 세운 뒤에 그 지역의 이름이 라세데몬으로 불리게 되었음.

4) Lykurgos : 기원전 11 세기에 스파르타의 법을 만들었다는 설화적인 인물.

주위에서 다른 수도회들이 무너지는 것을 보았으며, 대혁명과 그 범죄들, 보나파르트와 그의 영광이 사라지는 것을 보았지만, 그런데도 그들은 살아남았다. 초인적인 계율에는 많은 힘이 있었던 것이다! 트라프 수도원의 새로운 고행 수도자들은 1100년대에 그 은둔지에 살았던 사람들[1]에 맞추어 완벽하게 뒤따라가고 있으므로, 잊어진 중세 시대의 취락(聚落) 마을처럼 보이고, 과거의 무대에서 공연하는 것 같은 느낌이 들지만, 그러나 그들에게로 가까이 다가가서 보면 그 배우들이 현실의 인물들이라는 것과 그 하느님의 규율이 11세기부터[2] 우리들에게까지 전해져온 것을 깨닫게 된다. 스파르타의 젊은이들의 비밀 생존시험[3]이 노예들의 추적과 죽음이라면 트라프 수도원의 비밀 생존시험은 열정의 추구와 죽음이었다. 이런 일들이 우리들의 한가운데 있으나 우리들은 알아보지 못하고 있다. 랑세의 교육시설물은 우리들이 지나쳐가면서 보게 되는 호기심의 대상으로만 보이는 것이다.

---

1) 중세 시대였던 1122년에 소성당이 세워지고 1140년에 수도원이 된 초창기 트라프 수도원의 수도사들.

2) 트라프 수도원은 1147년 시토수도회에 소속됨으로서 1098년에 제정된 시토수도회의 회칙을 받아들이게 되었음.

3) Krupteia, Cryptie : 고대 스파르타의 젊은이들에게 성인이 되기 위한 통과의례로 부과했던 시험. 성인으로서 자신의 힘과 수단으로 혼자서 생존할 수 있는 능력을 인정받기 위해서 들판이나 숲에 몰래 잠복했다가 지나가는 노예를 살해하거나 또는 야생동물을 죽이게 했다고 함.

부록 : 〈참고 자료〉

〈참고자료 I.〉 프랑스 역사와 랑세의 생애 대조 연표

	프랑스 역사	랑세의 생애
1610	-앙리 4세 사망, 루이 13세 즉위. 마리 드 메디치 섭정, 리슐리외 추기경 재상	
1626		- 랑세의 출생. 리슐리외 추기경이 대부였음
1635	- 30년 전쟁에 프랑스개입 - 아카데미 프랑세즈 창립	
1637		- 랑세의 형 사망. 파리 노트르담 성당 참사회원, 트라프 수도원과 5개 수도원 성직록을 물려받음
1638	- 루이 14세 출생	
1642	- 리슐리외 추기경 사망	
1643	- 루이 13세 사망, 루이 14세 즉위 안 도트리슈 섭정, 마자랭 추기경 재상	
1648	- 30년 전쟁 끝남. 프롱드 난 시작	
1650		- 랑세 아버지 사망. 몽바종 부인을 알게 됨. 사교계에 출입함
1651		- 랑세의 사제 서품
1652	- 프롱드 난 끝남	
1654		- 박사학위 받음 - 투르 대주교인 삼촌 빅토르 르 부티예의 주선으로 부주교가 됨
1655	- 파리 성직자 회의	- 파리 성직자회의에 대표로 파견
1657		- 몽바종 부인 사망. 투르 근처의 베레츠에서 3년 동안 은둔생활 - 퇴락한 트라프 수도원을 재건
1661	- 마자랭 추기경 사망. 루이 14세 친정 시작. 콜베르 재상 임명	
1663		- 정규수도사 수련을 받음
1664		- 트라프 수도원 원장 취임.
1665		수도원 계율 개혁 문제에 관한 로마 추기경 종교재판에 참석
1685	- 낭트 칙령의 폐지	- *<<수도사 생활의 신성함과 의무 대하여>>* 출간
1691		_ 베네딕도 수도회 마비용과 논쟁
1700		- 랑세의 사망

〈참고자료 II.〉 랑세 시대의 프랑스 카페 왕조 부르봉 왕가 궁정 인물들의 계보 요약

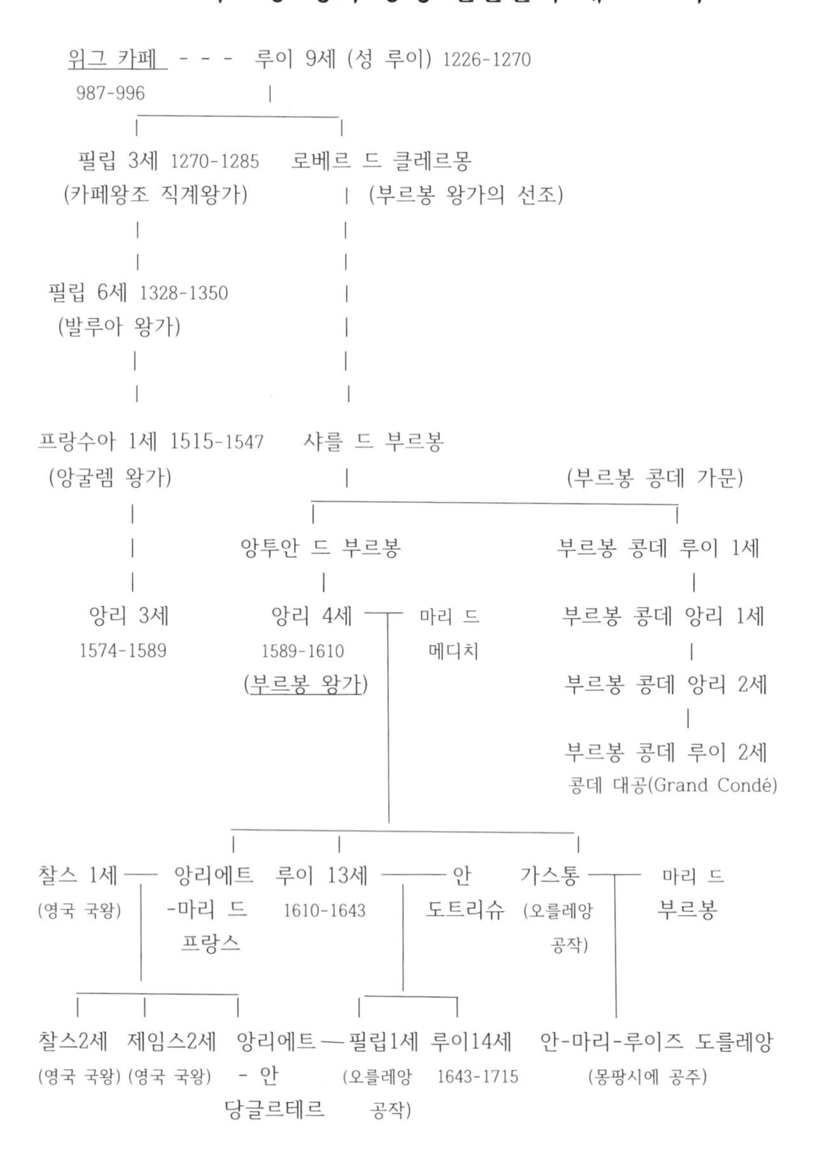

〈참고자료 III.〉 르 부티예 랑세 가문의 계보 요약

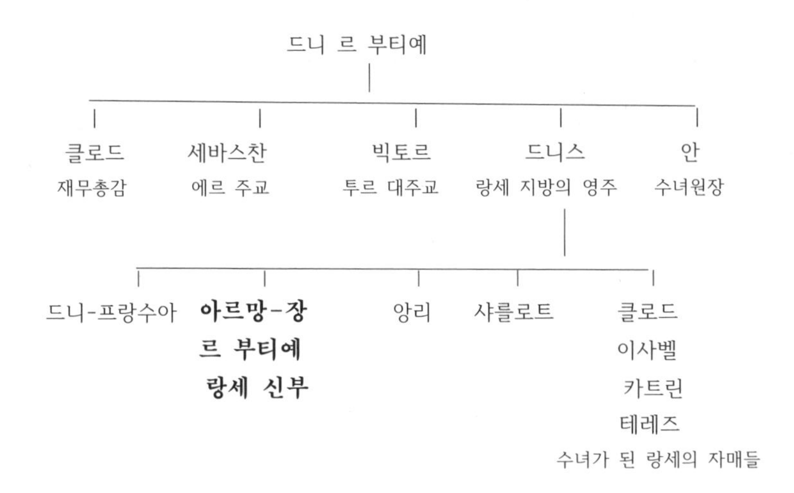

〈참고자료 IV.〉 아르노(Arnauld) 가문의 계보 요약

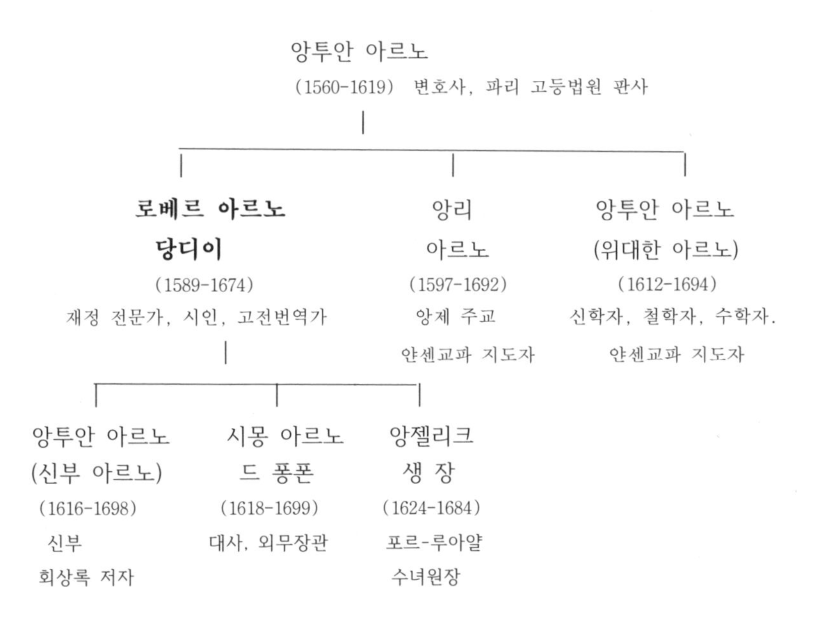

〈참고자료 V.〉 기즈(Guise) 공작 가문의 계보 요약

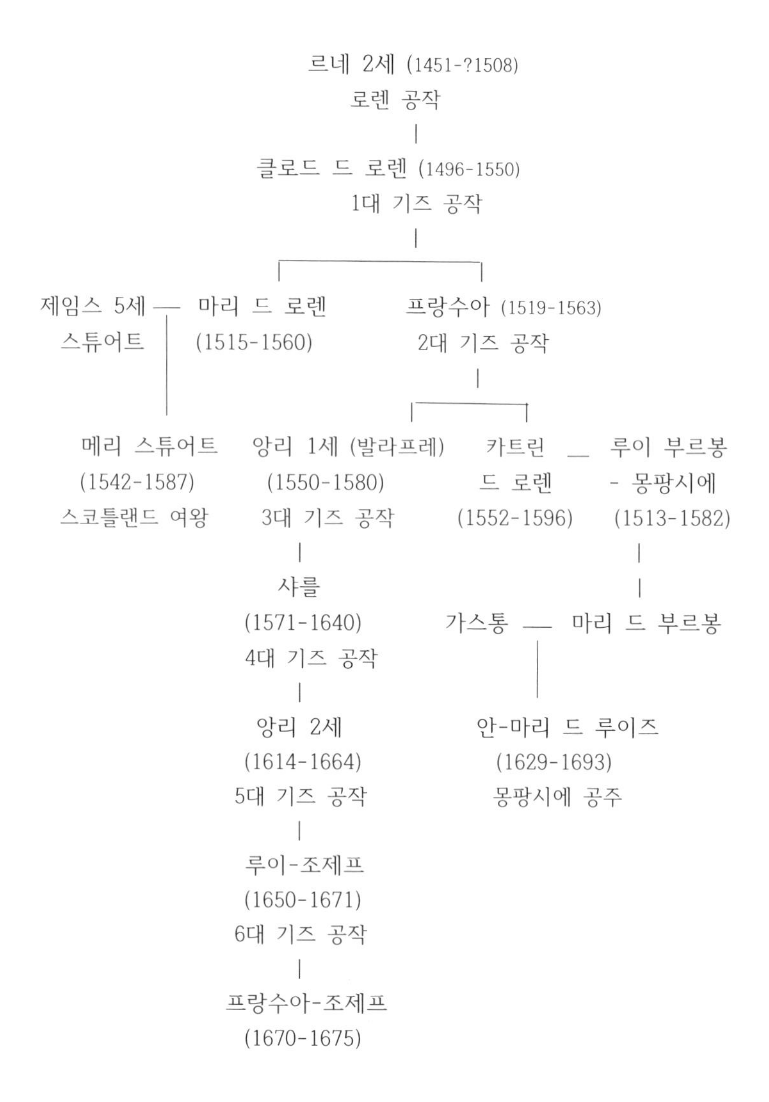

〈참고자료 VI.〉 보포르(Beaufort)공작의 가계 요약

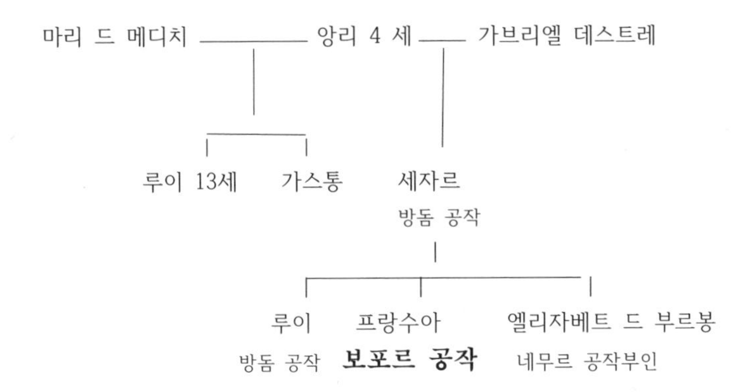

〈참고자료 VII.〉 가스통(Gaston) 공작의 가계 요약

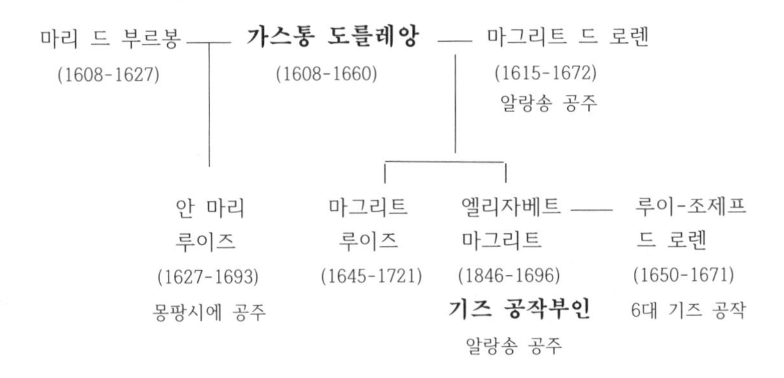

<참고자료 VIII.> 카페 왕조의 직계(Capetien direct), 발루아(Valois) 및 앙굴렘(Angouleme) 왕가 계보 요약

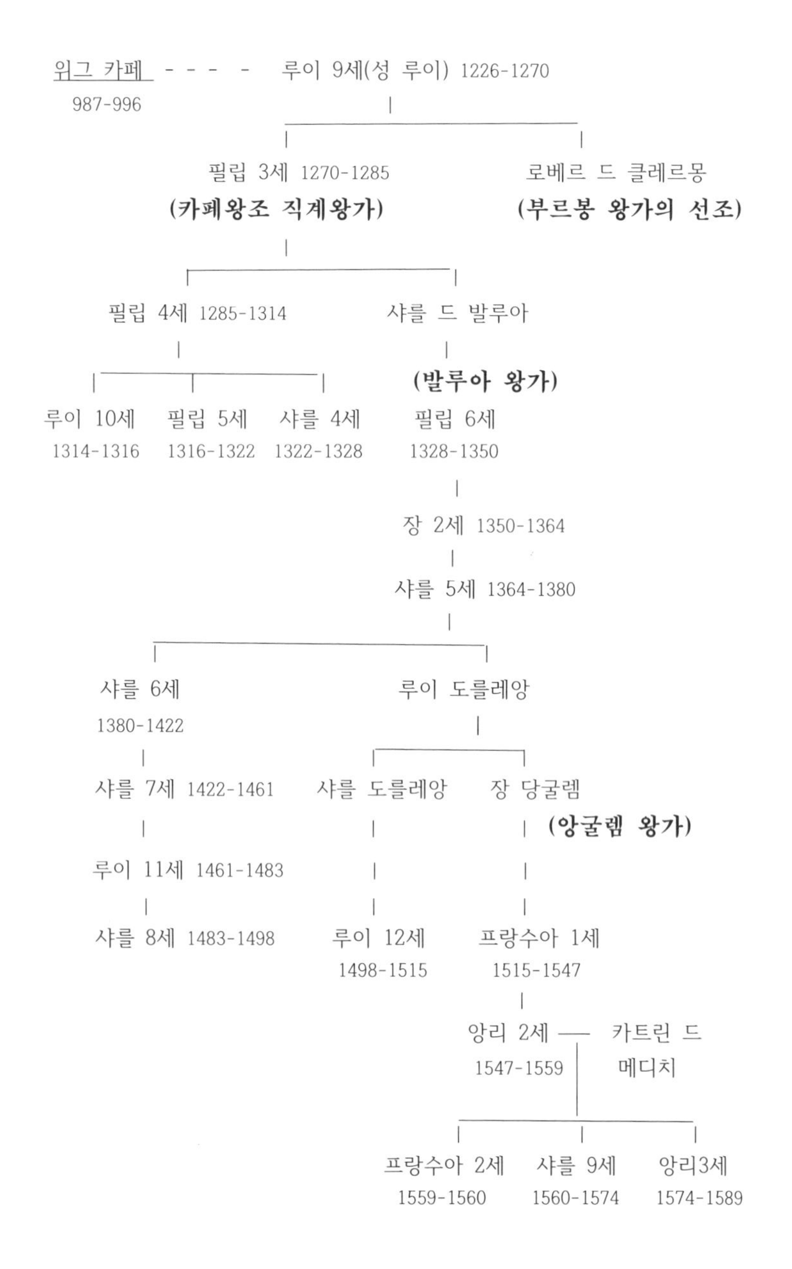

〈참고자료 IX.〉 메리 스튜어트(Mary Stuart)와 프랑스 왕가와의 관계 요약

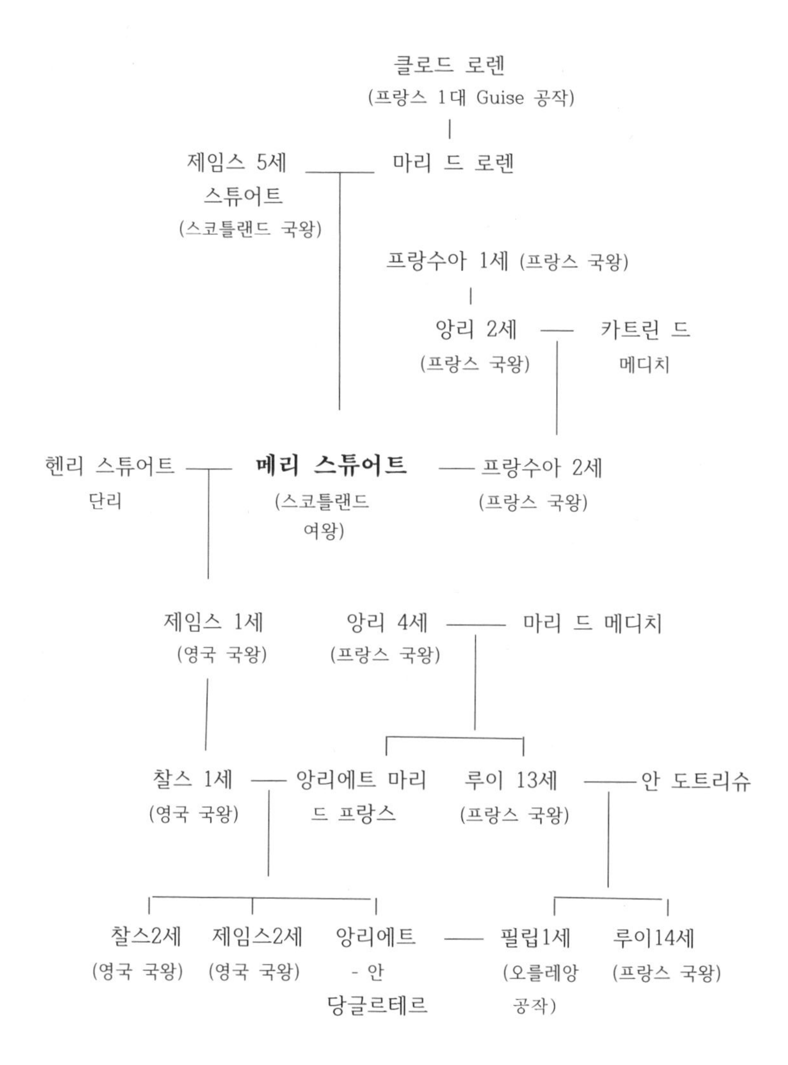

<참고자료 X. > 성무일과 또는 성무일도(Officium Divinum) 와 시간전례 (Liturgia Horarum)

구약시대의 유태인들과 로마제국의 그리스도교 신자들의 공동체는 해가 뜨고 지는 하루 일과에 따라 활동하며 시편을 노래하고 하느님께 기도하는 관습이 있었는데, 그 시간과 방식과 횟수는 지역에 따라 다양하였다. 누르시아의 베네딕도 성인이 530년에 몬테카시노에 수도원을 세워 베네딕도 수도회가 창립되고, 그 수도회 수도사들의 청빈, 순종, 노동과 기도시간을 규정한 베네딕도 규칙서(Regulia Sancti Benediciti)에 따라 하루 여덟 번 기도하는 <성무일과>의 관행이 서양의 그리스도교 수도원들에 오랫동안 정착되었는데, 트리엔트 공의회(1545-1563)에서 개정이 되어서 1568년에 교황 비오 5세가 로마 성무일도서(Breviarium Romanum)를 간행했으므로, 랑세 시대의 트라프 수도원에서도 그 전례에 따라서 성경 독서를 하고, 시편과 찬미가를 노래했을 것으로 추정된다. 그 후 제2차 바티칸 공의회(1962-1965)에서 교황 요한 23세가 전례규정집(Codex Rubricarum)을 내면서 명칭도 <시간전례>로 바뀌고, 1시과(一時課)가 제외되어 기도하는 횟수도 하루 7회로 바뀌었다.

중세시대 서양의 어느 수도원에서 오전 7시 반에 해가 뜨고 오후 4시 반에 해가 지는 11월경의 성무일과 시간표는 다음과 같았다고 한다 :

<새벽기도>

1. 야과경 (夜課經 Maturatum). 자정과 새벽 사이의 기도. 새벽 2시

<아침기도>

2. 조과 (朝課), 찬과 (讚課, Laudes). 해가 뜰 무렵의 기도, 아침 5시

<낮기도, 소시간경>

3. 일시경 (一時經, Prima). 오전 6시. (제2차 바티칸 공의회에서 폐지됨)
4. 삼시경 (三時經, Tertia). 오전 9시.
5. 육시경 (六時經, Sexta). 정오의 기도, 수도사들이 노동에서 돌아오는 시간
6. 구시경 (九時經, Nona). 오후 2-3시.

<저녁기도>

7. 만과 (晩課, Vesperae). 해질 무렵의 기도, 해지기 전에 식사를 끝마침

<끝기도>

8. 종과 (終課, Completorium). 취침 전 기도. 저녁 7시에 취침해야 함

〈참고도표 XI.〉 ≪ 랑세의 생애 ≫에 등장하는 초기 그리스도교 고행 수도자들과 그들이 은둔했던 이집트 사막, 시나이 반도, 팔레스티나 및 홍해 연안의 지도

초기 그리스도교 신자들은 복음서에 몰두해서 세속을 떠나 광야나 사막에서 머무르며 금욕적인 생활을 하는 성향이 있었는데, 특히 박해가 심했던 2세기 중엽부터 사막에서 고행하며 금욕생활을 하는 그리스도 교인들이 많이 나타나기 시작하였다.

처음으로 알려진 유명한 은둔 수도자는 이집트의 바오로(Paulus) 성인과 안토니오(Antonius) 성인이었으며, 혼자서 은둔해서 고행하는 생활 (vita anachoreta)의 단점을 깨달았던 파코미오(Pâchomius) 성인은 여러 수도자들이 함께 모여서 지혜와 덕행을 겸비한 스승의 지도를 받으며 공동으로 생활하는 방식 (vita coenobitica)을 시작했고, 모여 살던 오두막집을 울타리로 둘러막고 주변과 격리해서 수도원 (monasterium)들이 생겨났다. 이집트에서 시작된 그와 같은 그리스도교 은둔 수도자들의 공동체들이 팔레스티나, 시나이 반도, 시리아의 여러 곳에 생겨났으며, 샤토브리앙이 언급한 고대의 고행수도자들과 그들이 활동했던 장소들은 다음과 같다.

① 바오로 성인(229-342)
(Paulus, ermite en Thébaïde)

② 안토니오 성인 (251-356)
(Antoinius, le Grand en Egypte)

③ 마카리오 성인 (?-391)
(Macarios Scété, Père du Désert)

④ 파코미오 성인 (292-348)
(Pâcomius, le Grand de Thebennesis)

⑤ 세라피온 성인 (?-?370)
(Sérapion d'Arsinoe, Thmuis)

⑥ 닐 성인 (?-?430)
(Nil du Sinaï)

⑦ 힐라리오 (291-372)
(Hilarius, le Grand de Gaza)

⑧ 토로테 성인 (?-?580)
(Thorothée de Gaza-Palestine)

〈참고자료 XII.〉 ≪ 랑세의 생애 ≫ 에 자주 언급된 루아르 강 주변 장소들과 트라프 수도원의 위치

① 페르슈 (Perche)
트라프(Trappe) 수도원
② 파리 (Paris)
③ 오를레앙 (Orléans)
④ 블루아 (Blois)
⑤ 투르 (Tours)
⑥ 낭트 (Nantes)
⑦ 베레츠 (Véretz)
⑧ 노장 드 로투르(Nogent le Rotour)
⑨ 샹보르(Chambord) 성
⑩ 알랑송 (Alançon)
⑪ 르망 (Le Mans)
⑫ 앙제 (Angers)
⑬ 모 (Meaux)
⑭ 페르세뉴(Perseigne) 수도원
⑮ 클레레(Clairets)수녀원
⑯ 포르-루아얄(Port-Royal) 수녀원

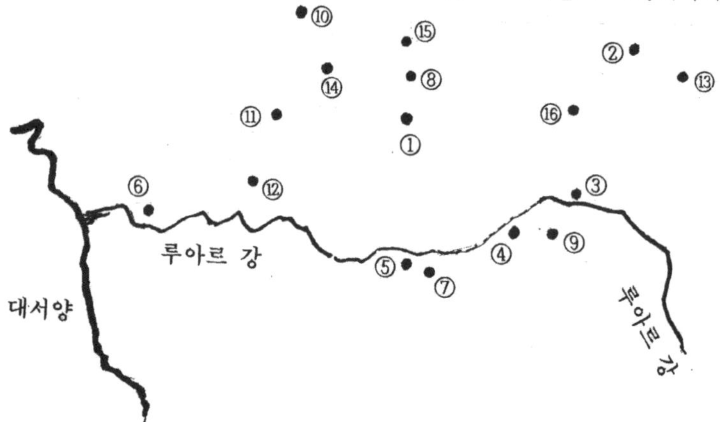

〈참고자료 XIII.〉 노트르담 드 라 트라프 수도원 (Abbaye Notre-Dame de la Trappe)의 역사 요약

트라프 수도원은 프랑스 오른 (Orne) 지방의 솔리니-라 트라프 (Soligny-la Trappe)에 위치한 12세기에 창건된 수도원이다. 1120년 노르망디 지방의 귀족들이 타고 있던 선박 (Blanche-Nef) 이 영불 해협에서 난파되었는데, 그 배에는 프랑스 페르슈(Perche)의 영주 로트루(Rotrou)백작의 부인 마틸드(Mathilde du Perche) 가 타고 있었다. 로트루 백작은 죽은 부인을 추념하기 위해 1122년 솔리니에 소성당을 세웠고, 1140년에는 수도원이 세워졌다.

그 수도원은 1147년 시토 수도회에 소속되었고, 1214년 성모 마리아에 봉헌되어 노트르담 드 라 트라프 수도원이 되었다. 트라프 수도원은 100년 전쟁에서 영국 군대에 의해 자주 파괴되었는데, 1360년에는 수도사들이 수도원을 버리고 피신했고, 성당을 제외한 모든 건물이 화재로 소실된 후에 재건되었으나, 1434년과 1469년에 다시 약탈을 당하였다. 1527년에 프랑수아 1세는 트라프 수도원을 성직록 수도원 (abbaye commendataire)으로 바꾸어놓았다. 그 당시 성직록 수도원은 정식으로 수도사 수련을 받지 않은 귀족 가문의 자제들이 명목상의 수도원장이 되어 수도원의 밖에서 생활하며 봉록을 받고, 그 수도원을 원장대리 (prieur) 가 관리하게 했는데, 그 성직록 수도원장직은 귀족 가문의 사유재산처럼 세습되기도 하였다.

랑세는 트라프 수도원의 성직록 수도원장직을 물려받았으나, 1656년 당시의 국왕 루이 14세 허락을 받아서 정규수도원 (Abbaye regulière) 으로 바꾸었다. 랑세는 정규수도사 수련을 마치고 정규수도원장으로 취임해서 육식을 금하고 하루 한 끼만 식사하고 철저한 침묵을 강조하는 엄격한 계율 (Étroite Observance)을 준수하는 정규수도원으로 개혁했는데, 당시 시토 수도회의 수도원들 사이에서는 완화된 보편적인 계율 (Commune Observance) 과 엄격한 계율의 문제로 심한 논쟁이 있었다. 랑세가 침묵과 청빈의 가혹한 고행을 실천하고 1700년 사망한 후에 여러 수도원들이 트라프 수도원의 엄격한 계율을 따르게 되었고, 그 수도사들을 트라피스트라고 부르게 되었다.

프랑스 대혁명의 여파로 1790년 4월 모든 수도원들은 폐쇄되었고, 트라프 수도원의 오귀스탱(Augustin de Lestrange) 신부를 비롯한 24명의 수도사들은 트라프 수도원을 떠나 1791년 Val-Saint의 샤르트르 수도원으로 피신했고, 1797년 프랑스의 혁명 군대가 스위스를 점령하자 유럽 각국으로 흩어져서 엄격한 계율을 지키는 공동체들을 만들었다, 트라프 수도원은 국가 소유물로 몰수되고 매각되어 1794년 모든 건물들이 파괴되었으며, 프랑스에 남아있던 트라프 수도원의 많은 수도사들은 혁명 중에 처형되거나 투옥되었다. 혁명이 끝난 후 피신했던 수도사들이 트라프 수도원으로 돌아왔고, 왕정복고와 더불어 수도생활이 다시 시작되었으며, 수도원 건물의 재건도 진행되어 1890에 끝났다.

〈참고자료 XIV.〉 샤토브리앙이 ≪랑세의 생애≫에 인용한 주요 문헌자료

André Félibien Des Avaux : *Description de l'abbaye de la Trappe.* 1671

Jean-Baptiste Thiers : *Apologie de M. de la Trappe* par sieur de Saint-Sauveur, 1694

Pierre de Maupeou : *La Vie du très R.P. Dom Armand-Jean Le Bouthillier de Rancé, abbé et réformateur du Monastère de la Trappe.* 1702

Jacques de Marsollier : *La Vie de Dom Armand-Jean Le Bouthillier de Rancé, abbè régulier et réformateur du Monastère de la Trappe.* 1703

Pierre Le Nain : *La Vie du R.P. Dom Armand-Jean Le Bouthillier de Rancé, abbé et réformateur de la maison Dieu Notre-Dame de la Trappe,* 1715

François-Armand Gervaise : *Examen critique, mais équitable, des vies de feu M. abbé de Rancé écrites par les siurs Marsollier et Maupeou.* 1742

François-Armand Gervaise : *Relation de la vie et de la mort de quelques religieux de l'abbaye de la Trappe.* 1755

Louis-François de Bausset : *Histoire de Bossuet, évéque de Meaux.* 1819

Louis Du Bois : *Histoire civile, religieuse et littéraire de l'abbaye de la Trappe.* 1824

Sainte-Beuve : *Port-Royal.* 1840-1859

Les Historiettes de Gédéon Tallemand des Reaux.

Les Memoires de Jean-François Paul de Gondi (Cardinal de Retz), *de* Louis de Rouvroy (duc de Saint-Simon) *et de* Françoise Bertaut (Madame de Motteville).

Lettres de Marie de Rabutin-Chantal (Madame de Sévigné).